HEYNE

Das Buch:

Lord Ronald Osprey Petrefact, Patriarch und Rollstuhlfahrer, widmet sich genüsslich gehässig seiner Lieblingsbeschäftigung: Söhne enterben und Verwandte verärgern. Walden Yapp, weltfremder Professor für Proletarische Geschichte, wird beauftragt, die feine Familie auf der Suche nach dunklen Stellen in der Vergangenheit zu durchleuchten – einzig in der Absicht, den zahlreichen über die Welt verstreuten, teuflisch einflussreichen Petrefacts gründlich die Laune zu verderben. Bei seiner Recherche begegnet Yapp skurrilen Figuren und irrwitzigen Situationen, wie Sharpe sie liebt: dem sonderlichen Zwerg Willy, seiner dümmlichen Frau Rosie, einem höllisch synchronisierten Wellenbad …
Doch Vorsicht!, nicht alles endet wie geplant.
Ein parodistischer Rundumschlag gegen die englische Gesellschaft vom Großmeister des britischen Humors.

Der Autor:

Tom Sharpe wurde 1928 in England geboren, studierte in Cambridge, lernte als Buchhalter, Sozialarbeiter und Fotograf Südafrika kennen, bis er ausgewiesen wurde, und unterrichtete als Hilfslehrer an einer Berufsschule in Cambridge, bis es ihm der Erfolg seiner Bücher ermöglichte, mit Frau und drei Töchtern als Schriftsteller zu leben.

TOM SHARPE

Feine Familie

Roman

Aus dem Englischen
von Irene Rumler

WILHELM HEYNE VERLAG
MÜNCHEN

HEYNE ALLGEMEINE REIHE
Nr. 01/13517

Titel der Originalausgabe
ANCESTRAL VICES

Umwelthinweis:
Dieses Buch wurde auf
chlor- und säurefreiem Papier gedruckt.

Taschenbuchausgabe 04/2002

Wilhelm Heyne Verlag GmbH & Co.KG, München
Printed in Norway 2002
Umschlagillustration: CorbisStock Market/LWA/Dann Tardif
Umschlaggestaltung Nele Schütz Design, München
Satz: Buch-Werkstatt GmbH, Bad Aibling
Druck und Bindung: AIT, Trondheim

ISBN: 3453-19814-X
http://www.heyne.de

1

Lord Petrefact drückte den Klingelknopf an der Armlehne seines Rollstuhls und lächelte. Es war kein freundliches Lächeln, doch hätten auch nur wenige von denen, die den Präsidenten des Petrafact-Konzerns etwas besser kannten – und so ein paar Unglückliche gab es wirklich –, ein freundliches Lächeln von ihm erwartet. Selbst Ihre Majestät, die sich gegen ihre Überzeugung von ihrem mit wenig Skrupeln behafteten Premierminister hatte überreden lassen, Ronald Osprey Petrefact in den Adelsstand zu erheben, hatte sein Lächeln als nahezu bedrohlich empfunden. Niedrigeren Würdenträgern wurde ein Lächeln zuteil, das einer Schlange ähneln oder ganz unverhohlen sadistisch sein konnte, je nachdem, welches Ansehen sie bei ihm genossen – ein Maßstab lediglich für ihre augenblickliche Nützlichkeit oder, im unangenehmeren Fall, dafür, dass er sie überhaupt nicht brauchte.

Mit einem Wort, Lord Petrefacts Lächeln war nichts anderes als die Nadel seines ganz persönlichen Barometers, das im allerbesten Fall »günstig« anzeigte, weit häufiger aber auf Sturm stand. Und seit seiner Krankheit, hervorgerufen durch die konzentrierten Bemühungen eines von ihm bezahlten Wirtschaftsjournalisten (der sich nichts ahnend herb über Aktien geäußert hatte, die Lord Petrefact kürzlich erworben hatte) und einer boshaften Auster, hatte es ihm sein Lächeln derart verzogen, dass es von der Seite so aussah, als würde er die Zähne blecken.

An diesem besonderen Morgen jedoch war sein Lächeln fast freundlich zu nennen. Es war ihm nämlich eingefallen, wie er, um seine Lieblingsmetapher zu gebrauchen, zwei Fliegen mit einer Klappe schlagen konnte, und da es sich bei einer dieser Fliegen um die Mitglieder seiner eigenen Familie handelte, war der Gedanke außerordentlich erfreulich. Wie so viele große Männer hasste Lord Petrefact seine Nächsten und Teuersten, wobei sich die Nähe generell und im Fall seines Sohnes Frederick das Teuersein konkret direkt proportional zu seinem Hass verhielten. Doch was er vorhatte, würde nicht nur seine unmittelbare Familie ärgern. Die zahlreichen, über die ganze Welt verstreuten und überall teuflisch einflussreichen Petrefacts würden maßlos empört sein, und da er sie noch nie hatte leiden können, bereitete es ihm unsägliches Vergnügen, sich ihre Reaktionen auszumalen.

Es hatte all seiner finanziellen List und Tücke und der Mitwirkung einer amerikanischen Firma bedurft, die er sich durch Betrügereien erschlichen hatte, um ihren Einmischungen in das, was bislang das Familienunternehmen gewesen war, ein Ende zu setzen. Sogar seine Erhebung in den Adelsstand hatte Anlass zu Bissigkeiten gegeben. Zum Schweigen hatte sie erst seine Drohung gebracht, er würde ins Gefängnis wandern und damit den Namen des ganzen Petrefact-Clans in den Schmutz ziehen, wenn man es ihm verwehrte, seinen eigenen zu adeln. Sie hatten sich damit gebrüstet, eine der ältesten Familien im angelsächsischen Bereich zu sein und ihre Vorfahren bis auf die Zeit vor Wilhelm dem Eroberer zurückverfolgen zu können. Nicht, dass sie sich gesellschaftlich sonderlich hervorgetan hätten. Sie waren so weit gehend unter sich geblieben, dass Onkel Pirkin, der sich in Boston, Massachusetts, der Ahnenforschung widmete und den Stammbaum zusammentrug, diverse Male fiktive Ehefrauen bemühen musste, um den dem Inzest anhaftenden Makel zu verschleiern.

Aus einem recht undurchsichtigen Grund hatten die Petrefacts eine statistisch gesehen anormale Anzahl angeblich männlicher Nachkommen hervorgebracht. In dieser Hinsicht musste Lord Petrefact dem alten Pirkin ausnahmsweise recht geben. Denn für die Abnormität – die statistische wie auch die sexuelle – hatten ihm seine eigenen Söhne den schlagenden Beweis geliefert. Seine Frau, die verblichene Mrs. Petrefact, hatte recht voreilig damit geprahlt, nie halbe Sachen zu machen, und ihre Behauptung dann prompt widerlegt, indem sie gleich Zwillinge zur Welt brachte. Der Vater hatte diese Geburt mit Missfallen zur Kenntnis genommen. Schließlich hatte er die Dame ihres Geldes wegen geheiratet und nicht, weil sie auf Anhieb Zwillinge produzieren konnte.

»Es hätte wohl noch schlimmer kommen können«, meinte er zähneknirschend, als man ihm die Botschaft überbrachte. »Sie hätte ja auch Vierlinge werfen können, und noch dazu Töchter.«

Als die Zwillinge, Alexander und Frederick, in die Pubertät kamen, hegte sogar ihre betriebsblinde Mutter allmählich Zweifel.

»Sie werden da schon wieder herauswachsen«, erklärte sie ihrem Mann, als dieser sich darüber beschwerte, dass er sie im Bad in weiblichen Dessous ertappt hatte. »Sie haben eben einfach Identitätsprobleme.«

»Was ich da gesehen habe, kam mir durchaus nicht einfach vor«, schnauzte Petrefact sie an, »und was die Identität angeht, so werde ich die beiden erst auseinander halten können, wenn einer der kleinen Saukerle keine Ohrringe mehr trägt.«

»Ich will nichts mehr davon hören.«

»Und ich will nichts mehr davon sehen. Also sperr deine verdammten Strapsgürtel gefälligst weg.«

»Aber Ronald, die trage ich doch schon seit Jahren nicht mehr.«

»Ich wünschte, das würde auch für den Rest der Familie gelten«, sagte Petrefact und knallte die Tür zu, um seinen Abscheu zu dokumentieren. Doch das unbestimmte Geschlecht seiner Söhne verfolgte ihn wie ein Gespenst. Erst nachdem Frederick seine Männlichkeit – zumindest teilweise – dadurch unter Beweis gestellt hatte, dass er sich von der besten Freundin seiner Mutter verführen ließ, befreundete sich Lord Petrefact mit dem Gedanken, wenigstens einen männlichen Erben zu haben. Bei Alexander wusste man es nicht so recht. Zumindest nicht bis zu jenem Abend ein paar Jahre später, an dem Frederick, den die Familie in Oxford wähnte, wo er hingehörte, auf einem Empfang zu Ehren des Ministers für Staatliche Entwicklung von Paraguay aufkreuzte, der drauf und dran war, die Rechte an neunzig Prozent des Mineralaufkommens seines Landes an die Petrefact-Tochtergesellschaft Maulwurf KG zu verkaufen.

»Ich muss Ihnen leider mitteilen, dass wir soeben ein Mitglied unserer Familie verloren haben«, verkündete Frederick den versammelten Gästen, wobei er seiner Mutter einen düsteren Blick zuwarf.

»Doch nicht … du meinst doch nicht …«, setzte Mrs. Petrefact an.

Frederick nickte. »Tut mir leid, aber mein Bruder ist abgesprungen. Ich habe versucht, ihn davon abzuhalten, aber …«

»Du meinst, er ist ins Wasser gegangen?« fragte Petrefact hoffnungsvoll.

»O mein armer Alexander«, stöhnte seine Frau.

Frederick wartete ab, bis man ihr Schluchzen im ganzen Saal hören konnte. »Noch nicht. Aber sicher, wenn sie wieder zu sich kommt ...«

»Aber du sagtest doch, er sei tot.«

»Nicht tot, aber von uns gegangen«, sagte dieses Scheusal von Frederick. »Ich sagte wörtlich, dass wir ein Mitglied unserer Familie verloren haben. Ich kann mir auch weniger dezente Formulierungen vorstellen, aber keine so treffenden. Ich habe zum Beispiel nicht gesagt ...«

»Dann lass es auch«, schrie Lord Petrefact, der endlich die Bedeutung des geänderten Pronomens begriffen hatte. Seine Frau war da etwas langsamer.

»Warum hast du dann gesagt, dass er abgesprungen ist?«

Frederick angelte sich ein Glas Champagner. »Ich stelle mir vor, dass eine derartige Operation immer was mit Abspringen oder vielmehr Absprengen zu tun hat. Und Alexandra, oder damals noch Alexander, hat sich dafür entschieden ...«

»Hör auf!« brüllte Lord Petrefact, aber Frederick ließ sich nicht so leicht zum Schweigen bringen.

»Ich habe mir immer eine Schwester gewünscht«, murmelte er, »und wenn ich vielleicht auch ein bisschen frühreif bin, so kannst du, liebe Mutter, dich wenigstens damit trösten, dass du keinen Sohn verloren, sondern ein Neutrum gewonnen hast.«

Doch das war noch nicht alles. Während die ohnmächtige Mrs. Petrefact hinausgetragen wurde, erkundigte sich Frederick bei dem paraguayischen Minister, ob die katholische Kirche die Geschlechtsumwandlung ebenso strikt ablehne wie die Abtreibung.

»Aber natürlich nicht. Man braucht doch bloß an die Kastratenchöre der Kirche zu denken«, beantwortete Frederick seine Frage fröhlich selbst, bevor er sich an die Frau des Ministers wandte und mit geheuchelter Anteilnahme der Hoffnung Ausdruck gab, dass sie diese Operation nicht als allzu schmerzhaft empfunden habe.

Als der Empfang daraufhin ein abruptes Ende fand, fasste Lord Petrefact den festen und unwiderruflichen Entschluss, dass weder sein Sohn noch seine mutmaßliche Tochter je den väterlichen Besitz erben sollten. Auch der verfrühte Tod von Mrs. Petrefact knappe sechs Monate später konnte ihn nicht umstimmen. Frederick wurde, nach Ansicht von Lord Petrafact zu Recht, enterbt, während Alexandra, die schon genügend beschnitten worden war, ein kärgliches Taschengeld erhielt, von dem sie einen Frisiersalon in Croydon betrieb.

Von ihrer beider Anwesenheit und den ehelichen Pflichten erlöst, widmete Lord Petrefact sich mit Energie und einer Rücksichtslosigkeit, die durch die Gewissheit beflügelt wurde, dass sein von einem Stab erstklassiger Rechtsanwälte ausgearbeitetes Testament unanfechtbar war, dem Aufstieg zu Ruhm und einem ungeheuren Vermögen. Seinen gesamten Besitz hatte er der Universität Kloone vermacht und ihr als sichtbares Zeichen seines guten Willens und als Beweis für seine Fortschrittlichkeit bereits den allermodernsten Computer hingestellt. Auf diese Weise blieben dem Petrefact-Konzern die Betriebs- und Instandhaltungskosten für den Computer erspart, und außerdem brachte die Abführung der Gewinne in gemeinnützige Kanäle ganz beträchtliche Steuervorteile.

Als Lord Petrefact jetzt in seinem Büro mit Blick auf die Themse saß, wanderten seine Gedanken – stets eine Mischung aus Hass auf die Familie und finanziellem Kalkül – wieder einmal nach Kloone. Die Universität hatte zwar seinen Computer, aber in der Person von Professor Walden Yapp auch jemanden, der sich nicht in erster Linie für das Programmieren verantwortlich fühlte. Yapp war schon bei zu vielen Arbeitskämpfen als Schlichter aufgetreten, als dass man ihn auf die leichte Schulter hätte nehmen können. Lord Petrefact dachte gerade darüber nach, wie hübsch er alles eingefädelt hatte, als Croxley hereinkam.

»Sie haben geläutet?«

Lord Petrefact betrachtete seinen Privatsekretär mit der üblichen Abneigung. Die beharrliche Weigerung dieses Mannes, ihn mit »My Lord« zu titulieren, ärgerte ihn jeden Tag aufs neue. Doch Croxley war schon fast ein halbes Jahrhundert bei ihm, und seine Loyalität zumindest war über jeden Zweifel erhaben. Desgleichen sein Gedächtnis. Bevor es den Computer gab, war Croxley der zuverlässigste menschliche Informationsspeicher, der Lord Petrefact je begegnet war.

»Natürlich habe ich geläutet. Ich habe die Absicht, nach Fawcett zu fahren.«

»Nach Fawcett? Aber es ist niemand dort, der Sie versorgen könnte. Das Hauspersonal wurde vor acht Jahren entlassen.«

»Dann sorgen Sie dafür, dass sich irgendeine Privatfirma um Verpflegung und alles andere kümmert.«

»Und brauchen Sie das Reanimationsteam?«

Lord Petrefact stierte ihn an. Manchmal fragte er sich wirklich, ob Croxley das Hirn einer Laus hatte. Vermutlich nicht, da er ja dieses phänomenale Gedächtnis besaß, aber es gab Augenblicke, in denen Lord Petrefact doch Zweifel beschlichen.

»Natürlich brauche ich das Reanimationsteam«, brüllte er. »Wofür zum Teufel habe ich denn sonst diesen roten Knopf?«

Croxley starrte auf den roten Knopf am Rollstuhl, als erblicke er ihn zum erstenmal.

»Außerdem brauche ich eine Computerprognose für die Produktionssteigerung in der Fabrik in Hull.«

»Es gibt keine.«

»Gibt keine? Es muss eine geben. Ich beschäftige diesen verdammten Computer doch nicht, damit er auf seinem faulen Arsch hockt und keine Prognosen auswirft. Dafür ist das verdammte Ding doch schließlich …«

»Keine Steigerung. Tatsache ist meinen letzten Informationen zufolge, dass die Produktion seit Inbetriebnahme der neuen Maschine um fast siebzehn Komma drei Periode Prozent gesunken ist. In den Monaten März und April war die Nutzung der Fabrik beschränkt auf …«

»Schon gut, schon gut«, brauste Lord Petrefact auf. »Verschonen Sie mich.«

Und nachdem er seinen Privatsekretär mit dem Gedanken entlassen hatte, dass dieser verfluchte Mensch selbst ein periodischer Dezimalbruch war und dass er nicht die leiseste Ahnung hatte, warum er diesen Computer überhaupt angeschafft hatte, wo er doch Croxley hatte, lehnte sich Lord Petrefact in seinen Rollstuhl zurück und überdachte die nächsten Schritte seines langwierigen Kampfes gegen seine Arbeiterschaft. Die Schließung der Fabrik in Hull wäre eine kluge symbolische Geste. Aber zuerst mußte er noch die Sache mit Yapp deichseln. Und Fawcett House lag ganz in der Nähe von Kloone.

2

Die Universitätsbibliothek von Kloone ist nicht gerade ein umwerfend schönes Gebäude. Sie steht auf einem grasbewachsenen Hügel, von dem aus man auf die Raffinerie, die Gaskessel und die chemischen Anlagen blickt, die den Studenten zur Inspiration dienen und der Universität zu einem Großteil ihrer Einnahmen hatten verhelfen sollen. Doch sie erfüllten weder den einen noch den anderen Zweck. Die Universität lockte Unmengen unterdurchschnittlicher Kunststudenten an und erwarb sich gleichzeitig den zweifelhaften Ruf, unmittelbar nach Oxford die meisten unfähigen Wissenschaftler im ganzen Land hervorzubringen.

Verantwortlich dafür, dass sich die Erwartungen ins Gegenteil verkehrt hatten, war zu einem großen Teil das Bibliotheksgebäude. Nachdem es in den späten fünfziger Jahren ursprünglich als relativ nüchterner Bau konzipiert worden war, bekam es im Anschluss an einen rein zufälligen Besuch von Sir Harold Wilson in den hitzigen Tagen zu Beginn seiner ersten Amtsperiode ganz neue Dimensionen. Dank dichten Nebels und der politischen Färbung des Polizeidirektors hatte es Wilson nach Kloone statt nach Macclesfield verschlagen. Die im dortigen Arbeiterclub in der kurzen Zeit seit seiner Wahlkampagne erfolgten Veränderungen und Errungenschaften hatten ihn derart überwältigt, dass er sich zu einem leidenschaftlichen Plädoyer für die »Schaffung einer Bibliothek« hatte hinreißen lassen, »als Denkmal für und zur Unterstützung des technologischen Fortschritts, den die breite Masse des Volkes miterleben wird und, wenn man dieses Beispiel für durchgreifende Verbesserungen als Maßstab nimmt, unter einer Labour-Regierung bereits erlebt hat«. Um dieses große Projekt voranzutreiben, hatte der Premierminister auf der Stelle sein Scheckbuch gezückt, den ersten Beitrag in Höhe von einhundert Pfund gestiftet, nicht ohne auf dem Kontrollabschnitt zu vermerken, dass dieser Betrag als Betriebsausgabe von seiner Einkommensteuer abzuziehen sei. Nach diesem Akt spontaner Großzügigkeit gab es kein Zurück mehr. Um den guten Ruf des Premiers aufrechtzuerhalten, ließen prominente Geschäftsleute mit linkem Parteibuch, Gewerkschaften, Parteifunktionäre, multinationale Konzerne, die mit Nordseeöl liebäugelten, Parlamentsmitglieder und soziale Wohltäter reichlich Spenden in den Fonds für die Universitätsbibliothek von Kloone fließen, worauf die Universitätsverwaltung prompt die alten Pläne zerriss und einen Architektenpreis für den Entwurf aussetzte, der dem vom Premierminister so beredt prophezeiten technologischen Fortschritt am besten Ausdruck verlieh. Die Bibliothek wurde diesen Anforderungen mehr als gerecht.

Aus Eisen- und überflüssigerweise Spannbeton errichtet, ein Labyrinth aus Metallrohren und Glasfibersäulen, die allesamt nichts anderes trugen als eine Glaskuppel, verletzte dieses Bibliotheksgebäude aber auch jede Regel des Handbuchs für Energiesparer. Im Sommer dampfte alles in derart spättropischer Hitze, dass sich das Steckenbleiben der Aufzüge zwischen den Stockwerken nur durch die Installation einer hochkomplizierten und wahnwitzig teuren Klimaanlage verhindern ließ. Während der Wintermonate herrschten hingegen arktische

Zustände, und die Temperatur sank so rapide, dass es sich häufig als unumgänglich erwies, Bücher, die während des Sommers extremer Trockenheit ausgesetzt gewesen waren, mit Hilfe von Mikrowellenherden aufzutauen, um sie überhaupt öffnen zu können. Es war daher erforderlich, die Klimaanlage zusätzlich mit einer Zentralheizung auszustatten, die durch dieselben Rohre gelegt wurde, so dass diese schließlich doch noch Verwendung fanden. Doch selbst dann konnte es passieren, dass die kleinste Wolke bei ansonsten freundlichem Wetter Studenten, die sich soeben noch gesonnt hatten, mit Frostbeulen bedrohte.

Im Herbst und Frühsommer war es also notwendig, Heizung und Klimaanlage gleichzeitig oder in extrem kurzen Intervallen abwechselnd laufen zu lassen, um eine halbwegs erträgliche Temperatur zu erzielen. Während einer dieser abrupten Umschaltungen von »Heiß« auf »Kalt« geschah es, dass ein riesiges Segment der Glaskuppel, das die Spannungen, denen es unterworfen war, nicht so gut ertrug wie die Bibliotheksbenutzer, sich und den stellvertretenden Direktor, der fünfundsiebzig Meter weiter unten in den Freiluft-Toiletten onanierte, in ihre Bestandteile auflöste. Seit jenem schrecklichen Tag heißen diese Toiletten nur noch Todeszellen und werden von den zart besaiteteren Studenten – sehr zum Leidwesen der überlebenden Bibliothekare – unter Missachtung der sonst an höheren Bildungsstätten durchaus üblichen Hygiene gemieden.

Angesichts eines Ultimatums seitens des Bibliothekspersonals versuchte die Universitätsverwaltung mit Macht, den Kot aus den Bereichen Altenglisch und Mittelslowenisch wieder an für die Entsorgung geeignetere Orte zurückzuverfrachten, indem sie unterhalb der gigantischen Glaskuppel ein engmaschiges Drahtnetz spannen ließ, in der Hoffnung, damit den Studenten neues Vertrauen in die Toiletten einzuflößen. Diese Maßnahme hatte nur zum Teil Erfolg. Zwar bewahrte sie eine Vielzahl wertvoller Bücher vor Zweckentfremdung, doch hatte sie den Nachteil, dass sie die Luftzirkulation stark einschränkte und die Reinigung der Glasinnenflächen zu einer Sisyphusarbeit werden ließ. Es dauerte nicht lange, bis die gewaltige Glaskonstruktion ein fleckiges Dunkelgrün angenommen hatte, was immerhin dazu führte, dass die Bibliothek von außen einen dezent botanischen Anstrich bekam. Innen konnte von »dezent« keine Rede sein, denn aufgrund des einzigartigen Klimas wucherten dort exotische Bakterien, Flechten und niederste Gemüsearten. Grünes Licht sickerte auf die Regale herab und mit ihm ein zarter Schleier aus Algen, die sich, nachdem sie sich unter dem Dach verdichtet hatten, hartnäckig im Teppich des Lesesaals und zwischen den Buchdeckeln einnisteten. Die Folge war, dass ein paar Regale im vierzehnten Stock explodierten und mehrere unersetzliche Papyrusrollen, Leihgaben der Universität von Port Said, in der Handschriftenabteilung so gründlich kompostiert wurden beziehungsweise eine derart störrische Symbiose mit dem Grünzeug eingingen, dass sie jeglichem Entzifferungsversuch und selbst der teilweisen Restaurierung widerstanden.

Demgemäß erwiesen sich die Kosten für den Betrieb der Bibliothek schlichtweg als Katastrophe für den Universitätshaushalt. Wissenschaft und Technologie lagen darnieder, in den Laboratorien fehlte es an der erforderlichen Ausrüstung, und die Physiker, Chemiker und Ingenieure wanderten in großzügiger ausgestattete Einrichtungen ab.

Paradoxerweise florierten die Geisteswissenschaften, allen voran die Soziologie. Angelockt durch den Innovationsgeist, der sich in der Bibliothek so augenfällig manifestierte, bevölkerten herausragende Gelehrte, die von Oxbridge übergangen worden waren oder sich von diesen traditionsbefrachteten Bildungsstätten angeödet fühlten, den asphaltierten Campus. Und sie brachten eine geradezu missionarische Leidenschaft für alles Experimentelle, Radikale, Anarchische und zwischenmenschlich Freiheitliche mit, mit der sie ihren Studenten selbst für die Mitte der sechziger Jahre weit voraus waren. Was an anderen Universitäten radikale Studenten forderten, wurde in Kloone den Anfangssemestern aufgezwungen.

Junge Frauen aus ehrbaren Arbeiterfamilien wurden in gemischten Studentenheimen mit gemeinsamen Waschräumen untergebracht. Als Reaktion auf ihre Beschwerden darüber, dass im Lehrplan nichts davon stehe, dass sie Betten, Zimmer und fast unvermeidlich Teile ihrer selbst mit jungen Männern teilen müssten und dass dies ernsthaften Studien wohl kaum zuträglich sei, mussten sie sich den völlig ungerechtfertigten Vorwurf latenten Lesbentums gefallen lassen, was zu jener Zeit noch nicht als durchaus akzeptabel galt.

Nachdem von maßgeblicher Seite anfangs die Ziele der Frauenbewegung propagiert worden waren, ging man jetzt dazu über, den Studenten die eigenen klassenlosen Ideen einzubleuen – Studenten, deren bloße Anwesenheit an dieser Universität bereits Beweis genug für ihre Entschlossenheit war, die soziale Leiter auf dem einzigen im Wohlfahrtsstaat gangbaren Weg zu erklimmen. Dozenten, die vor Töchtern und Söhnen von Fabrikarbeitern, Bergleuten und Stahlarbeitern die Tugenden des Proletariats rühmten, sahen sich mit fassungslosen Gesichtern und einer ungewöhnlich hohen Neurosequote konfrontiert. Und so kam es, dass in Kloone Versuche, linken Kampfgeist zu wecken, kläglich scheiterten, während andere Universitäten zu Schlachtfeldern aufgebrachter Erstsemester und faschistoider Dozenten wurden. Es gab keine Sit-ins – niemand, der noch bei Sinnen war, hätte sich freiwillig in die Bibliothek gesetzt, und kein anderes Gebäude war groß genug, um die für die Erzeugung einer Massenhysterie notwendigen Studentenmassen aufzunehmen; keine Forderung nach studentischer Kontrolle; kein gewaltsames Eindringen in die Verwaltungsräume; und die entschiedene Weigerung, an Seminaren teilzunehmen, in denen die Dozenten zerfleischende Selbstkritik übten. Und selbst von albernen Dozentenhänden hingesprayte Wandschmierereien wurden von Studenten prompt freiwillig entfernt. Die einzigen Forderungen, die laut wurden, betrafen die Abschaffung ständiger ideologischer Bewertung und die Wiedereinführung von Prüfungen, strenger Disziplin und eisernen Regeln, die den Studenten die Entscheidungsqualen abnehmen sollten.

»Wenn sie bloß nicht so aufmerksam zuhören würden«, hatte sich ein Dozent beklagt, nachdem er in seiner Vorlesung über »Die Mechanik des sozio-politischen Maschinenbaus« eine Stunde lang gegen die militaristischen Exzesse der heutigen Demokratie gewettert hatte. »Sie vermitteln einem den völlig falschen Eindruck, als hätten sie die konkreten Bedingungen, unter denen sie von den Medien manipuliert werden, verstanden, und dann liefern sie Aufsätze ab, die ihnen ohne weiteres Peregrine Worsthorne diktiert haben könnte.«

Der Professor für Positive Kriminologie konnte ihm das gut nachfühlen. Seine Bemühungen, die Studenten davon zu überzeugen, dass Mord, Vergewaltigung und sonstige Gewaltverbrechen, die sich gegen Personen richteten, Formen des sozialen Protests und als solche kaum anders zu bewerten seien als Einbruch, Banküberfall und Betrug, waren so hoffnungslos gescheitert, dass er zweimal Besuch von der Polizei bekam, die Beschwerden von Studenten nachging, die ihn der Anstiftung zu Gewalttaten bezichtigt hatten.

»Manchmal glaube ich, wir würden in einer Versammlung des Montags-Clubs ein offeneres Ohr finden. Zumindest gäbe es dort gewisse Kontroversen. Aber meine Studenten schreiben einfach alles auf, was ich von mir gebe, und spucken es dann mit Schlussfolgerungen wieder aus, die so gravierend von den meinen abweichen, dass ich annehmen muss, sie denken, ich hätte es ironisch gemeint.«

»Falls sie überhaupt denken«, sagte der Dozent. »Meiner Ansicht nach sind sie von Kindesbeinen an so kräftig indoktriniert worden, dass sie überhaupt nicht in der Lage sind, abstrakt zu denken.«

In dieser Atmosphäre der Enttäuschung auf seiten des Lehrkörpers und des Strebertums auf seiten der Studenten stand – häufiger schritt – die außergewöhnliche Gestalt von Walden Yapp, Professor für Proletarische Geschichtsschreibung, für jenes Image der rigorosen Gleichheit aller, dessen sich Kloone zu rühmen gehofft hatte. Ideologisch gesehen war seine Abstammung über jede Kritik erhaben. Sein Großvater, Keir Yapp, war beim Rückmarsch von Jarrow tot umgefallen, und seine Mutter hatte als Teenager als Aushilfskellnerin bei der Internationalen Brigade gearbeitet, bevor sie von Francos Truppen festgenommen, vergewaltigt und in ein Nonnenkloster gesperrt wurde. Ihre nächtliche Flucht im Pferdekarren, ihre Fahrt als reisende Leprakranke über Sevilla nach Gibraltar, wo man sie, da sie eine gesundheitliche Bedrohung darstellte, nicht an Land ließ, und ihr verzweifelter Versuch, in die Freiheit zu schwimmen, der damit endete, dass ein sowjetisches Truppentransportschiff sie auffischte und nach Leningrad brachte – all das hatte Elizabeth Hardy Yapp in den Kreisen der extremen Linken legendären Respekt verschafft. Überdies hatte sie die Regierung in den ersten zwei Kriegsjahren öffentlich als kapitalistischen Kriegstreiber angeprangert und nach dem Kriegseintritt Russlands die Schützenhilfe der Regierungspropaganda und ihre eigenen schauspielerischen Talente benutzt, um Fabrikarbeiter dazu anzutreiben, Hitler zu Fall zu bringen und bei den nächsten Wahlen eine Labour-Regierung zu wählen.

Im Anschluss an eine überaus emotionale Ansprache in Swindon hatte sie einen Mann namens Ernest kennen gelernt, zu heiraten erwogen und war schwanger geworden. Wie so vieles in ihrem stürmischen Leben war auch diese Bindung von kurzer Dauer gewesen. Durch die feurige Redegabe seiner Geliebten – und möglicherweise durch die Vorstellung, ihr bis an sein Lebensende zuhören zu müssen – zu unmäßiger Kampflust aufgestachelt, hatte Ernest, ein überaus geschickter Werkzeugmacher in gesicherter Stellung, seinem Land keinen großen Dienst erwiesen, als er sich freiwillig meldete und sich bei der erstbesten Gelegenheit erschießen ließ.

Miss Yapp hatte seinen Tod auf ihre Liste sozialer Ungerechtigkeiten gesetzt und die Aura, die den Namen Yapp in Jarrow noch immer umgab, dazu benutzt, sich einen festen Labour-Sitz im Parlament zu sichern. Als »Rote Beth Bett« hatte sie ihren Wahlkreis mit einem von praktischen Erwägungen so völlig ungetrübten Extremismus vertreten, dass ihr Ruf nie durch das Angebot eines Regierungspostens beschmutzt wurde. So ließ sie sich auch keine Gelegenheit entgehen, die Führer ihrer eigenen Partei des Klassenverrats zu bezichtigen und das Fußvolk als Kapitalisten zu entlarven, während sie gleichzeitig dafür sorgte, dass Walden die bestmögliche

Ausbildung erhielt, und ihn ansonsten der Obhut einer stocktauben und religiös angehauchten Tante überließ.

Unter diesen Umständen konnte es kaum überraschen, dass Walden Yapp zu einem außergewöhnlichen jungen Mann heranwuchs. Dass er überhaupt heranwuchs, war an sich schon erstaunlich. Abgeschirmt von der normalen Welt der Kinder und ihren üblen Angewohnheiten und voll gestopft mit einer intellektuellen Diät, bestehend aus der *Offenbarung* und den flammenden Reden seiner Mutter, war für ihn im Alter von zehn Jahren beides so fest zu einer einzigen Doktrin verschmolzen, dass es passieren konnte, dass er bei Labour-Versammlungen *Jesus, meine Zuversicht* sang und in der Dorfkirche die Internationale schmetterte. Doch bestand seine Besonderheit nicht nur darin, dass er Religion und Politik blind in einen Topf warf; auf seine Art war Walden Yapp genial. Aufgrund ihrer wilden Entschlossenheit, sein Denken rein und unbefleckt zu halten, hatte seine Tante ihm jegliche Lektüre mit Ausnahme der Bibel und der *Encyclopedia Britannica* verboten. Walden hatte beides so viele Male von Anfang bis Ende gelesen, dass er bereits als Neunjähriger in der Lage war, auf Anhieb zu erklären, dass eine Zygote ein befruchtetes Ei oder Ovum war. Sein Wissen war im wahrsten Sinne des Wortes enzyklopädisch und, wenn auch nur alphabetisch strukturiert, so gewaltig, dass es für seine Lehrer unbequem wurde. Auch das trug dazu bei, ihn von den anderen Kindern zu isolieren, die es wenig interessierte, woher der Buchstabe A stammte oder dass ein Abakus eine Frühform der Rechenmaschine war. Walden ging seinen eigenen Weg. Wenn er keine Lust mehr hatte, Lexikonartikel zu memorieren, wandte er sich dem einzigen anderen Lesestoff im Haus zu, einem Stapel von Eisenbahnfahrplänen, die einst seinem Großvater gehört hatten.

Und hier offenbarte sich zum erstenmal sein Genie. Während sich andere Jungen mit den Wirrungen der Pubertät herumschlugen, entdeckte Walden, dass man von Euston nach King's Cross am besten über Peterborough, Crewe, Glasgow und Aberdeen gelangte, wobei anzumerken ist, dass der in seinen Augen beste Weg der komplizierteste war. Die Tatsache, dass die Hälfte der Bahnstationen längst nicht mehr existierte und einzelne Strecken aufgelassen worden waren, spielte keine Rolle. Er gab sich damit zufrieden, dass er im Jahr 1908 kreuz und quer durch Großbritannien hätte fahren können, ohne sich auch nur ein einziges Mal am Schalter nach Abfahrts- und Ankunftszeit des nächsten Zuges erkundigen zu müssen. Noch mehr Vergnügen bereitete es ihm, nachts im Bett zu liegen und sich vorzustellen, wie sich die gleichzeitige Veränderung von Anschlüssen an drei strategisch wichtigen Punkten auswirken würde. Seinen Berechnungen zufolge wäre es möglich gewesen, damit das gesamte Streckennetz der London, Midland und Scottish Railway, der London and North-Eastem Railway und der Great Western Railway völlig lahm zu legen. Und genau hier, bei diesen eigenwilligen Kombinationen von nutzlosem Wissen und völlig wertlosen mathematischen und räumlichen Berechnungen, nahm Walden Yapps brillante Zukunft ihren Anfang. Von der Realität hatte er keinen Dunst.

Andererseits verblüffte seine phänomenale Beherrschung der Theorie seine Lehrer und Prüfer derart, dass sie ihn, ohne um die Grenzen seines Intellekts zu wissen, so schnell wie möglich von der Schule auf die Universität und von einem Examen mit Auszeichnung zu seiner Promotion befördern mussten. Tatsächlich war seine Doktorarbeit über *Die Verbreitung des zervikalen Karzinoms bei weiblichen Bergarbeitern im Jahr 1840,* für die er sich die statistischen Grundlagen aus den Akten der Krankenhäuser und Arbeiterheimstätten in der Gegend um Newcastle zusammengesucht hatte, so bestürzend und im Detail so widerwärtig, dass sie bereits im ersten Durchgang anerkannt wurde – von einem Prüfer schon nach einem flüchtigen Blick auf die ersten paar Seiten.

Aufgrund eben dieser Reputation für einen unreflektierten Radikalismus und unreflektiertes Denken überhaupt, bot man ihm ein Forschungsstipendium in Kloone an. Von diesem Moment an hatte Walden Yapp nie mehr zurück geschaut, oder, genauer gesagt, er hatte nie aufgehört zurückzuschauen, während er sich unaufhaltsam vorwärts bewegte. Seine zweite Monographie, *Syphilis: ein Instrument des Klassenkampfes im 19. Jahrhundert,* hatte seinen Ruf noch untermauert, und seine Vorlesungen erfreuten sich solcher Beliebtheit – er vermischte massivste Vorurteile in einem derartigen Ausmaß mit unwiderlegbarer Statistik, dass seine Studenten der Notwendigkeit nachzudenken so völlig enthoben waren, als hätte man von ihnen verlangt, ein Telefonbuch auswendig zu lernen –, dass seine Ernennung zum Professor für Proletarische Geschichtsschreibung lediglich eine Frage der Zeit und unermüdlicher Veröffentlichung war.

Und so galt er mit dreißig als der seit G. D. H. Cole und sogar Thompson erbarmungsloseste Chronist der Abscheulichkeiten, die die englische Arbeiterschaft der nachindustriellen Revolution zu erdulden gehabt hatte. Noch wichtiger, zumindest aus seiner Sicht, war die Tatsache, dass er die bevölkerungsstatistische Geschichtsschreibung nahezu zu einer Kunstform erhoben hatte, indem er mehrere Fernsehspiele mit dem treffenden Reihentitel *Probieren geht über Studieren* über die qualvolle Situation der Arbeiterfamilie im Viktorianischen Zeitalter geschrieben hatte. Wenn diese auch kaum zur Verbesserung seines Rufes in spießigen Akademikerkreisen beigetragen und mehr als einen Zuschauer zum Erbrechen gebracht hatten, so erfüllten sie doch den Zweck, den Namen Walden Yapp bekannt zu machen. Aber das war noch nicht alles. Auch im Bereich der Wirtschaftsbeziehungen hatte Yapp seine Spuren hinterlassen. Regierungen, die ängstlich darauf bedacht waren, im erbitterten Kampf zwischen Unternehmern und Gewerkschaften unparteiisch zu erscheinen, konnten sich jederzeit darauf verlassen, dass Walden Yapp bei unmäßig ausufernden Streiks als Vermittler tätig wurde. Und während die Geldsäcke Yapps Schlichtungsformel für unzumutbar hielten, stieß sie bei den Gewerkschaften unweigerlich auf Zustimmung.

Sie basierte auf der simplen Annahme, dass die Nachfrage das Angebot bestimme und dass, was für die Wirtschaft gelte, automatisch auch für Tarifverhandlungen zu gelten habe. Yapps Verfechtung dieser Formel in heftigen Diskussionen, die sich über Stunden, Tage und schlaflose Nächte hinzogen, hatte dazu geführt, dass einige bis dahin Gewinn abwerfende Firmen verstaatlicht werden mussten und daraufhin in extrem rechten Kreisen der Verdacht laut wurde, Yapp sei ein Agent des Kremls.

Dabei hätte nichts weiter von der Wahrheit entfernt sein können. Walden Yapps Hingabe an die Demokratie war so grundehrlich wie seine Überzeugung, dass es nicht unbedingt Arme geben musste, diese aber, solange es sie gab, auf jeden Fall das Recht auf ihrer Seite hatten. Das war ein sehr schlichter Standpunkt, auch wenn er ihn nie so schlicht formulierte. Aber er ersparte Yapp die Mühe, andere als rein persönliche Entscheidungen treffen zu müssen.

Doch genau in diesem Punkt fehlte es seinem Leben an Erfüllung. Er hatte kein nennenswertes Privatleben, und das bisschen, das er hatte, konnte man beim besten Willen nicht als normal bezeichnen. Erst eine einsame Kindheit, dann ein einsames Erwachsenenleben, wobei beides so abstrakt blieb, dass man unmöglich hätte sagen können, er sei je Kind gewesen oder erwachsen geworden. Er blieb ein Sonderling, und so, wie die Studenten in seine schlichten Vorlesungen strömten, strömten seine Kollegen aus der Cafeteria, sobald er hereinkam, um sich nicht seine tödlich langweiligen, völlig belanglosen Monologe anhören zu müssen, die er fälschlicherweise für Gespräche hielt. Kurz: Walden Yapps Privatleben bestand darin, dass er Tutorenkurse für seine Studenten abhielt, Doktoranden bei ihren Arbeiten half, mit verwirrten Produzenten über seine Fernsehspiele diskutierte und last not least mit dem Computer, den Lord Petrefact der Universität gestiftet hatte, Schach spielte. Hätte man ihn nach seinem besten Freund gefragt, hätte er wahrheitsgemäß den Computer genannt. Strenggenommen war der sein einziger Freund. Das beste an ihm war, dass er Tag und Nacht zur Verfügung stand. Er befand sich im Souterrain der Bibliothek und konnte nicht vor ihm davonlaufen. Yapp konnte entweder hinuntergehen und sich dort ans Terminal setzen oder, noch bequemer, das Terminal neben seinem Bett einschalten, seinen Benutzercode eingeben und sofort bis zu seinem elektronischen *alter ego* vordringen. Denn genau das war es. Wenn er das Universitätsgelände verließ, konnte er sein Modem mitnehmen und seine Diskussionen mit dem Computer aufnehmen, indem er es einfach an einen Telefonhörer anschloss. Da er den Computer seinen eigenen Vorstellungen gemäß programmiert hatte, bot dieser den unschätzbaren, bei keinem menschlichen Freund zu findenden Vorteil, dass er ihm nur selten widersprach und auch dann nur, wenn es um Tatsachen, nicht aber um Ansichten ging. Er hatte ihn mit all seinen Statistiken, seinen Erkenntnissen und Theorien gefüttert, und er leistete ihm als einziger Gesellschaft. So ziemlich das einzige, was nicht ging, war, mit ihm zu schlafen, nicht, weil Yapp etwas gegen seine äußere Erscheinung einzuwenden gehabt hätte – die fand er ganz und gar akzeptabel –, sondern weil er Angst vor einem tödlichen Stromschlag hatte und davor, dass sein physisches Eindringen ihrer herrlichen, wenn auch platonischen Beziehung mit Sicherheit ein Ende bereiten würde.

Dass es sich um eine echte Freundschaft handelte, daran gab es für Yapp keinen Zweifel. Der Computer verriet ihm eine Menge über die Arbeit seiner Kollegen, und um in ihrer Korrespondenz blättern oder sich über ihre jüngsten Erkenntnisse informieren zu können, brauchte er lediglich ihre Benutzercodes einzugeben. Dass diese eigentlich geheim waren, stellte kein Hindernis dar. Die in Gesellschaft des Computers verbrachten Tage und Nächte hatten ihm einen umfassenden Einblick in dessen ureigenste Sprache und Denkweise gewährt. Es war, als hätte er – oder sie, was Yapp vorzog – ihre Entwicklungsjahre mit dem Verdauen von Zugfahrplänen verbracht und diese nach ähnlichen Gesichtspunkten wie er analysiert und reorganisiert. Ja, für Yapp gab es keinen Zweifel, dass sie sein Freund war. Und mit ihrer Hilfe würde er sich jenes totale Wissen über alles und jedes aneignen, das, wie ihn seine Erziehung gelehrt hatte, den eigentlichen Sinn des Lebens ausmachte.

In der Zwischenzeit musste er sich um die lästige Realität kümmern.

3

Erstmals kündigte die Realität ihre Einmischung in sein Leben in Gestalt eines Briefumschlages an, dessen Rückseite ein Wappen zierte. Es zeigte einen Greif. Zumindest hielt Walden ihn dafür, obwohl er verdächtig nach einem Geier aussah. Da er den Umschlag in seinem Fach in der Fakultät gefunden hatte, nahm er zunächst an, er sei versehentlich dorthin geraten. Aber nein, er war an Professor Walden Yapp adressiert und enthielt einen auf ebenfalls wappenversehenem Papier mit der Maschine geschriebenen Brief, in dem es hieß, Lord Petrefact würde sich am kommenden Wochenende in Fawcett House aufhalten und es begrüßen, wenn Professor Yapp ihn dort besuchen würde. Er wolle sich mit ihm darüber unterhalten, ob er eine Möglichkeit sähe, »die Familiengeschichte der Petrefacts mit besonderer Betonung der Rolle, die diese Familie im Wirtschaftsleben des Landes spiele, zu schreiben«.

Ungläubig starrte Yapp auf den letzten Satz. Er wusste nur zu gut, welche Rolle die Familie Petrefact im englischen Wirtschaftsleben spielte. Eine bemerkenswert üble. Eine Unzahl von Fabriken, Bleiwerken, Spinnereien, Gießereien und Schiffswerften kämpften in seinem Kopf um den ersten Platz in puncto Niederträchtigkeit. Wo immer die Arbeit am billigsten, die Arbeitsbedingungen am miserabelsten und die Gewinne am höchsten waren, hatten die Petrefacts die Hand im Spiel. Und da forderten sie ausgerechnet ihn auf, die Familiengeschichte zu schreiben? In Anbetracht der Tatsache, dass er ihre Rolle als Ausbeuter der Arbeiterklasse mindestens in zweien seiner Fernsehspiele erwähnt hatte, erschien diese Einladung äußerst seltsam. Ungefähr so seltsam wie die Vorstellung, dass die Rockefellers Angela Davis aufforderten, etwas über ihre Rolle bei der Rassenverständigung zu Papier zu bringen. Sogar noch seltsamer. Sie war einfach absurd. Mit der Vermutung, dass sich ein Witzbold, der irgendwie an das Briefpapier mit dem Wappen der Petrefacts herangekommen war, einen Scherz erlaubt hatte, ging Yapp in den Hörsaal, wo er eine selbst für seine Verhältnisse ungewöhnlich grausige Darstellung des Streiks der Streichholzarbeiter lieferte.

Doch als er in sein Zimmer zurückkehrte, lag der Brief noch immer auf dem Schreibtisch, und der Greif sah noch mehr nach einem Geier aus. Einen Augenblick lang erwog Walden Yapp, die Sache mit dem Computer zu erörtern, als ihm einfiel, dass der schließlich von Lord Petrefact gestiftet worden und sein Urteilsvermögen aufgrund dessen möglicherweise getrübt war. Nein, er musste sich selbst ein Urteil bilden. Und so griff er zum Telefonhörer und wählte die Nummer von Fawcett House. Dass sich ein Mann meldete, der sich als Tiefkühlkostkontrolleur der Firma Mietmensch KG ausgab und behauptete, er sei nicht in der Lage, Lord Petrefact von einem Kabeljaufilet zu unterscheiden, falls er ihn zu Gesicht bekäme, trug wenig zu seiner Beruhigung bei. Auf seinen zweiten Anruf hin antwortete eine Stimme, die vor Abscheu so troff, dass man annehmen musste, dass ihr Besitzer den Hörer mit einer sterilen Pinzette festhielt und durch einen keimfreien Mundschutz sprach. Ja, konzidierte die Stimme, Lord Petrefact hielte sich derzeit hier auf, dürfe aber auf keinen Fall gestört werden.

»Ich möchte mich nur vergewissern, dass er mich eingeladen hat«, sagte Yapp. Die Stimme meinte, dies sei in der Tat der Fall, ließ aber spüren, dass, was sie betraf, die Anwesenheit von Professor Yapp in Fawcett House etwa so willkommen war wie ein grippaler Infekt.

Endlich überzeugt, dass der Brief doch echt war, legte Yapp den Hörer auf. Unhöflichkeit vom Kaliber dieser arroganten Stimme passte nicht zu einem Scherzbold. Wenn Lord Petrefact glaubte, er könnte Walden Yapp ungestraft wie einen armseligen Fabrikarbeiter behandeln, hatte er sich geschnitten. Und wenn er sich auch nur eine Sekunde lang einbildete, dass eine von Walden Yapp geschriebene Familiengeschichte eine Lobeshymne auf eine Familie würde, die sich mit dem Elend einfacher und anständiger Arbeiter ein Vermögen erworben hatte, dann würde er erleben, was echte Klassensolidarität bedeutete. Um ganz sicher zu gehen, dass sich Lord Petrefact nicht in Illusionen wiegte, setzte sich Yapp an seine elektronische Schreibmaschine und entwarf einen Brief, in dem er die Einladung annahm, gleichzeitig aber ebenso arrogant wie die Stimme am Telefon klarstellte, dass ihm die Vorstellung, im Haus eines kapitalistischen Blutsaugers zu Gast zu sein, missfiel.

Anschließend speicherte er diesen Brief in seiner persönlichen Datei im Computer ab – um sich gegen den Vorwurf abzusichern, er würde sich nicht strikt an seine Prinzipien halten –, überlegte es sich dann jedoch anders und schickte ein kurzes Telegramm, in dem er sein Kommen für Samstag ankündigte. Wenn dieses Angebot wirklich ernst gemeint war und er die schriftlichen Dokumente, die Hauptbücher und die Aufzeichnungen der Petrefacts aus ihrer allerschlimmsten Ausbeuterzeit in die Hände bekam, dann würde er ihre Machenschaften derart gründlich aufdecken, dass ihr Name selbst in kapitalistischen Kreisen zu stinken anfangen würde.

Lord Petrefact nahm das Telegramm mit sichtlichem Vergnügen auf. »Ausgezeichnet. Ganz ausgezeichnet«, sagte er zu Croxley, dessen Stimme seine Ansicht über Yapps Besuch bereits kundgetan hatte, »er hat den Köder geschluckt.«

»Köder?« fragte Croxley. Er hatte sich einmal zehn recht unbehagliche Minuten lang eine Episode von *Probieren geht über Studieren* angesehen. Anschließend hatte er versucht, die Erinnerung daran auszulöschen, indem er untypischerweise zu den *Top Ten* umschaltete.

Lord Petrefact drückte den Express-Knopf an seinem Rollstuhl und wirbelte überschwenglich im Kreis herum. Hätte diese verdammte Auster nicht seinen gesamten Stoffwechsel durcheinander gebracht, hätte er einen Freudentanz aufgeführt.

»Köder, mein lieber Croxley, Köder. Jetzt müssen wir die Netze auslegen. Müssen dem Kerl anständig den Mund wässrig machen. Was, glauben Sie, würde ihm denn zum Dinner schmecken?«

»Wenn ich von dem widerlichen Zeug ausgehe, das er proklamiert, dann würde ich sagen, Schweinsfüße von einem unterernährten Ferkel und danach Magermilch mit vier Wochen altem Brot.«

Lord Petrefact schüttelte den Kopf. »Nein, nein, nichts dergleichen. Schließlich müssen wir doch seine Vorurteile schüren. Sie müssen sich klar machen, mein lieber Croxley, dass wir Plutokraten es uns erstaunlich gut gehen lassen. Um Yapps Vorstellung gerecht zu werden, brauchen wir wenigstens ein achtgängiges Menü.«

»Ich schlage vor, wir beginnen mit Austern«, meinte Croxley, der es nicht leiden konnte, wenn man ihn mit zu den Plutokraten zählte.

Lord Petrefact jaulte auf. »*Sie* können damit beginnen. Ich ganz bestimmt nicht. Nein, ich denke, wir beginnen mit echter Schildkrötensuppe, die in einem Schildkrötenpanzer serviert wird. Er hat ziemlich sicher einen Hang zum Naturschützer, so dass ihm das erst mal eine Denkpause verschaffen wird.«

»Ich fürchte, dass das den Mietmenschen in der Küche auch eine Denkpause verschafft«, meinte Croxley. »Wo zum Teufel sollen die denn eine echte Schildkröte herbekommen ...«

»Von den Galapagos-Inseln«, sagte Lord Petrefact. »Sie können eine einfliegen lassen.«

»Wenn Sie meinen«, sagte Croxley. Er würde dem Küchenchef Anweisung geben, irgendwo einen Schildkrötenpanzer aufzutreiben und ihn mit Suppe aus der Dose zu füllen. »Und danach?«

»Eine große Portion Kaviar, echten Beluga-Kaviar, nicht etwa Ihren windigen Ersatz.«

»Das ist nicht meiner«, entgegnete Croxley, »und außerdem kommt Beluga-Kaviar aus Russland. Wahrscheinlich akzeptiert er den sogar.«

»Machen Sie sich darüber keine Gedanken. Es kommt nur darauf an, ihm den Eindruck zu vermitteln, dass wir jeden Abend so speisen.«

»Ein Glück, dass dem nicht so ist«, sagte Croxley. »Irgendeinen bestimmten Wein dazu?«

Lord Petrefact dachte einen Augenblick nach. Schließlich entschied er sich für Château d'Yquem.

»Guter Gott«, jammerte Croxley, »das ist doch ein Dessertwein. Er ist zuckersüß, und zum Kaviar ...«

»Natürlich ist er süß. Genau das ist der springende Punkt. Anscheinend sind Sie sich nicht darüber im klaren, dass unsere Vorfahren zu jedem verdammten Gang süßen Wein tranken.«

»Meine nicht. Die waren vernünftiger. Gaben sich mit einem Bier zufrieden.«

»Meine nicht. Sie brauchen sich bloß die Speisenfolge anzusehen, die sie anlässlich eines Besuchs des Prinzen von Wales im Jahr 1873 aufgetischt haben.«

»Lieber nicht. Diese Leute müssen eine Konstitution wie Ochsen gehabt haben.«

»Kümmern Sie sich nicht um ihre Konstitution«, sagte Lord Petrefact, der fast ebenso ungern an seine Ahnen erinnert werden mochte, wie sich Croxley als Plutokrat einstufen ließ. »Weiter werden wir Spanferkel ...«

»Spanferkel?« fragte Croxley. »Unten in der Küche hockt eine Spezialfirma für tiefgekühlte Fertigkost, und wenn Sie glauben, dass die im Handumdrehen ein gefrorenes Spanferkel aus der Kühltruhe zaubern können ...«

»Hören Sie, Croxley, wenn ich sage, ich wünsche Spanferkel, dann meine ich auch Spanferkel. Arme kleine Dinger, werden von den Zitzen ihrer Mütter weggerissen und ...«

»Jawohl, Sir«, unterbrach Croxley ihn rasch, um den schauerlichen Exkurs, den er auf sich zukommen sah, abzublocken. »Also gut, Spanferkel.«

»Nicht einfach Spanferkel. Ich will eines mit einem Apfel im Rüssel.«

Croxley schloss die Augen. Lord Petrefacts morbides Interesse an den Details eines Spanferkels war fast so unangenehm wie die Aussicht auf dieses Abendessen. »Und was für ein Dessert, Sir?« fragte er hoffnungsfroh.

»Dessert? Doch jetzt noch nicht. Ein achtgängiges Menü hat acht Gänge. Also, nach dem gebratenen Spanferkel dringen wir, denke ich, in höhere Gefilde vor.«

Er schwieg, während Croxley ein stummes Gebet zum Himmel schickte. »Geflügelpastete«, sagte Lord Petrefact schließlich, »eine große Portion Geflügelpastete. Die wird den Höhepunkt bilden.«

»Sollte mich nicht wundern«, meinte Croxley. »Wenn

Sie mich fragen, dieser Yapp wird um sein Leben rennen müssen, wenn Sie beim Spanferkel angelangt sind …«

»Ich werde einen großen Bogen um dieses verdammte Schwein machen«, unterbrach Lord Petrefact ihn wütend, »das wissen Sie ebenso gut wie ich. Meine Verdauung würde da nicht mitmachen, und außerdem haben mir die Ärzte strengste Diät verordnet.«

»Sehr wohl, Sir. Eine Portion Geflügelpastete.«

»Zwei«, korrigierte Lord Petrefact. »Eine für Sie und eine für ihn. Und reichlich. Ich freue mich schon auf das herrliche Aroma.«

»Ja, Sir«, sagte Croxley nach kurzer, stummer Zwiesprache mit sich selbst. Er hatte den Einwand erwogen, dass es den Tiefkühlkostkünstlern in der Küche ebenso schwer fallen dürfte, ihre Geflügelprodukte in der gewünschten Dicke herzustellen, wie ein Spanferkel aufzutreiben. Aber er schwieg weiter.

»Und sorgen Sie dafür, dass ihnen die Schwänze abfallen«, fuhr Lord Petrefact fort.

»Die Schwänze?«

»Die Schwänze. Fasane hängt man auf, bis ihre Schwänze abfallen.«

»Lieber Himmel«, seufzte Croxley, »bringen Sie da nicht was durcheinander? Ich denke doch, dass Fasane kaum Schwänze …«

»Schwanzfedern, Sie Trottel. Die Vögel müssen so angegammelt sein, dass einem die Schwanzfedern in der Hand bleiben. Jeder anständige Koch weiß das.«

»Wenn Sie es sagen«, meinte Croxley, der an dieser Stelle endgültig beschloss, dafür zu sorgen, dass die Kühlkostfirma die Geflügelpastete einfach vergaß.

»Gut. Wie viele Gänge haben wir jetzt?«

»Sechs«, resümierte Croxley.

»Vier«, sagte Lord Petrefact unerbittlich. »Nach der

Pastete, denke ich, gibt es Zabaglione mit Champagnergeschmack und anschließend überbackene Gorgonzolaschnittchen ...«

Während Croxley die Anweisungen aufschrieb, gab er sich Mühe, seine Phantasie zu zügeln. »Und wo soll Professor Yapp zu schlafen versuchen?« fragte er schließlich.

»Im Nordflügel. Stecken Sie ihn in die Suite, die der König von Belgien 1908 bewohnt hat. Das sollte seine historische Phantasie etwas aufwühlen.«

»Ich bezweifle, dass ihm nach diesem Dinner noch viel Zeit für seine historische Phantasie bleibt«, sagte Croxley. »Ich würde ihn etwas näher beim Reanimationsteam unterbringen.«

Lord Petrefact fegte seinen Einwand beiseite. »Das Schlimme an Ihnen ist, dass Sie überhaupt keine Phantasie haben, Croxley.«

Croxley hatte, war aber klug genug, es nicht zu sagen.

»Phantasie, Croxley, das ist es, was einen großen Mann ausmacht. Wir haben da diesen Yapp, und wir wollen was von ihm, also ...«

»Was denn?«

»Was soll das heißen: was denn?«

»Was in drei Teufels Namen sollten ausgerechnet wir von einem verrückten sozialistischen Radikalen wie Yapp wollen?«

»Kümmern Sie sich nicht darum, was wir von ihm wollen«, sagte Lord Petrefact, der die Ergebenheit seines Sekretärs der Familie gegenüber zu sehr schätzte, um einen ernsthaften Streit zu provozieren. »Tatsache ist, dass wir etwas wollen. Ein Mann ohne Phantasie würde nun davon ausgehen, dass es das beste sei, ihm das Anliegen geradeheraus vorzutragen. Wir wissen, dass er ein extremer Linker ist und uns als Kapitalistenschweine betrachtet. Dagegen können wir nichts unternehmen. Also müssen wir unsere Rolle spielen und ihn bei seiner Eitelkeit packen. Haben Sie das verstanden?«

»Durchaus, Sir«, sagte Croxley, der gar nichts verstanden hatte, außer dass er mit Sicherheit bald eine Magenkolik bekommen würde, wenn er sich nicht umgehend mit den Kühlkostkerlen verständigte. »Wenn Sie nichts dagegen haben, gehe ich jetzt und kümmere mich um die Vorbereitungen.«

Er eilte aus dem Zimmer. Lord Petrefact druckte auf den Knopf am Rollstuhl, rollte hinüber zum Fenster und schaute missbilligend in den Garten hinunter, den sein Großvater so penibel angelegt hatte. »Zwerg auf dem Misthaufen« hatte ihn das alte Scheusal genannt. Jetzt war der Zwerg das Oberhaupt dieses familiären Misthaufens und auf dem besten Weg, das Ansehen der Familie, die ihn von jeher verachtet hatte, zu zertrümmern. Auf seine Art hasste Lord Petrefact diese Familie fast so glühend wie Walden Yapp, wenn auch aus persönlicheren Gründen.

4

Walden Yapp fuhr mit einem Mietwagen nach Fawcett. Ansonsten fuhr er überallhin mit dem Zug. Doch bei Fawcett House gab es weit und breit keine Bahnstation, und eine Anfrage bei Doris, dem Computer, hatte ihm nur bestätigt, dass er weder mit dem Bus noch mit einem anderen öffentlichen Verkehrsmittel dorthin gelangen konnte. Einen eigenen Wagen besaß Yapp aus Überzeugung nicht, teils, weil er der Ansicht war, dass alles Staatseigentum sein sollte, teils aufgrund seiner Naturschützermentalität, die Lord Petrefact so zutreffend diagnostiziert hatte, vor allem aber, weil Doris ihn darauf aufmerksam gemacht hatte, dass die für den Unterhalt eines Autos erforderlichen zwölf bis fünfundsiebzig Pfund für die Ernährung und medizinische Versorgung von vierundzwanzig Kindern in Bangladesh ausreichen würden. Dann hatte sie dieses Argument jedoch wieder entkräftet, indem sie nachwies, dass er durch den Kauf eines Autos, je nach Fabrikat, Arbeitsplätze in der Autoindustrie für fünf Briten, zwei Deutsche oder einen halben Japaner schaffen würde.

Nach einem heftigen Gewissenskampf entschloss sich Yapp, die Arbeitslosigkeit von fünf britischen Fabrikarbeitern in Kauf zu nehmen und gar kein Auto zu erwerben. Das auf diese Weise gesparte Geld stiftete er Oxfam, nicht ohne die traurige Überlegung anzustellen, dass es wahrscheinlich eher zwei Verwaltungsbeamte hinter ihrem Schreibtisch als irgendwo anders Verhungernde am Leben erhielt.

Doch als er in die Auffahrt von Fawcett House einbog, kreisten seine Gedanken nicht etwa um die Not in der Dritten Welt, sondern um die vulgäre, maßlose Selbstüberschätzung, die die Petrefacts mit dem Bau dieses gigantischen Landsitzes demonstriert hatten. Fawcett House war ein grauenhafter Palast, und die Vorstellung, dass es noch immer stinkreiche Leute gab, die derart weitläufige Besitzungen ihr eigen nannten, stieß ihn ab. Noch abstoßender fand er die affektierte Dame in Rock und Twinset, die ihm, kaum dass er ausgestiegen war, zwei Pfund Eintrittsgebühr abknöpfen wollte.

»Nichts da«, sagte Yapp, »ich bin geschäftlich hier.«

»Der Dienstboteneingang befindet sich hinten.«

»Bei Seiner Majestät.« Doch Yapps Sarkasmus war an das Twinset verschwendet.

»Da sind Sie fünfzig Jahre zu spät dran. Den letzten königlichen Besuch hatten wir hier im Jahr 1929.«

Damit ging sie ins Haus zurück. Yapp holte seine geliehene Intourist-Tasche aus dem Wagen, warf einen geringschätzigen Blick auf die gebeugte Gestalt des Gärtners, der eine Blumenrabatte jätete, und folgte ihr.

»Falls ich mich nicht deutlich genug ausgedrückt haben sollte …«

»Geben Sie sich keine Mühe«, entgegnete das Twinset.

»Ich bin hier, um den alten Knacker persönlich zu sehen«, sagte Yapp, um seine proletarische Herkunft gewaltsam zu demonstrieren.

»Kein Grund, vulgär zu werden.«

»In dieser Umgebung bleibt einem kaum eine andere Wahl«, gab Yapp mit einem viel sagenden Blick auf die Marmorsäulen und protzig goldgerahmten Gemälde zurück. »Dieser ganze Kasten stinkt nach üblem Missbrauch von Reichtum. Aber wie dem auch sei, ich bin auf Einladung Seiner Lordschaft hier.« Er kramte in seiner Tasche nach dem Brief.

»Wenn das so ist, dann finden Sie ihn im Privatflügel zu Ihrer Rechten«, sagte das Twinset. »Ich kann allerdings nicht behaupten, dass ich ihn um die Gesellschaft beneide, die er sich aussucht.«

»Und ich beneide ihn nicht um sein Personal.« Damit wandte Yapp sich um und folgte einem langen Gang bis zu einer mit grünem Boi bespannten Tür, an der »Privat« stand. Yapp drückte sie mit dem Fuß auf und trat ein. Wieder ein langer Gang, diesmal mit Teppich ausgelegt. Er wollte ihm schon folgen, als aus einer Tür zu seiner Rechten ein kleiner, adretter Mann trat, der ihn flüchtig musterte.

»Professor Yapp?« fragte er mit einer Ehrerbietigkeit, die auf ihre Weise ebenso beleidigend war wie die Arroganz der Dame am Eingang.

»Der bin ich«, sagte Yapp, nicht gewillt, sich einschüchtern zu lassen.

»Wenn Sie mir bitte folgen wollen, Sir. Ich rufe gleich einen Diener, der Ihnen Ihre Räume zeigen wird. Seine Lordschaft empfängt Sie um halb sieben. Sicher wollen Sie sich noch umkleiden.«

»Hör zu, Freundchen, eines wollen wir gleich mal klarstellen. In der Welt, aus der ich komme, also in der realen Welt, nicht in Poona um 1897 oder im Dschungel um Timbuktu, zieht sich der einfache Mann zum Essen nicht um. Und ich brauche keinen überfütterten, unterbezahlten Butler, der mir mein Zimmer zeigt. Sagen Sie mir, wo es ist, dann werde ich es schon alleine finden.«

»Wenn Sie meinen, Sir«, sagte Croxley, wobei er sich die Retourkutsche verkniff, dass sich der einfache Mann nie und nirgends zum Essen umzog und dass es in der

Umgebung von Timbuktu gar keinen Dschungel gibt. »Wir haben Sie im ersten Stock in der König-Albert-Suite untergebracht. Wenn Sie irgend etwas brauchen, finden Sie mich hier unten.«

Er ging ins Arbeitszimmer zurück und überließ Walden Yapp seinem Schicksal, das ihn den Gang entlang, eine geschwungene Treppe hinauf und wieder einen Gang entlang führte.

Zwanzig erfolglose Minuten später war er wieder unten.

»Die Prinz-Albert-Suite …«, begann er, nachdem er, ohne anzuklopfen, die Tür geöffnet hatte. Croxley betrachtete ihn mit unverhohlener Geringschätzung.

»Die *König*-Albert-Suite, Sir«, sagte er, während er voranging. »König Albert von Belgien hat sie im Jahr 1908 bewohnt. Seitdem ist sie für Gäste mit progressiven Ansichten reserviert.«

»Progressive Ansichten? Das soll wohl ein Scherz sein. Dieses Schwein war dafür verantwortlich, dass man Afrikanern im Kongo die Hände abgehackt hat, und für dergleichen Abscheulichkeiten mehr.«

»Ganz meine Meinung, Sir«, sagte Croxley. »Aber wir einfachen Leute haben auch so unsere kleinen Scherze, Sir. Das ist einer der Vorteile, wenn man zur Dienerschaft gehört.«

Damit ließ er Yapp stehen und ging zufrieden mit sich selbst wieder nach unten.

Yapp nahm die König-Albert-Suite mit einer Mischung aus Abscheu, Neugier und dem beunruhigenden Gefühl, sich zu einer plumpen Taktlosigkeit verleitet haben zu lassen, in Augenschein. Schließlich war es das System, mit dem etwas faul war, während der adrette, kleine Mann – und, bei aller Herablassung, auch das Twinset – nur Bedienstete waren und wahrscheinlich Familien zu ernähren hatten. Und wenn sie im Lauf der Jahre der Versuchung »abgeleiteter Ego-Identität« erlegen waren, um einen Terminus zu gebrauchen, dessen er sich häufig in Vorlesungen bediente, so war das nicht weiter verwunderlich; überraschend war eher, dass sie sich überhaupt noch ein Gefühl für Menschlichkeit bewahrt hatten. Der kleine Mann in seinem dunklen Anzug mit Weste und den blitzblank geputzten Schuhen hatte damit, dass er sich als zur Dienerschaft gehörig bezeichnete, ganz erstaunliches Selbstbewusstsein bewiesen. Walden Yapp beschloss, sich seine heftigeren Ausbrüche von Klassenbewusstsein für Lord Petrefact aufzusparen.

In der Zwischenzeit inspizierte er das Gemach, das einst den König beherbergt hatte, der das gesamte Belgisch-Kongo als sein persönliches Eigentum beanspruchte. Es war entsprechend üppig und geschmacklos eingerichtet: ein riesiges Bett, eine klotzige Frisierkommode, auf die Yapp seine Intourist-Tasche in der trotzigen Absicht stellte, das eingelegte königliche Wappen zu verdecken, und ein Kamin, über dem ein Gemälde des Königs in Uniform hing. Etwas wirklich Interessantes allerdings entdeckte er, als er durch einen kleinen Nebenraum, offenbar das Ankleidezimmer, das Bad betrat. Für einen Historiker mit einer besonderen Vorliebe fürs Objektive und, um ihn nochmals zu zitieren, für »substantielle Manifestationen des Klassenunterschiedes« enthielt dieses Badezimmer wahre Schätze an viktorianischer Sanitärinstallation. Badewanne, Wasserklosett und Toilettenschüssel waren in Mahagoni eingebettet, über dem Waschbecken hing ein riesiger Buntglasspiegel, daneben ein voluminöser, beheizbarer Handtuchständer und ein Wandschrank mit mehreren überdimensionalen Handtüchern. Doch am meisten faszinierte ihn die Badewanne oder vielmehr die seitlich angebrachte Batterie von

Hähnen, Drehknöpfen und Hebeln. Die Wanne war außerordentlich groß, sehr tief und mit ihrem Baldachin und den wasserdichten Vorhängen einem Himmelbett nachempfunden. Yapp beugte sich darüber und betrachtete die verschiedenen Messgeräte. Eines zeigte die Temperatur an, ein zweites den Wasserdruck, und neben dem dritten und größten befanden sich ein Hebel und eine Art Wählscheibe mit mehreren markierten Einstellungen. Yapp setzte sich auf den Rand der Wanne, um besser lesen zu können, und hatte einen schrecklichen Augenblick lang das Gefühl, als würde er seitlich abrutschen. Er sprang auf und blickte misstrauisch auf das Ungetüm. Das verdammte Ding hatte sich bewegt. Vor seinen Augen kehrte es wieder in seine horizontale Lage zurück.

Sonderbar. Vorsichtig streckte Yapp die Hand aus und drückte auf die Mahagoniverkleidung. Nichts rührte sich. Da er nicht riskieren wollte, die Wanne wieder in Bewegung zu versetzen, kniete er sich auf den Boden, um sich die Scheibe mit dem Hebel genauer anzusehen. Am einen Ende der Skala stand WELLEN, am anderen DAMPF. Und zwischen diesen beiden ziemlich beunruhigenden Kommandos – bei genauerer Betrachtung erinnerte ihn das Ganze an die Messgeräte auf den Kommandobrücken großer Schiffe, die er freilich nur aus Filmen kannte – gab es noch andere. Nach WELLEN kam FLUT, gefolgt von STARKE WELLEN, dann RUHIG und schließlich drei Stärken DÜSENMASSAGE, nämlich STARK, MITTEL und SCHWACH. Es war einfach faszinierend, so dass Yapp einen Moment lang ein Bad zu nehmen erwog, um dieses außergewöhnliche Beispiel für die frühe Automatisierung im häuslichen Sanitärbereich auszuprobieren, das die imperialistische Zwangsvorstellung von der Überlegenheit auf See, vom Suezkanal und von Handelswegen nach Indien demonstrierte. Doch war es bereits nach sechs, so dass er, nachdem er diesen Kommentar in seinem Notizbuch festgehalten hatte, das er stets bei sich trug, wenn er nicht mit Doris in Verbindung stand, den Plan fallen ließ. Statt dessen fertigte er eine Skizze von der ganzen Anlage mit genauen Maßangaben an und notierte sich die verschiedenen Hebelpositionen. Als er damit fertig war und das Bad verlassen wollte, fiel sein Blick auf ein vergilbtes Blatt Papier, das in einem Rahmen neben dem Waschbecken hing. Offenbar handelte es sich da um die Bedienungsanleitung für DAS SYNCHRONISIERTE WELLENBAD. Yapp las sie durch und stellte fest, dass bei einer Kombination von WELLEN und WASSERVERDRÄNGUNG »die Höhe des Wasserspiegels in der Badewanne zwei Drittel« betragen musste. Der nächste Satz war durch den Dampf und die Zeit unleserlich geworden.

Yapp durchquerte das Zimmer, folgte dem Gang bis zur Treppe und ging hinunter. Croxley erwartete ihn in seinem Arbeitszimmer. Er trug ein sportliches Wollsakko, ein Flanellhemd und eine Strickkrawatte und fühlte sich sichtlich unwohl.

»Das wäre nicht nötig gewesen«, sagte Yapp ziemlich gereizt.

»Wir möchten, dass unsere Gäste sich hier wie zu Hause fühlen«, erwiderte Croxley, der von Lord Petrefact Anweisung erhalten hatte, sich leger zu kleiden.

»Das wird mir in diesem Palast wohl kaum gelingen. Eigentlich sollte das hier ja ein Museum sein.«

»Ist es die meiste Zeit auch«, sagte Croxley und öffnete eine Tür. »Nach Ihnen.«

Yapp trat ein und kehrte damit zu seiner Überraschung in die Mitte der siebziger Jahre zurück. Der Salon wirkte ebenso unaufdringlich wohnlich, wie das Gegenteil auf den Rest des Hauses zutraf. Der Boden war mit einem rostbraunen Teppich ausgelegt, in einer Ecke flimmerte ein Fernsehapparat, und in einem schlichten, geschmackvollen Kamin, vor dem ein niedriger Tisch und eine große, moderne Couch standen, brannten dicke Holzscheite.

»Bedienen Sie sich«, sagte Croxley und wies auf ein Eckschränkchen, das die Hausbar beherbergte. »Ich hole inzwischen den alten Herrn.«

Als Yapp allein war, blickte er sich verwundert um. Rings an den Wänden hing moderne Kunst. Klee, Hockney, ein Matisse, zwei Picassos, mehrere abstrakte Bilder, die Yapp nicht zuordnen konnte, und, unglaublich in dieser Umgebung, sogar ein Warhol. Doch bevor sich seine Verblüffung in Widerwillen über diese finanzielle Ausbeutung des Kunstbetriebs verwandeln konnte, wurden Yapps Gefühle erneut aufgewühlt. Durch eine kleine Tür neben dem Kamin kamen eine mürrische Stimme, ein paar Hauspantoffeln und die Chromspeichen eines Rollstuhls.

»Ah, mein lieber Junge, wie nett von Ihnen, dass Sie den weiten Weg gemacht haben«, begrüßte ihn Lord Petrefact, dessen Versuch zu lächeln Yapp ebensowenig zu bezaubern vermochte wie die abstrakte *Nackte in Stücken* von Jaroslav Sowieso. Ein mit der Realität besser vertrauter Mensch hätte dieses Lächeln als grausiges Omen gedeutet; für Walden Yapps tief verwurzelten Glauben an Mitgefühl und Anteilnahme beinhaltete es den tapferen Versuch, körperliche Gebrechen zu überspielen. Von einer Sekunde zur nächsten war Lord Petrefact in seinen Augen vom kapitalistischen Blutsauger zum alten, behinderten Mitmenschen geworden.

»Aber nicht doch«, murmelte er, während er verzweifelt versuchte, den Wirbel widersprüchlicher Gefühle zu entflechten, in den ihn Lord Petrefacts traurige Erscheinung gestürzt hatte. Und ohne sich dessen so recht bewusst zu sein, schüttelte er die schlaffe Hand eines der reichsten und, davon war er fest überzeugt, skrupellosesten Ausbeuter der Arbeiterklasse Großbritanniens. Wenig später saß er mit einem Whisky Soda auf der Couch, während der alte Mann sich des langen und breiten darüber ausließ, wie befriedigend es doch sein musste, sich in einer Welt, der es an Menschen mit Professor Yapps Engagement bitter mangelte, mit Haut und Haaren jungen Menschen zu widmen.

»So würde ich das nicht sagen«, wandte Yapp ein. »Natürlich tut man sein Bestes, aber unsere Studenten sind nicht gerade die hellsten.«

»Ein Grund mehr, ihnen die beste Ausbildung angedeihen zu lassen«, meinte Lord Petrefact, der mit einer Hand ein Glas Milch umklammerte, während er in der anderen ein Taschentuch hielt, mit dem er sich ein Auge abtupfte, um diesen mageren Menschen genauer unter die Lupe nehmen zu können. In seinen Augen verkörperte er die gefährlichste und scheinheiligste Spezies der heutigen Zeit: die fanatischen Verfechter einer Ideologie. Wenn Yapp feste Vorstellungen von Kapitalisten hatte, so hatte Lord Petrefact ebenso extreme Vorurteile gegenüber Sozialisten. Aufgrund von Yapps Ruf hatte er allerdings etwas Eindrucksvolleres erwartet. Einen Augenblick lang geriet sein Entschluss ins Wanken. Es war wohl kaum der Mühe wert, einen Mann, der wie eine Kreuzung aus unerfahrenem Sozialarbeiter und Prälat aussah, als Bluthund auf die Familie zu hetzen, um ihr das Leben zur Hölle zu machen. Die Saukerle würden ihn bei lebendigem Leib auffressen. Andererseits konnte Yapps Auftreten täuschen. Seine Entscheidungen als Schlichter, insbesondere die neunzigprozentige Gehaltserhöhung für Garderobe- und Toilettenpersonal, waren so offensichtlich durch politische Vorurteile bestimmt, und die Forderung, dass Straßenkehrer genauso bezahlt werden sollten wie medizinische Gutachter, war derart absurd, dass sie keinerlei Zweifel daran ließen, dass Yapp ungeachtet seines Auftretens eine erhebliche subversive Macht darstellte. Diese Überlegungen stellte Lord Petrefact an, während er weiterhin an seiner Milch nippte und sich über die Notwendigkeit besserer Ausbildungschancen für junge Menschen mit einer leicht melancholisch angehauchten, gedämpften Begeisterung verbreitete, die er freilich nicht empfand.

Croxley, der sich in seinem Harris-Tweed-Jackett recht unwohl fühlte, saß in einer Ecke und hörte zu. Er hatte Lord Petrefact in der Rolle des menschenfreundlichen Invaliden schon früher erlebt. Nachdem er Walden Yapp einen zweiten Whisky eingeschenkt und gesehen hatte, wie dieser ihn hinunterkippte, sobald der Mietbutler verkündete, dass angerichtet sei, bekam er allmählich Mitleid mit dem armen Esel. Um gegen dieses Mitgefühl gefeit zu sein, musste er sich erst vergegenwärtigen, dass Yapp in Anbetracht seiner akademischen Karriere nicht so schwachköpfig sein konnte, wie er wirkte. Croxley, der vor der Einführung des kostenlosen Universitätsstudiums aufgewachsen war, beneidete Yapp um seine Chancen und seinen Erfolg.

Wenigstens war es Croxley gelungen, die magenfeindlicheren Konsequenzen des Dinners abzumildern. Er hatte dafür gesorgt, dass die Schildkrötensuppe aus der Dose kam und die Geflügelpastete so bescheiden wie möglich ausfiel. Nur das Spanferkel stellte ein Problem dar. Was der Metzger geliefert hatte, war nie und nimmer von den Zitzen seiner Mutter weggerissen worden – wenn doch, dann war es nie entwöhnt worden. Das Vieh war ein ausgewachsener Eber, der die Ausmaße des Backrohrs sprengte und die Kochkünste des Küchenchefs überstrapazierte. Gebraten konnte er überhaupt nur werden, nachdem man das Mittelstück herausgeschnitten und Kopf und Hinterteil wieder zusammengenäht hatte. Croxley, der diese Operation überwacht hatte, kämpfte schwer mit sich, ob er ihm einen Apfel zwischen die Hauer stecken sollte oder nicht. Am Ende entschloss er sich wie üblich dazu, in etwa das zu tun, was man ihm aufgetragen hatte. Aber schon jetzt graute ihm vor Lord Petrefacts Reaktion.

Als er Yapp ins Speisezimmer folgte, war er versucht, noch kurz mit seinem Herrn zu sprechen, aber Lord Petrefact hatte bereits seinen Platz oben an der Tafel eingenommen und betrachtete den Schildkrötenpanzer mit ehrlichem Bedauern.

»Ich fürchte, ich kann Ihnen nicht Gesellschaft leisten«, erklärte Yapp. »Die Ärzte haben mir strenge Diät verordnet, müssen Sie wissen. Und überhaupt bin ich ganz entschieden dagegen, dass man in freier Wildbahn lebende Tiere einfach für den menschlichen Verzehr abschlachtet.« Er warf Croxley einen vorwurfsvollen Blick zu. »Es erstaunt mich sehr, dass Sie echte Schildkrötensuppe geordert haben.«

Croxley gab den vorwurfsvollen Blick zurück. Was genug war, war genug. »Habe ich nicht«, sagte er. »Der Panzer stammt aus dem Aquarium in Lowestoft und der Inhalt von Fortnum & Mason.«

»Wirklich?« sagte Lord Petrefact. Dabei gelang es ihm, Yapp mit einer Gesichtshälfte zuzulächeln und gleichzeitig Croxley mit der anderen anzufunkeln. Letzteren bewahrte Yapp vor weiteren Unannehmlichkeiten, indem er sich in einen Exkurs über den Ursprung der Mockturtle-Suppe stürzte. Langsam begann er die Sache zu genießen. Trotz aller Vorbehalte hinsichtlich der Herkunft des Petrefactschen Reichtums – und an denen gab es nichts zu rütteln – versöhnte ihn im Augenblick der faszinierende Gedanke, dass er Zeuge dessen wurde, wie die Reichen wirklich lebten. Es war, wie Croxley bereits gesagt hatte, als besuche man ein Museum; und sollte das am Ende alles gewesen sein, so hätte Yapp, aus erster und feinster Hand, zumindest einen unmittelbaren Eindruck von der interfamiliären Soziopsychologie der kapitalistischen Klasse gewonnen. Ganz besonders beeindruckte ihn das verschrobene Verhältnis zwischen Lord Petrefact und seinem Privatsekretär. Fast kam es ihm vor, als fordere der alte Mann Croxleys Trotz heraus. Jedenfalls schien die beiden eine auf gegenseitiger Antipathie beruhende Kameradschaft zu verbinden.

»Nein, ich möchte keine zweite Portion«, sagte Croxley, als er seine Suppe aufgegessen hatte. Aber Lord Petrefact bestand darauf. »Wir dürfen Sie doch nicht verhungern lassen, mein Lieber«, sagte er mit einem irritierend schiefen Lächeln, worauf der Sekretär die Demütigung einstecken musste, dass ihm ein Diener den Teller zum zweiten Mal füllte. Beim Kaviar war es dasselbe. Während Lord Petrefact in einem Zeug herumstocherte, das aussah wie gekochte Fischstäbchen, und Yapp die zweite Portion ehrlich genoss, wehrte Croxley sich heftig gegen eine dritte.

»Inzwischen sollten Sie wissen, dass ich immer ein leichtes Abendessen zu mir nehme«, sagte er. »Mit vollem Magen kann ich nämlich nicht schlafen.«

»Seien Sie froh, dass Sie überhaupt einen Magen haben, mit dem Sie schlafen können. Ich liege die ganze Nacht wach und versuche mich daran zu erinnern, wann ich zum letzten Mal richtig gut gegessen habe.«

»Das muss damals gewesen sein, als Sie dieser Auster

begegneten«, erwiderte Croxley – eine Bemerkung, die etwas ganz Bestimmtes bedeuten musste, da sie bei Lord Petrefact ein derart reptilhaftes Lächeln hervorrief, dass sogar Yapp es als nicht ganz spontan erkannte. Einen Moment lang sah es aus, als würde der alte Mann gleich explodieren, doch dann erlangte er seine Fassung wieder.

»Und wie schmeckt Ihnen der Wein?« wandte er sich an Yapp, der erst jetzt überhaupt darauf achtete.

»Ich bin kein Fachmann, aber er passt sehr gut zum Kaviar.«

»Nein wirklich, tut er das? Nicht zu süß?«

»Wenn überhaupt, dann eher etwas trocken«, meinte Yapp.

Misstrauisch ließ Lord Petrefact den Blick von ihm zur Karaffe und schließlich zu Croxley wandern.

»Chablis«, sagte Croxley geheimnisvoll.

Wieder schoß ein viel sagender Giftblick zwischen beiden hin und her. Als dann das nächste Gericht aufgetragen wurde, schien sich Lord Petrefacts zusammengesunkene Gestalt aufzublähen und zu jener ungeheuerlichen Größe aufzurichten, die sich mit seinem Namen verband.

»Und was, sagt an, ist das?« wollte er wissen. Yapp entging weder das archaische »sagt an« noch die Tatsache, dass Croxley anscheinend verstanden hatte. Erst dann erblickte er das außergewöhnliche Ding, das der Oberkellner mit Mühe auf einem Silbertablett balancierte. Selbst in Walden Yapps mit den exzentrischen Feinheiten der *haute cuisine* nicht vertrauten Augen war irgend etwas an diesem gebratenen Vieh faul. Einen Augenblick lang kam es ihm vor, als bilde er sich das Ganze nur ein.

Nicht so Lord Petrefact. Sein Gesicht war zu einem grässlich krebsroten Ballon angeschwollen. »Spanferkel?« brüllte er den Kellner an. »Was soll das heißen, ›Spanferkel‹? Dieses Vieh hat nicht mehr Ähnlichkeit mit einem Spanferkel als ich.«

»Da gebe ich Ihnen ganz recht, Sir«, entgegnete der Kellner mit einem Mut, der Yapp Bewunderung entlockte. »Ich fürchte fast, der Metzger hat das in die falsche Kehle gekriegt.«

»Kehle? Der würde sich hüten, so was in die Kehle zu kriegen. Wahrscheinlich stammt das Ding aus derselben obskuren Quelle wie dieser verdammte Schildkrötenpanzer.«

»Ich meinte, er hat wohl den Auftrag falsch verstanden, Sir. Der Küchenchef hat am Telefon mit Sicherheit ein Spanferkel bestellt, aber vielleicht dachte der Metzger …« Der Kellner hielt inne und blickte Hilfe suchend zu Croxley.

»Dachte?« röhrte Lord Petrefact, bevor sein Sekretär auch nur den Mund aufmachen konnte. »Der sollte sich lieber um sein verdammtes, blutiges Geschäft kümmern und das Denken anderen überlassen. Und Sie wagen es, mir so eine kastrierte Sau auch noch aufzutischen. Schauen Sie sich bloß diese verhunzten Füße an. Das Vieh muss ja auf Schritt und Tritt über seinen Rüssel gestolpert sein. Und wo ist eigentlich der verdammte Bauch?«

»Im Kühlschrank, Sir«, murmelte der Kellner. Lord Petrefact glotzte ihn an.

»Soll das vielleicht ein Scherz sein?« kreischte er. »Sie fahren da einen verhunzten Zwerg von Schwein auf und …«

»Perg«, mischte sich Yapp ein, der unklugerweise glaubte, dem Kellner zu Hilfe eilen zu müssen. Lord Petrefact wandte ihm sein Gesicht in Totale zu.

»Perg? Was soll denn das heißen? Halten Sie sich gefälligst da raus«, schnauzte er ihn an.

»Ich bezog mich auf Ihre Verwendung des Wortes ›Zwerg‹«, sagte Yapp unerbittlich. »Das ist ein Begriff, den zu hören ich in zivilisierter Gesellschaft nicht erwartet hätte.«

»Nein? Ob wir wohl die Ehre haben zu erfahren, was Sie in zivilisierter Gesellschaft zu hören erwartet hätten? Und schaffen Sie mir dieses verkrüppelte Schwein aus den Augen.«

»Person restringierter Größe«, sagte Yapp.

Lord Petrefact stierte ihn blöde an. »Person restringierter Größe? Man serviert mir ein Schwein, das aussieht wie eine zusammengequetschte Ziehharmonika, und Sie fangen von zivilisierter Gesellschaft und Personen restringierter Größe zu schwafeln an. Falls irgend jemandes Größe je restringiert wurde, dann die dieser armen Sau ...« Er gab auf und sackte in seinem Rollstuhl zusammen.

»Der Begriff ›Zwerg‹ hat einen pejorativen Beigeschmack«, fuhr Yapp umbeirrt fort, »wohingegen Person restringierter Größe oder kurz Perg ...«

»Hören Sie«, unterbrach ihn Lord Petrefact, »Sie sind zwar Gast in diesem Haus, und vielleicht ist es unhöflich von mir, aber wenn noch mal jemand etwas sagt, was auch nur im entferntesten mit Schwein zu tun hat, dann ... Entschuldigen Sie mich.« Und mit einer energischen Drehung wirbelte er seinen Rollstuhl herum und schoß aus dem Speisezimmer. Yapp stieß einen Seufzer der Erleichterung aus.

»Machen Sie sich deshalb keine Sorgen«, sagte Croxley, der sich für Yapp zu erwärmen begann, seit dieser Lord Petrefacts Zorn von ihm abgelenkt hatte. »Bis wir mit dem Essen fertig sind, hat er sich wieder völlig beruhigt.«

»Ich mache mir keine Sorgen. Ich finde es nur interessant, den Zusammenprall von Widersprüchen zu beobachten, der sich im gesellschaftlichen Verhalten der so genannten Oberschicht ausdrückt, wenn sie sich mit den objektiven Erfahrungsbedingungen konfrontiert sieht.«

»Ach wirklich? Wobei das verkürzte Schwein die objektive Bedingung darstellt, wie ich annehme.«

Der Rest der Mahlzeit verlief schweigend, unterbrochen nur durch das gelegentliche Anschwellen von Stimmen in der Küche, wo Lord Petrefact nachforschte, wer im einzelnen für die Entstellung des Schweins und seinen Verstoß gegen die guten Manieren verantwortlich war.

»Ich denke, ich werde mich jetzt zurückziehen, wenn Sie nichts dagegen haben«, sagte Croxley, als sie sich endlich von der Tafel erhoben. »Sollten Sie in der Nacht etwas brauchen, dann läuten Sie einfach.«

Er schlüpfte auf den Gang hinaus und überließ Yapp sich selbst. Widerstrebend und mit dem festen Vorsatz, seinem Gastgeber bei der nächsten groben Bemerkung seine unverblümte Meinung ins Gesicht zu schleudern, kehrte Yapp in den Salon zurück. Doch nachdem Lord Petrefact die unnatürliche Herkunft jener ihm aufgetischten Spezies erkundet hatte, war ihm die Lust vergangen, mit Walden Yapp zu streiten.

»Sie müssen meinen Ausbruch entschuldigen, lieber Freund«, sagte er betont herzlich. »Daran ist mein verfluchtes Verdauungssystem schuld, wissen Sie. Es ist schon in guten Zeiten schlecht genug, aber … schenken Sie sich doch einen Cognac ein. Aber natürlich trinken Sie einen. Ich werde mir auch einen Schluck genehmigen.« Und ohne auf Yapps Protest einzugehen, er habe bereits mehr getrunken als sonst in einem ganzen Monat, glitt Lord Petrefact zum Eckschränkchen hinüber und goss ihm einen dreifachen Cognac ein.

»Und jetzt setzen Sie sich hin und nehmen eine Zigarre«, sagte er dann. Diesmal weigerte sich Yapp ganz entschieden mit dem Argument, dass er Nichtraucher sei.

»Sehr vernünftig. Sehr vernünftig. Trotzdem, es soll beruhigend auf die Nerven wirken.« Und mit einer dicken Zigarre und einem ansehnlichen Cognac in der Hand manövrierte er seinen Rollstuhl so, dass seine wohl wollende Gesichtshälfte Yapp unangenehm nahe kam.

»Nun möchten Sie sicher wissen, warum ich Sie eingeladen habe«, flüsterte er beinahe verschwörerisch.

»Sie deuteten an, ich solle die Geschichte Ihrer Familie schreiben.«

»Ganz genau. So ist es«, entgegnete Lord Petrefact, wobei er sich alle Mühe gab, geistesabwesend zu erscheinen, »aber zweifellos kam Ihnen diese Idee mehr als seltsam vor.«

»Allerdings. Ich frage mich, wie Sie ausgerechnet auf mich gekommen sind«, bestätigte Yapp.

Lord Petrefact nickte. »Verständlich. Und in Anbetracht Ihrer, sagen wir, extremen politischen Ansichten musste Ihnen diese Wahl leicht exzentrisch erscheinen.«

»Ich fand sie ungewöhnlich, und ich glaube, ich sollte Ihnen jetzt und hier sagen, das s…«

Lord Petrefact hob eine Hand. »Nicht nötig, mein Lieber, absolut nicht nötig. Ich weiß, was Sie sagen wollen, und ich bin ganz und gar mit Ihren Bedingungen einverstanden. Das ist genau der Grund, warum ich mich für Sie entschieden habe. Wir Petrefacts mögen zwar unsere Fehler haben, die Sie zweifellos Punkt für Punkt auflisten werden, aber eines werden Sie bei uns nicht finden, nämlich dass wir uns etwas vormachen. Man könnte es auch anders ausdrücken. Man könnte sagen, dass wir nicht eitel sind, aber das ginge denn doch zu weit. Sie brauchen sich bloß dieses grauenhafte Haus hier anzusehen, um zu erkennen, was meine Großeltern alles anstellten, um ihren hohen gesellschaftlichen Status zu demonstrieren. Und was hat es ihnen genützt? Gar nichts. Ich gehöre einer anderen Generation an, einer anderen Epoche, könnte man fast sagen, und wenn ich etwas mehr schätze als alles andere, dann die Wahrheit.«

Und während er Zigarre und Kognakschwenker in einer Hand hielt, packte er Yapps Handgelenk beängstigend kräftig mit der anderen.

»Die Wahrheit, Sir, ist die letzte Domäne der Jugend. Was halten Sie von diesem geflügelten Wort?«

Zu Yapps unsäglicher Erleichterung ließ Lord Petrefact sein Handgelenk los und lehnte sich sichtlich zufrieden in seinen Stuhl zurück.

»Nun, was sagen Sie dazu?« beharrte er. »Sie brauchen gar nicht erst bei La Rochefoucauld oder Voltaire nach dieser Maxime zu suchen. Sie stammt von mir ganz allein, und trotzdem ist sie wahr.«

»Ein interessanter Gedanke, gewiss«, sagte Yapp, ohne sicher zu sein, dass er vollkommen verstanden hatte, was der ungewöhnliche alte Mann damit meinte. Aber er spürte, dass es für ihn wichtig war.

»Ja, die Wahrheit ist die letzte Domäne der Jugend. Und solange ein Mann bereit ist, der Wahrheit ins Auge zu blicken und in diesem Spiegel seine Fehler zu erkennen, soll es keiner wagen, ihn alt zu nennen.«

Und nachdem er diese stark nach Churchill, Beaverbrook und womöglich Baldwin klingende Sentenz losgeworden war, blies Lord Petrefact einen vollendeten Rauchkringel in die Luft. Fasziniert blickte Yapp ihm nach, wie er gleich einer sich verflüchtigenden Gestalt auf den Kamin zudriftete.

»Wenn ich Sie recht verstehe«, sagte er, »dann wollen Sie damit ausdrücken, dass Sie gewillt sind, mir bei meinen Nachforschungen über die Familie Petrefact freie Hand zu lassen, mir sämtliche wirtschaftlichen und finanziellen Unterlagen zur Verfügung zu stellen und sich nicht in meine aus diesem Material gewonnenen sozioökonomischen Schlussfolgerungen einzumischen.«

»Genau«, sagte Lord Petrefact, »besser hätte ich es selbst nicht formulieren können.«

Yapp nippte an seinem Cognac und wunderte sich über diese erstaunliche Großzügigkeit. Er hatte sich fest vorgenommen, das Angebot bei dem leisesten Hinweis darauf, dass man von ihm eine Lobhudelei auf die Petrefacts erwartete, abzulehnen – und hatte sich eigentlich schon darauf gefreut, seine erhabenen Prinzipien unter Beweis zu stellen. Und nichts hatte er weniger erwartet, als dass man ihm völlig freie Hand lassen würde. Das musste er erst einmal verdauen. Lord Petrefact musterte ihn eindringlich und genoss seine Verwirrung.

»Völlig ungehindert, Sir«, sagte er in dem deutlichen Gefühl, dass sich das Schwein gelohnt hatte. »Sie können gehen, wohin Sie wollen, erhalten Zugang zu sämtlichen Dokumenten, die Sie sehen möchten, können mit jedem reden, bekommen Einblick in die gesamte Korrespondenz – und davon gibt es jede Menge, das kann ich Ihnen versichern, auch ziemlich aufschlussreiches Zeug –, und all das für die ...« Gerade noch rechtzeitig verkniff er sich die »fürstliche Summe«. Es hatte keinen Zweck, den jungen Esel jetzt, wo er ihn an der Angel hatte, vor den Kopf zu stoßen. Statt dessen griff er in die Tasche und zog einen Schriftsatz heraus. »Hunderttausend Pfund. Hier ist der Vertrag. Zwanzigtausend bei Unterzeichnung, weitere zwanzigtausend bei Fertigstellung des Manuskripts und sechzigtausend bei Veröffentlichung. Ein faireres Angebot kann ich Ihnen nicht machen. Lesen Sie alles genau durch, lassen Sie es überprüfen, von wem Sie wollen – Sie werden keinen Haken darin finden. Ich habe den Vertrag selbst aufgesetzt, also weiß ich Bescheid.«

»Das muss ich mir erst durch den Kopf gehen lassen«, meinte Yapp, wobei er gegen eine nie erlebte Euphorie ankämpfte. Als wollte er andeuten, dass er der letzte sei, der jemanden durch seine Anwesenheit unter Druck setzen wolle, rollte Lord Petrefact quer durchs Zimmer zur Tür, forderte Yapp nochmals auf, sich nach Belieben an der Hausbar zu bedienen und die Lichter ruhig anzulassen, da sich das Personal schon darum kümmern werde, wünschte ihm eine gute Nacht und war verschwunden. Yapp blieb sitzen, noch ganz benommen von den überraschenden Ereignissen des Abends und dem berauschenden Gefühl, einen der letzten großen kapitalistischen Räuberbarone erlebt zu haben. Zwanzigtausend Pfund bei Unterzeichnung und zwanzigtausend … Und keine Auflagen. Absolut nichts, was ihn daran hindern würde, die Ausbeutung, das Elend und die Habgier, die hinter diesem Elend steckte, das die Petrefacts ihrem Arbeiterheer über ein Jahrhundert lang zugefügt hatten, zu dokumentieren

Irgendeinen Haken mußte die Sache haben. Walden Yapp leerte sein Glas, schenkte sich noch einen Cognac ein und machte es sich auf der Couch bequem, um den Vertrag in Ruhe durchzulesen.

5

Im Zimmer nebenan saß Lord Petrefact eine Zeit lang im Dunkeln, sog wütend an seiner Zigarre und verfluchte sich selbst wegen seiner Dummheit. Und Croxley verfluchte er wegen der Episode mit dem verkürzten Eber und hätte dem Schwein, wäre er seiner habhaft geworden, gehörig die Meinung gesagt und zum Wochenbeginn gekündigt. Doch Croxley hatte es vorgezogen, sich oben schlafen zu legen. Mit Aufzügen war es in Fawcett House schlecht bestellt, und Lord Petrefact war zu vernünftig, um auch nur daran zu denken, seinen Rollstuhl jene fatale Marmortreppe hinaufzumanövrieren, die sich im Fall seines Großonkels Erskine schon einmal als tödlich erwiesen hatte. Lord Petrefact erinnerte sich dieser Tragödie mit lebhafter Genugtuung, obwohl es stets ein Geheimnis geblieben war, wie sein Großonkel erst auf den Balkon pinkeln und sich dann mit einem nur halb abgestreiften Kondom in seinem Leichenhemd hatte verheddern können. Wahrscheinlich hatte der alte Bock eine in einer Nische stehende Marmorstatue irrtümlich für ein Stubenmädchen gehalten.

Aber das spielte jetzt keine Rolle. Das Entscheidende war im Augenblick, dass Croxley unverschämterweise oben war und er unten und dass er wohl oder übel bis zum Morgen warten musste, ehe er seinen Zorn auf diesen Idioten abladen konnte. Nein, in Wirklichkeit ärgerte ihn am allermeisten, dass er diesem schwachsinnigen

Yapp ein so ungeheuer großzügiges Angebot für Nachforschungen angeboten hat, die dieser fanatische Irre mit Begeisterung umsonst angestellt hätte. Dazu kam die nagende Ungewissheit, ob Yapp, ungeachtet seines Rufes, der richtige Mann für diesen Job war. Seine Höflichkeit beim Essen hatte nicht auf den skrupellosen Kämpfer schließen lassen, den Lord Petrefact auf seine Familie loslassen wollte. Mit der Überlegung, dass er den Kerl auf die richtige Fährte hetzen musste, rollte Lord Petrefact in sein Schlafgemach und unter die Fittiche des Reanimationsteams, dessen weiblichen Mitgliedern die wenig beneidenswerte Aufgabe zukam, ihn abends ins Bett und am Morgen wieder heraus zu schaffen.

Unterdessen hatte Yapp im Salon den Vertrag eingehend studiert und begab sich nun im Bewusstsein, dass er die Dienerschaft unnötig lange aufhielt, nach oben in sein Zimmer. Soweit er feststellen konnte – und das Kleingedruckte hatte er besonders aufmerksam gelesen –, stand absolut nichts in diesem Vertrag, was ihn daran hindern konnte, eine denkbar unflätige Familiengeschichte zu schreiben. Die Angelegenheit war höchst ungewöhnlich. Und für dieses Geschenk sozioökonomisch-fiskalischer Daten sollte er auch noch hunderttausend Pfund bekommen. Ein Furcht erregender Gedanke – fast so Furcht erregend wie die Vorstellung, dass er in dem Bett schlafen würde, in dem einst der Tyrann des Kongo gelegen hatte.

So war es kaum verwunderlich, dass Walden Yapp Schwierigkeiten mit dem Einschlafen hatte. Während Lord Petrefact unter ihm lag und sich überlegte, wer aus der Verwandtschaft Yapps Schnüffelei in seinem Privatleben wohl am wenigsten schätzen würde, wälzte sich der berühmte Proletarische Geschichtsschreiber unruhig von einer Seite auf die andere. Immer wieder wachte er auf, sah zum Fenster hinüber und wunderte sich über diesen Glücksfall, bevor er wieder eindöste. Wenn er dann endlich schlief, träumte er von Schweinen in Rollstühlen und einem grässlich verkrüppelten Lord Petrefact, dessen glitschige Füße sich mehr oder minder dort befanden, wo seine Schulterblätter hätten sein sollen. Unglücklicherweise gab es keine Nachttischlampe am Bett, so dass er seine Phantasie auch nicht durch intensive Beschäftigung mit der Not und dem Elend der Scherenschleifer im Sheffield des Jahres 1863 einlullen konnte, der Doktorarbeit eines seiner Studenten, die er sich als Bettlektüre mitgenommen hatte. Das schrecklichste aber war seine Modemlosigkeit. Wenn er wenigstens Doris mit dem Vertrag hätte füttern können, dann hätte er den verborgenen Haken sicher entdeckt. Aber das würde warten müssen, bis er wieder in seine Wohnung in Kloone kam.

Sogar Croxley, für gewöhnlich ein phänomenaler Schläfer, litt in dieser Nacht unter Schlaflosigkeit. Zwar war es ihm gelungen, dem unmittelbaren Zorn Lord Petrefacts wegen des improvisierten Spanferkels zu entfliehen, aber am Morgen würde er unweigerlich einen Wutausbruch erleben. Croxley fand sich mit dem Unvermeidlichen ab. Mochte der alte Mann ihn zur Hölle wünschen – er kannte seinen Wert und wusste, dass sein Job nicht in Gefahr war. Nein, hier ging etwas weitaus Heimtückischeres vor, und diesmal hatte Croxley keinerlei Einblick in Lord Petrefacts Motive. Warum nur hatte er diesen subversiven Gelehrten nach Fawcett eingeladen? Das überstieg Croxleys Vorstellungsvermögen. Und während sich Lord Petrefact wegen der enormen Summe, die er Yapp für seine Nachforschungen geboten hatte, verfluchte, ärgerte sich Croxley darüber, dass er die Gelegenheit bei Tisch nicht ergriffen und Yapp gefragt hatte, warum er hier war. Doch was immer der Grund sein mochte, gefallen hätte er Croxley sicher nicht. Als er in seinem Gedächtnis nach einem Motiv forschte, bezog sich seine einzige Vermutung auf die geplante Schließung der Fabrik in Hull. Die stand ziemlich sicher auf dem Programm. Und vielleicht kam Yapp ja als Schlichter in dieser Auseinandersetzung in Frage. Falls dem so war, versuchte der alte Mann womöglich, ihn zu kaufen. Aber das war keine Erklärung dafür, dass er dem armen Teufel derart um den Bart strich. In einem halben Jahrhundert selbstauferlegter Loyalität gegenüber Lord Petrefact und bedingungsloser Ergebenheit gegenüber der Familie hatte es, soweit Croxley sich erinnerte, nur sehr wenige Gelegenheiten gegeben, bei denen der alte Mann so krampfhaft versucht hatte, seine wahren Gefühle zu verbergen. Einmal, als er Raphael Petrefacts Anteile an American Carboil brauchte, um eine Übernahme erzwingen zu können, und ein anderes Mal, als er die Unterstützung von Oscar Clapperstock haben musste, um einen Konkurrenten in den Bankrott zu treiben. Doch abgesehen von diesen beiden für seine Geschäfte entscheidenden Situationen war Lord Petrefact stets zuverlässig unfreundlich gewesen. Dieses unbarmherzige Verfolgen des eigenen Vorteils auf Kosten persönlicher Popularität war eine der Eigenschaften, die Croxley an ihm am meisten bewunderte. Doch schließlich schlummerte auch der irritierte Croxley ein, und über Fawcett House breiteten sich das düstere Schweigen und der morbide Glanz, die so beredt an das Leid jener Millionen zu erinnern schienen, die diesen Bau ermöglicht hatten.

Der Gedanke an eben diese leidenden Millionen trieb Yapp schließlich aus dem Bett. Wie konnte er hunderttausend zu Unrecht verdiente Pfund von einem Mann annehmen, dessen stolzeste und am häufigsten publizierte Prahlerei in einer Paraphrase Churchills bestand: »Niemals im Bereich des Privatunternehmertums haben so viele so vieles einem Mann zu verdanken gehabt.« Die Vorstellung, dass er in einer Währung bezahlt wurde, die letztlich aus dem Blut, dem Schweiß, den Tränen und dem Speichel der silikosekranken Bergleute in Bolivien und Südafrika bestand – ganz zu schweigen von den Teepflückern in Sri Lanka, den Holzfällern in Kanada, Bulldozerfahrern in Queensland und in der Tat von Arbeitern aus aller Welt –, war einfach unerträglich. Und außerdem war zu bedenken, was dieser Betrag seinem eigenen, tadellosen Ruf anhaben konnte. Die Leute würden behaupten, dass Walden Yapp sich habe kaufen lassen, dass er zum Speichellecker geworden sei, zum Werbeclown für den Petrefact Konzern, und dass er für schäbige hunderttausend Pfund seine Prinzipien verraten habe. Sie würden ihn aus der Tribune Group ausschließen, von der Schwelle des Transport House fortjagen, und Neutrale wie Wedgie Benn würden ihn auf der Straße schneiden. Es sei denn, er würde die gesamte Summe einem Wohltätigkeitsverein spenden, der sie verdiente, etwa der International Labour Organisation oder dem Pol-Pot-Unterstützungsfonds. Das würde seinen Kritikern sicher das Maul stopfen, und er konnte mit seiner Erforschung der von den Petrefacts angewandten Ausbeutermethoden fortfahren. Ja, das war die Lösung. Und mit dem beglückenden Gefühl, dass niemand den Namen Yapp in den Annalen des Sozialismus würde schlecht machen können, begab er sich ins Bad und beschloss, wenn er schon nicht im selben Bett schlafen konnte wie der böse Monarch, wenigstens das vorsintflutliche Bad auszuprobieren. Damit würde er seine Erforschung der Lebensgewohnheiten der Reichen von früher beginnen.

In diesem Fall wurden seine Erwartungen bei weitem

übertroffen. Nachdem Yapp die Bedienungsanleitung nochmals durchgelesen hatte, zog er an dem mit STÖPSEL gekennzeichneten Hebel, drehte den Temperaturmesser, bis er auf vierzig Grad stand, und wartete, bis das Wasser die für die WELLEN erforderliche Zweidrittelmarke erreicht hatte. Dann drehte er den Wasserhahn zu und stieg in die gigantische Badewanne. Das heißt, er *wäre* hineingestiegen, wenn sich das Ding nicht plötzlich zur Seite geneigt und er die Balance verloren hätte. Kaum versuchte er den Hebel zu erwischen, als die Wanne zur anderen Seite kippte. Yapp rutschte über den Rand und kollidierte dabei mit dem Zuflussrohr. Er versuchte verzweifelt, sich daran festzuhalten, als, die Wanne ihre Lage mit schaurigem Knirschen erneut veränderte und gleichzeitig zu vibrieren begann. Als Yapp, unterstützt durch ein Stück Seife, das zwischen seine Pobacken geraten war, kopfüber hineinglitt, erwischte er den Hebel und warf ihn herum. Jetzt stand er auf DÜSENMASSAGE und erfüllte sein Versprechen mit einem Elan, der nur den langen Jahren schmählicher Vernachlässigung zuzuschreiben sein konnte. Unter der Mahagoniverkleidung schoß heißes, rostgefärbtes Wasser hervor. Mit einem Aufschrei packte Yapp ein Stück Vorhang und versuchte sich daran hochzuziehen. Doch offenbar hatte die Badewanne andere, recht eigenwillige Vorstellungen. Als der Vorhang aus seiner morschen Verankerung riss und der glühende Verehrer von Computern und multiplen Funktionsweisen wieder ins Wasser und in die kochend heißen Massagestrahlen stürzte, führte die Höllenmaschinerie gleichzeitig sämtliche Funktionen vor, die ihr geisteskranker Konstrukteur für sie ersonnen hatte. Sie schaukelte, schoß scharfe Wasserstrahlen, vibrierte und stellte jetzt auch noch ihre Fähigkeit zu dampfen unter Beweis. Während aus einigen Löchern kochendes Wasser düste, krochen aus anderen

Dampfwolken, die Yapps Bemühungen, an den Hebel zu gelangen und ihn auf NEUTRAL ZU stellen, endgültig zum Scheitern verurteilten. Er konnte das Ding nicht einmal sehen, als er daran vorbeirutschte, geschweige denn es erwischen. Und die ganze Zeit ertönte das Stampfen und Mahlen des antiquierten Mechanismus – Yopp vermutete, dass es sich um eine besonders teuflische Abart der Dampfmaschine handelte –, der das synchronisierte Wellenbad betrieb.

Dieses unausgesetzte Stampfen weckte schließlich auch Lord Petrefact im Zimmer darunter. Er öffnete die Augen und blinzelte, tastete nach seiner Brille, fand sie aber nicht. So lag er einfach da und starrte auf die üppig mit Stuck verzierte Decke. Auch ohne seine Brille war ihm klar, dass etwas Gravierendes nicht stimmte, entweder mit seiner Leber – doch dagegen sprach der Lärm – oder mit dem ganzen verdammten Haus. Im ersten Augenblick dachte er, das Gebäude würde von einem heftigen Erdbeben erschüttert, nur dauerten Erdstöße nicht ununterbrochen an. Und seines Wissens wurden sie auch nicht von einem Getöse begleitet, das sich anhörte wie eine außer Rand und Band geratene Dampfmaschine.

Ein Stuckbrocken fiel von der Decke und plumpste in sein Gebißglas, das Porträt seines Großvaters löste sich von der Wand und bohrte sich in einen Sessel. Zum Handeln zwang Lord Petrefact schließlich der rostigbraune Wasserfleck an der Decke – der und der Kronleuchter, der auf einer zunehmend größer werdenden Kreisbahn herumwirbelte. Es war nicht abzusehen, was passieren würde, wenn das verdammte Ding herunterkrachte, und Lord Petrefact hatte nicht die Absicht, im Bett liegen zu bleiben, um es herauszufinden. Mit einer für einen an sich bewegungsunfähigen Mann erstaunlichen Behändigkeit warf er sich aus dem Bett und versuchte, seinen Rollstuhl und den rettenden roten Knopf zu erreichen.

Zu spät. Die Kette, an der der Kronleuchter hing, hielt der Belastung nicht länger stand; genaugenommen war es das ganze Deckenstück. Unappetitlich ächzend gab die ganze Chose nach und krachte mit dem ohrenbetäubenden Geklirr berstenden Kristalls zu Boden. Inmitten dieses Chaos wusste Lord Petrefact nur eines: Er musste den roten Knopf erreichen, bevor er erschlagen, in Stücke gerissen oder ertränkt wurde. Aus dem Loch in der Decke schoß ein Schwall dreckig-brauner Brühe. Aber schon drohte eine neue Gefahr. Ein Mörtelbrocken, der sich von der Decke gelöst hatte, donnerte auf den Rollstuhl – ausgerechnet auf die lebensrettenden Knöpfe – und setzte ihn in Bewegung. Er beschleunigte rasant und kollidierte erst mit einer prächtigen Ziervase und dann mit dem bestickten Seidenparavent, der Lord Petrefacts tragbaren Nachtstuhl kaschierte. Nachdem das verdammte Gefährt den Paravent demoliert und den Nachtstuhl geleert hatte, zog es sich angewidert zurück und eilte in die entgegengesetzte Richtung. Sobald es an Lord Petrefact vorbeiratterte, unternahm dieser in seiner Verzweiflung den tollkühnen Versuch, es zum Stehen zu bringen, doch hatte der Rollstuhl es auf etwas anderes abgesehen, nämlich auf die mit unschätzbar wertvollen Jadefiguren gefüllte Glasvitrine. Gelähmt vor Entsetzen – teils weil es sich um unersetzliche Stücke handelte, teils weil sie seines Wissens nicht ausreichend versichert waren – musste Lord Petrefact mit ansehen, wie der Rollstuhl durch das Glas brach, mehrere Mal um seine eigene Achse kreiselte und die Schätze von einem halben Dutzend Dynastien zerschmetterte, bevor er geradewegs auf ihn zusteuerte.

Aber Lord Petrefact war bereit. Er hatte nicht die Absicht, sich von seinem eigenen Rollstuhl enthaupten zu lassen oder dem Inhalt des Nachtstuhls in der Zimmerecke Gesellschaft zu leisten. Er rollte sich seitlich unters Bett und drückte sich in eine Ecke, aus der er wütend die Fußstützen des Rollstuhls anstarrte, der sich unter das Bett zu zwängen und ihn zu erwischen versuchte. Zumindest kam es Lord Petrefact so vor. Und nachdem er gesehen hatte, wozu diese Höllenmaschine fähig war, wenn sie etwas erwischte, wollte er ihr keine Chance geben. Andererseits wollte er auch nicht in diesem Wasserfall ertrinken, der mit unverminderter Vehemenz durch das Loch in der Decke stürzte und sich auf den Boden ergoss. Während er noch mit sich rang, ob er es mit dem Rollstuhl aufnehmen oder ihn in eine weniger tödliche Richtung lenken sollte, ging die Tür auf, und jemand rief: »Lord Petrefact, Lord Petrefact, wo sind Sie denn?«

Zwar versuchte der große Magnat unter dem Bett seinen Aufenthaltsort kundzutun, doch der infernalische Lärm von droben, gesteigert noch durch Schreie und das Getöse der herabstürzenden Wassermassen, erstickte seine Antwort. Dass er sein Gebiss nicht im Mund hatte, verbesserte seine Lage auch nicht gerade. Mit knirschenden Kiefern robbte er auf den Rollstuhl zu, wobei er ein Auge auf die Füße des Reanimationsteams hatte, das sich unter der Tür versammelt hatte und das Durcheinander inspizierte.

»Wohin kann sich der alte Saukerl nur verkrochen haben?« fragte einer.

»Sieht aus, als wäre er plötzlich total ausgerastet«, meinte ein anderer. »Ich hab' ja schon immer gewusst, dass der alte Knacker nicht alle Stacheln am Kaktus hat, aber das setzt dem Ganzen wirklich die Krone auf.«

Der alte Knacker unter dem Bett hätte viel darum gegeben, den Sprecher besser sehen zu können. Er hätte ihm schon gezeigt, was passierte, wenn er wirklich ausrastete. Er unternahm einen letzten, verzweifelten Fluchtversuch, indem er sich ausstreckte und die Fußstützen des Rollstuhls mit einem Ruck beiseite schob. Einige Sekunden lang schien das Ding zu zögern, während die Räder in der dunklen Soße durchdrehten und dabei Lord Petrefacts Pyjamakordel erfassten, die sich prompt um die Achse wickelte. Und dann schoß das Gefährt davon, im Schlepptau Lord Petrefact, der inzwischen überzeugt war, an einem eingeklemmten Bruch zu leiden, der das Ende bedeutete. Doch die ungeteilte Aufmerksamkeit des Reanimationsteams galt dem Rollstuhl. Diese Leute hatten in ihrem Beruf schon viel Sonderbares gesehen, aber ein leerer Rollstuhl, der verrückt spielte, war ihnen noch nicht untergekommen. Während er gewaltsam durch die Überreste des seidenen Paravents pflügte, den Nachtstuhl ummähte, von der Wand abprallte und dabei noch eine Vitrine demolierte, die diesmal eine Sammlung Meissener Porzellanfigürchen enthielt, standen sie gebannt unter der Tür.

Dies erwies sich als gravierender Fehler, da der Rollstuhl offenbar die boshaften Eigenschaften seines Besitzers (jetzt nur noch ein undefinierbarer Appendix) angenommen hatte und dank irgendeiner technischen Telepathie seine Feinde kannte. Er ratterte auf die Tür zu und donnerte mitten in die Gruppe von Ärzten hinein, bevor diese zurückweichen konnten. Für Lord Petrefact bedeutete das nur eine kurze Gnadenfrist, denn gleich darauf raste die Maschine, die weißen Kittel vor sich herschiebend, den Gang hinunter. Nachdem sie sich der Reanimisten entledigt hatte, indem sie sie zu beiden Seiten schlaff auf dem Teppich liegen ließ, erwies sich die grüne Boitür nur noch als geringfügiges Hindernis, das jedoch ausreichte, um Lord Petrefact auf die Rückseite des Rollstuhl prallen zu lassen. Dann nahm das Ding wieder volle Fahrt auf und geriet dabei so ins Schlingern, dass es abwechselnd rechts und links gegen die Gangwände knallte.

Im Schlepptau hatte es noch immer Lord Petrefact, der inzwischen davon überzeugt war, das Endstadium des eingeklemmten Bruchs bereits überstanden zu haben und an dessen Nachwirkungen zu leiden, und nur noch einen Gedanken fassen konnte. Falls – und dieser Konditional schien hoffnungslos optimistisch –, falls er diese abscheuliche Zerreißprobe überleben sollte, dann würden einige Leute mit ihren Jobs, ihrer Zukunft und, wenn sich dies bewerkstelligen ließ mit dem Leben dafür bezahlen. Nicht, dass ihm sein Zustand erlaubt hätte, die Schuldigen aufzuzählen, wenngleich der Erfinder des Rollstuhls ziemlich weit oben auf der Liste rangierte, unmittelbar gefolgt von den Vertreibern des tragbaren und angeblich unausschüttbaren Nachtstuhls. Und Croxley, bei Gott, wenn er erst Croxley in die Finger bekam …

Doch selbst diese unterschwelligen Überlegungen fanden ein Ende, als der Rollstuhl aus dem Gang in die große, marmorne Eingangshalle raste. Für den Bruchteil einer Sekunde erhaschte Lord Petrefact einen Blick auf ein verschwommenes Gesicht, das sich, während er über den Marmorboden schlitterte, über die Balustrade beugte. Dann geriet der Rollstuhl ins Schlingern, donnerte gegen einen massiven Eichentisch, wobei Lord Petrefact an die Wand geschleudert wurde, und machte einen Ausfall in Richtung Tür – einen letzten Versuch in die Freiheit. Einen grausamen Augenblick lang sah sich Lord Petrefact im Geiste die Stufen hinunter und über den Kiesweg zum See geschleift werden. Doch seine schlimmsten Befürchtungen erfüllten sich nicht, denn der Rollstuhl verfehlte die Tür um knapp dreißig Zentimeter und knallte gegen eine Marmorsäule. Es knirschte metallisch, als es die Fußstützen zusammenquetschte, dann hörte man ein schwaches Surren, bevor der Motor verstummte und Lord Petrefact das Gefährt einholte, heftig dagegenprallte und reglos liegen blieb.

6

Von der Galerie aus beobachtete Croxley mit einer Mischung aus Missfallen und Genugtuung den endgültigen Abgang des Rollstuhls und mit ihm vermutlich den seines Dienstherrn. Gerade erst hatte er Leib und Leben riskiert, als er diesen unsäglichen Yapp aus einem Inferno, das ihm wie eine Kombination aus überheizter Sauna und Berg-und-Tal-Bahn vorkam, gerettet hatte. Nur mit allergrößter Mühe war es ihm gelungen, den angeschlagenen und völlig derangierten Professor davon zu überzeugen, dass dies kein vorsätzlicher Anschlag auf sein Leben gewesen war.

»Woher zum Teufel hätte ich wissen sollen, dass dieses verdammte Ding seit sechzig Jahren nicht mehr benutzt worden ist?« kreischte Yapp, als Croxley ihn aus dem Badewannenwrack zog.

»Ich habe Sie doch darauf aufmerksam gemacht, dass das hier so eine Art Museum ist.«

»Von einer Folterkammer haben Sie aber nichts gesagt. Es sollte ein Gesetz geben, das die Installation von sanitären Mordinstrumenten verbietet. Ich hätte mich zu Tode verbrühen können.«

»Durchaus«, sagte Croxley sehnsuchtsvoll. Angekleidet hatte Walden Yapp schon keinen erfreulichen Anblick geboten, aber nackt, schweinchenrosa, voller blauer Flecken und völlig außer sich war er die leibhaftige Verkörperung seiner politischen Ansichten. So jedenfalls schien es

Croxley. Er verließ ihn mit der zeitlich geschickt platzierten Bemerkung, dass er hoffe, Lord Petrefact werde ihm nicht die Fresse dafür polieren, dass er ein äußerst wertvolles Stück viktorianischer Lebenskultur und, wie es aussah, das gesamte darunterliegende Zimmer demoliert habe.

Doch als Croxley auf die Galerie hinaustrat, sah alles ganz anders aus. Man durfte bezweifeln, dass Lord Petrefact noch Gelegenheit haben würde, ihn zu verklagen, und wenn jemand aufpoliert werden musste, dann eher dieses Etwas, das hinten am Rollstuhl hing. Einen grausigen Augenblick lang hatte Croxley es für eine Pyjamahose gehalten, die aus einer Reinigungstrommel entwichen sein musste und alles daransetzte, den Rollstuhl einzufangen. Erst nachdem das Ekel erregende Bündel an die Wand geklatscht und der Rollstuhl mit der Mamorsäule kollidiert war, erkannte Croxley darin seinen Brötchengeber. Getrieben von einem Pflichtgefühl, das persönliche Empfindungen beiseite fegte, polterte er die Treppe hinunter, kniete sich neben den leblosen Körper und tastete wenig zuversichtlich nach dem Puls. Allem Anschein nach vergeblich. Und wohin zum Teufel hatte sich das Reanimationsteam verkrochen? Wenn seine Dienste jemals gebraucht wurden, dann jetzt. Nachdem er mehrere Male »Hilfe!« geschrien hatte und niemand erschienen war, sah sich Croxley gezwungen, jene Maßnahme zu ergreifen, auf die er sich gewissenhaft vorbereitet hatte, nicht ohne inständig zu hoffen, sie würde ihm erspart bleiben. Er hob Lord Petrefacts blutenden Kopf an, wobei die Tatsache, dass er blutete, dafür zu sprechen schien, dass das alte Schwein doch noch nicht ganz tot war, kniff die Augen zu und begann mit Mund-zu-Mund-Beatmung. Als er sie nach dem dritten kräftigen Atemstoß vorsichtig öffnete, blickte sein linkes Auge geradewegs in Lord Petrefacts dämonisches rechtes. Sofort ließ Croxley den Kopf fallen. Er hatte dieses Auge schon früher mörderisch blitzen sehen, aber noch nie aus solcher Nähe.

»Alles in Ordnung?« fragte er und bereute es auf der Stelle. Die Frage wirkte auf den alten Mann wie ein Stromstoß. Es war schon schrecklich genug gewesen, von einem wildgewordenen Rollstuhl gejagt und durch weiß Gott welchen Dreck geschleift zu werden, aber beim Aufwachen aus der Bewusstlosigkeit von seinem eigenen, seit fünfzig Jahren mit allem vertrauten Sekretär, noch dazu einem Mann, der mit seinem perversen Sinn für Humor aus den Extremitäten eines verdammten Wildschweins ein Spanferkel zusammengebastelt hatte, geküsst zu werden, war einfach zu grässlich, um wahr zu sein.

»In Ordnung?« kreischte er. »In Ordnung? Sie stehen da und haben die Unverschämtheit, mich zu fragen, ob alles in Ordnung ist. Und warum zum Teufel haben Sie mich geküsst?«

»Mund-zu-Mund-Beatmung«, murmelte Croxley und verkniff sich die Bemerkung, dass er kniete und nicht stand, weil das die Situation nur noch zugespitzt hätte. Indessen rang Lord Petrefact mit der Kordel seiner Schlafanzughose. Was immer Croxley getan haben machte, konnte warten, bis er mit diesem teuflischen Knoten fertig war, der sein Leben mit Gasbrand oder Schlimmerem bedrohte.

»Kommen Sie, ich helfe Ihnen«, sagte Croxley, als ihm klar wurde, was da los war. Aber Lord Petrefact hatte die Nase voll von den oralen Aufmerksamkeiten seines Sekretärs.

»O nein, das werden Sie nicht«, brüllte er und machte einen grässlichen, krampfartigen Ruck. Der Rollstuhl rollte rückwärts und wiederholte seinen Versuch, sich von seinem abscheulichen Appendix zu befreien. Aufjaulend blieb Lord Petrefact liegen und wollte Croxley schon nach einem Messer schicken, als das Reanimationsteam aufkreuzte.

»Er hat sich in seiner Pyjamakordel ver ...«, begann Croxley, wurde jedoch von den medizinischen Fachleuten beiseite gefegt, die glaubten, dass sie es besser wüssten. Während der eine die Sauerstoffmaske entfaltete, entwirrte ein anderer die Elektroden des Herzmassagegeräts. Binnen Sekunden war Lord Petrefact durch die Maske zum Schweigen gebracht und musste erleben, was es für ein relativ gesundes Herz bedeutete, mit Elektroschocks stimuliert zu werden.

»Schaffen Sie diesen verdammten Rollstuhl fort«, ordnete der Leiter des Teams an. »Solange uns dieses Ding im Weg steht, können wir unmöglich arbeiten, und außerdem braucht der Patient Raum zum Atmen.«

Lord Petrefact unter seiner Sauerstoffmaske war durchaus nicht dieser Ansicht, sah sich aber nicht in der Lage, seiner Meinung Ausdruck zu verleihen. Als die Elektroschocks durch seinen Brustkorb pulsten, seine Lungen mit Sauerstoff vollgepumpt wurden und schließlich einer der weißen Kittel den Rollstuhl wegzuzerren versuchte, wusste Lord Petrefact, dass es ans Sterben ging. Diesmal war es ihm ausnahmsweise egal. Verglichen mit dem, was diese Schweine mit ihm anstellten, musste die Hölle ein Paradies sein.

»Ihr verdammten Mörder«, plärrte er in die Maske. Gleich darauf bäumte er sich unter dem nächsten Stromstoß auf. Dann rammte ihm jemand eine Spritze in den Arm. Während ihm die Sinne schwanden, bekam er noch verschwommen mit, dass sich Croxley mit einem Ding, das gefährlich nach einem Metzgermesser aussah, über ihn beugte. Für den Bruchteil einer Sekunde dachte Lord Petrefact an das zurechtgestutzte Schwein und empfand Mitleid mit ihm. Im nächsten war er glücklicherweise bewusstlos, so dass Croxley darangehen konnte, die Pyjamakordel zu kappen – ein Vorhaben, das dazu angetan war, die Arzte zu Fehlinterpretationen zu veranlassen. Jemand musste die wahnwitzigen Ereignisse des frühen Morgens ausgelöst haben, und da sie allesamt Wissenschaftler waren, tendierten sie nicht dazu, dem Rollstuhl die Schuld zuzuschreiben. Auch wussten sie nicht, dass der Grund für die Verwüstung des Schlafzimmers ein technischer in Gestalt des synchronisierten Wellenbades war. Sie hatten lange genug im Dunstkreis Lord Petrefacts zugebracht, um die Belastung, die er seinem Sekretär zumutete, nachfühlen zu können. Und so erschien es ihnen nur konsequent, dass der überstrapazierte Mann jetzt total durchdrehte und seinem Herrn und Meister den Bauch aufschlitzen wollte. Sobald Croxley die Pyjamakordel packte, stürzten sie sich auf ihn, warfen ihn zu Boden und entwanden ihm das Messer.

Eben dieser Anblick bot sich Yapp, als er, wild entschlossen, diesen infernalischen Ort so schnell wie möglich zu verlassen, mit seiner Intourist-Tasche aus der König-Albert-Suite stürmte. Er bot sich auch den entsetzt aufgerissenen Augen von Mrs. Billington-Wall, die das Haus soeben für die Besucher öffnen wollte. Doch heute, in Tweedkostüm statt Twinset, war sie einfach unübertroffen. Ein Blick auf das Handgemenge zwischen den Ärzten und Croxley auf dem Boden, ein zweiter auf Yapp, der zögernd auf der Treppe stand, und ein letzter, angewiderter Blick auf Lord Petrefact – und schon war sie Herrin der Lage.

»Was zum Teufel haben Sie eigentlich da unten zu suchen?« fragte sie energisch.

»Er hat versucht, Lord Petrefact umzubringen«, murmelte einer aus dem Ärzteteam.

»Habe ich nicht«, stieß Croxley nach Atem ringend hervor. »Ich wollte nur die Schnur durchschneiden, die ...« Die Luft ging ihm aus.

»Ja, ja, das kennen wir schon«, sagte ein Arzt. »Typischer Fall von paranoider Schizophrenie. Das Durchtrennen von Nabelschnüren ...«

Doch Mrs. Billington-Wall hatte zumindest einen Teil der Situation erfasst. »Da hat er möglicherweise recht«, sagte sie mit einem fachmännischen Blick auf Lord Petrefacts blau angelaufene Zehen. »Ohne Zweifel blockiert etwas die Durchblutung.« Und ohne viel Federlesens entknotete sie die Schnur der Pyjamahose, und man konnte zusehen, wie die Zehen allmählich wieder ihre normale Färbung annahmen. Peinlich berührt rappelten sich die Ärzte auf.

»Also irgend jemand hat bestimmt versucht, ihn umzubringen. Sein Schlafzimmer ist völlig verwüstet. Er muss sich wie ein Berserker gewehrt haben.«

»Wenn Sie einen Schuldigen suchen, sollten Sie Ihre Aufmerksamkeit auf den da lenken«, sagte Mrs. Billington-Wall und wies auf Walden Yapp, dem, wie er da so auf halber Treppe stand und zögerte, das Schuldbewusstsein deutlich ins Gesicht geschrieben stand. »Und wenn Sie dem alten Herrn nicht bald die Maske abnehmen, können Sie die Schuld bei sich selbst suchen.«

Walden Yapp wartete nicht länger. Die Überzeugung, dass ihn nicht etwa ein Witzbold in dieses Haus gelockt hatte, sondern vielmehr jemand, der entschlossen war, ihn in diesem grauenhaften Bad zu Brei zu zermalmen und bei lebendigem Leib in kochendem Wasser zu garen, erwies sich angesichts des blutend und sichtlich in den letzten Zügen auf dem Boden liegenden Lord Petrefact als kaum noch haltbar. Er versuchte gerade, eine Erklärung dafür zu finden, warum die Ärzte sich mit Croxley balgten, als dieses versnobte Weib intervenierte und auf ihn als den Schuldigen deutete. Schon sah sich Yapp zum Sündenbock für jedwedes Verbrechen, das hier begangen worden war, abgestempelt. Als sich die Ärzte auf die Treppe zubewegten und Mrs. Billington-Wall Lord Petrefact von der Lebensrettungsmaschinerie, die ihn langsam umzubringen drohte, abkoppelte, geriet Walden Yapp in Panik. Er machte kehrt, raste die Treppe hinauf und den langen Gang hinunter. Das Getrappel der Ärzte, die ihm dicht auf den Fersen waren, zwang ihn zum Weiterlaufen. Noch bevor er sich für einen Fluchtweg entscheiden konnte, fegten sie um die Ecke. Yapp entdeckte eine unverschlossene Tür, schlüpfte hinein, knallte sie hinter sich zu und wollte absperren. Doch da war kein Schlüssel. Oder er steckte außen. Einen Moment lang spielte er mit dem Gedanken, die Tür mit Möbelstücken zu verbarrikadieren, aber da die Vorhänge zugezogen waren, lag das Zimmer im Halbdunkel, und er konnte nichts erkennen. Sobald sich seine Augen daran gewöhnt hatten, stellte er fest, dass es weit gehend leer war und außer einem Schaukelpferd wenig Brauchbares enthielt. Mit angehaltenem Atem lehnte er an der Wand und hoffte inständig, dass sie ihn nicht hier hereinschlüpfen gesehen hatten.

Aber da hielten die Schritte auch schon inne, und vom Gang drang Stimmengemurmel an sein Ohr. Offenbar beratschlagten diese abscheulichen Kerle in ihren weißen Kitteln. Dann hörte er Croxleys Stimme.

»Das ist das ehemalige Kinderzimmer. Da rauszukommen wird ihm nicht gelingen.« Dann wurde ein Schlüssel im Schloss gedreht, die Schritte verhallten, und Walden Yapp war allein mit dem Schaukelpferd und seinen quälenden Gedanken. Nachdem er sich im Zimmer umgesehen und die vergitterten Fenster entdeckt hatte, war ihm klar, was Croxley mit seiner Bemerkung gemeint hatte, auch wenn er sich beim besten Willen nicht vorstellen konnte, was für teuflisch wilde Kinder das gewesen sein mussten, für die solche Gitter nötig waren. Andererseits gab es in Fawcett House so viel Ungewöhnliches, dass es ihn nicht gewundert hätte, wenn in diesem Kinderzimmer früher einmal ein Gorillababy gehaust hätte. Das schien zwar unwahrscheinlich, aber dieses verdammte Bad war ihm ebenfalls unwahrscheinlich erschienen, und so mied er auch das Schaukelpferd, weil er befürchtete, es könnte sich in ein synchronisiertes verwandeln. Niedergeschlagen setzte er sich in eine Ecke und versuchte, sich von seiner eigenen elenden Situation abzulenken, indem er sich in die der Scherenschleifer im Sheffield des Jahres 1863 vertiefte.

Als Croxley und das Reanimationsteam wieder in die Halle zurückkehrten, hatte Mrs. Billington-Wall bereits das Kommando übernommen.

»Sie werden ihn jetzt nach oben bringen, ihm ein Bad und einen frischen Schlafanzug verpassen und ihn ins Bett legen«, befahl sie den Ärzten. »Und ich wünsche keinerlei Widerspruch. Ihm fehlt nichts, was ausreichende Ruhe und etwas Desinfektionsmittel nicht wieder in Ordnung bringen könnten. Kopfwunden bluten immer heftig. Wissen Sie, ich war nicht umsonst im Krieg Lazarettschwester.« Croxley betrachtete sie misstrauisch. Mrs. Billington-Wall war keine attraktive Frau, aber im Krieg waren die Männer verzweifelt und … Andererseits graute ihm schon jetzt vor Lord Petrefacts Reaktion, wenn er das Bewusstsein wiedererlangte und seine Ansichten über Gäste, die ganze Badezimmer ruinierten und sein Leben in Gefahr brachten, Rollstühle, Ärzteteams und sicher auch dieses verdammte Schwein freien Lauf ließ, so dass es zweifellos von Vorteil sein würde, ihn Mrs. Billington-Walls Anweisung zufolge nach oben zu verfrachten und damit aus dem Verkehr zu ziehen. Croxley verdrückte sich, während sie durch ihr beharrliches Insistieren darauf, dass kein Besucher einen Peer dieses Königreiches in einem derart scheußlichen Zustand zu Gesicht bekommen dürfe, das Reanimationsteam dazu antrieb, Lord Petrefact schleunigst nach oben in ein anderes Schlafzimmer zu bringen.

Und so kam es, dass, während Lord Petrefact aus seiner Ohnmacht erwachte und sich gesäubert, frisch angezogen und gebettet in einem Zimmer fand, von dem aus man einen Blick über den Park und auf den See hatte, Croxley sich mit dem Frühstück, der Sonntagszeitung und der Frage beschäftigte, was zum Kuckuck mit Yapp geschehen sollte. Er hatte keinerlei Skrupel, ihn im Kinderzimmer eingesperrt zu lassen; vielleicht konnte sich der Kerl noch als nützlich erweisen. Mrs. Billmgton-Wall würde sich wegen der Anordnung, Lord Petrefact in den ersten Stock zu verlegen, wo er keinen Zugang zu dem in die Armlehne des Rollstuhls eingebauten Kommunikationssystem hatte, anschnauzen lassen müssen, und Yapp würde einen geeigneten Sündenbock für die restliche Katastrophe abgeben. Und eine Katastrophe war es. Croxleys überschlägige Schätzung des Schadens, den das synchronisierte Wellenbad und der Rollstuhl angerichtet hatten, bewegte sich in der Gegend von einer Viertelmillion Pfund, womöglich noch mehr. Die Jadestücke, auf die diese Bezeichnung jetzt besser zutraf als vor dem Amoklauf des Rollstuhls, waren unbezahlbar gewesen. An eine Wiederherstellung war gar nicht zu denken. Dasselbe galt für mehrere unschätzbar wertvolle orientalische Teppiche. Verantwortlich für ihre Zerstörung war das Bad – das Bad und der Dampf, der durch das vom Kristallüster hinterlassene Loch nach unten gedrungen war. Lord Petrefacts Schlafzimmer sah wahrhaftig aus, als wäre eine plötzliche Sintflut darüber hinweggerollt. Ja, man konnte Yapp dafür verantwortlich machen, und Croxley dankte dem Himmel, dass es nicht seine Idee gewesen war, diesen ungehobelten Kerl in der König-Albert-Suite unterzubringen.

Während er sich noch zu seinem Glück gratulierte, kam ein Arzt die Treppe herunter und überbrachte ihm die Botschaft, Lord Petrefact habe das Bewusstsein wiedererlangt und wünsche ihn zu sprechen. Aus seinem Gesichtsausdruck schloss Croxley, dass sich Lord Petrefacts Gesundheitszustand rapide verbessert und seine Laune sich im selben Maß drastisch verschlechtert haben musste.

»Ich an Ihrer Stelle wäre vorsichtig«, meinte der Arzt. »Er ist noch nicht wieder ganz er selbst.«

Beim Hinaufgehen überlegte Croxley, was diese rätselhafte Bemerkung bedeuten mochte. Zu seiner großen Überraschung traf er Lord Petrefact in einem Zustand vergleichsweise milden Zorns an. Mrs. Billington-Wall hatte das Heft in die Hand genommen.

»Sie werden hier liegen bleiben, bis es Ihnen besser geht«, erklärte sie Lord Petrefact unangenehmerer Gesichtshälfte mit einer Courage, die darauf schließen ließ, dass sie im Krieg wirklich Lazarettschwester gewesen war und das Leben an der Front miterlebt hatte. »Ich werde nicht zulassen, dass man Sie verlegt, bevor ich nicht die Gewissheit habe, dass Sie sich von diesem schrecklichen Anschlag erholt haben.«

Lord Petrefact starrte sie an, sagte aber nichts. Anscheinend wusste er, wann ihm jemand gewachsen war.

»Und Sie dürfen ihn auf keinen Fall aufregen«, sagte

sie zu Croxley. »Höchstens zehn Minuten, dann gehen Sie wieder hinunter.«

Croxley nickte dankbar. Zehn Minuten in Lord Petrefacts Gesellschaft waren reichlich. Unter den gegebenen Umständen waren sie zu reichlich, aber immer noch besser als vierzig Minuten.

»Wer zum Teufel war denn das?« fragte Lord Petrefact leise, nachdem die Dame verschwunden war.

»Mrs. Billington-Wall«, sagte Croxley, der in dieser Situation stur wörtliche Antworten für die beste Verteidigung hielt. »Die Witwe des verstorbenen Brigadegenerals Billington-Wall, Distinguished Service Order, Mitglied der …«

»Der Stammbaum dieser Hexe interessiert mich nicht. Ich will wissen, was sie hier zu suchen hat.«

»Soweit ich feststellen kann, kümmert sie sich um Sie. Ansonsten führt sie die Besuchergruppen durchs Haus, aber heute hat sie sich freigenommen …«

»Schnauze!« brüllte Lord Petrefact, ohne an seinen Kopf zu denken. Dann sank er aufjaulend in die Kissen zurück. Croxley hielt den Mund und saß, den Blick voll ehrerbietiger Abneigung auf den alten Mann gerichtet, einfach nur da.

»So sagen Sie doch was«, stöhnte Lord Petrefact.

»Wenn Sie darauf bestehen. Erst befehlen Sie mir, den Mund zu halten, und wenn ich gehorche, beschweren Sie sich, dass ich nichts sage.«

Lord Petrefact beäugte seinen Sekretär mit unverhohlenem Hass. »Croxley«, sagte er nach einer Weile, »während unseres langen Beisammenseins hat es Augenblicke gegeben, in denen ich ernstlich mit dem Gedanken gespielt habe, Sie zu entlassen, aber ich kann Ihnen versichern, dass ich es noch nie so ernstlich erwogen habe wie jetzt. Also, warum liege ich im ersten Stock?«

»Mrs. Billington-Wall«, sagte Croxley. »Ich habe versucht, es ihr auszureden, aber Sie haben sie ja selbst erlebt.«

Lord Petrefact nickte. »Und was ist davor passiert?«

Croxley beschloss, eine Neuauflage des Mund-zu-Mund-Missverständnisses tunlichst zu vermeiden und die Sprache auf die Ursache zu bringen. »Soll ich ganz von vorne beginnen?«

»Ja.«

»Also, es begann alles damit, dass dieser Yapp beschlossen hat, ein Bad zu nehmen ...«

»Ein Bad?« fragte Lord Petrefact und verdrehte die Augen. »Ein Bad?«

»Ein Bad«, wiederholte Croxley. »Anscheinend hat er den Heißwasserhahn aufgedreht und gewartet, bis die Wanne fast voll war. Dann stieg er hinein und ...«

Lord Petrefact hörte längst nicht mehr zu. Jetzt war ihm klar, dass er Yapp falsch eingeschätzt hatte. Der Mann war keineswegs der Schlappschwanz, für den er ihn gehalten hatte. Wenn dieser Mensch einzig und allein dadurch, dass er ein Bad nahm, eine ganze Kette von Ereignissen in Gang setzen konnte, die mit der totalen Verwüstung eines Zimmers samt Inventar, ganz zu schweigen von dem Absturz eines extrem schweren und wertvollen Kristallüsters, endete, dann stellte er eine Ernst zu nehmende Gefahr dar. Mehr noch, er war eine menschliche Sintflut, ein wandelndes Katastrophengebiet ein Mann mit Talenten, deren Irrsinn jegliches Vorstellungsvermögen überstieg. Ihn auf die Petrefactsche Verwandtschaft loszulassen hieße, etwas von derart bösartiger Wucht auf sie herabzubeschwören, dass sie gar nicht merken würden, wie ihnen geschah.

»Und wo ist er jetzt?« unterbrach er Croxleys ausführlichen Bericht.

»Wir haben ihn im ehemaligen Kinderzimmer eingesperrt.«

Lord Petrefact fuhr unter der Bettdecke hoch. »Im ehemaligen Kinderzimmer? Weshalb denn zum Teufel?«

»Wir hielten es für das sicherste. Schließlich wird die Versicherung wissen wollen, wie dieses ...«

Aber Lord Petrefact hatte nicht die Absicht, Yapps schreckliche Talente an eine Versicherung zu verschwenden. »Lassen Sie ihn sofort raus. Ich möchte den jungen Mann sprechen. Bringen Sie ihn auf der Stelle hierher.«

»Aber Sie haben doch gehört, was Mrs. Billington-Wall ... ja, schon gut.« Croxley ging hinunter, folgte dem langen Gang bis zum Kinderzimmer und wollte soeben die Tür aufschließen, als Mrs. Billington-Wall dazwischenfunkte.

»Was zum Kuckuck tun Sie hier?« wollte sie wissen.

Croxley betrachtete sie mit boshaftem Mitleid. Es war deutlich zu sehen, was er tat. Selbst das beschränkteste Hirn musste begreifen, dass er eine Tür aufschloss. Er war noch damit beschäftigt, diesen Gedanken in einfache Worte zu fassen, als ihn ihr Blick zurückschrecken ließ. »Lord Petrefact hat um die Anwesenheit von Professor Walden Yapp ersucht«, sagte er in der Hoffnung, diese geschraubte Formulierung würde sie zum Schweigen bringen. Aber nichts dergleichen.

»Dann geht es ihm sehr viel schlechter, als ich vermutet habe. Wahrscheinlich doch eine Gehirnerschütterung. Jedenfalls findet keinerlei Kommunikation mit dem Subjekt da drinnen statt, bevor nicht die Polizei ihn verhört hat.«

»Polizei?« kreischte Croxley. »Das soll doch wohl nicht heißen ... Welche Polizei?«

Mrs. Billington-Walls Augen blitzten wie ein irritierter Laserstrahl. »Die hiesige Polizei natürlich. Ich habe sie angerufen. Sie wird gleich da sein.« Und damit schob sie den verblüfften Croxley durch den Gang zurück in Richtung Halle. Erst vor Lord Petrefacts Gemächern setzte sich Croxley zur Wehr. »Hören Sie«, sagte er, »das Ganze ist ein Irrtum. Kann ja sein, dass Sie Professor Yapp nicht mögen – ich jedenfalls mag ihn nicht –, aber aus einem unerfindlichen Grund hat Lord Petrefact einen Narren an ihm gefressen; und wenn er erfährt, dass Sie die Polizei gerufen haben, wird er nicht gerade begeistert sein. Es wäre in Ihrem eigenen Interesse, hinunterzugehen und sie nochmals anzurufen …«

»Ich denke, ich kenne mein eigenes Interesse besser als Sie«, entgegnete Mrs. Billington-Wall, »und außerdem will ich nichts mit einer Schlägerei zu tun haben.«

»Schlägerei? Wieso Schlägerei? Guter Gott, Sie haben der Polizei doch nicht etwa gesagt, es hätte hier eine Schlägerei gegeben?«

»Wie würden Sie denn die schändlichen Vorkommnisse des heutigen Morgens bezeichnen?«

Croxley suchte nach einem passenden Wort, doch fiel ihm außer Happening, das zu feinsinnig war, um bei diesem widerlichen Weib Anklang zu finden, nichts ein. »Vermutlich könnte man sie als …«

»Schlägerei bezeichnen«, unterbrach ihn Mrs. Billington-Wall. »Und anscheinend haben Sie vergessen, dass ich während Lord Petrefacts Abwesenheit persönlich die Verantwortung für das Haus trage, und in dieser Eigenschaft …«

»Aber er ist nicht abwesend. Er ist da drin«, wandte Croxley ein.

Mrs. Billington-Wall streifte die Tür von Lord Petrefacts Schlafzimmer mit einem verächtlichen Blick. »Das muss man wohl annehmen«, gab sie zu. »Nichtsdestoweniger ist er nach meinem Dafürhalten in seinem jetzigen

Zustand nicht in der Lage, die Situation richtig einzuschätzen. Juristisch gesehen ist er abwesend. Ich aber nicht, und meiner Ansicht nach …«

»Schon, aber was ist mit dem Skandal?« warf Croxley ein, den Kampf mit jenem tollkühnen Mut der Verzweiflung aufnehmend, der dem Wissen um Lord Petrefacts Reaktion entsprang, wenn der erfuhr, dass man die Polizei ausdrücklich gebeten hatte, ihre Nase in seine Privatangelegenheiten zu stecken. Mit Ausnahme der direkten Bitte an den Steuerprüfer Ihrer Majestät, doch ein halbes Dutzend seiner versiertesten jungen Männer zu schicken, um die dritte Ausfertigung seiner Hauptbücher durchzusehen, fiel Croxley nichts ein, was bei dem alten Mann zuverlässiger zu einem tödlichen Schlaganfall führen würde als das Aufkreuzen der Polizei.

»Welcher Skandal?« fragte Mrs. Billington-Wall. »Wenn es hier irgendwelche skandalösen Vorfälle gegeben hat, dann doch wohl die Verwüstung des …«

Aber Croxley hatte bereits ihren Arm genommen und führte sie von der Tür weg.

»Schweine«, flüsterte er verschwörerisch.

»Schweine?«

»Eben.«

»Was genau meinen Sie damit?«

»Was ich sagte«, unkte Croxley, der es darauf anlegte, die Frau in ein Labyrinth von Missverständnissen zu verstricken, um sie dazu zu veranlassen, die Polizei wieder nach Hause zu schicken.

»Aber Sie sagten doch ›Schweine‹. Und jetzt sagen Sie ›eben‹. Ich habe wirklich keine Ahnung, wovon Sie reden.«

»Ein sanfter Wink genügt«, sagte Croxley mit einem, wie er hoffte, viel sagend lüsternen Seitenblick.

Mrs. Billington-Wall übersah ihn geflissentlich. »Bei mir nicht. Wollen Sie damit sagen …«

»Genau«, sagte Croxley. »Und jetzt kein Wort mehr.«

»Dass der alte Mann eine perverse Vorliebe für Schweine hat?« Croxley verdrehte die Augen zur Decke und betete. Falls das dem alten Herrn je zu Ohren kam ... Aber selbst das war noch besser als die Polizei. Er musste weitermachen.

»Spanferkel«, sagte er, wobei er sich alle Mühe gab, das Wort möglichst widerwärtig zu betonen. Es gelang ihm. Mrs. Billington-Wall erstarrte.

»Das glaube ich nicht«, meinte sie energisch.

»Verlange ich auch gar nicht von Ihnen«, sagte Croxley wahrheitsgemäß. »Ich meine ja nur, wenn die Polizei mit ihren dreckigen, klobigen Stiefeln hier durchs Haus trampelt, wird der Name Billington-Wall am nächsten Sonntag auf der Titelseite der *News of The World* prangen. Da wird dann in fetten Lettern so was wie ›Brigadegeneralswitwe bei Schweineorgie‹ stehen. Und wenn Sie mir nicht glauben, dann fragen Sie doch den gemieteten Küchenchef. Lord Petrefact ließ gestern abend einem den Bauch aufschneiden, so dass es passte.«

»Passte?« fragte Mrs. Billington-Wall über die Maßen angewidert.

»Passte«, wiederholte Croxley. »Es hatte nicht die richtige Größe.«

»Größe?«

»Also hören Sie, Sie wollen doch sicher nicht, dass ich mich über physiologische Details auslasse, oder? Ich hätte allerdings angenommen, dass eine Frau mit Ihrer Erfahrung in ...«

»Was geht Sie meine Erfahrung an«, fauchte Mrs. Billington-Wall. »Jedenfalls kann ich Ihnen versichern, dass sie sich nicht auf Sodomie erstreckt.«

»Wohl kaum. Trotzdem ...«

»Und wenn Sie glauben, dass ich etwas mit einer Verschwörung zu tun haben will, deren Ziel es ist zu verschleiern, dass man hier einem Schwein aus den angedeuteten Gründen den Bauch aufgeschlitzt hat …«

»Nun warten Sie doch einen Augenblick …«, begann Croxley, aber jetzt war Mrs. Billington-Wall nicht mehr zu bremsen.

»Das werde ich nicht, da können Sie Gift drauf nehmen. Als Vorsitzende des hiesigen Tierschutzvereins bin ich zutiefst betroffen.«

»Daran zweifle ich nicht«, sagte Croxley, der bereits so weit in die *suggestio porcine* vorgeprescht war, dass er notfalls zu Grobheiten Zuflucht nehmen musste. »Und wenn die Polypen Sie erst richtig in die Zange genommen haben, werden Sie noch tiefer betroffen sein. Aber versuchen Sie ruhig, denen das Schweinedrittel in der Kühltruhe zu erklären, dann werden Sie schon sehen, was Sie davon haben.«

Damit ließ er die verwirrte Dame stehen und kehrte zu Lord Petrefacts Zimmer zurück.

Mrs. Billington-Wall eilte nach unten, wo sie sich umgehend den gemieteten Küchenchef vorknöpfte, um herauszufinden, was genau am gestrigen Abend vorgefallen war. Als Hindernis erwiesen sich dabei nicht nur die italienische Herkunft des Mannes und die mit Croxleys gestriger Forderung, ein ausgewachsenes Schwein durch Entrumpfen in ein Ferkel zu verwandeln, verbundene Beleidigung seines Berufsstandes, sondern auch Mrs. Billington-Walls sonderbare Art der Befragung.

»Woher soll ich wissen, warum er so will? Ist nicht meine Sache. Wenn er sagt, Schwein schneiden, dann schneide ich Schwein. Mag er eben kleine Schweinchen. Mir egal.«

Mrs. Billington-Wall war es keineswegs egal. »Wie absolut degoutant. Ich habe noch nie im Leben etwas derart Widerliches gehört.«

Gleichmütig zuckte der Küchenchef die Achseln. »Nicht widerlich, sonderbar, gebe ich zu, aber englische Mylords sind dafür bekannt, dass sie … wie sagt man …?«

»Widerlich sind«, beharrte Mrs. Billington-Wall.

»Exzentrisch sind«, sagte der Küchenchef, als er das gesuchte Wort gefunden hatte.

»Sie mögen so was vielleicht für exzentrisch halten, aber was mich betrifft, ich finde die ganze Angelegenheit so ekelhaft, dass mir die Worte dafür fehlen.«

Sie wandte sich zum Gehen, als ihr noch etwas einfiel. »Und was haben Sie anschließend mit dem … äh … Ding gemacht?« fragte sie inzwischen überzeugt, dass Croxleys Ratschlag durchaus vernünftig war.

»Anschließend?« fragte der Küchenchef. »Seiner Lordschaft hat es nicht zugesagt, also haben wir es gegessen. Was sonst?«

Einen Augenblick lang starrte Mrs. Billington-Wall den Küchenchef derart fassungslos und angewidert an, dass er sich zu weiteren Erläuterungen bemüßigt sah.

»Schmeckte ausgezeichnet. Knusprige Kruste …«

Aber Mrs. Billington-Wall hatte sich bereits entfernt. Für sie gab es Grenzen. Grenzen der Moral, des Anstandes und im weitesten Sinne der geistigen Gesundheit. Und was sie soeben gehört hatte … Während sie, gegen die aufkommende Übelkeit ankämpfend, aus der Küche flüchtete, wusste sie eines mit absoluter Sicherheit: Man durfte auf keinen Fall zulassen, dass die Polizei die grausige Kette von Ereignissen, die sich in Fawcett House abgespielt hatten, genauer untersuchte.

7

Diesmal deckten sich ihre Ansichten ausnahmsweise mit denen Lord Petrefacts. Seine Reaktion auf Croxleys Ankündigung, die Polizei befände sich auf dem Weg hierher, war so heftig gewesen, dass er aus dem Bett und schon fast auf den Beinen gewesen war, bevor er das Fehlen des Rollstuhls bemerkte.

»Dem Weib werde ich zeigen, was Recht und Gesetz ist«, brüllte er, »so wahr mir Gott helfe. Ich werde ...«

Croxley half ihm vom Boden auf und wieder ins Bett, bevor er darauf hinwies, dass das Problem bei der Polizei darin bestünde, dass sie sozusagen das Gesetz war und zumindest angeblich für seine Einhaltung sorgte. Aber Lord Petrefact war jetzt nicht nach feinen Unterschieden zumute.

»Das weiß ich, Sie Trottel. Dieses Gesetz meine ich nicht. Ich meine meine Art von Gesetz.«

»Die nur auf Macht beruht«, sagte Croxley. »Ich habe mich schon immer für diese Dichotomie zwischen bürgerlichem Gesetz und ...«

»Dichotomie?« brüllte Lord Petrefact. »Wenn Sie dieses Wort noch einmal in den Mund nehmen, nachdem Sie gestern abend dieses scheißdichotomisierte Schwein auf den Tisch gebracht haben, dann werde ich ...« Jetzt war sein Vorrat an Drohungen erschöpft. Schwer atmend lag er da. »Und besorgen Sie mir verdammt noch mal einen neuen Rollstuhl!«

Croxley überlegte. Dieses Thema behagte ihm entschieden besser als eine Diskussion über Schweine. »Wir haben da ein Problem«, sagte er schließlich.

Lord Petrefact tastete nach seinem Puls und gab sich Mühe, ruhig zu bleiben. »Natürlich haben wir ein Problem«, stieß er hervor, »deshalb brauche ich ja einen verdammten Rollstuhl.«

»Heute ist Sonntag.«

Lord Petrefact sah ihn verständnislos an. »Sonntag? Was zum Teufel hat denn der Sonntag damit zu tun?«

»Zum einen sind die Geschäfte nicht offen, und zum anderen bezweifle ich, dass, selbst wenn sie es wären, die Poststelle im Dorf elektrische Rollstühle führt. Schließlich sind wir hier nicht in London ...«

»London?« kreischte Lord Petrefact ohne Rücksicht auf seinen beängstigend rasenden Puls. »Natürlich sind wir hier nicht in London. Als ob ich das nicht wüsste. Aber das heißt nicht, dass Sie nicht bei Harrods oder sonst wo anrufen und sagen können, sie sollen per Hubschrauber einen schicken.«

»Und wenn sonst wo die Galapagos-Inseln sind?« fragte Croxley, der beschlossen hatte, eine Lippe zu riskieren.

Lord Petrefact funkelte ihn wütend an, sagte aber nichts. Offenbar versuchte Croxley, ihn umzubringen. »Lassen Sie das meine Sorge sein. Treiben Sie nur einen auf.«

»Ich werde mein Bestes tun, aber ich glaube kaum, dass er vor der Polizei eintrifft. Und da ist noch dieser Yapp zu bedenken. Ich meine, ich weiß nicht recht, was die davon halten werden, wenn sie ihn im Kinderzimmer eingesperrt finden.«

Lord Petrefact wusste es. Er rang nach Worten. »Das soll doch wohl nicht heißen, dass er ...« Croxley nickte. »Aber ich habe Ihnen doch befohlen, ihn rauszulassen.

Ich habe Ihnen gesagt, dass ich das Schwein sprechen will.«

»Es war etwas problematisch, Mrs. Billington-Wall davon zu überzeugen, dass es ratsam sei, ihn rauszulassen. Sie dachte anscheinend …«

»Anscheinend? Dieses widerliche Wesen hat kein Recht zu denken, geschweige denn, auch noch das Maul aufzureißen. Wenn ich sage, dass ich ihn raushaben will … Gehen Sie und holen Sie den Bastard, Croxley, na, gehen Sie schon. Und sollte Ihnen diese Frau in die Quere kommen, dann haben Sie meine ausdrückliche Erlaubnis, jede Form von physischer Gewalt anzuwenden. Treten Sie die Kuh, wo's ihr weh tut.«

»Verlassen Sie sich drauf«, sagte Croxley und verließ das Zimmer.

Drunten war Mrs. Billington-Wall zu sehr damit beschäftigt, ihren guten Ruf gegen die Folgen eines polizeilichen Verhörs zu verteidigen, um sich um Yapp zu kümmern. Der Sergeant und zwei Polizisten waren bereits in der Halle, bevor sie sie aufhalten konnte.

»Was führt *Sie* denn hierher, Sergeant?« fragte sie, wobei ihr der Versuch, überrascht zu erscheinen, gründlich misslang.

»Sie, Mrs. Billington-Wall.«

»Ich?«

»Ja«, sagte der Sergeant. »Falls Sie sich erinnern: Sie haben auf der Wache angerufen und gesagt, es habe eine Schlägerei gegeben …«

Scheinbar verblüfft legte Mrs. Billington-Wall eine indignierte Hand auf ihre Zuchtperlen. »Sie müssen sich irren. Ich versichere Ihnen …« Sie wusste nicht weiter. Der Sergeant betrachtete den derangierten Rollstuhl und die Blutflecken auf dem Marmorboden.

»Allem Anschein nach lagen Sie damit ziemlich richtig«, fuhr der Sergeant fort und zog sein Notizbuch aus der Tasche. »Ein stark beschädigter Rollstuhl, ein großer Blutfleck, ein Kiefernholztisch ...«

»Eiche«, korrigierte Mrs. Billington-Wall unwillkürlich.

»Also gut, dann eben ein Eichentisch, dem ein Bein fehlt ... Und woher stammt dieser entsetzliche Gestank?«

»Gestank?«

»Also von mir aus, Geruch.«

»Das kann ich mir beim besten Willen nicht vorstellen«, entgegnete Mrs. Billington-Wall wahrheitsgemäß.

»Aber ich«, sagte der Sergeant und folgte, nachdem er den einen Polizisten angewiesen hatte, bei Rollstuhl, Blutfleck und Eichentisch Wache zu halten, seiner Nase.

»Seine Lordschaft wird entschieden Anstoß an Ihrem Eindringen nehmen«, sagte Mrs. Billington-Wall in der Hoffnung, ihn damit zu beeindrucken, aber der Sergeant ließ sich nicht abschrecken.

»Wohl kaum das einzige, woran er Anstoß nehmen wird«, sagte er. »Ich kann nicht behaupten, dass mir das alles hier gefällt, und was diesen bestialischen Gestank betrifft ...« Er holte ein Taschentuch heraus und hielt sich damit die Nase zu. »Ich denke, wir werden uns diesen Gang mal genauer ansehen«, murmelte er.

Mrs. Billington-Wall versperrte ihm den Weg. »Sie haben absolut kein Recht, ohne Genehmigung Privateigentum zu betreten«, sagte sie standhaft.

»Nachdem Sie uns gerufen haben, muss ich annehmen, dass diese bereits erteilt wurde«, sagte der Sergeant.

»Aber ich sage Ihnen doch, dass das nicht stimmt. Ich weiß wirklich nicht, wovon Sie reden.«

»Ich auch nicht«, gab der Sergeant zurück, »aber ich

werde es schon herausfinden.« Damit schob er sie beiseite und ging den stinkenden Gang hinunter. Als er die zertrümmerte Boitür öffnete, war der letzte Zweifel ausgeräumt, dass Mrs. Billington-Wall mit ihrer Angabe, es habe in Fawcett House eine Schlägerei gegeben, übertrieben hatte. Wenn überhaupt, dann hatte sie gewaltig untertrieben.

»Eine demolierte Tür«, notierte er, während er über die Trümmer hinwegstieg, »ein verdreckter Bettvorleger ...«

»Eine Schiras-Brücke«, sagte Mrs. Billington-Wall. »Das ist ein besonders edler persischer Teppich.«

»War«, meinte der Sergeant trocken. »Ich möchte nicht der arme Kerl sein, der hier sauber machen muss.«

»Und ich möchte nicht in Ihrer Haut stecken, wenn Lord Petrefact von Ihrem Eindringen in seine Privatsphäre erfährt.«

»Eher in seinen Dunstkreis, wenn Sie mich fragen.«

Bis sie in das verwüstete Schlafzimmer gelangten, hatte der Sergeant noch einige Notizen gemacht, so dass Mrs. Billington-Wall ihren guten Ruf bereits verloren gab.

»Lieber Himmel, das sieht ja aus, als wäre ein Hurrikan durchgefegt«, sagte der Sergeant angesichts des Trümmerhaufens. »Ein Elefant im Porzellanladen ist nichts dagegen. Und was ist denn das hier?«

Voller Ekel blickte Mrs. Billington-Wall auf den Nachtstuhl. »Ich zögere, es auszusprechen.«

»Zögern Sie bloß nicht zu lange. Ich wünsche, dass Sie mir jetzt ganz genau erzählen, was sich hier abgespielt hat. Und Ihr ahnungsloses Gesicht können Sie sich auch sparen. Sie haben uns angerufen und gesagt, es habe hier eine Schlägerei gegeben, und wir sollten sofort kommen. Jetzt sind wir hier, auf dem Fußboden ist Blut, und das

Haus sieht aus, als wäre es von ein paar hundert Fußballrowdies auf den Kopf gestellt worden, und Sie rücken nicht mit der Sprache heraus. Also, ich will wissen, warum. Hat Ihnen jemand Angst eingejagt?«

Mrs. Billington-Wall dachte an Schweine und schwieg. Da rettete sie die zerzauste Gestalt eines Arztes, der mit einer Bettpfanne in der Hand draußen vorbeiging.

»Heiliger Bimbam«, sagte der Sergeant, »was zum Teufel war denn das?« Doch bevor Mrs. Billington-Wall antworten konnte, war es schon auf dem Gang. »He, Sie da, stehen bleiben!« rief er. Der Arzt zögerte, aber ein Blick in die Halle genügte, um ihm klar zu machen, dass er in der Falle saß. Dort stand noch ein Polizist.

»Was wollen Sie denn?« fragte er herausfordernd.

»Ich will wissen, wer Sie sind und was Sie mit diesem Ding da machen«, sagte der Sergeant, während er die Bettpfanne misstrauisch betrachtete.

»Ich bin zufällig Lord Petrefacts medizinischer Betreuer«, sagte der Arzt, »und das da ist eine Bettpfanne.«

»Nein, wirklich«, sagte der Sergeant, dem ironische Bemerkungen verhasst waren. »Und als nächstes erzählen Sie mir vermutlich, dass Lord Petrefact darum gebeten hat.«

»Genau.«

»Man sollte denken, dass es für Bettpfannen schon ein bisschen spät am Tage ist. Da drinnen steht ein tragbarer Nachtstuhl und …« Er hielt inne. Der Arzt sah fragend an ihm vorbei auf Mrs. Billington-Wall, die ihm Zeichen machte. Der Sergeant würde nicht zulassen, dass Zeugen eines schweren Verbrechens beeinflusst wurden.

»Also gut, bringen Sie ihn da rein«, wies er den Polizisten an. »Ich werde ihn später verhören. Erst werde ich ihr die Wahrheit aus der Nase ziehen. Und rufen Sie die Kripo. Das hier ist kein gewöhnlicher Fall.«

Während der Arzt laut protestierend, man würde ihn von der Erfüllung seiner ärztlichen Pflichten abhalten, in Croxleys Arbeitszimmer verfrachtet wurde, wandte der Sergeant seine ungeteilte Aufmerksamkeit Mrs. Billington-Wall zu.

»Aber ich weiß wirklich nicht, was passiert ist«, sagte sie, allerdings schon weniger nachdrücklich als zuvor. »Als ich heute morgen hier ankam, traf ich das Haus in einem ... na ja, Sie haben ja selbst gesehen, wie es aussieht, aber ...«

»Und warum haben Sie dem Arzt mit der Bettpfanne bedeutet, er solle nichts von Schweinen sagen?«

Mrs. Billington-Wall schluckte und bestritt das.

Der Sergeant schüttelte den Kopf. »Hören Sie, wenn ein Zeuge einem anderen etwas von Schweinen zuflüstert, dann bedeutet das für mich, dass er sich der Gerechtigkeit in den Weg stellt. Also, was ist mit den Schweinen?«

»Darüber sollten Sie sich besser mit dem Küchenchef unterhalten«, sagte Mrs. Billington-Wall. »Und bitte schreiben Sie in Ihr scheußliches kleines Buch, dass ich mich gestern abend zu keiner Zeit auch nur im entfernten Umkreis dieses Hauses aufgehalten habe. Das schwöre ich Ihnen.«

Der Sergeant ließ seinen Blick über das verwüstete Zimmer wandern. »Sie wollen doch nicht im Ernst behaupten, dass irgendwelche Schweine dafür verantwortlich sind, oder?« fragte er, bevor er ihr Schlimmeres unterstellte. »Oder haben Sie damit vielleicht zufällig die Polizei gemeint?«

»Nein, durchaus nicht. Ich habe den allergrößten Respekt ...«

»Gut. Den können Sie jetzt gleich unter Beweis stellen, indem Sie mir haarklein erzählen, was zum Teufel sich hier abgespielt hat.«

»Officer«, sagte Mrs. Billington-Wall, »ich kann Ihnen wahrheitsgemäß versichern, dass ich keine Ahnung habe.«

»Aber der Küchenchef schon, meinen Sie?«

Mrs. Billington-Wall nickte betrübt. Sie hätte viel darum gegeben, wenn dem nicht so gewesen wäre. Gemeinsam begaben sie sich in die Küche. Als sie sie zwanzig Minuten später verließen, war der Sergeant nicht schlauer als zuvor. Die hartnäckige Behauptung des von der Mietmensch KG entsandten Küchenchefs, dass er nicht die leiseste Ahnung habe, wer oder was zum Kuckuck das Chaos im Schlafzimmer und die Blutflecken in der Halle verursacht hatte, war durchsetzt von hysterischen Zurückweisungen der Unterstellung, dass man ihn angeheuert habe, um Ihrer Lordschaft perverse Unterhaltung in Gestalt von Spanferkeln zu bieten. Mrs. Billington-Wall hatte prompt darauf bestanden, den Raum zu verlassen.

»Ich bin nicht bereit, mir anzuhören, wie sich dieser widerliche kleine Mann über sein schandbares Geschäft verbreitet«, sagte sie. »Ich habe heute morgen schon mehr miterlebt, als ich verkraften kann.«

»Glauben Sie vielleicht, dass mir diese Fragerei Spaß macht?« schrie der empörte Küchenchef. »Ich bin kein gewöhnlicher Küchenchef …«

»Da haben Sie recht«, gab Mrs. Billington-Wall zurück und verschwand.

»Kümmern Sie sich nicht um sie«, sagte der Sergeant. »Also, Sie behaupten, dass Mr. Croxley … wer zum Teufel ist eigentlich Mr. Croxley? Ach so, Lord Petrefacts Sekretär. Also, dieser Croxley hat Ihnen aufgetragen, das Schwein auseinanderzuschneiden, weil Lord Petrefact es aus bestimmten Gründen so wünschte?«

»Ich weiß nicht, was er wollte. Erst sagt er, ich soll ein Schwein besorgen. Also besorge ich ein Schwein. Und dann sagt er, es ist zu groß.«

»Zu groß, sagen Sie? Wieso zu groß?«

»Ich habe gar nichts gesagt. Ich sage nur, dass ich in meinem ganzen Leben als Küchenchef noch nie so ein großes Scheißschwein gesehen habe. Völlig unmöglich, es ins Bratrohr zu kriegen. Nicht einmal in zwei Bratrohre. Drei vielleicht. Weiß ich nicht. Und dann noch diese Schildkröte.«

»Schildkröte?«

»Ja, erst wollte er eine Schildkröte. Also ruft Mr. Croxley das Aquarium an und ...«

»Das Aquarium?«

»Sagt er jedenfalls. Aber fragen Sie mich nicht. Wenn Mr. Croxley mir sagt, ich soll ...«

»Dieser Croxley wird sich für einiges verantworten müssen«, meinte der Sergeant und machte ein paar Notizen, während der Küchenchef den Schildkrötenpanzer holte und ihn ihm unter die Nase hielt. Ungläubig schüttelte der Sergeant den Kopf. Die Vorstellung, dass jemand mit einem riesigen Schildkrötenpanzer auch nur im entferntesten fleischliche Genüsse auskosten konnte, war ihm noch unbegreiflicher als die Sache mit dem Spanferkel.

»Und Sie sagen, dass sich das alles gestern zwischen zwei Uhr nachmittags und neun Uhr abends abspielte?« sagte er, um damit zu handfesten Tatsachen zurückzukehren.

»Zwei Uhr?« schrie der Küchenchef. »Wie lange, glauben Sie wohl, habe ich gebraucht, um dieses Schwein in drei Teile zu zerlegen und sie wieder zusammenzunähen?«

Darüber dachte der Sergeant lieber nicht nach. Er verließ die Küche, um als nächsten den Arzt zu befragen.

8

Während der abenteuerliche Versuch herauszufinden, was für ein Verbrechen er überhaupt aufzuklären hatte, den Sergeant immer tiefer in einen Morast von Widersprüchen führte, hatte Lord Petrefact ganz andere Sorgen.

Walden Yapp ebenfalls. Sobald man ihn aus dem Kinderzimmer befreit hatte, beschäftigte ihn nur noch ein Gedanke: Er wollte so schnell wie möglich aus diesem Horrorpalast verschwinden. Und sobald er draußen war, würde er diesen verdammten Lord Petrefact wegen Freiheitsberaubung, schwerer Körperverletzung, Beleidigung und versuchten Mordes vor Gericht bringen. Während eine Hälfte seines Hirns Rachepläne schmiedete, suchte die andere nach einem Motiv für diese Verschwörung, scheiterte jedoch kläglich. Verständlicherweise widerstrebte es Walden Yapp, Croxley irgendwohin zu folgen, und schon gar nicht zu Lord Petrefact.

»Aber er will sich doch nur bei Ihnen entschuldigen«, erklärte Croxley. »Das ist alles.«

»Wenn seine Entschuldigungen so sind wie seine Badezimmereinrichtung, kann ich darauf verzichten.«

»Ich kann Ihnen versichern, dass das reiner Zufall war.«

»Aber dass man mich eingesperrt hat, nicht«, entgegnete Yapp. »Ich habe Ihre Stimme deutlich erkannt. Und ich bin fest entschlossen, zur Polizei zu gehen und Anzeige zu erstatten.«

Croxley lächelte trübe. »Wenn das so ist, dann sollten

Sie noch hierbleiben. Die Polizei ist bereits unten und verhört die Leute. Und auf Sie ist sie sicher besonders scharf.«

»Auf mich?« fragte Yapp sichtlich beunruhigt. »Warum ausgerechnet auf mich?«

»Das fragen Sie besser Lord Petrefact. Er ist eher in der Lage, Ihnen das zu erklären. Ich weiß nur, dass hier offenbar ein Kapitalverbrechen begangen wurde.«

Er schob den zahm gewordenen Yapp ins Schlafzimmer. Lord Petrefact hob den einbandagierten Kopf und setzte sein grausiges Lächeln auf. »Ah, Yapp, mein lieber Junge«, sagte er, »so setzen Sie sich doch. Ich meine, wir sollten uns ein bisschen unterhalten.«

Zögernd setzte sich Yapp auf einen Stuhl neben der Tür.

»Schon gut, Croxley, Sie können verschwinden«, sagte Lord Petrefact. »Gehen Sie hinunter und sorgen Sie dafür, dass uns niemand stört.«

»Das ist leichter gesagt als getan«, erwiderte Croxley. »Die Bullen schnüffeln überall herum und …«

Mehr brauchte er nicht zu sagen. Lord Petrefact reagierte auf diese Eröffnung wie erwartet. »Hinaus mit Ihnen«, brüllte er. »Und wenn auch nur ein Polyp seine Nase zu dieser Tür hereinsteckt, dann werden Sie Ihren Kopf dafür hinhalten.«

Nachdem Croxley verschwunden war, richtete Lord Petrefact seinen schrecklichen Charme auf Yapp. »Ein recht bedauerliches Vorkommnis, aber ich werde alles in meiner Macht Stehende tun, um Ihnen zu ersparen, dass Sie da hineingezogen werden«, murmelte er. Yapp blickte ihn misstrauisch an.

»Ich muss schon sagen, dass ich entschieden Anstoß …«, begann er, aber schon hob Lord Petrefact seine welke Hand.

»Natürlich tun Sie das, natürlich, mein Lieber. Mir an Ihrer Stelle erginge es ebenso. Das letzte, was man will, ist doch, dass einen die Medien durch den Dreck ziehen. Gerichtsverhandlung, Nachforschungen seitens der Versicherung und was weiß ich … Nein, nein, wir können unmöglich zulassen, dass es so weit kommt.«

Yapp meinte, es freue ihn, das zu hören. Dabei war er nicht ganz sicher, was er eigentlich hörte; aber zumindest schien Lord Petrefact ihm weitaus weniger zu grollen als diesem Croxley. »Immerhin hat man mich eingesperrt«, setzte er wieder an, doch der alte Mann gebot ihm Einhalt.

»Dieser Idiot Croxley. Alles seine Schuld. Ich habe ihn sehr ernsthaft zurechtgewiesen, aber ein Wort von Ihnen genügt, und ich werde ihn feuern.«

Amüsiert beobachtete er, wie Yapp den Köder schluckte.

»Bloß nicht«, sagte er. »Ich will auf keinen Fall, dass ein Mann meinetwegen seine Anstellung verliert.«

»Und wie wär's mit einer mehrmonatigen Lohnkürzung?«

Yapp war entrüstet und suchte noch nach soziologisch signifikanten Worten, um seiner Empörung über diesen Akt kapitalistischer Ausbeutung Ausdruck zu verleihen, als der alte Mann fortfuhr:

»Jetzt aber zur Familiengeschichte. Sie haben den Vertrag gelesen und sind, wie ich hoffe, mit den Konditionen einverstanden.«

»Einverstanden?« wiederholte Yapp, der über den außergewöhnlichen Ereignissen des Morgens den Zweck seines Besuchs weit gehend vergessen hatte.

»Das Honorar erscheint Ihnen doch nicht zu gering? Natürlich bin ich bereit, zusätzlich für alle Spesen aufzukommen.«

»Ich weiß wirklich nicht«, sagte Yapp. »Wollen Sie im Ernst, dass ich den gesamten sozio-ökonomischen Background Ihrer Familie unter die Lupe nehme?« Lord Petrefact nickte. Er wollte nichts lieber, als diesen destruktiven Irren auf seine Sippe hetzen. Bis dieses Schwein mit allen fertig war, würde die halbe Verwandtschaft einem Herzschlag erlegen sein.

»Keinerlei Auflagen?«

»Absolut keine.«

»Und Sie garantieren mir die Veröffentlichung?«

»Aber sicher.«

»Also, wenn das so ist …«

»Abgemacht«, sagte Lord Petrefact. »Ich werde den Vertrag auf der Stelle unterschreiben. Es gibt keinen Grund, warum wir Wurzeln schlagen sollten.«

»Wohl kaum«, meinte Yapp, der die Metapher nicht sonderlich gelungen fand.

Wenig später wurden im Beisein Croxleys die Verträge unterzeichnet.

»Nun, Sie wollen sich sicher an die Arbeit machen«, sagte Lord Petrefact und ließ sich in die Kissen zurücksinken, »aber bevor Sie gehen … Es gibt keinen Grund, Croxley, warum Sie noch länger hier herumhängen müssten.«

»Doch«, widersprach Croxley. »Soeben ist die Kriminalpolizei eingetroffen.«

»Sagen Sie den Schweinen, sie sollen verschwinden. Es hat kein Verbrechen gegeben, und ich dulde keine Polizisten …«

»Mrs. Billington-Wall hat den Kerlen etwas ganz anderes erzählt. Sie hat behauptet, Sie hätten es mit Schweinen, und der Küchenchef hat dem Sergeant den Eindruck vermittelt, als hätte der Schildkrötenpanzer als Behälter für anderes als Fortnum & Masons beste …«

»Lieber Himmel«, schrie Lord Petrefact. »Was meinen Sie mit ›ich hätte es mit Schweinen‹?«

»Das ist erst der Anfang«, sagte Croxley, der es vorzog, das Thema zu wechseln. »Sie hat ihnen auch gesagt, dass Professor Yapp versucht hat, Sie umzubringen. Und die Aussage der Ärzte, dass es mehrere Detonationen gegeben habe, trug auch nicht gerade zu ihrer Beruhigung bei.«

Lord Petrefact richtete sich auf. »Croxley«, sagte er mit derart drohendem Unterton, dass es Yapp kalt über den Rücken lief, »entweder gehen Sie jetzt nach unten und erklären diesen geisteskranken Schnüfflern von der Kripo, dass sie sich hier auf meinem Grund und Boden befinden, auf dem, was mich betrifft, kein Verbrechen begangen wurde, und dass Professor Yapp lediglich ein Bad genommen hat, oder …« Weitere Einzelheiten konnte er sich sparen. Croxley war bereits gegangen.

Lord Petrefact wandte sich wieder seinem Gast zu. »Sie werden in Buscott beginnen, in der Mühle. Mit dieser Fabrik hat die eigentliche Geschichte unserer Familie begonnen. Sie wurde 1784 errichtet und ist, wenn ich richtig informiert bin, noch heute in Betrieb. Abscheuliches Loch. Ich habe meine Gesellenzeit dort verbracht. Sie wird Ihnen einen ziemlich guten Eindruck von den allgemeinen Voraussetzungen vermitteln, unter denen die Familie damals zu Macht und Vermögen gelangt ist. Jetzt wird sie von Emmelia, meiner jüngeren Schwester, geleitet. Sie stellt dort ethnische Bekleidung her, was immer das sein soll. Sie finden Emmelia im New House in Buscott. Nicht zu verfehlen. Und die frühesten Aufzeichnungen und Dokumente befinden sich im dortigen Heimatmuseum. Es dürfte Ihnen nicht schwer fallen, da ranzukommen. Falls doch, berufen Sie sich einfach auf mich.«

»Ein Empfehlungsschreiben wäre vielleicht nützlich«, meinte Yapp.

Lord Petrefact bezweifelte das sehr, war jedoch zu einem Kompromiss bereit. »Croxley soll Ihnen einen Scheck ausschreiben, sobald er diese verfluchten Bullen losgeworden ist. Wenn Sie mich jetzt bitte entschuldigen würden. Die Ereignisse des heutigen Morgens haben mich ziemlich mitgenommen.« Und mit der abschließenden Ermahnung, mit den Nachforschungen in Buscott zu beginnen, verabschiedete Lord Petrefact seinen Gast und legte sich mit dem tröstlichen Gedanken, dass dieser abscheuliche Mensch aus Emmelia und allen anderen Petrefacts, die die Gegend rund um Buscott verschandelten, Hackfleisch machen würde, erschöpft in die Kissen zurück.

Walden Yapp freilich, der über den inzwischen wohl vertrauten langen Gang zur Treppe eilte, hatte keine Ahnung von diesen verborgenen Motiven. Noch war er zu benommen von dem plötzlichen Wandel seines Pechs in das unbegreifliche Glück, die einmalige Chance zu erhalten, jene sozialen Untaten anzuprangern, die den Reichtum der Petrefacts begründet und den Bau dieses grauenhaften Hauses ermöglicht hatten, um sich auf weiter entfernte Probleme zu konzentrieren. Oder auch nur auf die nächstliegenden. Sein ausschließlich theoretisch veranlagtes Gehirn war so sehr mit dem statistischen Beweismaterial für das Elend der Arbeiterklasse beschäftigt, das ihm die Archive der Petrefacts liefern würden, dass er am Fuß der großen Treppe angelangt war, bevor ihm vollends bewusst wurde, dass sich dort eine ungewöhnliche Anzahl Polizisten herumtrieb. Er blieb stehen und betrachtete sie voller Misstrauen. Yapp hasste Polizisten. Ein Dogma seiner Gesellschaftsphilosophie besagte, dass sie die Leibwächter der Besitzenden waren, und in seinen oft recht schwülstigen Vorlesungen hatte er sie wiederholt als die Prätorianergarde des Privatunternehmertums bezeichnet.

In der gegenwärtigen Situation schienen sie eher die umgekehrte Rolle zu spielen. Croxley stritt mit einem Inspektor, der seine ganze Aufmerksamkeit dem Blutflecken auf dem Marmorboden zuwandte.

»Ich sage Ihnen doch, dass das Ganze ein Unfall war«, beschwor Croxley ihn, »und dass überhaupt kein Anlass für Ihre Anwesenheit besteht.«

»Mrs. Billington-Wall sieht das anders. Sie sagt …«

»Ich weiß, was sie gesagt hat, und wenn Sie meine Meinung hören wollen, dann ist die Frau verrückt. Lord Petrefact hat mir aufgetragen …«

»Diesen Lord Petrefact würde ich gerne mit eigenen Augen sehen, bevor ich mir eine Meinung bilde«, entgegnete der Inspektor verdrossen.

»Verständlich«, sagte Croxley. »Andererseits möchte er Sie nicht sehen, und seine ärztlichen Betreuer haben Anweisung gegeben, dass er nicht gestört werden darf. Sein Zustand lässt sehr zu wünschen übrig.«

»Wenn das so ist, gehört er ins Krankenhaus«, meinte der Inspektor. »Beides zugleich geht nicht. Wenn er zu krank ist, um mich zu empfangen, dann ist er auch zu krank, um hier zu bleiben. Ich werde einen Krankenwagen bestellen und …«

»Falls Sie das tun sollten, werden Sie es bitter bereuen«, schrie der inzwischen höchst aufgebrachte Croxley. »Sie glauben doch nicht, dass sich Lord Petrefact in ein gewöhnliches Krankenhaus legt! Entweder in die London Clinic oder gar nicht.«

»Dann werde ich eben hinaufgehen und mit ihm reden.« Als der Inspektor auf die Treppe zueilte, schien

Yapp die Gelegenheit gekommen, sich aus dem Staube zu machen. Er schritt durch die Halle in Richtung Tür und hätte es womöglich geschafft, wenn nicht ausgerechnet in diesem Augenblick Mrs. Billington-Wall die Szene betreten hätte.

»Da ist er«, kreischte sie, »das ist der Mann, den Sie suchen!« Yapp blieb wie angewurzelt stehen und starrte sie an. Auf der Stelle war er von mehreren Polizisten umringt, die ihn, dicht gefolgt vom Inspektor, in das ehemalige große Speisezimmer schoben.

»Ich protestiere gegen diese Ausschreitung«, begann er getreu der verfahrensmäßigen Routine, die er sich im Laufe zahlreicher politischer Demonstrationen angeeignet hatte. Doch der Inspektor ließ sich von seinem Protestgeschrei wenig beeindrucken.

»Name?« fragte er, nachdem er sich an einen Tisch gesetzt hatte.

Yapp überlegte und beschloss, nicht zu antworten. »Ich bestehe darauf, meinen Anwalt zu sprechen«, sagte er.

Der Inspektor notierte sich diesen Mangel an Kooperationsbereitschaft. »Adresse?«

Yapp schwieg.

»Ich kenne meine Rechte«, sagte er, sobald der Inspektor aufgeschrieben hatte, dass der Verdächtige sich weigere, Name und Adresse anzugeben, und dass er von Anfang an aggressives Verhalten an den Tag gelegt habe.

»Das kann ich mir vorstellen. Sind wohl schon früher durch die Mühle gegangen, was? Und haben eine eigene Akte gekriegt.«

»Eine Akte?«

»Haben Tüten geklebt.«

»Wenn Sie damit andeuten wollen, ich sei im Gefängnis gewesen ...«

»Hören Sie«, erklärte der Inspektor. »Ich deute gar

nichts an, außer dass Sie meine Fragen nicht beantworten wollen und dass Sie sich verdächtig verhalten haben. Also …«

Während das Verhör begann, ging Croxley voller Genugtuung nach oben. Mrs. Billington-Wall mochte zwar jede Menge Verwirrung stiften, aber mit anzusehen, wie Walden Yapp von drei Polizisten ins Speisezimmer geschleift wurde, hatte ihn denn doch ungeheuer aufgeheitert. Croxley war noch immer gekränkt darüber, dass Lord Petrefact ihn bei der Unterzeichnung des Dokuments nicht in dessen Inhalt eingeweiht hatte. Es hätte ebenso gut Lord Petrefacts Testament sein können, obwohl Yapps Unterschrift dafür wohl kaum erforderlich gewesen wäre. Nein, es musste sich um irgendeinen Vertrag handeln, und als engster Vertrauter und Privatsekretär hatte er das Recht, ihn zu kennen. Folglich betrat er das Schlafzimmer mit leiser Vorfreude.

»Unten ist der Teufel los. Und diesmal kriegt er sein Fett weg«, verkündete er. Die Metapher war nicht zufällig gewählt, sondern zielte auf eine maximale Wirkung bei Lord Petrefact ab, der angesichts seines verkorksten Magens auf die bloße Erwähnung von Fett allergisch reagierte.

»Fett? Was? Wo?« kreischte der aufgescheuchte Peer.

»Im Speisezimmer«, sagte Croxley. »Dieses Billington-Weib hat Yapp belangt.«

»Ihn belangt?« fragte Lord Petrefact begriffsstutzig.

»Das ist Polizeijargon und bedeutet, jemanden beschuldigen. Jedenfalls haben sie sich den Kerl geschnappt und fühlen ihm auf den Zahn.«

»Aber ich habe doch gesagt, Sie sollen uns die Hundesöhne vom Hals schaffen!« schrie Lord Petrefact. »Ich habe Ihnen wörtlich befohlen …«

»Es ist zwecklos, sich aufzuregen. Ich habe ihnen gesagt, sie sollen verschwinden, aber sie wollten nicht auf mich hören. Ich habe fest den Eindruck, als wolle der Inspektor nicht glauben, dass es Sie überhaupt noch gibt. Er besteht darauf, Sie zu sehen.«

»Bei Gott, das soll er«, brüllte der alte Mann und hievte sich an den Bettrand. »Holen Sie die Ärzte und diesen verdammten Rollstuhl …« Er unterbrach sich und dachte an das Treppenschicksal seines Großonkels Erskine und die tödlichen Eigenschaften des Rollstuhls. »Wenn ich es mir recht überlege, lieber doch nicht. Im Besucherflügel steht eine Sänfte. Die werde ich nehmen.«

»Wenn Sie darauf bestehen«, sagte Croxley zögernd, aber es gab keinen Zweifel, dass Lord Petrefact es ernst meinte. Seine Verwünschungen folgten Croxley den Gang hinunter.

Zwanzig Minuten später schwankte die Sänfte unter den Stoßgebeten und gelegentlichen Flüchen Lord Petrefacts auf den Schultern Croxleys, zweier Diener, des Küchenchefs und der männlichen Mitglieder des Reanimationsteams die Treppe hinunter.

»Wenn jemand diesen verdammten Kasten fallen lässt. wird er dessen Ende nicht mehr erleben«, zeterte er auf halbem Weg, ohne den dieser Bemerkung anhaftenden Mangel an Logik wahrzunehmen. Aber sie kamen wohlbehalten unten an und schwankten geradewegs ins Speisezimmer – zur großen Überraschung des Inspektors, der Yapp endlich das Geständnis abgerungen hatte, dass er Professor für Proletarische Geschichtsschreibung an der Universität Kloone sei. Das zu glauben fiel ihm schon schwer genug, aber das unvermutete Erscheinen der Sänfte und ihres Inhalts brachte ihn vollends aus der Fassung.

»Was ist denn das, um Himmels willen?«

Lord Petrefact ignorierte die Frage. Im Umgang mit Staatsdienern kannte er keinerlei Skrupel. »Sagen Sie mir gefälligst, was Sie auf privatem Grund und Boden zu suchen haben. Die Antwort können Sie sich sparen. Ich werde beim Innenminister Beschwerde einlegen, und Sie können Gift darauf nehmen, dass man Sie zur Rechenschaft ziehen wird. Und jetzt gebe ich Ihnen fünf Minuten, um mit Ihrer ganzen Menagerie zu verschwinden. Sollten Sie danach noch hier sein, werde ich Sie wegen unbefugten Eindringens, Hausfriedensbruch und Sachbeschädigung belangen. Croxley, holen Sie mir den Generalstaatsanwalt ans Telefon. Ich übernehme den Anruf im Arbeitszimmer. Professor Yapp wird mich begleiten.«

Und ohne den Inspektor noch eines Blickes zu würdigen, ließ er sich in seiner Säfte hinaus und durch die Halle in sein Arbeitszimmer tragen. Yapp folgte ihm voll widerstrebender Gefühle. Er hatte viel vom Einfluss des so genannten Establishments gehört und auch Vorlesungen darüber gehalten, aber noch nie hatte er ihn so drastisch in Aktion erlebt.

»Ich will verdammt noch mal wissen, wer zum Teufel uns in diese verdammte Scheiße geritten hat!« tobte der Inspektor, als die Prozession außer Sichtweite war.

»Mrs. Billington-Wall«, sagte Croxley, der sich im Hintergrund gehalten hatte, um nicht als Sänftenträger fungieren zu müssen und um die dummen Gesichter der Kriminalbeamten mitzuerleben. »Wenn Sie ungeschoren davonkommen wollen, würde ich Ihnen empfehlen, sie zum Verhör mitzunehmen.«

Und mit diesem Vorschlag, der dem widerlichen Weib enorme Unannehmlichkeiten bereiten würde, folgte er Yapp ins Arbeitszimmer. Zehn Minuten später war die Polizei verschwunden. Und mit ihr, entschieden gegen ihren Willen, Mrs. Billington-Wall.

»Das Ganze ist ein Komplott«, schrie sie, als man sie in einen Streifenwagen steckte, »und ich sage Ihnen, dass dieser Kerl mit der Intourist-Tasche dahinter steckt.«

Insgeheim gab ihr der Inspektor recht. Yapp hatte ihm von Anfang an nicht gefallen, aber das, was der Generalstaatsanwalt am Telefon gesagt hatte, ebensowenig. Auch konnte er sich nicht vorstellen, dass er die unvermeidliche Unterredung mit dem Polizeidirektor sonderlich genießen würde. Und da sich die Waagschale nun mal zu Ungunsten von Mrs. Billington-Wall gesenkt hatte, beabsichtigte er, sich aus ihrer Aussage eine Ausrede zurechtzubasteln.

Nachdem sie Fawcett House den Rücken gekehrt hatten, nahmen die Dinge dort ungehindert ihren Lauf. Der Anschlag, der besagte, dass Besucher gegen eine Gebühr von zwei Pfund willkommen seien, wurde entfernt. Yapp ließ sich zu einem Glas Cognac überreden. Croxley nahm die sofortige Kündigung des empörten Küchenchefs entgegen und entließ die Mietmenschen. Das Ärzteteam schlug im privaten Arbeitszimmer im Erdgeschoss ein zweites Bett auf. Doch sobald sich Lord Petrefact dort eingerichtet hatte, befahl er, den umgebauten Leichenwagen bereitzustellen, der ihn nach einer kurzen Verschnaufpause nach London bringen sollte.

Und schließlich fuhr auch Walden Yapp, mit aufgefrischten sozialen Ressentiments, die ihn bei seinen Nachforschungen anspornen würden, und mit einem Scheck über zwanzigtausend Pfund in der Tasche, in seinem Mietwagen davon. Er konnte es kaum erwarten, zu seinem Modem zurückzukehren und Doris ausführlich über seine jüngsten Erlebnisse zu berichten.

9

Die kleine Stadt Buscott (7048 Einwohner) schmiegt sich in das Tal von Bushampton im Herzen Englands. Das jedenfalls machen die wenigen Reiseführer, die sie überhaupt erwähnen, den Touristen glauben. In Wirklichkeit kauert Buscott unscheinbar neben dem Flüsschen, das ihm zum ersten Teil seines Namens und den Ur-Petrefacts zu einem Großteil ihres Reichtums verholfen hat. Die alte Mühle steht noch heute am Ufer des Bus, und die Überreste des Mühlrades verrosten und verfaulen in einem Tümpel unter Plastikflaschen und Bierdosen. An dieser Stelle hatten die Petrefacts jahrhundertelang Korn gemahlen und, wenn Yapps Annahmen stimmten, die Armen verheizt. Die neue Mühle hingegen, die, wie Lord Petrefact erwähnt hatte, 1784 erbaut worden war, ragt weiter flussabwärts wie ein gigantisches Monument in den Himmel und sorgt für den einzigen Industriezweig des Städtchens und für vermutlich unterbezahlte Arbeitsplätze. In den düster-grauen Mauern dieser Fabrik hatten Generationen von Petrefacts ihre kurze Lehrzeit absolviert, bevor sie sich, durch diese Erfahrung heilsam geläutert, befriedigenderen Beschäftigungen zuwandten.

Für die restliche Bevölkerung änderte sich im Lauf der Jahre nur wenig. Buscott ist noch heute, was es immer war: eine winzige Industriestadt, isoliert vom übrigen England durch seine abgeschiedene Lage, den langsam versandenden alten Kanal, die Stilllegung der Bahnstrecke und seltsamerweise durch den ungeheuren Fleiß seiner Einwohner. Was immer man heutzutage über England sagen mag, die Arbeiter in Buscott arbeiten. Den letzten Streik gab es hier im Jahr 1840. Er dauerte nur kurz und wurde nie wieder erwähnt. Als würden diese Absonderlichkeiten noch nicht ausreichen, tragen auch das Klima und die geographische Lage dazu bei, Buscott noch gründlicher abzuriegeln. Der Fernsehempfang spottet jeder Beschreibung, und das Wetter ist so unbeständig, dass die Straßen im Winter häufig von Schneemassen versperrt und im Sommer außer von strapazengewohnten Wanderern allgemein gemieden werden.

In der Verkleidung eines solchen näherte sich Walden Yapp dem Städtchen. In kurzen Hosen, die bis unter die Knie reichten – ein Erbstück eines Onkels –, und mit einem schlaffen Rucksack wanderte er über das Heideland. Ab und zu blieb er stehen und ließ seinen Blick wohl wollend über die Landschaft gleiten. Heidekraut, Sumpfland, das Zutagetreten tieferer Erdschichten und gelegentliches Dickicht, das alles entsprach ganz genau seinen Erwartungen. So hatte er sich seine Annäherung an Buscott vorgestellt. Sogar die wenigen baufälligen Cottages, an denen er vorbeikam, erfüllten ihn mit Genugtuung und kündeten nostalgisch von der ländlichen Depopulation im achtzehnten Jahrhundert. Dass sie nie etwas anderes als Schäferhütten und Schafställe gewesen waren, entging Yapp, da er vorwiegend in den Kategorien der Proletarischen Geschichtsschreibung dachte. Dies Land war Petrefactland, und ehrliche kleine Bauern waren von diesem Grund und Boden vertrieben worden, um als Futter für die Mühle zu dienen und Platz für Waldhühner zu schaffen.

Als Yapp das Tal von Bushampton erreichte, war er

glücklich und zufrieden. Die Erinnerung an seinen Aufenthalt in Fawcett war verblasst, seinen Scheck hatte er eingereicht, und in der Tasche trug er mehrere handgeschriebene Briefe Lord Petrefacts mit den genauen Namen seiner diversen Verwandten, die sich hoffentlich als ergiebige Informationsquellen erweisen würden. Freilich interessierte sich Yapp weniger für die persönlichen Erinnerungen von Plutokraten als für die objektiven sozioökonomischen Lebensbedingungen der Arbeiterklasse, und mit jedem Schritt wuchs seine Überzeugung, dass Buscott ihm quasi als Mikrokosmos jene konkreten Daten liefern würde, die er als Bestätigung für die in der Universitätsbibliothek angestellten Nachforschungen so dringend brauchte.

Wochenlang hatte er Doris mit allen Fakten gefüttert, die er finden konnte: dass die Bevölkerungsstatistik seit 1801 eine mehr oder minder konstante Population nachwies; dass die neue Mühle bis vor kurzem derart hochwertige und preisgünstige Baumwollerzeugnisse produziert hatte, dass sie ungleich länger mit ausländischen Herstellern konkurrieren konnte als andere englische Fabriken; dass über die Hälfte der arbeitenden Bevölkerung bei den Petrefacts angestellt war; und dass neunzig Prozent aller Haushalte in Häusern untergebracht waren, die dieser verdammenswert allgegenwärtigen Sippe gehörten. Sogar die Geschäfte der Stadt waren Eigentum der Petrefacts, und soweit Yapp feststellen konnte, bestand durchaus die Chance, noch ein Entlohnungssystem in Form von Naturalien anzutreffen. Nichts sollte ihn wundern, wie er dem Computer im Rahmen einer Zusammenfassung seiner vorläufigen Erkenntnisse anvertraut hatte. Wie üblich war Doris so freundlich gewesen, ihm zuzustimmen.

Doch wie so oft standen auch diesmal Yapps Theorien

in einigem Widerspruch zu den Tatsachen. Als er den letzten Anstieg in Angriff nahm und von oben auf das Tal hinabblickte, konnte er zu seiner Enttäuschung keinerlei Anzeichen für Verwahrlosung einerseits und protzigen Reichtum andererseits entdecken, die die Trennung zwischen der Stadt und ihren Eigentümern markiert hätten. Aus dieser Entfernung wirkte Buscott irritierend hell und freundlich. Zwar gab es das New House auf dem Hügel und unten die erwarteten Arbeiterhäuschen; aber sie waren weiß getüncht, die Gärten standen voller Blumen, und das New House strahlte eine dezente Eleganz aus, die auf einen besseren Geschmack des Erbauers schließen ließ, als Yapp vermutet hätte. Es war ein vornehmer Herrensitz mit zierlich geschwungenen, schmiedeeisernen Balkonen und schrägem Vordach. Im Vordergrund ein gepflegter Rasen, daran anschließend zu beiden Seiten eine Kiesauffahrt und dahinter eine Blumenrabatte und blühende Hecken. Neben dem Haus glitzerte ein großes Gewächshaus in der Sonne. Yapp konnte beim besten Willen nicht behaupten, dass das New House das Stadtbild von Buscott auf jene düstere Art beherrschte, die er sich vorgestellt hatte. Als er seine Aufmerksamkeit auf die Mühle lenkte, wurde er aufs neue enttäuscht. Denn von seinem Aussichtspunkt aus wirkte die Fabrik am Fluss ausgesprochen freundlich und einladend. Während er sie mit gemischten Gefühlen betrachtete, fahr ein heller Lieferwagen durchs Tor und hielt im gepflasterten Hof. Der Fahrer stieg aus, öffnete die Ladeklappe, und schon wurde der Wagen in einem Tempo entladen, das Yapp in keiner der vielen Fabriken, mit denen er sich eingehend beschäftigt hatte, je erlebt hatte. Schlimmer noch, die Arbeiter wirkten sogar fröhlich und lachten; und lachende Arbeiter waren absolut jenseits seines Erfahrungshorizonts.

Alles in allem widersprach der erste Eindruck von Buscott seinen Erwartungen so gründlich, dass er erst mal seinen Rucksack absetzte, sich auf eine Bank niederließ und seine belegten Brote herauskramte. Während er sie mampfte, durchforstete er die statistischen Unterlagen, die er über Buscott zusammengetragen hatte: niedrige Löhne, hohe Arbeitslosenquote, unzureichende medizinische Versorgung, das völlige Fehlen gewerkschaftlicher Interessenvertretung, Anzahl der Häuser ohne Bäder, Säuglingssterblichkeit, die beharrliche Weigerung des zweifellos Petrefact-hörigen Stadtrats, eine höhere Schule einzurichten, die mit dem dubiosen Argument begründet wurde, dass für Buscott, das nicht einmal eine Grundschule hatte, die vorhandene Hauptschule hoch genug sei. Keine dieser trostlosen Tatsachen ließ sich mit seinem ersten Eindruck von der Stadt vereinbaren, und das Lachen, das von der Fabrik zu ihm heraufdrang, erst recht nicht.

Und so überlegte er, während er aufstand und bergab durch den Wald in Richtung Fluss ging, dass es doch klug gewesen war, erst allein hierher zu kommen, um sich in der Stadt umzusehen, bevor er das Team von Soziologen und Wirtschaftshistorikern schickte, das er an der Universität rekrutiert hatte.

In seinem Büro in der Fabrik war Frederick Petrefact mit dem Durchsehen der Andrucke für den neuen Katalog fertig, ließ noch eine Bemerkung über das misslungene Verzeichnis der Farbfotos vom Stapel und beschloss sodann, dass es Zeit zum Lunch sei. Lunch am Donnerstag war gleichbedeutend mit Tante Emmelia, konfuser Unterhaltung, Katzen und kaltem Hammel. Was davon das Schlimmste war, hätte Frederick nur schwer sagen können. Der kalte Hammel hatte zumindest den Vorteil, tot zu sein, und die Trägheit mehrerer Katzen, auf die er sich im Lauf der Zeit gesetzt hatte, ließ ihn vermuten, dass Tante Emmelias Menagerie auch nur begrenzt lebendig war. Aber in erster Linie war es die Kombination von Tante Emmelia und ihrer Konversation, die die Donnerstage für ihn zu schwarzen Tagen machte. Verschlimmert wurde die Angelegenheit noch dadurch, dass Frederick genau wusste, dass er ohne sie nicht dort stünde, wo er war, und dass er sich aufgrund dieser Tatsache natürlich keinerlei Grobheiten leisten konnte. Nicht dass es ihm gefallen hätte, in Buscott zu leben oder die Fabrik zu leiten, aber immerhin gab ihm das die Chance, sich anstelle des Vermögens, das ihm sein Vater vorenthielt, ein anderes zu verschaffen. Und eines hatte Tante Emmelia mit ihm gemeinsam: Sie hasste seinen Vater.

»Ronald ist ein ungehobelter, ordinärer Mensch«, meinte sie, als Frederick sie erstmals aufsuchte, um ihr seine Probleme zu schildern. »Er hätte unseren Namen nie dadurch beschmutzen dürfen, dass er sich von diesem üblen, kleinen Kerl zum Peer machen ließ. Abgesehen davon möchte ich nicht wissen, was er angestellt hat, um sich diesen Titel zu verdienen. Würde mich nicht wundern, wenn er allen Grund gehabt hätte, nach Brasilien zu fliehen. Denn soviel Anstand, dem Beispiel dieses anderen Kerls zu folgen und sich zu erschießen, hätte er sicher nicht besessen.«

Für eine so betont häusliche Frau war dies eine recht sonderbare Einstellung, doch Frederick sollte bald dahinter kommen, dass Tante Emmelia zumindest einen Grundsatz hatte, an den sie sich strikt hielt. Diskrete Zurückgezogenheit war für sie Ehrensache, und stets zitierte sie jenen Petrefact aus dem siebzehnten Jahrhundert, der gesagt haben soll: Wenn Gott sich damit zufrieden gegeben hatte, Moses' Frage nur mit: »Ich bin, der ich bin« zu beantworten, dann stand der Familie ebensolche Bescheidenheit gut an. Ein Petrefact war ein Petrefact, und dieser Name war Titel genug. Nach Tante Emmelias Dafürhalten hatte ihr Bruder den Namen der Familie durch das Hinzufügen des »Lord« beschmutzt. Dies und weniger die schlechte Behandlung seines Sohnes gab den Ausschlag dafür, dass Frederick Tante Emmelias spezielle Zuneigung und die uneingeschränkte Leitung der Fabrik errang.

»Du kannst damit machen, was du willst«, hatte sie ihm erklärt. »Es ist die Aufgabe eines Unternehmens, Profit abzuwerfen, und wenn du ein echter Petrefact bist, wird dir das auch gelingen. Ich stelle nur eine Bedingung: keinerlei Kontakt zu deinem Vater. Ich will absolut nichts mehr mit ihm zu tun haben.«

Frederick schlug ohne zu zögern ein. Die letzte Unterredung mit seinem Vater war so unerfreulich gewesen, dass er nicht den Wunsch verspürte, sie zu wiederholen. Andererseits war Tante Emmelias Charakter für seinen Geschmack zu subtil. Nie wusste er, was sie wirklich dachte, außer über seinen Vater. Und er argwöhnte, dass sie hinter dieser Fassade geistesabwesender Freundlichkeit ebensowenig nett war wie alle anderen Familienmitglieder.

Zumindest ihre Wohltätigkeit war von einer so unübersehbaren Arroganz und krassen Widersprüchlichkeit, dass Frederick nie so recht wusste, woran er bei ihr war. Einmal zum Beispiel hatte sie einem schwer reichen Bauern, der den Kauf von ein paar Morgen Land so heftig begossen hatte, dass er in der Gosse liegen blieb, eine Pfundnote gegeben und diesen Affront mit der Bemerkung begleitet, sie hoffe sehr, dass er bei der Gemeinde Arbeit als Straßenfeger bekommen würde. Soweit Frederick feststellen konnte, erging es allen anderen Leute in Buscott mit ihr ebenso. Emmelia weigerte sich, in die Kirche zu gehen. Die Überredungsversuche mehrerer Vikare hatte sie mit dem Hinweis auf die liebevollen Taten der Christen in Irland, Mexiko und England zur Zeit der Reformation abgeschmettert.

»Ich kümmere mich um meine Angelegenheiten, und von anderen erwarte ich dasselbe«, sagte sie. »Außerdem werde ich nie begreifen, was für einen Gefallen Gott daran finden sollte, dass sich die Leute in Kirchen versammeln und lächerliche Lieder singen – und falsch noch dazu. Mir will das einfach nicht in den Kopf.«

Andererseits gab es Vermutungen, dass Emmelia nachts manchmal aus dem Haus schlich und Geld in die Briefkästen von Rentnern steckte. Außerdem bot das New House eine sichere Zuflucht für überzählige Katzen. Auch wurde darüber spekuliert, warum Emmelia nie geheiratet hatte. Da sie mit sechzig noch immer eine hübsche Frau war, nahm man allgemein an, dass der Grund für ihre Ehelosigkeit die mit einer Heirat verbundene Namensänderung war. Alles in allem war Tante Emmelia für ihre Umwelt ein wandelndes Rätsel.

Doch die Pflicht rief, und so fuhr Frederick wie gewohnt hinauf zum New House. Ausnahmsweise rutschte Tante Emmelia nicht auf Knien in ihrer Blumenrabatte herum, und auch das Gewächshaus war leer.

»Seit sie diesen Brief bekommen hat, ist sie schrecklich aufgebracht«, berichtete Annie. »Sie ist schon weiß Gott wie lange in der Bibliothek.« Unsicher durchquerte Frederick die Halle. Er konnte sich mehrere Gründe ausmalen, aus denen er den Zorn seiner Tante auf sich herabbeschworen haben mochte, aber die verdrängte er lieber.

Als er ihr Zimmer betrat, saß Tante Emmelia bebend vor Wut an ihrem Schreibtisch und blickte aus dem Fenster.

»Ich habe soeben einen völlig absurden Brief von deinem Onkel Pirkin erhalten«, sagte sie und schleuderte ihm ihre Hand mit dem Schreiben entgegen. »Natürlich ist dein Vater an allem schuld, aber dass Pirkin sich so aufregt, bedeutet für mich, dass er senil wird.«

Frederick las den Brief. »Wieder sein Größenwahn«, sagte er unbekümmert, »nur begreife ich nicht, wieso Vater einen Mann wie Yapp engagiert, um eine Familiengeschichte schreiben zu lassen.«

»Weil er weiß, dass mich das in Rage bringt.«

»Aber Onkel Pirkin denkt anscheinend …«

»Pirkin ist des Denkens nicht mächtig«, unterbrach ihn Tante Emmelia. »Er ist ein Sammler und Hobbynarr. Erst waren es Vogeleier, und als er zu arthritisch wurde, um auf richtige Bäume zu klettern, stürzte er sich auf den familiären.«

»Ich wollte sagen, dass Pirkin eine Zusammenarbeit mit diesem Professor Yapp in Erwägung zieht.«

»Genau das macht mir Sorgen. Pirkin kann kaum drei Wörter aneinander reihen, geschweige denn ein Buch schreiben.«

»Zumindest könnte er Yapp daran hindern, sehr weit zu kommen. Eine einmonatige Zusammenarbeit mit Onkel Pirkin würde die Moral des entschlossensten Historikers untergraben. Aber wo ist mir der Name Walden Yapp bloß schon begegnet?«

»In einem Buch über künstliche Fischteiche?« schlug Tante Emmelia vor.

»Nein, es muss erst kürzlich gewesen sein. Kommt mir vor, als sei er irgend so ein Quargo.«

»Äußerst hilfreich. Ein Quargo, natürlich. Es wäre wohl allzu verwegen anzunehmen, dass du damit auf eine ausgestorbene australische Entenart anspielst«, sagte Tante Emmelia mit einer Unbestimmtheit, hinter der sich eine erstaunliche Kenntnis der aktuellen Ereignisse verbarg.

»Quasi-autonome regierungsunabhängige Organisation, wie du sehr wohl weißt.«

»Dann müssen wir also davon ausgehen, dass dein Vater auch noch politische Motive hat.«

»Ziemlich sicher«, sagte Frederick. »Wenn ich mich nicht irre, hat man Professor Yapp schon wiederholt gerufen, um streikenden Arbeitern das zu geben, was sie forderten, ohne das eigene Gesicht zu verlieren.«

»Hört sich alles recht unerfreulich an«, meinte Tante Emmelia. »Und wenn dieser Wicht sich einbildet, er würde von mir irgendeine Unterstützung bekommen, wird er seine Illusionen bald begraben müssen. Ich werde alles in meiner Macht Stehende tun, um dafür zu sorgen, dass dieses Projekt ein rasches Ende findet.«

Und mit dieser Ankündigung ging sie voraus zum kalten Hammel und zum neuesten Familienklatsch. Eine Stunde später fuhr Frederick erleichtert zur Fabrik zurück. Unterwegs kam er an einem großen, kantigen Menschen in altmodischen, langen Shorts vorbei. Da sich gelegentlich Wanderer nach Buscott verirrten, nahm Frederick kaum Notiz von ihm. Er konnte ja nicht ahnen, dass das von seinem Vater geschickte tödliche Virus die Stadt bereits erreicht hatte.

Yapp ahnte von seiner Rolle ebensowenig. Sein erster Eindruck von Buscott war durch den zweiten und dritten bestätigt worden: Das Städtchen entsprach nicht nur keineswegs seinen Vorstellungen von einer düsteren, trostlosen frühindustriellen Stadt, sondern wirkte sogar ausgesprochen blühend. Das Rathaus, angeblich im Jahr 1653 erbaut, wurde gerade restauriert. Das Gebäude der Wissenschaftlichen und Philosophischen Gesellschaft erfüllte seinen ursprünglichen Zweck zumindest teilweise, indem es neben Bingo im früheren Lesesaal Abendkurse für Erwachsene beherbergte. An der Hauptstraße wetteiferten mehrere Supermärkte miteinander, die ehemalige Kaserne hatte man fast schon zu geschmackvoll zum Einkaufszentrum umfunktioniert, auf dem Viehmarkt wimmelte es nur so von Bauern, die sich angeregt über Mastviehpreise unterhielten. Ein Antiquariat bot fast ebenso viele erlesene Antiquitäten wie Bücher an, und ein Blick zwischen den schmiedeeisernen Gittern der Petrefact-Baumwoll-Manufaktur hindurch ließ darauf schließen, dass, wenn nicht Baumwolle, so doch etwas anderes beträchtliche Gewinne abwarf. Mochte Buscott noch so isoliert sein, als heruntergekommen konnte man es wirklich nicht bezeichnen.

Obwohl Yapps erste Eindrücke enttäuschend waren, musste er sich zunächst um praktische Probleme kümmern. Zuallererst um eine Unterkunft. Um die beiden Hotels machte Yapp aus Prinzip einen Bogen. Nur Reiche oder Lebemänner logierten in Hotels, und mit beiden hatte Yapp nichts im Sinn.

»Ich suche eine kleine Pension. Übernachtung mit Frühstück reicht auch«, erklärte er den Damen der Buscott Bäckerei & Konditorei, in deren kleiner Teestube er einen Kaffee bestellt hatte. Hinter der Theke entspann sich eine leise Diskussion, von der Yapp möglichst viel mitzubekommen suchte.

»Da wäre Mrs. Mooker, aber wie ich höre, vermietet sie nicht mehr …«

»Und Kathie …«

Kathie wurde allgemein wieder verworfen. »Kocht nicht anständig, glaube ich. Das war der Grund, warum Joe sie hat sitzen lassen. Kein Wunder bei diesem Fraß. Ganz abgesehen von dem anderen.«

Die Frauen blickten verstohlen zu Yapp hinüber und schüttelten die Köpfe.

»Das einzige, was mir einfällt«, sagte die Wortführerin schließlich, »sind Mr. und Mrs. Coppett in der Rabbitry Road. Die nehmen manchmal Untermieter, um die Sozialhilfe etwas aufzubessern. Nachdem sich das mit Willy Coppett nun mal nicht ändern lässt. Aber so, wie sie ist, würde ich die Adresse nicht empfehlen.«

»Es sind weniger ihre Kochkünste als ihre …«, meinte eine andere, aber das war auch schon alles, was Yapp über Mrs. Coppetts Fehler erfahren sollte. Eine Kundin hatte den Laden betreten, und das Gespräch drehte sich jetzt um den Unfall ihres Mannes. Yapp bezahlte seinen Kaffee und zog los, um die Rabbitry Road zu suchen. Er fand sie schließlich dank einer Generalstabskarte, die er in einem Schreibwarengeschäft erstanden hatte, und nicht etwa mit Hilfe der zwei Leute, die er auf der Straße gefragt hatte und die ihn in ziemlich entgegengesetzte Richtungen geschickt hatten. Auf diese Weise hatte er, seitdem er in Briskerton aus dem Zug gestiegen war, zwölf Meilen zurückgelegt und wurde allmählich ungehalten. Buscott war zwar eine kleine Stadt, aber offenbar lag die Rabbitry Road ganz am Rande.

Yapp fragte nach der nächsten Busstation, erfuhr, dass es gar keine Busse gab, und landete auf einer Art Autofriedhof, der sich als Mietwagen-Service ausgab.

»Ich bräuchte nur für ein paar Tage einen Wagen«, erklärte er dem fetten Kahlkopf, der unter einem vorsintflutlichen Kleintransporter hervorkroch und sich als Mr. Parmiter, »zu Ihren Diensten«, vorstellte.

»Vermietet wird nur monateweise«, sagte er. »Sie kämen günstiger weg, wenn Sie diesen prima Lieferwagen da kaufen würden. Für hundertzwanzig Pfund wirklich billig.«

»Ich will keinen Lieferwagen«, sagte Yapp.

»Ich gebe ihn Ihnen für achtzig ohne Versicherung. Noch weiter kann ich wirklich nicht runtergehen.«

»Ich möchte trotzdem einen normalen Wagen.«

Mr. Parmiter seufzte und zeigte auf einen großen Vauxhall. »Fünf Pfund pro Tag. Dreißig Tage Minimum«, sagte er.

»Aber das sind ja hundertfünfzig Pfund.«

Mr. Parmiter nickte. »Hätte ich nicht genauer ausrechnen können. Der Lieferwagen für hundertzwanzig inklusive Versicherung ist wirklich ein Geschäft. Sie kriegen ihn am Montag. Für achtzig können Sie ihn gleich mitnehmen.«

Yapp stand unglücklich da und spürte seine Füße. Sie taten abscheulich weh. »Ich nehme den Vauxhall«, sagte er und tröstete sich, während er sein Scheckbuch herauszog, mit dem Gedanken, dass Lord Petrefact für seine Spesen aufkam.

Mr. Parmiter betrachtete das Scheckbuch misstrauisch. »Sie haben nicht zufällig Bargeld bei sich?« fragte er. »Ich meine, ich kann schon warten, bis die Banken morgen früh aufmachen. Aber wissen Sie, bei Barzahlung gibt es Rabatt.«

»Nein«, sagte Yapp. »Und von Steuerhinterziehung halte ich gar nichts.«

Mr. Parmiter war gekränkt. »Rabatt ist doch keine Steuerhinterziehung. Nur traue ich Schecks eben nicht. Soll ja vorkommen, dass sie nicht gedeckt sind.«

»Meine schon, das garantiere ich Ihnen.«

Trotzdem ließ Mr. Parmiter ihn Namen und Adresse auf die Rückseite schreiben und wollte dann seinen Führerschein sehen.

»Ich bin noch nie so behandelt worden«, beschwerte sich Yapp.

»Dann hätten Sie eben den Lieferwagen kaufen sollen. Ist doch klar. Kommt da rein, rümpft die Nase bei einem Lieferwagen für hundertzwanzig Pfund und mietet einen Wagen …«

Aber schließlich fuhr Yapp mit dem Vauxhall in Richtung Rabbitry Road davon.

Hier begegnete ihm endlich jene Armut, die er aufgrund seiner Statistiken erwartet hatte. Eine Reihe verwahrloster Häuschen, dahinter ein aufgelassener Steinbruch, die Straße voller Schlaglöcher. Yapp hielt an und stieg aus. Ja, das war genau das soziale Umfeld, das er zu finden gehofft hatte. Mit dem erfreulichen Gedanken, dass er von den Ärmsten der Armen die ungeschminkte Wahrheit über Buscott und die Petrefacts erfahren würde, durchquerte er einen verwahrlosten Garten und klopfte an die Tür.

»Ich suche Mrs. Coppett«, sagte er zu der alten Frau, die öffnete.

»Hat sie schon wieder keine Miete gezahlt?«

»Nein«, entgegnete Yapp, »ich habe gehört, dass sie Zimmer vermietet.«

»Und wenn schon, ich weiß nichts davon. Geht mich ja auch nichts an, oder?«

»Ich möchte auch nur wissen, wo sie wohnt.«

»Wenn Sie von der Fürsorge sind …«

»Ich bin nicht von der Fürsorge.«

»Dann wohnt sie in Nummer neun«, sagte die Alte und schob die Tür zu.

Yapp humpelte auf die Straße hinaus und hielt Ausschau nach der Nummer 9. Er entdeckte sie am Ende der Häuserreihe und stellte erleichtert fest, dass der Vorgarten auf Reinlichkeit schließen ließ. Während sich die anderen Häuser ihrer unwirtlichen Umgebung anzupassen schienen, trug Nummer 9 deutlich individuelle Züge. Auf der kleinen Rasenfläche wimmelte es von Zwergen, denen ein paar steinerne Frösche und ein Hase Gesellschaft leisteten, und auch wenn man, dem Gebot proletarischen Denkens zufolge, einwenden musste, dass diese Figürchen im Grunde eine Flucht vor den konkreten und objektiven gesellschaftlichen Bedingungen darstellten, wirkten sie in der Rabbitry Road irgendwie tröstlich. Yapp durchquerte den Garten und wollte soeben an die Tür klopfen, als hinter dem Haus eine Stimme ertönte. »Jetzt komm schon, Willy, und hol Blondie hier raus, bevor Hektor sie zum Abendessen verspeist.«

Yapp ging ums Haus. Dort stand hinter einem großen Betttuch, das sie gerade auf die Leine hängte, eine massige Frau. Weiter hinten jagte ein Hund, der von recht unterschiedlichen Eltern abstammen musste, ein Kaninchen durch ein kleines, fast nur aus Kohlköpfen bestehendes Gemüsebeet.

Yapp räusperte sich diskret. »Mrs. Coppett?« fragte er. Neben dem Betttuch tauchte ein rundes, rosafarbenes Gesicht auf.

»Gewissermaßen«, sagte sie und verlagerte ihren Blick auf seine Shorts.

»Wie ich gehört habe, vermieten Sie Zimmer.«

Mrs. Coppett gab sich alle Mühe, ihre Aufmerksamkeit auf sein Gesicht zu lenken. »Ich dachte, es ist Willy. Und dass Hektor Blondie erwischt, wenn ich nicht was unternehme.«

Damit ließ sie Yapp stehen und stürzte sich ins Getümmel im Gemüsebeet, aus dem sie wenig später mit Hektors Schwanz in der Hand wieder auftauchte. Hektor folgte heftig scharrend, aber Mrs. Coppett hielt ihn mit eiserner Hand fest und verfrachtete ihn in die Küche. Nach ein paar Minuten kam sie mit dem Hund an einem

Strick wieder heraus und band ihn am Wasserhahn neben der Tür fest. »Was wünschen Sie?« fragte sie.

Yapp setzte sein verbindlichstes Lächeln auf. Allmählich dämmerte ihm, dass Mrs. Coppett eindeutig zu wünschen übrig ließ. Hätte man ihn gebeten, ihren Intelligenzquotienten anzugeben, hätte er vierzig Punkte dazugemogelt.

»Sie vermieten doch Zimmer mit Frühstück?«

Mrs. Coppett starrte ihn an und legte den Kopf auf die Seite. »Gewissermaßen schon«, sagte sie mit einem Unterton, den Yapp in seinen Vorlesungen als »Einkommensermittlungs-Syndrom« klassifizierte.

»Würde gern bei Ihnen einmieten«, versuchte er sein Anliegen so simpel wie möglich vorzubringen, »falls Sie ein Zimmer frei haben.« Mrs. Coppett nickte mehrere Male recht heftig und ging voran ins Haus. Yapp folgte mit gemischten Gefühlen. Es gab soziale Maßnahmen, mit denen man Armut lindern und alle Menschen in materieller Hinsicht gleichmachen konnte, aber gegen geistige Ungleichheit war derlei Politik machtlos.

Machtlos seinem Missfallen ausgeliefert sah sich auch Yapp, als er die Küche betrat, die in puncto Ästhetik die Gartenzwerge weit in den Schatten stellte. Die Wände waren über und über mit Fotografien von Freistilringern, Gewichthebern und Body-Buildern bedeckt, die allesamt ihre entstellten Muskeln schwellen ließen und recht unzulänglich bekleidet waren.

»Hübsch, finden Sie nicht?« sagte Mrs. Coppett, die Yapps Verblüffung offenbar für Bewunderung hielt. »Ich mag starke Männer.«

»Ja«, sagte Yapp, erleichtert bei der Feststellung, dass die Küche ansonsten peinlich sauber und ordentlich war.

»Und Fernsehen haben wir auch«, fahr sie fort, während sie ihn in die Diele führte und stolz eine Tür öffnete. Yapp schaute hinein und erlitt den nächsten Schock. Das Zimmer war ebenso sauber und ordentlich wie die Küche, nur waren diesmal die Wände mit Farbfotos von kleinen Kuscheltieren mit unnatürlich großen und ausdrucksvollen Kulleraugen tapeziert, die Yapp abscheulich sentimental antrieften.

»Die gehören Willy. Er liebt Kätzchen über alles.«

Yapp empfand diese Bemerkung als überflüssig, da das Zimmer eindeutig von Kätzchen beherrscht wurde. Eine grobe Schätzung ergab, dass sie sich gegenüber Hundebabies, Eichhörnchen, Häschen und sonstigen Wollknäueln, die wie zerknirschte Stinktiere aussahen, in der absoluten Überzahl befanden.

»Sie helfen ihm, ihn von der Arbeit abzulenken«, fuhr Mrs. Coppett auf dem Weg nach oben fort.

»Und was für eine Arbeit macht Mr. Coppett?« fragte Yapp, während er inständig hoffte, dass sein Zimmer nicht mit Zigarettenbildchen vollgeklebt war.

»Also, tags kuttelt er und abends trocknet er ab«, sagte Mrs. Coppett und vermittelte Yapp damit nur eine sehr vage Vorstellung von Mr. Coppetts Tagwerk und den Eindruck, dass er nach dem Abendessen in der Küche mithalf.

Wenigstens sein Zimmer war von Bildern verschont geblieben. Auf der Kommode lagen ein paar Schicksalsromane, doch abgesehen von deren gespenstischen Titelbildern und einer Schar Gipsenten an der Wand entsprach das Zimmer durchaus seinem Geschmack.

»Ich les' gern was Gutes«, meinte Mrs. Coppett, während sie die Heftchen fein säuberlich zu einem Stapel zusammenschob.

»Sieht alles recht hübsch aus«, sagte Yapp. »Wieviel kostet es denn?«

In ihren Augen blitzte ein Schimmer von Intelligenz auf. »Kommt drauf an.«

»Wären fünf Pfund pro Tag angemessen?«

Mrs. Coppett kicherte. »Da muss ich erst Willy fragen. Fünf Pfund würde Extras bedeuten, nicht wahr?«

»Extras?«

»Abendessen und belegte Brote und alles. Wenn Sie natürlich abends nur früh heimkommen wollen, muss ich Willy nicht fragen, oder?«

»Ich denke nicht«, sagte Yapp, ohne ihrer Logik im mindesten folgen zu können. »Aber für belegte Brote wäre ich recht dankbar. Ich werde nämlich den ganzen Tag unterwegs sein.«

Er zog seine Brieftasche heraus und entnahm ihr sieben Fünfpfundnoten.

»Oho«, sagte Mrs. Coppett, mit den Scheinen liebäugelnd, »Sie wollen wirklich Extras. Das merke ich schon.«

»Ich zahle immer gerne im voraus«, sagte Yapp und gab ihr das Geld. »Also das ist für die ganze Woche.«

Kichernd ging Mrs. Coppett nach unten.

Yapp hatte seine Stiefel bereits aufgeschnürt, als ihm einfiel, dass sein Rucksack noch unten im Wagen lag. Also schnürte er sie wieder zu, humpelte nach unten und absolvierte einen Spießrutenlauf an Mrs. Coppetts muskelbepackten Idolen und den Gartenzwergen vorbei, holte sein Gepäck und fragte, ob er ein Bad nehmen könne. Mrs. Coppett zögerte, und sofort verfluchte Yapps soziales Gewissen seine Taktlosigkeit. Wahrscheinlich waren die Coppetts zu unterprivilegiert, um überhaupt ein Bad zu haben. Wie gewöhnlich täuschte er sich.

»Ich habe es halt gerne, wenn Willy vor dem Essen noch duscht«, erklärte sie. Yapp entgegnete, dass er das gut verstehen könne.

»Aber wenn Sie nicht das ganze heiße Wasser verbrauchen …«, meinte Mrs. Coppett. Yapp ging in sein Zimmer zurück, untersuchte seine Füße und stellte fest, dass sie besser aussahen, als sie sich anfühlten, überquerte den Gang und wollte gerade ins Bad, als er bemerkte, dass die Tür zum Schlafzimmer der Coppetts offen stand.

Als er kurz stehen blieb, erspähte er deutliche Anzeichen für eine weitere familiäre Tragödie. Neben dem Doppelbett stand eine leere Wiege. Da Mrs. Coppett nicht den Eindruck erweckte, als sei sie schwanger, und man angesichts ihrer Erbmasse nur hoffen konnte, dass dieser Fall nie eintreten möge, war die Wiege wohl Ausdruck eines unverwirklichten Traums oder – schlimmer noch – einer Fehlgeburt. Wie real die eingebildete Mutterschaft für Mrs. Coppett war, zeigte der kleine, sorgfältig zusammengelegte Schlafanzug auf dem winzigen Kopfkissen. Yapp seufzte und ging ins Bad. Auch hier irritierte ihn einiges. Zwar gab es eine Badewanne, aber eine Dusche konnte er nirgends entdecken; nur eine in einer Höhe von ein Meter zwanzig an einen Wasserhahn angeschlossene Brause. Yapp setzte sich auf den Wannenrand, wusch sich die Füße und dachte wieder einmal darüber nach, wie unendlich traurig das menschliche Dasein doch manchmal war.

Gerade war er fertig und trocknete sich behutsam ab, als Stimmen von unten heraufdrangen. Anscheinend war Mr. Coppett von seiner Arbeit nach Hause gekommen. Yapp öffnete die Tür und wollte über den Gang in sein Zimmer zurückgehen, als ihm in vollem Umfang klar wurde, wie unendlich traurig das menschliche Dasein sein konnte, was Mrs. Coppett mit »kutteln« gemeint hatte, was die Wiege und der winzige Schlafanzug bedeuteten und warum sie darauf bestand, dass Willy duschte, bevor er sich zu Tisch setzte – auf einmal gab es für all das eine Erklärung. Mr. William Coppett war ein

Zwerg (vor lauter Entsetzen gebrauchte Yapp selbst diesen unhöflichen Ausdruck), und noch dazu ein verdammt blutiger. Wäre er nicht die Treppe heraufgekommen, hätte Yapp ihn sicher für einen der leuchtend bunten Gartenzwerge gehalten. Von der kleinen Mütze bis hinunter zu den ehemals weißen Gummistiefeln Größe siebenundzwanzig war Mr. Coppett über und über mit Blut beschmiert. Mit den Händen umklammerte er ein abscheuliches Messer.

»'n Abend«, sagte er, als Yapp wie angewurzelt stehen blieb. »Arbeite unten im Schlachthof. Scheußlicher Job.«

Bevor Yapp seine Zustimmung zum Ausdruck bringen konnte, war Mr. Coppett im Bad verschwunden.

10

Eine Stunde später befand Yapp sich noch immer in jenem Zustand mitfühlenden Elends. Während all der Jahre, in denen er hingebungsvoll die Abgründe der Armut, postpubertäre Isolation, rassische und sexuelle Diskriminierung und die Demütigung von seiten der Überflussgesellschaft erforscht hatte, war ihm nicht ein Fall von Entfremdung untergekommen, der sich mit Mr. Coppett hätte vergleichen lassen. Dass ein zutiefst sensibler, tierliebender Perg, der mit einer unfruchtbaren und frustrierten Person von extrem limitierter Intelligenz verheiratet war, gezwungen war, seinen Lebensunterhalt als Ausweider zu verdienen, war ein schlagendes Beispiel für das Versagen der Gesellschaft im Hinblick auf die Bedürfnisse der Unterprivilegierten. Gerade hatte er überlegt, wie sich Mr. Coppetts Fall sozio-terminologisch am besten klassifizieren ließ, und war zu dem Ergebnis gelangt, dass »individuelle genetische Katastrophe« nicht zu hoch gegriffen war, als ihm ein Geruch in die Nase stieg, der seine Gedankengänge unterbrach. Yapp saß auf der Bettkante und schnüffelte.

Aus der Küche zog die unverwechselbare Duftwolke von Kutteln und Zwiebeln herauf. Yapp knirschte mit den Zähnen und schauderte. Auch wenn Mrs. Coppett geistig noch so unterentwickelt war, musste sie doch wenigstens einen Funken Sensibilität besitzen. Yapp kamen allmählich starke Zweifel. Die Gartenzwerge und die

Freistilringer, die die Küchenwände verschandelten, verrieten einen deutlichen, wenn auch vielleicht unbewussten Hang zum Sadismus bei dieser Frau. In den unterbelichteten Tiefen ihres Bewusstseins gab sie eindeutig ihrem Mann die Schuld für seine Unzulänglichkeit. Zur sozialen Not kam noch die Grausamkeit innerhalb der eigenen vier Wände. Yapp stand auf, ging die Treppe hinunter und verließ das Haus. Dadurch, dass er bei den Coppetts wohnte, unterstützte er sie zwar finanziell, aber er hatte nicht die Absicht, sich auch noch hinzusetzen und die Demütigung des armen Perg bei Tisch mitzuerleben. So fuhr Yapp in die Stadt, um dort zu essen.

Doch wie so oft war seine Diagnose falsch. In der Küche von Nummer 9 war alles in bester Ordnung. Mochte Yapp noch so energisch auf der Bezeichnung Perg bestehen, Willy ließ sich ausgesprochen gern als Zwerg bezeichnen. Das verlieh ihm einen gewissen Status in Buscott, die Leute behandelten ihn ausnahmslos höflich, und er bekam jede Menge Teilzeitjobs. Sicher gab es einige wenige einfühlsame Zeitgenossen, die es als schändlich empfanden, wenn man Willy in verstopfte Gullys hinunterschickte, um sie auszuräumen, oder ihn in den Brunnen hinter dem Rathaus abseilte, um den Hut des Bürgermeisters heraufzuholen, den es bei einer besonders windigen Antrittsrede weggeweht hatte. Willy hätte sich über Bedenken solcher Art nur gewundert. Er genoss das Leben und ritt bei der großen Jagd von Bushampton regelmäßig mit dem Gesicht nach hinten auf dem Hinterzwiesel von Mr. Symonds Sattel mit, von wo aus er einen herrlichen Ausblick auf die Landschaft hatte und ihm der Anblick des Tötens erspart blieb.

Bei einer dieser Jagden hatten sie ihn mit dem Hinweis darauf, dass der Terrier stecken geblieben sei oder sich verletzt haben müsse, sogar dazu überredet, in den

Dachsbau zu kriechen, in dem der Fuchs Zuflucht gesucht hatte. Was den sauberen Jägern entging, war die Tatsache, dass der Fuchs längst durch ein anderes Loch entwischt war und der Terrier auf Leben und Tod gegen die Meute wild gewordener Dachse kämpfte, die das Eindringen erst des Fuchses, dann des Terriers und schließlich auch noch Willys sehr übel nahmen. Willy kam am schlechtesten dabei weg. Nachdem ihn der Terrier, seinen Rettungsversuch als heimtückischen Angriff von hinten missverstehend, in die Nase gebissen hatte, hätte ihn ein extrem ungehaltener Dachs um ein Haar um eine ganze Hand gebracht. Zuletzt mussten Willy und der Terrier ausgebuddelt und heftig blutend zum Tierarzt gebracht werden, der die Fuchsjagd lauthals verfluchte. In seinem Zorn wollte er den nicht als menschliches Wesen erkennbaren Willy in einer Ecke absetzen, um sich zuerst um den Hund zu kümmern. Da wischte sich Willy mit einem blutigen, verdreckten Taschentuch die Nase ab, was dem Veterinär einen derartigen Schock versetzte, dass alle drei zur Behandlung ins Buscott Cottage Hospital eingeliefert werden mussten. Dort stieß der Tierarzt mit seiner hysterischen Ablehnung blutiger Sportarten und der Beteuerung, dass das Ermorden von Zwergen nicht zu seinem Beruf gehöre, auf wenig Verständnis, während Mr. Symonds sich angesichts von Willys Verletzungen darauf hinausredete, dass er angeboten habe, ihm zur Hand zu gehen.

»Zur Hand?« schrie der behandelnde Arzt. »Er kann von Glück sagen, wenn er sie behält. Und wer zum Teufel hat seine Nase so zugerichtet?«

»Sein Taschentuch«, stöhnte der Veterinär. »Wenn er doch bloß dieses kleine Taschentuch nicht herausgezogen hätte …«

»Wenn Sie ernsthaft behaupten wollen«, fuhr der Arzt

ihn wütend an, »dass ein harmloses Taschentuch seine Nase so grauenhaft zugerichtet hat, dann sind Sie nicht recht bei Trost. Und heulen Sie mir nicht dauernd vor, dass Sie ihn hätten umbringen können. Seinen Verletzungen nach zu schließen, haben Sie es um ein verdammtes Haar beinahe geschafft.«

Doch Willys stoische Gelassenheit und seine Tierliebe retteten wider Erwarten den Tag. Nicht einmal den Dachsen nahm er die Sache krumm. »Kam von draußen in den Bau. Konnte ja nichts sehen«, wiederholte er immer wieder.

Diese beherzte Weigerung, irgend jemandem die Schuld zu geben, trug ihm zusätzliche Popularität und Dauerfreibier in allen Kneipen des Städtchens ein. Anstoß nahmen nur die Vertreter des Gesundheitsamtes.

»Er gehört in ein Heim«, erklärten Sie Mrs. Coppett, als diese ihn im Krankenhaus besuchte.

»Da wäre er auch, wenn er nicht hier wäre«, entgegnete diese einwandfrei logisch, »und noch dazu in einem besonders hübschen.«

Und da Willy ganz ihrer Meinung war, konnten sie nichts anderes tun, als gelegentlich einen ihrer Inspizienten vorbeischicken. Dieser berichtete stets von neuem, dass Mrs. Coppett eine vorzügliche Ersatzmutter sei, die Willys Bedürfnisse vollkommen befriedigte. Ob er die ihren befriedigte, ließ sich nicht beurteilen, und so kam es verständlicherweise zu allerlei Spekulationen.

»Ich denke doch, dass sich der arme Kerl ziemlich schwer tut«, sagte der Amtsarzt. »Aber wer weiß. Verborgene Talente gibt es immer. Ich erinnere mich da an einen Riesen von Mann bei der Army, der …«

»Machen wir uns doch nichts vor«, unterbrach ihn der Leiter der Behörde. »Wir sind schließlich nicht dazu da, unsere Nasen in anderer Leute Sexualleben zu stecken.

Was die Coppetts in ihren eigenen vier Wänden tun, geht uns nichts an.«

»Gott sei Dank«, murmelte der Amtsarzt. »Da wir gerade von Nasen sprechen …«

»Ich finde, dass sich die Eheberatungsstelle mal um sie kümmern sollte«, meinte der verantwortliche Sozialarbeiter. »Mrs. Coppetts geistige Entwicklung entspricht der einer Achtjährigen.«

»An manchen Tagen der einer Vierjährigen.«

»Außerdem ist sie eine nicht unattraktive Frau …«

»Hören Sie«, sagte der Amtsarzt, »ich persönlich habe die Erfahrung gemacht, dass die Eheberatungsstelle mehr Schaden anrichtet als Positives bewirkt. Zu mir ist schon mal eine schwachsinnige Frau in die Klinik gekommen und hat eine postnatale Abtreibung verlangt. Auf einen zweiten solchen Fall kann ich verzichten.«

Doch trotz seiner Einwände wurde eine Eheberaterin in die Rabbitry Road 9 beordert. Bürokratischer Tradition zufolge war sie nicht ausreichend informiert; so wusste sie auch nicht, dass Mr. Coppett ein Zwerg war. Und als sie nach einer halben Stunde entdeckte, dass Mrs. Coppett anscheinend noch Jungfrau war, tat sie alles, um ihr klar zu machen, dass sie unter sexueller Deprivation litt.

»Wir leben doch nicht mehr im Mittelalter. Die moderne Frau hat das Recht auf einen regelmäßigen Orgasmus, und wenn Ihr Mann sich weigert, Ihnen den zu verschaffen, dann haben Sie unter Berufung auf Nichtvollzug der Ehe Anspruch auf sofortige Scheidung.«

»Aber ich liebe meinen kleinen Willy doch«, sagte Mrs. Coppett, die keinen Schimmer hatte, was die Frau von ihr wollte. »Ich bette ihn jeden Abend in seine Wiege, und da schnarcht er dann, einfach süß. Ich weiß nicht, was ich ohne ihn anfangen würde.«

»Aber ich hatte Sie so verstanden, dass Sie noch nie

Geschlechtsverkehr hatten. Und jetzt sagen Sie, dass Sie ein Kind mit Namen Willy haben«, sagte die Frau vorwurfsvoll, ohne zu merken, dass sie die Situation gründlich missverstand.

»Willy ist mein Mann.«

»Und zum Schlafen legen Sie ihn in eine Wiege?«

Mrs. Coppett nickte.

»Und schlafen tut er nicht mit Ihnen?«

Mrs. Coppett schüttelte den Kopf. »Er fühlt sich so wohl in seiner Wiege«, sagte sie.

Mit dem Eifer einer empörten Feministin richtete sich die Frau auf. »Das mag sein, wie es will. Aber wenn Sie meine Meinung hören wollen, dann ist Ihr Mann eindeutig sexuell unzulänglich und pervers.«

»Wirklich?« staunte Mrs. Coppett. »Das habe ich nie bemerkt.«

»Nein. Und das werden Sie wohl auch kaum, solange diese unnatürliche Beziehung andauert. Ihr Mann braucht unbedingt einen Psychiater.«

»Einen was?«

»Einen Arzt, der sich mit seelischen Problemen beschäftigt.«

»Er ist schon bei so vielen Ärzten gewesen, aber die können ihm auch nicht helfen. Wie sollten sie auch? Er ist halt nun mal so.«

»Das hört sich an, als wäre er wirklich unheilbar. Und Sie wollen ihn nicht verlassen?«

In diesem Punkt war Mrs. Coppett hartnäckig. »Nie. Der Pfarrer hat gesagt, wir müssen zusammenbleiben, und der Pfarrer hat immer recht, oder?«

»Möglicherweise war er sich über die Verfassung Ihres Mannes nicht im klaren«, sagte die Eheberaterin, wobei sie ihren Atheismus im Interesse der Sache ausklammerte.

»Muss er schon, glaube ich«, sagte Mrs. Coppett. »Schließlich hat er ihm vorgeschlagen, im Knabenchor mitzusingen.«

Die Frau kniff die Augen zusammen. »Und hat Ihr Mann mitgemacht?«

»Aber ja. Er mag das gern, Verkleiden und so was.«

»So, das kann ich mir vorstellen«, sagte die Eheberaterin, während sie beschloss, auf dem Rückweg zum Rathaus die Polizeiwache aufzusuchen. »Nun, meine Liebe, wenn Sie ihn nicht verlassen wollen, dann kann ich Ihnen nur den guten Rat geben, dass Sie sich ein anständiges, gesundes Sexualleben *extra matrimonium,* also im Rahmen einer außerehelichen Beziehung zulegen. Das kann Ihnen wirklich niemand verübeln.«

Und mit diesem zweifelhaften Ratschlag stand sie auf und verabschiedete sich. Bis Willy an diesem Abend nach Hause kam, hatte Mrs. Coppett das »außerehelich« längst vergessen. Sie wusste nur, dass die Dame gesagt hatte, sie bräuchte »extra«.

»Was für ein Extra?« fragte Willy, während er Eier und Schinken hinunterschlang.

Mrs. Coppett kicherte. »Du weißt schon, Willy. Was wir freitags im Bett machen.«

»Ach das«, sagte Willy, der insgeheim fürchtete, an einem dieser Freitage endgültig zerquetscht zu werden oder zu ersticken.

»Macht es dir nichts aus?«

»Wenn diese Ehemenschen das sagen, kann ich ja wohl wenig dagegen tun, selbst wenn es mir etwas ausmacht«, sagte Willy nachdenklich. »Ich möchte nur nicht, dass die Nachbarn es erfahren.«

»Das würde ich ihnen im Leben nie erzählen«, sagte Mrs. Coppett. Und von da ab machte sie Jagd auf Extras – ebenso beharrlich und erfolglos wie die Polizei, die den Pfarrer und die Chorknaben nicht aus den Augen ließ. Nicht, dass Rosie wirklich Extras wollte, aber wenn die Dame darauf bestand, dann war es wohl ihre Pflicht.

Und nun war ein Gentleman gekommen und hatte gesagt, er wolle auch Extras, und er war ein echter Gentleman. Mrs. Coppett konnte das beurteilen. Gentlemen trugen komische kurze Hosen und redeten wie die klugen Leute in der Sendung »Noch Fragen?«, die sie nie verstand. Mr. Yapp war genau wie sie und gebrauchte auch so lange Wörter. Und so traf Mrs. Coppett, während Willy sich in den *Pferdekutscher* begab, wo er sein Freibier zum Teil damit verdiente, dass er hinter oder vielmehr unter dem Tresen Gläser abtrocknete, Vorbereitungen für Extras. Sie holte ihr hübschestes Nachthemd heraus, schminkte sich, wobei sie besondere Sorgfalt auf die grünen Augenlider verwendete, und studierte mehrere Anzeigen in einem drei Jahre alten *Cosmopolitan,* um Entscheidungshilfe bei der Lippengestaltung zu finden. Nachdem dies erledigt war, wandte sie sich dem Thema Strumpfhalter zu. Die Mädchen in ihren Schicksalsromanen trugen immer welche, auch wenn sie sich nicht recht vorstellen konnte, wozu. Andererseits gehörten sie offenbar zu den Extras, und womöglich fühlte sich Mr. Yapp vor den Kopf gestoßen, wenn sie keinen trug. Das einzige Problem war, dass sie gar keinen hatte. Mrs. Coppett kramte in ihrem winzigen Hirn nach einem Ersatz und förderte schließlich ein Korsett ihrer Mutter zutage, das diese, kurz bevor sie bettlägerig geworden war, gekauft, aber nie getragen hatte. Wenn sie das auseinander schnitt... Sie ging nach unten, holte eine Schere und machte sich ans Werk. Als sie fertig war und sich das Unterteil umgeschnürt hatte, betrachtete sie sich zufrieden im Spiegel. Jetzt noch ein paar Spritzer Parfüm, dann war sie fertig.

Yapp hatte einen qualvollen Abend hinter sich. Er hatte in Buscott Ausschau nach einem Café gehalten und mehrere gefunden. Aber alle hatten geschlossen. Also war er in ein Pub gegangen und hatte das übliche Bitter bestellt, bevor er sich nach etwas zu essen erkundigte und eine abschlägige Antwort erhielt. Aber vielleicht würde er im *Fröhlichen Zecher* noch etwas bekommen. Nachdem er sein Bier ausgetrunken hatte, machte er sich hoffnungsvoll auf den Weg, wurde aber wieder enttäuscht. Das Pub wurde seinem Namen nicht annähernd gerecht, und der Wirt hatte auf seine Frage stocksauer reagiert. Yapp hatte ein zweites Bier bestellt, teils um den Mann zu besänftigen, teils weil er aus Erfahrung wusste, dass sich aus solch verbitterten Quellen oft die ergiebigsten Informationen schöpfen ließen. Doch trotz aller Bemühungen, den Mann zum Sprechen zu bringen, erfuhr er lediglich, dass er aus Wapping stammte und es bereute, nicht dort geblieben zu sein. »Tote Hose«, lautete sein Kommentar zu Buscott, und obwohl Yapp diesen Ausdruck zum erstenmal hörte, konnte er sich denken, was gemeint war. Zwei weitere Pubs, und er war derselben Ansicht. Buscotts Nachtleben war deutlich limitiert, und obwohl die Leute angeblich viel tranken, geschah dies anscheinend nach dem Abendessen und zu Hause. Ihre Unterhaltung verstummte, sobald er ein Pub betrat, und wenn er versuchte, Anteil an ihrem ausgebeuteten Leben zu nehmen, indem er ein Gespräch über die Fabrik, die Petrefacts oder irgendein anderes Thema begann, reagierten sie auffallend zurückhaltend. Für Yapp war das die typische Reaktion unterdrückter Menschen, die Angst hatten, ihren Arbeitsplatz zu verlieren. Er musste ihr Vertrauen gewinnen, indem er sie davon überzeugte, dass er auf ihrer Seite stand. Sein erster Schritt in dieser Richtung bestand darin zu verkünden, dass sein Vater

Werkzeugmacher gewesen sei, seine Mutter im spanischen Bürgerkrieg gekämpft habe und er selbst nach Buscott gekommen sei, um für einen Fernsehfilm über Hungerlöhne, Überstunden und das Fehlen einer gewerkschaftlichen Vertretung in der Mühle zu recherchieren. Diese Ankündigung wurde mit einem für seine Begriffe bemerkenswerten Mangel an Begeisterung aufgenommen, und in einigen Gesichtern glaubte er regelrechte Angst zu lesen.

»Wie war noch mal Ihr Name?« fragte ein etwas gesprächigerer Mann im letzten Pub herausfordernd.

»Yapp. Walden Yapp. Ich wohne oben in der Rabbitry Road bei den Coppetts«, antwortete Yapp. »Die kennen Sie doch sicher«, fügte er hinzu. Der andere ignorierte diese Anbiederung.

»Am besten, Sie kümmern sich um Ihre eigenen Angelegenheiten«, sagte er, trank sein Bier in einem Zug aus und knallte das Glas auf den Tisch. Yapp verstand den Wink, trank ebenfalls aus und wollte soeben noch zwei Bier bestellen, als sein Freund dem Wirt zunickte und ging. Yapp lächelte trübe und ging ebenfalls. Vielleicht musste er doch sein Forschungsteam nach Buscott holen und das Problem von der statistischen Seite her angehen. Inzwischen verspürte er einen Bärenhunger. Sicher gab es in Briskerton, wo er seinen Koffer am Bahnhof hatte stehen lassen, ein offenes Café. Yapp kehrte zu seinem Vauxhall zurück und nahm die Straße nach Briskerton.

Doch trotz aller Enttäuschung darüber, dass Buscott nicht so war, wie er und Doris es sich vorgestellt hatten, und dass zuerst jener fast bäurische Argwohn überwunden werden musste, bevor er dem Einfluss der Petrefacts auf den Grund gehen konnte, machte ihm etwas anderes ungleich mehr zu schaffen: das erblich verankerte Unglück von Mr. und Mrs. Coppett. Fast kam es ihm vor, als würden diese beiden die bloße Möglichkeit einer glücklichen Welt, auf die all seine Bemühungen abzielten, in Abrede stellen. Yapp wurde von einer Woge des Mitleids erfasst, an der das Bier nicht ganz unschuldig war. Er musste sehen, was er tun konnte, um Mr. Coppett zu einer befriedigenderen Arbeit als der auf dem Schlachthof zu verhelfen. Vielleicht gelang es sogar, Mrs. Coppett begreiflich zu machen, dass ihr Mann ein empfindsamer Mensch war, den es einfach verletzen musste, wenn er zum Abendessen Kutteln mit Zwiebeln vorgesetzt bekam.

Diese gut gemeinten und menschenfreundlichen Überlegungen begleiteten Yapp bis nach Briskerton. Nachdem er seinen Koffer vom Bahnhof abgeholt hatte, begab er sich erneut auf die Suche nach einem Café. Doch in dieser Hinsicht erwies sich Briskerton als ebenso hinterwäldlerisch wie Buscott, so dass Yapp schließlich einige Biere mehr als beabsichtigt trank, während er in einem anderen Pub auf einen Teller Sandwiches wartete.

11

Droben im New House saß Emmelia in der Dämmerung in der Bibliothek und schrieb Briefe. Durch die offenen Glastüren blickte sie auf die Blüten der »Frau Karl Druschki«, die eine längst verblichene Tante etwas zweideutig zum Andenken an ihren verstorbenen Mann gepflanzt hatte. Da die »Frau« unter Rosenzüchtern allgemein »das geruchlose, kalte weiße Wunder« genannt wurde und besagter Onkel leidenschaftlich für parfümierte Damen geschwärmt hatte, hatte sich Emmelia angesichts der Wahl ihrer Tante schon oft gefragt, ob Onkel Rundle auch eine Vorliebe für warme, schwarze Geliebte gehegt haben mochte. Das hätte der Entscheidung für diese Rose eine subtile Pikanterie verliehen, die selbst Emmelias würdig gewesen wäre. Doch vorerst blieb ihr keine Zeit für Spekulationen. Sie war vollauf damit beschäftigt, ihre Neffen und Nichten, Cousins und Cousinen, ihre drei Schwestern und sämtliche über den ganzen Erdball verteilten Verwandten von Ronalds abscheulichem Plan einer Familiengeschichte in Kenntnis zu setzen.

»Unsere Ehre und, dessen bin ich mir sicher, unsere Stärke liegen in der diskreten Zurückgezogenheit«, schrieb sie wiederholt. »Das war von jeher unser wertvollster Besitz, und ich werde nicht dulden, dass er jetzt entweiht wird.«

Mit der den Petrefacts eigenen Arroganz ging sie über

die abenteuerliche metaphorische Mischung hinweg. Besitz konnte entweiht werden, und solange Besitztümer den Ruf der Familie aufrechterhielten, war der Ruf ein Garant für den Reichtum. Einen Petrefact, wenn er auch arm war wie eine Kirchenmaus, konnte man an jeden beliebigen Ort der Welt stellen und Gift darauf nehmen, dass er durch harte Arbeit, schlaue Geschäfte und überzeugendes Selbstbewusstsein ein reicher Mann wurde. Dabei spielte es keine Rolle, dass ein solcher Petrefact jederzeit Geld bei der Familienbank aufnehmen oder sich, wenn nötig, mit seinem Namen anderswo Kredit beschaffen konnte. Ohne diesen Namen wäre er eben nicht kreditwürdig, und Emmelias Aufgabe war es, dafür zu sorgen, dass dieser Name von vornehmer Diskretion umgeben blieb. Andere Familien hatte übertriebene Protzerei in vergleichbaren Situationen in Armut gestürzt und völlig von der Bildfläche verschwinden lassen. Diesem Beispiel würden die Petrefacts nicht folgen. Professor Yapp – allein schon der Name machte die Verderbtheit ihres Bruders deutlich – würde vor verschlossenen Türen stehen, wo immer er anklopfte, um Nachforschungen anzustellen.

Und nachdem sie ihren letzten Brief beendet hatte – an Fiona, eine Nichte, die mit einer zwittrigen modernen Bildhauerin als, wie beide es nannten, eingeschlechtige Familie auf Korfu lebte –, setzte sie sich zurück und überlegte, wie sie am besten Druck auf die älteren und entfernteren Verwandten ausüben könnte, auf die sie weniger Einfluss hatte. Da war zum einen die alte Tante Persephone, inzwischen hoch in den Neunzigern und in einem privaten Pflegeheim in der Nähe von Bedford eingesperrt, teils wegen ihres hohen Alters, in erster Linie aber, weil sie nach vierzigjähriger Witwenschaft eines Tages aus heiterem Himmel verkündet hatte, dass sie einen bereits verheirateten, aus Jamaika stammenden Busfahrer zu heiraten gedenke, der ihr auf dem allwöchentlichen Weg in den Zoo tollkühn in seinen Bus geholfen hatte. Ein Wort mit der Heimleiterin würde genügen, damit Professor Yapp nicht vorgelassen wurde. Richter Petrefact war kein Problem. Er würde dem Biographen eine saftige Abfuhr erteilen. Desgleichen Brigadegeneral Petrefact, der seinen Ruhestand damit ausfüllte, dass er versuchte, braungetupfte Wüstenrennmäuse zu züchten, indem er sie mit siamesischen Katzen kreuzte, ein Verfahren, dem von Anfang an eine Unmenge weiblicher Wüstenrennmäuse zum Opfer gefallen war und das inzwischen indirekter, aber ebensowenig erfolgreich, in Form künstlicher Besamung der Katzen durch die Wüstenrennmäuse fortgesetzt wurde. Emmelia empfand dieses Hobby als ebenso harmlos wie widerlich, aber zumindest hatte der alte Soldat den Vorzug, monomanisch veranlagt zu sein, so dass keine große Gefahr bestand, dass er Yapp irgendwelche Informationen lieferte. Und dann waren da noch die irischen Petrefacts, die jedoch einen derart weit entfernten und finanziell völlig gekappten Zweig der Familie darstellten, dass sie sie sofort ad acta legte.

Nein, die eigentliche Gefahr lauerte bei den direkten Nachkommen von Urgroßvater Samuel Petrefact, der die Mühle erbaut und damit jenen entscheidenden Sprung vom reichen Großgrundbesitzer zum Wirtschaftsmagnaten vollzogen hatte, der für die heutige Familie im Petrefact-Konzern gipfelte. Nicht nur Gefahr schlummerte dort, sondern auch jene Charakterschwäche, die sich im Handeln ihres Bruders so deutlich manifestierte. Es kam ihr vor, als habe die Verlagerung des Betätigungsfeldes eine Mutation der Familienkonstitution bewirkt oder als sei, um ein Bild zu gebrauchen, das ihr als Rosenzüchterin geläufiger war, an einem Ast des

Stammbaums eine »Knospenvariation«, ähnlich Kathleen Harrop bei Zéphirine Drouhin, aufgetaucht – nur dass Knospenvariationen Verbesserungen bedeuteten, was man bei Ronald wahrhaftig nicht behaupten konnte. Dieser Gedanke irritierte sie um so mehr, als, wenn ihr Bruder dieses Erbe in sich trug, sie selbst wohl kaum davon verschont geblieben sein konnte.

Mit einem Lächeln, das sehr viel mehr Selbsterkenntnis verriet, als ihre Bekannten ihr zugetraut hätten, schloss sie die Türen zum Garten, drehte das Licht ab und ging zu Bett.

Unter dem Tresen des *Pferdekutschers* verbrachte Willy Coppett einen angenehmen Abend. Er konnte da unten seine Gläser abwaschen und trocknen, ohne gesehen zu werden, konnte sich Flaschenbier einverleiben, wenn ihm danach zumute war, und vor allem konnte er die Gespräche, die über seinem Kopf geführt wurden, mithören, ohne sich daran beteiligen zu müssen. So hatte er mitbekommen, wie Mr. Parmiter damit protzte, dass er seinen alten Vauxhall an einen Professor vermietet und dabei anständig profitiert habe.

»Er braucht ihn nur für eine Woche, sagte er, aber gezahlt hat er, ohne mit der Wimper zu zucken, für einen Monat. Diese gelehrten Typen haben ungefähr soviel Ahnung vom Geschäft wie ich von Latein.«

»Merkwürdig«, meinte Mr. Groce, der Wirt. Willy unter dem Tresen kam es auch merkwürdig vor. Er hatte Mr. Parmiters alten Vauxhall vor dem Haus stehen sehen, als er vom Schlachthof nach Hause kam, aber dass der neue Untermieter ein Professor war, hatte er nicht geahnt. Ausgesehen hatte er jedenfalls nicht danach, mit seinen komischen kurzen Hosen und den Wanderstiefeln. Und dass ein Professor sich ausgerechnet sein Haus als Quartier ausgesucht hatte, war mehr als verwunderlich. Seltsam, sehr seltsam. Als Mr. Parmiter erwähnte, dass Professor Yapp kurze Hosen trug, zerstreute das auch seine letzten Zweifel.

»So altmodische Dinger, wie man sie uns damals in der Wüste verpasst hat. Rutschten immer in die Kniekehlen, und wenn man sich bückte, damit einem die deutschen Saukerle den Kopf nicht zu Brei schossen, hatte man den Sand im Hintern.«

Willy dachte unter dem Tresen über die schauderhafte Möglichkeit nach, dass der Professor nur deshalb in der Rabbitry Road 9 wohnte, um ihn als medizinisches Studienobjekt zu missbrauchen. Das war die einzige Erklärung, die er finden konnte. Und sie missfiel ihm ganz und gar. Er war schon von so vielen Ärzten untersucht worden, dass es ihm für den Rest seines Lebens reichte. Insgeheim befürchtete er, dass es eines Tages möglich sein würde, ihm die untere Hälfte eines besonders großen Körpers zu transplantieren, um ihn auf eine normale Größe zu bringen. Das war schön und gut für Zwerge, denen das gefiel, aber zu denen gehörte er nicht. Schaudernd griff sich Willy unter dem Tresen die nächste Bierflasche.

Seine Befürchtungen waren jedoch nichts im Vergleich zu der Bestürzung, die im Sozial-Konservativen Arbeiterclub von Buscott herrschte. Es war charakteristisch für diese kleine Stadt, dass es gelungen war, alle Farben des politischen Spektrums in einer einzigen Institution zusammenzufassen. Einerseits hatte dies den Vorteil der Wirtschaftlichkeit, andererseits wurden dadurch die körperschaftliche Einigkeit aufrechterhalten und politische Rangeleien, wie es sie in anderen kleinen Städten gab, vermieden. Tatsache war, dass es in Buscott weder Politik noch einen Parlamentsabgeordneten gab, und da die Grafschaft unverbrüchlich Tory wählte, bedurfte es nicht mehr als eines Lippenbekenntnisses zur Partei, das in der Zugehörigkeit zu eben jenem allumfassenden Club bestand. Ganz konkret diente er dazu, die paar Alkoholiker, die in Buscott herumliefen, von der Straße fern zu halten, indem man ihnen von morgens bis Mitternacht das Trinken in Gesellschaft ermöglichte.

Eben dort hielt Frederick Petrefact hof – getreu der Familientradition, allen alles zu sein, bis man es sich leisten konnte, auf alle zu pfeifen –, spielte Billard und hatte ein Auge auf das Kommen und Gehen derer, deren Frauen er zur Akkordarbeit auf der Couch in seinem Büro anstellte. Und hierher kam auch Mr. Mackett, der Walden Yapp den guten Rat gegeben hatte, sich lieber um seine eigenen Angelegenheiten zu kümmern, mit der beunruhigenden Nachricht, dass der Professor gekommen war, um einen Film über Hungerlöhne, Überstunden und das Fehlen einer gewerkschaftlichen Vertretung in der Fabrik zu drehen.

»Der Saukerl wohnt oben in der Rabbitry Road bei Willy und seiner Alten«, berichtete er Frederick. »Heißt angeblich Yapp.«

»Scheiße«, sagte Frederick, der die Besorgnis seiner Tante nicht sonderlich ernst genommen hatte. »Was für einen Film denn?«

»Einen Dokumentarfilm fürs Fernsehen. Irgend so was.«

»Dann hat also jemand das Maul aufgerissen«, meinte ein anderer. »Klarer Fall. Dabei haben wir die ganze Chose so wasserdicht gemacht wie einen Entenarsch. Also, wer hat gequasselt?«

Für Frederick gab es da nicht den geringsten Zweifel. Irgendwie hatte sein verdammter Vater herausgefunden, wo er war und was er trieb, und das Gerede über diesen Yapp, der die Familiengeschichte schreiben sollte, war lediglich eine Ausrede, um seine Beziehung zu Tante Emmelia empfindlich zu stören und seine Chancen, zu einem Vermögen zu kommen, zu ruinieren. Stören war ein viel zu mildes Wort für die Reaktion seiner Tante. Sie würde völlig durchdrehen. Und wenn sein Vater Bescheid wusste, dann auch Yapp, und das bedeutete, dass Tante Emmelia früher oder später alles erfahren würde.

Während die anderen Männer debattierten, gingen Fredericks Gedanken eigene Wege.

»Als erstes müssen wir dafür sorgen, dass er gar nicht durchs Fabriktor kommt«, meinte Mr. Ponder. »Er kann glauben, was zum Teufel er will, aber ohne unsere Mitarbeit kann er keinen Film machen. Und die wird er nicht kriegen.«

»Aber irgendeinen Zuträger muss er doch haben, sonst wäre er ja nicht hier«, sagte Mr. Mackett.

»Willy Coppett vielleicht?«

»Nie im Leben.«

»Warum wohnt er dann bei ihm?«

»Frag mich was Leichteres. Gesagt hat er jedenfalls, dass er eine ökonomische Was-weiß-ich-Untersuchung über Kleinstadtwachstum machen will.«

»Da ist er bei Willy ja an der richtigen Adresse«, sagte Mr. Ponder. »Sehr viel kleiner geht's kaum.«

»Ich glaube, ich werde mal mit Mr. Coppett reden«, sagte Frederick. »Vielleicht weiß er was. Ansonsten schlage ich vor, dass wir dem Professor das Leben so sauer wie möglich machen.«

»Ich glaube fast, dafür hat er mit seinem Quartier bei den Coppetts schon selbst gesorgt«, meinte Mr. Mackett. »Mrs. Bryant zwei Häuser weiter hat erzählt, dass Willys Alte ihm verboten hat, das Klo zu benutzen, weil sie Angst hat, dass er sich eines Tages samt dem Rest hinunterspült. Ich weiß ja, dass Rosie Coppett dumm wie Schifferscheiße ist, aber das schlägt dem Fass den Boden aus.«

Während sie verschiedene Möglichkeiten, Walden Yapps Aufmerksamkeit von der Fabrik abzulenken, erörterten, verließ Frederick den Club, ging hinüber zum *Pferdekutscher* und bestellte einen Cognac.

»Ist Willy da?« fragte er.

Willys Kopf tauchte zwischen den Zapfhähnen auf und nickte.

»Wie ich höre, habt ihr einen neuen Untermieter.«

Wieder nickte Willy. Vor Mr. Frederick hatte er großen Respekt. Mr. Frederick war ein Petrefact, und was das bedeutete, wusste jeder. Geldadel.

Da kam ihm Mr. Parmiter zu Hilfe. »Neuigkeiten machen schnell die Runde, was? Gerade habe ich zu unserem Willy gesagt, dass mir die Nase von diesem Yapp nicht gefällt, und da kommen Sie rein und wollen was über ihn wissen.«

»Ich wollte mir nur bestätigen lassen, was ich gehört habe.«

»Kurze Hosen«, kam es viel sagend von Willy, der beschlossen hatte, sich doch am Gespräch zu beteiligen.

»Geben Sie ihm einen Cognac«, sagte Frederick daraufhin.

Mr. Groce goss einen Cognac ein und reichte ihn Willy. Der schüttelte den Kopf, nahm ihn aber trotzdem. »Er trägt kurze Hosen.«

»Der Professor, wie er sich selbst nennt, war angezogen wie ein Wanderer«, interpretierte Mr. Parmiter. »Khaki-Hosen und Stiefel. So kam er zu mir und wollte einen Wagen mieten.«

Frederick nippte an seinem Cognac und hörte aufmerksam zu.

»Glauben Sie, dass er echt ist?« fragte Mr. Parmiter nach einer Weile.

»Ich fürchte schon«, sagte Frederick. »Er ist eine ziemlich bekannte Figur, dieser Professor Yapp. Er sitzt in Regierungskommissionen für Lohnschiedsverfahren und solches Zeug.«

»Dann wundert es mich nicht, dass er sich über Steuertricks und den Rabatt aufgeregt hat, den ich ihm bei Barzahlung angeboten habe.«

»Zahlt fünf Pfund pro Tag«, sagte Willy. »Hat sie Rosie schon gegeben.«

Frederick zahlte noch eine Runde. »Und hat er gesagt, was er hier will?«

Willy schüttelte den Kopf.

»Also, hören Sie zu, ich möchte, dass Sie was für mich tun. Ich möchte, dass Sie genau auf alles aufpassen, was er sagt, und mir dann Bericht erstatten. Glauben Sie, dass Sie das können?« Frederick holte eine Zehnpfundnote aus seiner Brieftasche und legte sie auf den Tresen. »Und wenn Sie mir sagen, wohin er geht und was er so treibt, gibt es noch mehr von der Sorte.«

Willy nickte heftig. Wer oder was Professor Yapp auch sein mochte, eine nützliche zusätzliche Einnahmequelle war er auf alle Fälle.

»Kommen Sie einfach in mein Büro, wenn Sie was wissen«, sagte Frederick und stand auf. Willy nickte und tauchte unter den Tresen.

»Sonderbar«, sagte Mr. Parmiter, nachdem Frederick gegangen war, »muss schon was ganz Besonderes sein, dieser Yapp, dass sich Mr. Petrefact so für ihn interessiert. Immerhin allerhand, dass er Willy beauftragt, sich an die Fersen von diesem Schnüffler zu hängen.«

»Würde mich nicht wundern, wenn sich herausstellt, dass er von der Steuerfahndung ist«, meinte der Wirt.

»Vielleicht will er sich dieses dubiose Lagerhaus da unten ansehen.«

»Da könntest du recht haben. In diesem Fall steht Mr. Yapp eine recht unangenehme Überraschung bevor.«

In gewisser Hinsicht sollte er recht behalten. Als Yapp in die Rabbitry Road einbog und den klapprigen Wagen vor der Nummer 9 parkte, schwelgte er in jener Gefühlsmischung aus persönlichem Wohlwollen und sozialer Empörung, die seine Studenten so inspirierte und den Aufenthaltsraum der Dozenten in Kloone so zuverlässig leer fegte. Diesmal richtete sich sein Wohlwollen auf die Coppetts und seine Empörung gegen die verwahrloste Umgebung und das klägliche Versagen der sozialen Einrichtungen, die Willy nicht einmal zu einer Behindertenrente verholfen hatten. In Walden Yapps Augen war Kleinwüchsigkeit eine Ernst zu nehmende Behinderung. Er wäre nie auf die Idee gekommen, dass Willy Coppett sich durch das Angebot einer Rente, die er ohnehin abgelehnt hätte, nicht nur zutiefst in seinem Stolz getroffen gefühlt hätte, sondern dass er es sogar ausgesprochen genoss, der einzige Zwerg in Buscott zu sein. Aber Yapps paradoxer Denkweise zufolge ging das Recht auf Arbeit Hand in Hand mit dem Anspruch auf Rente, was bedeutete, dass Willy nicht zu arbeiten brauchte. Das Argument, dass die arbeitende Klasse nicht mehr in eben diese Kategorie fiele, wenn sie nicht arbeiten müsste, hatte er längst entkräftet, indem er darauf hinwies, dass die faulen Reichen mit wenigen Ausnahmen extrem hart arbeiteten, ein Ergebnis, das durch die Erkenntnisse von Doris, dem Computer, bestätigt wurde.

Doch als er aus dem Wagen stieg und betrübt durch die groteske Menagerie der Gartenzwerge stapfte, die in der Dunkelheit jegliche individuellen Züge eingebüßt hatten und ihm für den Bruchteil einer Sekunde den Eindruck vermittelten, als würde Willys gesamte Verwandtschaft hier auf ihn warten, überlegte er, ob er seinen Einfluss nicht irgendwie geltend machen könnte, um die Coppetts aus dieser grässlichen Umgebung zu entfernen und ihnen eine Arbeit an der Universität zu vermitteln. Er musste unbedingt mit ihnen darüber reden. Er ging ums Haus herum zum Kücheneingang. Noch immer hing der schwere Geruch von Kutteln und Zwiebeln in der Luft, in den sich jetzt allerdings noch ein anderer Duft mischte. Yapp blieb mit dem Koffer in der Hand einen Augenblick lang stehen und schnüffelte. Da tauchte drinnen eine Erscheinung auf. Ungläubig starrte Yapp sie an. Obwohl er nicht daran zweifelte, dass es wirklich eine Erscheinung war, musste es doch eine logische Erklärung dafür geben. Doch die entzog sich ihm. Mrs. Coppetts Make-up, vor allem die unbeholfen aufgetragenen grünen Augenlider, wirkten so gespenstisch, dass sie im Halbdunkel wie eine von Chagall in einem Augenblick besonderer Inspiration gemalte Gestalt aussah. Nur die überwältigende Duftwolke konnte er niemandem zuschreiben. Es war ihm unmöglich, die verschiedenen Duftstimuli, die auf ihn einströmten, zu identifizieren. Nur so viel konnte er feststellen, dass Kutteln und Zwiebeln weit gehend in den Hintergrund getreten waren. Während der Stunden, die Rosie Coppett auf ihn gewartet hatte, hatte sie heftig mit der Entscheidung für ein Parfüm gerungen. Begonnen hatte sie mit *Pariser Nächte,* hatte dann verschiedene Fläschchen ausprobiert, die ihre Mutter ihr hinterlassen oder Willy ihr geschenkt hatte, und wurde von dieser Duftmischung schließlich so benebelt, dass sie versucht hatte, sie alle in *Pariser Nächte* zu ertränken. Doch damit nicht genug. Da sie nicht wusste, wie sie die Zeit herumbringen sollte, kam sie auf die Idee, das Bad zu putzen und mit Tannenduft zu besprühen, entdeckte dann ein paar Fliegen in der Küche, deren kurzem Leben sie mit dem einzigen anderen Spray, das sie finden konnte, ein Ende bereitete – einem Zeug, das eigentlich zum Imprägnieren von Wildlederschuhen gedacht war, das sie allerdings benutzte, um Hektor das Bellen abzugewöhnen.

Für Yapp spielte das alles keine Rolle. Er war wie versteinert angesichts dessen, was er jetzt verschwommen, aber unzweideutig als Mrs. Coppett in einem ausgezogenen, angemalten und duftenden Zustand erkannte, der darauf schließen ließ, dass sie nicht nur jeden Duft unter der Sonne an sich ausprobiert, sondern das Zeug auch noch getrunken hatte.

»Ich bin bereit«, sagte sie und warf sich in schauerlich verrenkter Pose, die den vermeintlichen Strumpfhalter zur Geltung bringen sollte und in der Tat Yapps angewiderte Aufmerksamkeit auf sich zog, gegen das Treppengeländer.

»Bereit?« sagte er mit vor Spannung und Schuhspray belegter Stimme.

Mrs. Coppett lächelte. Oder vielmehr: Der liebevoll zu einem verunglückten Kußmaul verschmierte Lippenstift rutschte zur Seite und verzog sich zu einer schrägen, scharlachroten Sichel. Doch Yapps fassungslose Aufmerksamkeit wurde noch immer von den Überresten des mütterlichen Stützkorsetts gefesselt. Was immer das sein mochte und wie immer er es auch betrachtete, es sah beunruhigend nach Folterinstrument aus. Auf Anhieb hätte er darauf getippt, dass sich Mrs. Coppett entweder zur Hälfte aus einer für eine Person restringierter Größe konzipierten Zwangsjacke befreit hatte oder aber bei dem Versuch überrascht worden war, sich verkehrt herum in einen extrem primitiven Büstenhalter zu zwängen. Und was zum Teufel hatten diese Riemen mit den Knöpfen am Ende zu bedeuten? An dieser Stelle wurden seine Mutmaßungen über urzeitliche Unterwäsche unterbrochen.

»Ist schon in Ordnung. Willy ist im Pub«, flüsterte sie. Yapp wünschte inständig, er wäre ebenfalls dort.

»So«, sagte er, um Zeit zu gewinnen und das allmählich übermächtig werdende Gefühl niederzukämpfen, dass irgend etwas entweder mit Mrs. Coppett oder mit seiner Einbildungskraft total schief gelaufen war.

»Und Sie haben ja gesagt, dass Sie Extras wollen«, fuhr sie fort. »Sie haben mir doch fünf Pfund gegeben.«

»Extras?« stieß Yapp mühsam hervor. Mrs. Coppett löste sich aus ihrer Pose und kam auf ihn zu. Yapp verschanzte sich hinter dem Küchentisch. Die kahle Glühbirne warf ein neues und wenig anziehendes Licht auf die Dinge. Und wie sie so im Türrahmen stand, gehörte Mrs. Coppett eindeutig in die Kategorie Dinge. Als er sie im Garten zum erstenmal hinter dem Betttuch hatte hervorlugen sehen, hatte sie schlicht, ehrbar und nahezu mütterlich gewirkt. Die Künstlichkeit ordinärer Schminke hatte sie völlig verändert. So gut wie nackt, denn das durchsichtige Nachthemd hielt, was der Prospekt versprochen hatte, und mit einem, wie er jetzt erkennen konnte, verstümmelten Korsett angetan, hatte sie nichts Ehrbares oder Mütterliches mehr an sich. Die Schlichtheit war auch dahin. Er stand einer Nymphomanin gegenüber, die er aufgrund seiner beschränkten Kenntnis dieser Spezies lediglich als extrem kompliziertes Wesen erachtete. Manische Menschen waren *per definitionem* verrückt, und Yapp musste nicht erst sein abstraktes Denkvermögen strapazieren, um festzustellen, dass Mrs. Coppett total übergeschnappt war. Die grünen Lidschatten und der Lippenstift allein reichten schon. Und wo steckte dieser verdammte Zwerg? Schon möglich, dass der kleine Saukerl im Pub war. Ebensogut aber konnte er oben mit diesem grausigen Messer auf der Lauer liegen. Angesichts Mrs. Coppetts grässlicher Erscheinung verflüchtigten sich Yapps soziales Gewissen und seine Sorgen um die Unterprivilegierten und Minderbemittelten. Die sozio-ökonomischen Entbehrungen, unten denen sie geistig und körperlich leiden mochten, waren nichts im Vergleich zu denen, die zu erleiden er sich in akuter Gefahr sah.

Doch just in dem Augenblick, in dem er seinen Prinzipien untreu wurde, blätterte Mrs. Coppetts Künstlichkeit ab. »Sie mögen mich nicht«, sagte sie kleinlaut, ließ sich kläglich auf einen Plastikstuhl sinken und brach in Tränen aus. »Sie haben Extras verlangt, und wenn ich sie Ihnen gebe, dann wollen Sie sie nicht.«

Dieser Umschwung vom Gespenstischen zum Mitleidheischenden nagelte Yapp an Ort und Stelle fest, und als die Tränen über ihre getünchten Wangen rollten, bedeutete das das Ende seines kurzen Ausflugs in die Realität. Yapp war wieder er selbst, ein gütiger, liebevoller Mensch voller Anteilnahme, für den Selbsterhaltung ein Schimpfwort und Mitgefühl alles war. Und wenn Walden Yapp je mitgefühlt hatte, dann jetzt. Von einer Sekunde auf die nächste hatte sich Mrs. Coppett von einer Nymphomanin in ein armes, enttäuschtes, leidendes und sexuell ausgebeutetes Menschenkind verwandelt. Mit einem Wort, in eine Prostituierte.

»Es tut mir leid«, sagte er, »es tut mir furchtbar leid. Ich habe nicht begriffen, was Sie meinten. Ich hatte ja keine Ahnung.«

Mrs. Coppetts Schluchzer nahmen an Lautstärke zu. Wenn sie nach all der Mühe, die sie sich gegeben hatte, schon keine Extras bekam (und eigentlich wollte sie sie trotz allem, was die Ehedame gesagt hatte, auch gar nicht), dann wollte sie sich wenigstens richtig ausheulen. Und so gab sie sich auf Kosten von Yapps Gefühlen hemmungslos den ihren hin.

Und Yapp ging darauf ein. »Meine liebe Mrs. Coppett, Sie dürfen nicht denken, dass ich Sie nicht mag«, sagte er unter völliger Missachtung der Tatsache, dass Mrs. Coppett überhaupt nicht dachte. »Ich mag Sie sehr gern.«

»Wirklich?« fragte sie, durch dieses Bekenntnis aus ihrem Selbstmitleid herausgerissen.

Walden Yapp zog sich unklugerweise einen Stuhl heran und setzte sich. »Sie brauchen sich nicht zu schämen. Wenn jemand so lange ausgenutzt worden ist wie Sie, ist es nur natürlich, dass Sie eine sexuelle Orientierung entwickelt haben.«

»Tatsächlich?«

»Aber natürlich. Die Gesellschaft zwingt das Individuum in die anormale Situation eines Gegenstandes oder einer Ware, deren Selbstidentifikation eine Funktion des Geldwertes darstellt.«

»Wirklich?«

»Absolut. Und wenn, mengenmäßig gesprochen, eine Ehe in dem Ausmaß benachteiligt ist wie die Ihre, wird der Warenaspekt zur überwiegenden psychologischen Motivation. Sie sind praktisch dazu gezwungen, sich Ihres Warenwertes im sexuellen Kontext zu vergewissern.«

»Tatsächlich?« sagte Mrs. Coppett, für die seine aus dem Seminar über »Die Objektivierung interpersoneller Beziehungen in einer konsumentenmanipulierten Gesellschaft« stammenden Worte ebenso bedeutungslos waren wie für die überwiegende Mehrzahl seiner Studenten. Yapp nickte. Und um seine Verlegenheit zu verbergen, als ihm plötzlich klar wurde, dass die arme Frau unfähig war, derart grundlegende Konzepte zu begreifen, ergriff er ihre Hand, legte sie in die seine und tätschelte sie. »Ich respektiere Sie. Sie sollen wissen, dass ich für Sie menschlich tiefen Respekt empfinde.«

Darauf wusste Mrs. Coppett nichts zu sagen. Was Worte ihr nicht klar machen konnten, schaffte diese einfache Geste. Er war ein echter Gentleman, und er respektierte sie. Und dieser Respekt bewirkte, dass sie sich schämte.

»Was müssen Sie nur von mir denken?« sagte sie und entzog ihm ihre Hand. Dann raffte sie das Nachthemd vor ihrem ausladenden Busen zusammen, stand auf und stürzte aus der Küche.

Seufzend lehnte Yapp sich zurück und betrachtete die traurige Galerie der Freistilringer. So viele einsame, ungebildete Frauen fanden bei diesen monströsen Widerlingen Trost. Guten Gewissens und angewidert von der manipulatorischen Macht der Werbung begab er sich nach oben in sein Zimmer.

Draußen in der Dunkelheit stand Willy unsichtbar und unbeweglich zwischen den Gartenzwergen. Was er gerade mit angesehen und völlig falsch interpretiert hatte, bestärkte ihn nur noch in seinem Entschluss, alles und jedes über Professor Yapp herauszufinden – und nicht nur für Mr. Frederick.

Jetzt hegte er einen persönlichen Groll gegen ihn.

12

Walden Yapp verbrachte eine unruhige Nacht. Schuld daran waren zum Teil die Geräusche von nebenan. Sie ließen darauf schließen, dass die Coppetts einander nicht gerade freundschaftlich gesonnen waren und dass Willy üble Laune hatte. Hätte Yapp nicht um Mrs. Coppett unverhältnismäßig kräftigen Körperbau gewusst, hätte er sogar angenommen, dass ihr winziger Ehemann sie windelweich prügelte. Aber dieser Gedanke war nicht der einzige, der ihn beunruhigte. Die anderen kreisten um Sex.

An dieser Stelle muss gesagt werden, dass Walden Yapps Ruf als Einzelgänger vollauf gerechtfertigt war. Nie war er der Verlockung erlegen, sich einer Studentin zu nähern. Andere Dozenten und sogar einige verheiratete Professoren hatten die Eintönigkeit von Tutorenkursen und Familienleben dadurch belebt, dass sie – vorgeblich im Namen progressiven Denkens, radikaler Politik und fanatischen Liberalismus – mit ihren Studentinnen schliefen. Nicht so Yapp. Dank der Vernachlässigung durch seine nach Höherem strebende Mutter und der protestantisch-pietistischen Ethik seiner Tante betrachtete er solche Affären mit puritanischer Verachtung. Soweit schön und gut, aber mit seiner eigenen Sexualität musste er trotzdem zurechtkommen. Und wenn er ehrlich war, musste er zugeben, dass er da nicht ganz so puritanisch war.

Sie drückte sich auf der einen Ebene in zarten Gefühlen für bereits verheiratete Frauen aus, die er aus sicherer Entfernung anbetete, ohne dass sie auch nur Notiz von ihm nahmen, während sie auf einer tieferen, dunkleren Ebene in Visionen und unbezähmbaren Tagträumen zum Ausbruch kam, in denen sein Handeln von einer derart uferlosen Lüsternheit bestimmt war, dass er unter schweren Schuldgefühlen und dem starken Verdacht, pervers veranlagt zu sein, litt. Trotz seiner dreißig Jahre war Walden Yapp in sexueller Hinsicht ein pubertierender Jüngling.

Als Gegengift gegen diese unbezähmbaren Phantasien arbeitete er härter den je und nahm, wenn die Spannung unerträglich wurde, Zuflucht zu dem, was seine Tante stets als Selbstbefleckung verteufelt hatte. Zum Glück hatte er im Rahmen eines Seminars über »Sexuelle Diskriminierung in der Baumwollindustrie von 1780 bis 1850« zwangsläufig R. D. Laing gelesen und dort zu seiner Beruhigung erfahren, dass der berühmte Psychologe die Ansicht vertrat, dass das Masturbieren bei einigen Individuen die ehrlichste Handlung in ihrem Leben darstelle. Nicht, dass Yapp diese Sicht restlos überzeugt hätte. Individualismus geriet mit seinen kollektivistischen Anschauungen in Konflikt, und trotz semantischen Gerangels mit Doris, die meinte, beim Masturbieren ließen sich diese zwei Standpunkte durchaus verbinden, glaubte Yapp fest daran, dass zwischenmenschliche Beziehungen, vorzugsweise auf kommunaler Basis, für die menschliche Erfüllung unerlässlich waren. Seine Instinkte waren da anderer Ansicht und fuhren mit ihren einsamen und erschreckend irrationalen Eruptionen fort.

Als er jetzt, erlöst von Mrs. Coppetts realer und ausufernder Gegenwart, die ihm solche Angst eingejagt hatte, im Bett lag, verwandelte seine Phantasie sie in das leidenschaftliche Geschöpf seiner Träume. Und tatsächlich kam sie der eingebildeten Geliebten ungeheuer nahe, nicht zuletzt wegen ihre mangelnden Intelligenz. Das war so eine Sache, die Yapp ungeheuer verblüffte. Aus der Ferne verehrte er zwar Frauen mit makelloser Moral und hoher Intelligenz, doch seine Begierde weckten reife Frauen, die keinerlei Moral und keinen Funken Intelligenz besaßen. Mrs. Coppett passte haargenau in dieses Schema. Er stellte sich vor, mit ihr im Bett zu liegen, ihre ausladenden Brüste zu küssen, ihr Mund auf dem seinen und ihre Zunge …

Yapp setzte sich im Bett auf und drehte das Licht an. So ging es nicht. Diese irrationalen Träume mussten ein Ende haben. Er griff nach dem Ordner mit der Familienkorrespondenz, die Lord Petrefact ihm geschickt hatte, und versuchte, damit diese Bilder zu verjagen. Doch ließ sich Mrs. Rosie Coppett, gleich einem heimlich ersehnten Succubus, nicht verscheuchen. Am Ende gab er auf, löschte das Licht und versuchte so ehrlich zu handeln, wie er nur konnte. Doch stieß er dabei erneut auf ein Hindernis. Das Bett quietschte so rhythmisch, dass er sich nicht konzentrieren konnte, und so gab er auch diesen Versuch auf. Schließlich fiel er in unruhigen Schlaf und wachte am nächsten Morgen mit dem Gefühl auf, dass ihm etwas Sonderbares widerfuhr.

Nachdenklich ging er ins Bad hinüber und versuchte, sich auf das zu konzentrieren, was er sich für diesen Tag vorgenommen hatte. Er wollte ins Museum gehen, den Kurator um Einsicht in die Unterlagen über die Petrefacts bitten und sehen, was er daraus über die Arbeitsbedingungen und die Löhne in der Mühle unmittelbar nach ihrer Erbauung durch Samuel Petrefact in Erfahrung bringen konnte. Ausgehend von dieser soliden statistischen Grundlage, wollte er sich dann zur derzeitigen

Familie durcharbeiten. Auch wenn sich Lord Petrefact die Familiengeschichte als eher persönlichen und fast biographischen Bericht über Generationen von Petrefacts vorgestellt haben mochte, so hatte Yapp seine Prinzipien. Er würde auf seine Weise vorgehen – vom Allgemeinen zum Besonderen. Auch hatte er beschlossen, dass das Buch den Titel *Das Petrefact-Erbe: Eine Untersuchung über das Auftreten des multi-nationalen Kapitalismus* bekommen sollte. Und falls er dem alten Mann nicht passte, konnte er ihm den Buckel runterrutschen. Der Vertrag sicherte Yapp freie Hand in der Behandlung des Themas zu, und nicht umsonst war er Spezialist für proletarische Geschichtsschreibung.

In einem etwas weniger aufgewühlten Zustand ging er anschließend zum Frühstück hinunter. Doch hier erhielt sein Rationalismus einen neuen Schlag. Willy war bereits zur Arbeit gegangen, und Mrs. Coppett wirkte, nachdem sie den dubiosen Putz vom gestrigen Abend abgestreift hatte, frisch und häuslich und war gefährlich besorgt und zurückhaltend.

»Ich weiß nicht, was Sie von mir denken müssen«, sagte sie, während sie ihm eine große Schüssel Porridge vorsetzte, »ausgerechnet Sie als Professor und so.«

»Nicht der Rede wert«, meinte Yapp bescheiden.

»O doch. Willy hat es mir gestern abend erzählt. Er war furchtbar wütend.«

»Das tut mir aber leid. Hat er denn gesagt, warum?«

Mrs. Coppett schlug zwei Eier in die Pfanne. »Weil Sie ein Professor sind. Drunten im Pub wurde darüber geredet.«

Yapp unterdrückte einen Fluch. Sobald sich das in Buscott herumgesprochen hatte, würden sich die Petrefacts wundern, warum er sich noch nicht bei ihnen gemeldet hatte. Andererseits wüssten sie ohnehin bald Bescheid, und er musste zugeben, dass es naiv gewesen war, sich einzubilden, dass er seine Recherchen anstellen konnte, ohne dass sie davon erfuhren.

Während er so über seinem Frühstück saß und nachdachte, wanderte seine Aufmerksamkeit unweigerlich zur Mrs. Coppett zurück, die am Herd stand und vor sich hin plapperte, wobei ihr Gerede monoton um die Tatsache kreiste, dass er ein Professor war, ein Titel, mit dem sie wahrscheinlich nichts Konkretes verband, der sie aber mit ungeheurer Ehrfurcht erfüllte. In dieser Situation verschaffte sich Yapps Glaube an die Gleichheit aller Gehör.

»Sie dürfen mich nicht für jemand Besonderen halten«, sagte er in unmittelbarem Widerspruch zu seinen Gefühlen. Anständig gekleidet, war sie eine attraktive Frau aus der Arbeiterklasse, deren körperliche Vorzüge durch den Mangel an geistigen um so krasser zur Geltung kamen. »Ich bin nur Gast in Ihrem Haus. Es würde mich freuen, wenn Sie mich Walden nennen würden.«

»Ooch«, sagte Mrs. Coppett und tauschte die Porridgeschüssel gegen einen Teller mit Rührei und Schinken aus. »Das könnte ich nie.«

Yapp konzentrierte sich auf die Eier und schwieg. Noch immer hing ein Hauch von Parfüm in der Luft, und diesmal erregte ihn, was es verhieß. Außerdem hatte Mrs. Coppett sehr hübsche Beine. Er schlang das restliche Essen hinunter und wollte schon das Haus verlassen, als sie ihm eine Blechdose in die Hand drückte.

»Belegte Brote. Sie sollen doch nicht hungern, oder?«

Yapp murmelte ein Dankeschön und wurde erneut von einer Woge jenes fatalen Mitgefühls ergriffen, das ihre Herzlichkeit in ihm hervorrief. In Verbindung mit dem gefälligen Rest, insbesondere mit Mrs. Coppetts Beinen, übte es eine ausgesprochen verheerende Wirkung auf ihn aus. Mit verlegen gemurmelten Dankesworten, die sein Verlangen, sie in die Arme zu nehmen und zu küssen, kaschieren sollten, wandte Yapp sich um, eilte an den Gartenzwergen vorbei und schlug den Weg nach Buscott ein, schmerzlich hin- und hergerissen zwischen dem Gedanken an das, was er den Petrefacts antun würde, und dem, was er gerne für die Coppetts und mit ihr anstellen würde.

Willy erwiderte dieses Wohlwollen durchaus nicht. Seine Gefühle spiegelten sich am ehesten in der Intensität, mit der er sein Messer am Gürtelende wetzte, während er dem Schlachthofdirektor erklärte, dass er heute ohne besonderen Grund frei haben wolle.

»Sie müssen aber doch einen Grund haben«, sagte der Boss zu Willys oberer Gesichtshälfte, die ihn über die Schreibtischkante hinweg anglotzte. »Fühlen Sie sich nicht wohl? Ich meine, wenn Sie krank sind …«

»Nein«, sagte Willy.

»Dann vielleicht Ihre Frau …«

»Auch nicht krank.«

»Oder irgendweiche Verwandte …«

»Nein«, sagte Willy, »hab' ich keine.« Er wetzte sein Messer unter dem Schreibtisch heftiger, was den Manager, der nicht recht wusste, was Willy da machte, zu falschen Vermutungen veranlasste.

»Hören Sie zu, Willy«, sagte er und beugte sich zu ihm hinunter, »ich bin jederzeit bereit, Ihnen freizugeben. Sie brauchen mir nur einen vernünftigen Grund zu nennen. Sie können doch nicht einfach hereinschneien und tun, was immer Sie da unten tun – und wo wir schon beim Thema sind, es wäre mir lieber, Sie würden es bleiben lassen –, und von mir erwarten, dass ich einfach so ›ja‹ sage.«

Willy erwog diesen durchaus vernünftigen Einwand, gelangte aber zu keinem brauchbaren Entschluss. In seiner ganz persönlichen Hierarchie rangierte Mr. Frederick ungleich höher als der Manager des Schlachthofs, und obwohl Mr. Petrefact ihm nicht ausdrücklich aufgetragen hatte, niemandem etwas über seinen Beschattungsauftrag zu erzählen, war er nicht gewillt, darüber zu reden.

»Geht nicht«, sagte er schließlich und prüfte unwillkürlich die Klinge seines Messers mit dem Daumen. Für den Manager war diese Geste ein ausreichender Grund.

»Also gut. Ich werde eben hinschreiben, dass private Gründe vorliegen.«

»Genau«, sagte Willy und ließ den etwas konsternierten Manager stehen. Er zuckelte die Straße in Richtung Rabbitry Road hinunter und entdeckte gerade noch rechtzeitig den entgegenkommenden Yapp. Willy ging hinter einer Frau, die einen Kinderwagen schob, in Deckung und wartete, bis Yapp vorbei war. Von da an blieb er ihm dicht auf den Fersen, obwohl er seine ganze Kraft aufbieten musste, um mit ihm Schritt zu halten. Als Yapp schließlich ins Museum ging, war er froh über die Verschnaufpause. Er sah durch die Glastür, dass Yapp den Kurator ansprach, und schlüpfte hinein, um Genaueres zu hören.

»Die Unterlagen der Petrefact?« sagte der Kurator. »Ja, natürlich befinden die sich hier, aber ich fürchte, Einblick gewähren kann ich Ihnen nicht.«

»Aber ich habe Ihnen doch erklärt, dass ich befugt bin«, sagte Yapp, »und außerdem habe ich hier einen Brief von Lord Petrefact …«

Willy notierte sich die Tatsache und auch, dass sie den Kurator nicht im mindesten beeindruckte.

»Ich muss Ihre Bitte ablehnen. Ich habe ausdrückliche

Anweisungen von Miss Emmelia, niemandem Einblick in die Familiendokumente zu gewähren, es sei denn, sie habe die Erlaubnis dazu erteilt. Es wird Ihnen nichts anderes übrig bleiben, als sich ihre Genehmigung zu holen.«

»Verstehe. Wenn das so ist, werde ich sie auch bekommen«, sagte Yapp. Und nachdem er sich kurz im Museum umgesehen und den Kurator zu einer Vitrine mit frühen Bauerngerätschaften beglückwünscht hatte, trat er hinaus auf die Straße. Willy folgte ihm. Diesmal führte sie ihr Weg hinunter zur Mühle, wo sie zu Willys großer Verwunderung und Yapps vorschneller Genugtuung eine Reihe Streikposten antrafen, die auf ihren Transparenten höhere Löhne für kürzere Arbeitszeit forderten und Drohungen gegen Streikbrecher ausstießen. Soweit Willy Coppett wusste, waren die Löhne in der Mühle hoch und die Arbeitszeit kurz, so dass er das Ganze beim besten Willen nicht begreifen konnte. Yapp hingegen glaubte, es zu können. Die Unterstellung allerdings, dass er ein Streikbrecher sei, missfiel ihm gründlich.

»Mein Name ist Yapp, Professor Yapp. Vielleicht haben Sie schon von mir gehört«, erklärte er dem Anführer der Streikposten, einem großen, kräftigen Mann, der sein Transparent drohend schwenkte. »Ich würde nicht im Traum ans Streikbrechen denken.«

»Dann versuchen Sie auch nicht, die Streikpostenkette zu durchbrechen.«

»Das versuche ich ja gar nicht«, entgegnete Yapp. »Ich bin hier, um eine Untersuchung über eure Arbeitsbedingungen zu machen.«

»Und für wen?«

An dieser Stelle zögerte Yapp. Die Wahrheit, nämlich dass er für Lord Petrefact arbeitete, würde wohl kaum auf Gegenliebe stoßen, doch andererseits widersprach es seiner Natur, anderen Leuten, zumal einem Streikposten, plumpe Lügen aufzutischen.

»Ich komme von der Universität Kloone«, wich er aus. »Ich bin Professor für Proletarische Geschichtsschreibung und interessiere mich ganz besonders für …«

»Wir nicht. Das kannst du den Bossen erzählen.«

»Nicht was?«

»Besonders interessiert, verdammt. Und jetzt zisch ab.« Um seiner Aufforderung Nachdruck zu verleihen, erhob er drohend sein Transparent. Yapp zog ab, und Willy nahm voller Genugtuung darüber, dass Professor Yapp ungeachtet der Extras, die er gestern angeboten bekommen haben mochte, heute nirgends recht weiterkam, die Verfolgung auf. Nachdem sie eineinhalb Kilometer am Fluss entlang gegangen (beziehungsweise, was Willy betraf, gerast) waren, plan- und ziellos eine Straße mit Fabrikarbeiterhäuschen hinauf- und eine zweite hinuntergelaufen waren, in der es keine Vorgärten zum Verstecken gab, so dass Willy abwarten musste, bis Yapp um die Ecke gebogen war, bevor er ihm, gefolgt von einer johlenden Meute kleiner Jungen, hinterherhetzen konnte, hatte Willy allmählich das Gefühl, dass er sich seine zehn Pfund recht hart verdienen musste. Erschwerend kam hinzu, dass Yapp einige Male stehen blieb und Leute ansprach und Willy die Befragung jedes Mal wiederholen musste.

»Er wollte wissen, was ich über die verdammten Petrefacts weiß«, schimpfte ein alter Mann, nachdem es Willy gelungen war, ihn davon zu überzeugen, dass er es nicht mit einem vorwitzigen Kind zu tun hatte, sondern mit einem wissbegierigen, echten Zwerg. »Ich habe ihm gesagt, ich kenne diese Scheißkerle nicht.«

»Sonst noch was?«

»Wie es in der Fabrik ist, wieviel sie mir zahlen und so Zeug.«

»Haben Sie's ihm gesagt?«

»Wie zum Teufel hätte ich, Kerl? Bin nie dort gewesen. Hab' mein Leben lang bei der Eisenbahn in Barnsley gearbeitet. Bin hier zu Besuch bei meiner Tochter.«

Willy raste weiter, schoß um die Ecke und war nur mäßig erleichtert, als er feststellte, dass ihm seine Beute nicht entwischt war. Yapp saß auf einer Bank mit Blick auf den Fluss und stellte – oder genauer: plärrte – Fragen in das Hörgerät eines betagten Rentners. Willy bezog Horchposten hinter einer Briefkastensäule.

»Haben Sie Ihr ganzes Leben lang hier gewohnt?« brüllte Yapp. Der alte Mann zündete mit zitternder Hand seine Pfeife an und nickte.

»Und in der Mühle gearbeitet?«

Der Mann nickte weiter.

»Können Sie mir sagen, wie es war – Arbeitsbedingungen, Überstunden, niedrige Löhne und so weiter?«

Der Mann nickte noch immer. Anscheinend sah Yapp seine Chancen steigen. Er öffnete seine Blechbüchse und holte ein belegtes Brot heraus.

»Wissen Sie, ich mache eine Untersuchung über die Ausbeutung der Arbeiterklasse durch Fabrikbesitzer zur Zeit der Wirtschaftsdepression, und man hat mir gesagt, dass die Petrefacts als miese Arbeitgeber berüchtigt sind. Ich wäre Ihnen für jede Information dankbar, die Sie mir dazu geben können.«

Willy hinter seinem Briefkasten lauschte aufmerksam. Jetzt hatte er wenigstens etwas zu berichten, und da er in dem alten Mann Mr. Teedle erkannt hatte, der nicht nur stocktaub war, sondern sich infolge eines langen Ehedaseins mit einer charakterstarken und stimmgewaltigen Frau auch angewöhnt hatte zu nicken, anstatt den Mund aufzumachen, wusste er den Professsor in sicherer und uninformativer Gesellschaft. So verließ Willy sein Versteck, überquerte die Straße und kehrte im *Anker* ein, wo er sich eine Hackfleischpastete und ein paar Biere zu Gemüte führen und gleichzeitig ein Auge auf Yapp werfen konnte. Aber zuerst wollte er Mr. Frederick anrufen. Mit größter Selbstverständlichkeit, die nur der Tatsache zuzuschreiben war, dass er der stadtbekannte Zwerg war, schleifte er einen leeren Bierkasten zum Telefon, wählte die Nummer der Mühle und fragte nach Mr. Frederick.

»Und er tut nichts anderes, als die Leute zu fragen, was hier los ist?« fragte Frederick, als Willy seinen Bericht beendet hatte. Willy nickte, so dass Frederick die Frage wiederholen musste, um den Zwerg aus seiner ehrerbietigen Sprachlosigkeit zu locken.

»Ja«, nuschelte er schließlich.

»Und sonst stellt er keine Fragen?«

»Nein.«

»Nur, was wir hier machen?«

»Ja«, sagte Willy, der es vorzog, sich Mr. Fredericks frisch erworbene Sympathie nicht dadurch zu verscherzen, dass er niedrige Löhne und schlechte Arbeitsbedingungen erwähnte. Diesmal war es Frederick, der schwieg. Er überlegte krampfhaft, was er tun sollte. Es gab mehrere Möglichkeiten, von denen ihm keine behagte.

»Na gut, dann müssen wir den verdammten Stier wohl bei den Hörnern packen«, murmelte er nach einer Weile.

»Welchen denn?« fragte Willy.

»Was welchen?«

»Stier.«

»Stier? Wovon zum Teufel reden Sie?«

Willy versank wieder in ehrfürchtiges Schweigen, und noch bevor die Frage zufrieden stellend beantwortet werden konnte, war sein Geld verbraucht und die Verbindung unterbrochen. Willy seufzte erleichtert auf, kletterte von seinem Bierkasten herunter und kehrte an den Tresen zurück. Yapp war noch immer intensiv mit Mr. Teedle beschäftigt, so dass Willy sich in aller Ruhe zum Essen und seinem Bier niedersetzen konnte.

Unterdessen schenkte Frederick sich in seinem Büro einen doppelten Whisky ein und verfluchte zum hundertsten Mal seinen Vater. Der alte Satan musste wissen, was er da anstellte und dass er nicht nur die übrige Familie in Gefahr brachte, sondern auch seine eigene gesellschaftliche Stellung aufs Spiel setzte, indem er Yapp nach Buscott schickte. Irgendwie passte das alles nicht zusammen. Wenigstens die Idee mit dem Streik und den Streikposten, die Yapp verjagt hatten, war gut gewesen. Und mit der beruhigenden Überlegung, dass Tante Emmelia zum Glück ein Einsiedlerdasein führte und kaum jemals die Abgeschiedenheit ihres perfekt gepflegten Gartens verließ, begab er sich zum Lunch.

13

Diesmal hatte er sich ausnahmsweise verrechnet. Zwar lebte Emmelia Petrefact getreu der Familientradition extrem zurückgezogen, aber von ihren Katzen konnte man das nicht behaupten. Sie führten ein recht geselliges Leben und frönten der Promiskuität – meist in anderer Leute Gärten. Und so geschah es, dass Emmelia eines Tages im Anschluss an ein wenig dezentes Ständchen, das ihr siamesischer Liebling Blueboy seiner Angebeteten unter Major Forlongs Schlafzimmerfenster dargebracht hatte und das vom Major erstaunlich treffsicher mittels einer Blumenvase abgeschmettert worden war, das halb kastrierte Tier zum Veterinär brachte und bei dieser Gelegenheit die Streikposten vor dem Fabriktor sah. Sie zögerte einen Augenblick, länger nicht. Möglich, dass sie Blueboys Namen würde ändern müssen, aber der der Petrefacts durfte keinesfalls durch Streiks beschmutzt werden. Nachdem sie ihrem Chauffeur befohlen hatte, anzuhalten und den angeschlagenen Kater zum Tierarzt zu bringen, stieg sie aus ihrem 1937er Daimler und überquerte energisch die Straße.

»Was hat das zu bedeuten?« fuhr sie die Streikposten an und hatte, bevor diese auch nur zu einer Erklärung ansetzen konnten, die Kette durchbrochen und sich einen Weg in die Fabrik gebahnt.

»Wo ist Mr. Petrefact?« herrschte sie die Dame am Empfang so gebieterisch an, dass es dieser die Sprache verschlug. Tante Emmelia marschierte weiter. Fredericks Büro war leer. Emmelia drang in die erste Werkhalle vor, wo zu ihrer Überraschung die Frauen an den Nähmaschinen saßen und arbeiteten. Doch mehr noch als der fehlende Hinweis auf einen Streik erstaunte sie die Art der Kleidungsstücke, die sie herstellten.

»Kann ich irgend etwas für Sie tun?« fragte eine Vorarbeiterin. Emmelia starrte auf ein zwickelloses Höschen aus feuchtglänzendem Material, das eine der Näherinnen mit Sämischleder fütterte. Angesichts dieses blanken Horrors fehlten ihr die Worte.

»Das ist einer unserer beliebtesten Artikel«, erklärte die Vorarbeiterin. »Vor allem in Deutschland ist die Nachfrage ungeheuer.«

Ihre Worte erreichten Emmelia nur unterschwellig. Ihr Abscheu richtete sich jetzt auf eine Frau, die Haare auf etwas nähte, das grausig nach einem kahlen Schamhügel aussah.

»Und wo kommt das hin?« fragte sie unwillkürlich.

»Hier«, sagte die Vorarbeiterin und zeigte auf die Leiste einer unverkennbar männlichen Schaufensterpuppe. »Das ist eine Happy Susi. Die Riemen werden hinten befestigt.«

»Wozu?«

»Damit das Ding nicht verrutscht, natürlich.«

»Natürlich«, sagte Emmelia derart benommen von den überwältigenden sinnlichen Eindrücken, dass das, was sie als empörten Ausruf intendiert hatte, seine ganze Emphase verlor. »Und kaufen viele Leute solche Dinger?«

»Da müssen Sie die Verkaufsabteilung fragen, aber ich denke schon. Sonst hätten wir in diesem Jahr nicht eine Produktionssteigerung von dreißig Prozent.«

Emmelia riss sich von dem abstoßenden Utensil los und wanderte durch die Reihen der Frauen, die Plastiktrikots, aufblasbare Busen und Lederkorsetts herstellten. Was sie da sah, war schlichtweg Ekel erregend und stand in krassem Gegensatz zu den Gesprächsthemen, die sich ausschließlich um banale, häusliche Dramen drehten.

»Und da hab' ich zu ihm gesagt: ›Wenn du jeden Abend in die Kneipe gehst und dort das Urlaubsgeld versäufst, wirst du dir eines Tages dein eigenes Abendessen kochen müssen. Was du kannst, kann ich schon lange.‹«

»Und was hat er darauf gesagt?« fragte eine Frau, die ER auf einen Gegenstand stickte, dessen Verwendungszweck Emmelia bis dahin ausschließlich für SIE gekannt hatte, nämlich eine Damenbinde.

»Konnte nicht viel dazu sagen? Ist ja nicht so, als ob …«

Auch Emmelia hätte nicht viel sagen können. Sie wanderte weiter zwischen den Frauen hindurch, die sich über Babynahrung, die gestrige Folge von *Coronation Street,* Urlaubspläne und anderer Leute Eheprobleme unterhielten. Als sie schließlich auf ein paar Künstlerinne ihres Fachs stieß, die Venen auf etwas malten, was sie ansonsten für ziemlich unförmige Salzstreuer gehalten hätte, kam sie sich vor wie in einem Irrenhaus. Sie sank auf einen Stuhl und starrte mit aufgerissenem Mund in die Luft.

Am anderen Ende der Werkshalle entspann sich eine erhitzte Diskussion zwischen der Vorarbeiterin und der Dame vom Empfang.

»Na hören Sie mal, woher hätte ich das denn wissen sollen? Sie haben sie reingelassen, also habe ich natürlich gedacht, sie sei Einkäuferin …«

»Und ich sage Ihnen, es ist Miss Petrefact. Ich habe sie letztes Jahr bei der Blumenschau gesehen. Sie saß in der Jury für die Begonien.«

»Sie hätten sie aufhalten sollen.«

»Das ging nicht. Sie fragte nach Mr. Petrefact und marschierte geradewegs in sein Büro. Er wird an die Decke gehen, wenn er das erfährt.«

»Da ist er nicht der einzige«, meinte die Vorarbeiterin und eilte um Miss Emmelia abzufangen, die sich von ihrem Stuhl erhoben hatte und auf die Halle zusteuerte, in der früher die Webstühle repariert wurden.

»Da können Sie nicht rein«, sagte die Vorarbeiterin etwas zu herrisch, womit sie prompt Miss Emmelias angeschlagene Selbstsicherheit herausforderte.

»Aber sicher kann ich das«, sagte sie in einem Ton, der keinen Widerspruch zuließ. »Und ich habe es auch vor.«

»Aber …«, stammelte die Vorarbeiterin. Emmelia schob sie beiseite, öffnete die Tür und sah sich auf der Stelle der schwachen Hoffnung beraubt, dass wenigstens ein Teil der Petrefact-Baumwoll-Manufaktur noch seinem ursprünglichen Zweck diente. Sie wurde von einem warmen Luftschwall und einem äußerst unangenehmen Geruch überfallen. Einen Augenblick lang zögerte sie und richtete dann ihre Aufmerksamkeit auf ein Fließband mit diesen abscheulichen Salzstreuern, die sie in der anderen Werkshalle bereits so irritiert hatten. Während die Dinger langsam an ihr vorbeiglitten, kehrte dieses unwirkliche Gefühl zurück – diesmal mit Zutaten. Mit Schnurrbärten oder Stäbchen, jedenfalls mit irgendwelchen hervorstechenden Eigenschaften, deren Zweck sie sich nur vage vorstellen konnte respektive es lieber nicht wollte. Sie erlebte die ehemalige Webstuhlreparaturwerkstatt als Ort eines unwirklichen Schauspiels, als alptraumartigen Aufmarsch in Plastik gegossener, erigierter Penisse. Emmelia schloss die Tür und versuchte, ihre Fassung wiederzugewinnen.

»Ist alles in Ordnung?« fragte die Vorarbeiterin besorgt.

»Natürlich«, fuhr Emmelia sie an, riss, teils aus unfreiwilliger Neugier, mehr aber aus ehernem, tief in ihrem Charakter verwurzeltem Pflichtgefühl, die Tür wieder auf und ging hinein. Die Vorarbeiterin folgte ihr bedrückt. Emmelia warf einen strengen Blick auf die Penisse.

»Und wie nennt man das da?«, wollte sie wissen und erweiterte ihr Vokabular um Dildo.

»Brauchen viele Männer so was?« Doch der schwache Hoffnungsschimmer, dass die Mühle vielleicht doch nicht ganz das war, was sie auf Anhieb schien, sondern vielmehr eine Fabrik, in der künstliche Gliedmaßen für Sexualkrüppel hergestellt wurden, wurde durch die Antwort endgültig zum Erlöschen gebracht.

»Die sind für Frauen«, entgegnete die Vorarbeiterin schwach.

»Letzten Endes wohl schon, aber zunächst einmal sind doch Männer diejenigen …«

»Für lesbische Frauen«, erklärte die Frau verlegen.

Emmelia schürzte die Lippen, richtete sich zu voller Größe auf und schritt langsam das Fließband ab. Am anderen Ende stand eine Maschine, die hauchdünne Artikel in Glanzfolie einwickelte.

»Französische Kondome«, erklärte die Frau, als Emmelia mit herablassendem Interesse fragte, was das sei.

»Bemerkenswert.«

Die Besichtigung ging weiter, und als Emmelia schließlich zu einem jungen Mann kam, der mit dem Hammer männliche Keuschheitsgürtel ausbeulte, hatte sich Emmelia so viel majestätische Souveränität zugelegt, dass sie stehen blieb und ihn fragte, ob ihm seine Arbeit Spaß mache und ob er sie als lohnend empfinde. Verständnislos glotzte er sie an. Emmelia lächelte huldvoll und ging weiter. Von Plastikpenissen und handgefertigten Keuschheitsgürteln ging es weiter zu Henker-Kapuzen, Ketten und Geißelzubehör in der Sado-Abteilung, wo Emmelia lebhaftes Interesse für aufblasbare Knebel zeigte.

»Zweifellos als Ergänzung zu den französischen Kondomen gedacht«, sagte sie und wandte sich, ohne eine zutreffendere Erklärung abzuwarten, verschiedenen Typen von Peitschen zu. Nicht einmal das breite Angebot unterschiedlicher Massagestäbe konnte sie jetzt noch erschüttern.

»Es muss ungeheuer befriedigend sein zu wissen, dass man dazu beiträgt, so vielen Leuten so viel Vergnügen zu bereiten«, sagte sie zu dem Mädchen, das die fertigen Produkte überprüfte. Der Vorarbeiterin, die sich verlegen hinter ihr hielt, wurde zusehends elender. Aber Emmelia ging einfach weiter, lächelte freundlich und vermittelte den Eindruck völliger Unerschütterlichkeit. Innerlich kochte sie und brauchte dringend eine Tasse Tee.

»Ich werde in Mr. Petrefacts Büro warten«, sagte sie zu ihrer Begleiterin, nachdem sie ihre Tour beendet hatte. »Seien Sie so gut und bringen Sie mir eine Kanne Tee.«

Damit ließ sie die verdutzte Frau stehen, ging in Fredericks Büro und setzte sich hinter seinen Schreibtisch.

Im Sozial-Konservativen Arbeiterclub von Buscott ließ Frederick seine Mittagspause mit einer Runde Billard ausklingen und rüstete sich soeben zum Gehen, als er ans Telefon gerufen wurde. Zehn Sekunden später war er leichenblass und verspürte nicht die geringste Lust, sich der verdammten Mühle auch nur einen Schritt zu nähern.

»Was sagen Sie da?« brüllte er.

»Sie sitzt in Ihrem Büro«, wiederholte seine Sekretärin. »Sie hat sich die ganze Fabrik angesehen, und jetzt sagt sie, sie will warten, bis Sie zurückkommen.«

»O mein Gott! Können Sie sie nicht irgendwie los …

Nein, wohl kaum.« Er legte auf und ging zurück an den Tresen.

»Ich brauche etwas Starkes und Geruchloses«, erklärte er dem Mann hinter der Bar, »am besten tantenabstoßend.«

»Wodka riecht nicht sonderlich, aber bei Tanten habe ich ihn noch nie ausprobiert.«

»Haben Sie eine Ahnung, was Todeskandidaten kriegen?«

Der Barmixer empfahl Cognac. Frederick kippte sich einen dreifachen hinter die Binde, versuchte krampfhaft, sich eine geeignete Ausrede für Tante Emmelia zusammenzubasteln, und gab es sogleich wieder auf.

»Da geht er hin«, murmelte er, als er in die Gasse einbog, die zur Fabrik führte. Vor dem Tor standen noch immer die Streikposten. Frederick schickte sie nach Hause. Die Erkenntnis, dass sie zwar den Zweck erfüllt hatten, Yapp zu verjagen, dafür aber seine Tante hineingelockt hatten, kam reichlich spät. Trotzdem konnte er sich beim besten Willen nicht vorstellen, warum zum Teufel sie sich ausgerechnet diesen Tag für einen Gang in die Stadt ausgesucht hatte. Doch diese Frage war sekundär. Tatsache war, dass sie in seinem Büro saß. Mit einem Fluch, der Yapp, seinen Vater, Tante Emmelia und die ganze elende Heuchelei mit einschloss, die ihm zu einem Vermögen verholfen hatte und es ihm jetzt bestimmt wieder entreißen würde, ging er hinein und begrüßte Tante Emmelia mit gespieltem Erstaunen.

»Wie nett, dich hier zu sehen«, sagte er in der Hoffnung, seinen ganzen Charme in die Waagschale geworfen zu haben.

Tante Emmelia blieb ungerührt. »Mach die Tür zu und setz dich hin«, sagte sie. »Und wisch dir dieses blöde Grinsen vom Gesicht. Ich habe im Laufe der letzten

Stunden so viel widerliches Zeug gesehen, daß es mir bis an mein Lebensende reicht. Also spar dir dein kriecherisches Getue.«

»In Ordnung«, sagte Frederick. »Aber bevor du anfängst, dich über Pornographie, perverse und mangelnde Moral auszulassen, möchte ich dir sagen ...«

»Ach, halt doch den Mund«, unterbrach ihn Tante Emmelia. »Ich habe weitaus Wichtigeres im Kopf als dein verqueres Gewissen. Abgesehen davon: Wenn es einen Markt für derart unerreicht geschmacklose Apparaturen gibt wie den im neuesten Katalog angepriesenen Thermalvibrator mit Klistiervarianten, dann ist es wohl nicht gänzlich unvernünftig, so was herzustellen.«

»Meinst du wirklich?«

Emmelia schenkte sich Tee nach. »Selbstverständlich. Ich habe mir nie so ganz klar gemacht, was Marktzwänge sind, aber dein Großvater hatte den größten Respekt davor; und ich habe keinen Grund, an seinem Urteil zu zweifeln. Nein, was mich am meisten beunruhigt, sind diese Männer, die für jeden sichtbar mit ihren Transparenten vor dem Tor auf und ab marschieren. Ich möchte wissen, warum sie da sind.«

»Um Professor Yapp fern zu halten.«

»Professor Yapp?«

»Er ist in Buscott und will wissen, was wir in der Fabrik machen.«

»Will er das wirklich?« sagte Emmelia, deren Stimme jetzt Besorgnis verriet.

»Zu allem Überfluss wohnt er auch noch bei Willy Coppett und seiner Frau oben in der Rabbitry Road, und er läuft durch die Stadt und fragt jeden, was wir machen und so weiter.«

Mit zitternder Hand setzte Tante Emmelia ihre Tasse ab. »Wenn das so ist, wird die Sache kritisch. Ausgerechnet Rabbitry Road! Und die Coppetts. Was zum Kuckuck bringt ihn auf die Idee, dort abzusteigen und nicht im *Buscott Arms* oder einem anderen anständigen Hotel?«

»Das weiß der Himmel. Wahrscheinlich der Wunsch, anonym zu bleiben, während er herumschnüffelt.«

Emmelia überlegte kurz und fand diese Erklärung anscheinend plausibler als jede andere. »Soviel zu der Behauptung, dass er an unserer Familiengeschichte arbeitet. Nicht einmal dein Vater, für den ich die denkbar geringste Achtung empfinde, würde so weit gehen, den Namen Petrefact in den Schmutz zu ziehen, indem er die Tatsache offen legt, dass wir Sexartikel herstellen. Dieser Mann muss das sein, was man heutzutage als Nachforschungsjournalisten bezeichnet. In meiner Jugend nannte man so jemanden einen Schmutzaufwühler. Jedenfalls müssen wir ihn uns vom Hals schaffen.«

»Vom Hals schaffen?«

»Das habe ich gesagt, und das habe ich auch gemeint.«

Frederick stierte sie an und überlegte, was zum Teufel sie wirklich meinte. Schließlich gab es unterschiedliche Möglichkeiten, sich andere Leute vom Hals zu schaffen, doch dem Tonfall nach zu schließen musste Emmelia an die radikalste gedacht haben.

»Ja, aber …«

»Kein Aber«, sagte Emmelia unerbittlich. »Hätte dieser Mann ehrbare Motive, hätte er dem New House einen Besuch abgestattet und seine Absichten kundgetan. Stattdessen wohnt er bei einer schwachsinnigen Frau und ihrem wachstumsreduzierten Mann in einer so ungesunden Gegend wie der Rabbitry Road. Ich finde das höchst ungut.«

Frederick fand das auch, wenn auch nicht annähernd so ungut wie Tante Emmelias Forderung, sich Yapps zu entledigen. Doch bevor er etwas einwenden konnte, fuhr sie schon fort: »Und da du nun einmal derjenige bist, der uns in diese höchst unerquickliche Situation gebracht hat – ich denke da an Nicholas, der in der Nachwahl für North Chatterswall kandidiert, ganz zu schweigen von deinem Onkel, dem Richter, und all den anderen –, indem du eine absolut respektable Schlafanzugfabrik auf die Produktion übelster Selbstbefleckungsgeräte umgestellt hast, betrachte ich es als deine Pflicht, uns da wieder rauszuholen. Sag mir Bescheid, sobald dieser Kerl verschwunden ist.«

Und bevor Frederick das Argument ins Feld führen konnte, dass man heutzutage mit Schlafanzügen nicht mehr konkurrenzfähig sei, oder die drängendere Frage anschneiden konnte, auf welche Weise er sich Yapp vom Hals schaffen solle, stand Tante Emmelia auf und rauschte aus dem Zimmer. Er konnte noch hören, wie sie draußen zu seiner Sekretärin sagte, dass sie sich die Mühe sparen könne, ein Taxi zu rufen.

»Ich gehe zu Fuß. Die frische Luft wird mir gut tun«, sagte sie. Frederick sah ihr nach, bis sie das Fabrikgelände verlassen hatte, und überlegte kurz, woran es lag, dass für den Engländer Mord moralisch eher zu rechtfertigen war als Selbstbefriedigung. Und welcher Verrückte war bloß auf die Idee gekommen, Frauen als das schwache Geschlecht zu bezeichnen?

Yapp beschäftigten ganz andere Probleme. Sein Spaziergang rund um und kreuz und quer durch Buscott wurde durch das höchst sonderbare Gefühl beeinträchtigt, dass er bereits bekannt war wie ein bunter Hund. Normalerweise hätte er dieses sofortige Erkanntwerden als schmeichelhaft und nicht ganz unverdient empfunden, aber in Buscott hatte es etwas nahezu Unheimliches an sich. Er brauchte nur den Fuß in ein Geschäft zu setzen und jemanden anzuhalten, um ihn nach dem Weg zu fragen, schon spürte er diese schweigende Ablehnung. Als er in die Stadtbibliothek ging, um sich dort Bücher über die Lokalgeschichte herauszusuchen, reagierte die Bibliothekarin ziemlich eisig und war wenig hilfsbereit. Sogar die Damen in der Teestube, die ihm Rabbitry Road als Quartier vorgeschlagen hatte, stellten ihre Unterhaltung ein, sobald er hereinkam und eine Tasse Kaffee bestellte. Und kaum hatte er die Tür hinter sich geschlossen, begann das Geschnatter von neuem. Es war alles höchst rätselhaft und verwirrend. Zwischendurch überlegte er kurz, ob er vielleicht ein Kleidungsstück trug, das den guten Geschmack verletzte oder bei abergläubischen Menschen als schlechtes Omen galt. Aber er konnte an seiner Kleidung nichts entdecken, was sich gravierend von der anderer Leute unterschieden hätte. Hätte er sich die Mühe gemacht, sich umzusehen, hätte er den Grund dafür, dass man ihn schnitt, entdeckt: einen aufgeregten Willy, dessen wüste Grimassen und herumfuchtelnden Zeigefinger auch der Begriffsstutzigste als Warnung davor verstand, sich mit Yapp einzulassen.

Aber Yapp war zu sehr in seine theoretischen Mutmaßungen verstrickt, um seinen reduzierten Schatten zu bemerken. Einer der Grundsätze seines ideologischen Credos besagte, dass sich jede Stadt in räumliche Kategorien sozio-ökonomischer Klassenunterschiede aufteilen ließ. Einmal hatte er Monate damit zugebracht, Doris, den Computer, mit Daten über Macclesfield und den Antworten der Befragten, die seine engagierten Studenten nach dem Zufallsprinzip zusammengetragen hatten, zu füttern, und war zu der nicht sonderlich überraschenden Erkenntnis gelangt, dass in den wohlhabenderen Bezirken tendenziell eher Tory-Wähler wohnten, während die ärmeren Viertel zumeist von Labour-Anhängern bevölkert waren.

In Buscott hingegen schien eine sonderbare Diskrepanz zwischen diesem simplen Grundprinzip und den Tatsachen zu herrschen. Nachdem Yapp festgestellt hatte, dass kein Mensch dazu bereit war, über die Mühle oder die Petrefacts auszupacken – Yapp schrieb es der Angst vor dem Verlust des Arbeitsplatzes oder der Wohnung zu –, war er dazu übergegangen, die Leute über ihre politischen Ansichten zu befragen, was zur Folge hatte, dass er zu hören bekam, er solle sich gefälligst um seinen eigenen Scheißkram kümmern, oder dass ihm die Türen vor der Nase zugeknallt wurden. Es war alles recht entmutigend, zumal es ihm nicht einmal gelang, irgendwelche echten Härtefälle oder Missstände zu entdecken. Als sich ein etwas gesprächigerer alter Mann darüber beklagte, dass ihn seine Arthritis dazu gezwungen habe, die Gartenarbeit aufzugeben, dauerte es eine Weile, bis Yapp realisierte, dass er von seinem eigenen Garten und nicht dem eines anderen sprach.

»Sie glauben doch nicht, dass ich im Garten von irgend so einem Scheißkerl herumwühle, oder? Ich bin doch nicht blöd.«

Mit einem Wort, Buscott war nicht nur eine blühende kleine Stadt, sondern auch eine, in der anscheinend lauter fröhliche Menschen lebten. Und als solche waren sie jenseits von Yapps Erfahrungshorizont.

Mit voranschreitender Zeit und zunehmender Enttäuschung schwankten Yapps Gedanken zwischen dem grausigen Verdacht, dass Lord Petrefact ihn mit der Absicht hierhergeschickt hatte, ihm ein funktionierendes Modell wohltätigen Kapitalismus vor Augen zu führen, und der Sehnsucht nach Mrs. Coppetts Wärme und eigenartiger sexueller Anziehungskraft. Er hätte nur schwer sagen können, was schlimmer war – von diesem abscheulichen alten Schwein hintergangen oder von dem Körper einer schwachsinnigen Frau angezogen zu werden, die bereits verheiratet war, noch dazu mit einer Person restringierter Größe. Am schlimmsten war, dass seine Gefühle für sie keine Zweifel mehr zuließen. Sie verkörperte auf erschreckende Weise all das, wofür ihm seine einzigartige Erziehung Verachtung und Mitleid eingeimpft hatte. Und genau das war das Problem. Er konnte Rosie Coppett für ihren Mangel an Verstand und Intellekt schwerlich verachten, da sie bildungsmäßig doch so eindeutig unterprivilegiert war. Andererseits führte ihre herzliche Einfalt unweigerlich zu einer Verdoppelung oder sogar Verdreifachung seines Mitgefühls und ließ Rosie, nicht zuletzt wegen ihrer attraktiven Beine, ihrer üppigen Brüste und den (wenn nicht von einem verstümmelten Korsett verhüllten) wahrscheinlich ausufernden Hinterbacken, in seinen Augen zu einer Frau werden, wie er sie sich in seinen wildesten Phantasien und edelsten Träumen vorstellte. Um sich von dem besonders edlen Traum einer Verpflanzung der Coppetts aus der Rabbitry Road in die Universität Kloone abzulenken, wo er Willy einen bequemen Job beschaffen wollte, ging er wieder zur Mühle zurück. Immerhin wurde dort gestreikt, und Streiks setzten echte Missverständnisse voraus. Ja, er würde seine Nachforschungen ganz auf diesen Punkt konzentrieren.

Doch als er hinkam, waren die Streikposten verschwunden, und die Arbeiter strömten aus dem Fabriktor. Yapp sprach eine Frau mittleren Alters an.

»Streik? Was für ein Streik? Keine Spur von einem Streik, kann ich mir auch nicht vorstellen. Dazu ist die Bezahlung zu gut«, sagte sie und ließ den völlig desillusionierten und verblüfften Yapp stehen. Er machte kehrt und ging die Anhöhe hinauf in Richtung Rabbitry Road. Er verspürte physischen und emotionalen Hunger, und dort in der Küche würde Rosie am Herd stehen und das Abendessen bereiten.

Willy verspürte ganz andere Bedürfnisse. Er war total erschöpft. Er konnte sich nicht erinnern, je in seinem kleinen Leben an einem Tag so weit gelaufen zu sein. Im Schlachthof brauchte er so gut wie gar nicht zu laufen. Das tote Viehzeug kam zu ihm. Jedenfalls hatte er nicht die Absicht, sich den Hügel hinaufzuschleppen und dann auf ein Bier wieder zum *Pferdekutscher* hinunterzugehen. Er wollte dort zu Abend essen und dann lieber früh nach Hause gehen, um nachzusehen, was der langbeinige Professor im Schilde führte. Er betrat das Pub durch den Hintereingang und löffelte wenig später so viel Gulasch in sich hinein, wie er schaffte, bevor die Kneipe öffnete.

14

Als die Dämmerung über Buscott hereinbrach, wäre es selbst dem schärfsten Beobachter unmöglich gewesen, in der kleinen Stadt auch nur ein einziges Anzeichen für die unter der Oberfläche tatsächlich brodelnden Emotionen zu entdecken. Im New House köpfte Emmelia ihre Rosen sehr viel gröber als sonst. In der Küche von Haus Nummer 9 in der Rabbitry Road verputzte Walden Yapp mehr heiße Rosinenbrötchen, als er eigentlich wollte, und beäugte Mrs. Coppett mit derart verwirrender Leidenschaft, dass sich schwer feststellen ließ, ob er nur süchtig nach heißen, gebutterten Rosinenbrötchen war oder sich wahnsinnig in eine ganz und gar unpassende Frau verliebt hatte. Was Rosie betraf, so kreisten ihre schlichten Gedanken um die Frage, ob sie ihn bitten sollte, mit ihr eine Spritztour in dem alten Vauxhall zu machen. Sie war erst dreimal in einem Auto gefahren, einmal, als Willy von diesem Jagdhund gebissen worden war und man sie eilig zu ihm ins Krankenhaus gebracht hatte, und zweimal mit Sozialarbeitern, die sie in die Stadt mitnahmen. Und da sie heute mehrere Stunden mit der Lektüre eines Schicksalsromans zugebracht hatte, in dem an ein paar besonders unheimlichen Stellen ein Auto eine Rolle spielte, ließ sie der Gedanke an eine Spazierfahrt nicht mehr los.

Doch der deutlichste Hinweis auf die brodelnden Emotionen wäre über und unter dem Tresen des *Pferde-*

kutschers zu finden gewesen, wo Frederick Willy über Professor Yapps Gewohnheiten ausfragte. Und während er versuchte, Willy die Sache dadurch zu erleichtern, dass er sein Glas nachfüllte, sobald es leer war, sah sich Willy, der eigentlich nur sagen konnte, dass Yapp für seinen Geschmack verdammt viel zu schnell gelaufen sei, gezwungen, seinen Bericht etwas auszuschmücken. Mit jeder Flasche wurden seine Übertreibungen wüster.

»Geküsst hat er sie, in meiner eigenen Scheißküche«, sagte er nach der fünften Flasche Bier. »Meine Rosie hat er geküsst.«

Frederick sah ihn ungläubig an.

»Na hör mal«, meinte Mr. Parmiter, der Fredericks Skepsis offenbar teilte, »wer würde deine Rosie denn schon küssen wollen?«

»Ich«, entgegnete Willy, »ich bin ihr rechtmäßiger Ehemann.«

»Warum tust du's dann nicht?«

Über die Kante des Tresens warf Willy ihm einen wütenden Blick zu. »Weil sie verdammt zu groß ist und ich nicht drankomme.«

»Warum stellst du dich dann nicht auf einen Stuhl oder lässt sie sich hinsetzen?«

»Würde auch nichts helfen«, sagte Willy bekümmert. »Es ist einfach unmöglich, es ihr zu besorgen und sie gleichzeitig zu küssen. Entweder das eine oder das andere.«

»Sie wollen doch damit nicht andeuten, dass Professor Yapp mit Ihrer Frau geschlafen hat?« fragte Frederick hoffnungsvoll.

Willy, dem dieser Unterton nicht entging, antwortete entsprechend. Sein Glas war leer. »Und ob. Ich hab' sie erwischt, die beiden. Sie hatte nur das Nylonnachthemd an, das ich ihr vor zwei Jahren zu Weihnachten geschenkt habe, und sie war geschminkt und hatte grüne Lidschatten.«

»Lidschatten?« sagte Mr. Parmiter. »Was zum Teufel macht sie mit Lidschatten?«

»Mich betrügen«, sagte Willy, »was denn sonst? Zehn Jahre sind wir jetzt verheiratet und …«

»Noch eine Flasche, Mr. Groce«, sagte Frederick, der die Sprache wieder auf Yapp bringen wollte. Mr. Groce füllte Willys Glas. »Also, Willy, wo haben Sie das Ganze beobachtet?«

»In der Küche.«

»In der Küche?«

»In der verdammten Küche.«

»Sie meinen sicher, von der Küche aus«, sagte Frederick. »Sie haben sie von der Küche aus gesehen.«

»Nichts da. Ich war im Garten. Die waren in der Küche. Sie haben mich nicht gesehen. Aber oben habe ich ihr dann eine anständige Tracht Prügel verpasst.«

Frederick und Mr. Parmiter sahen ihn erstaunt an.

»Jawohl. Und wenn ihr mir nicht glaubt, dann fragt doch Rosie. Sie wird's euch bestätigen.«

»Das werde ich schön bleiben lassen«, meinte Mr. Parmiter.

Frederick sagte gar nichts. In seinem verschlagenen Hirn schmiedete er Pläne. Sie kreisten um wütende, eifersüchtige Zwerge. »Und was hast du mit dem dreckigen Saukerl gemacht? Ordentlich kielgeholt?«

»Konnte ich schlecht. Hat ja für eine Woche im voraus bezahlt, und Mr. Frederick hat mir aufgetragen, ein Auge auf ihn zu haben.«

»Das hast du weiß Gott getan«, fuhr Mr. Parmiter fort. »Trotzdem bezweifle ich, dass ich es fertig gebracht hätte zuzusehen, wie meine Frau es mit einem Kerl in der Küche treibt. Ich hätte es dem Bastard gezeigt, aber anständig.«

»Kann schon sein«, sagte Willy, durch seine erfundene

Geschichte und die sechste Flasche Bier melancholisch geworden. »Du bist ja groß genug.«

»Wenn du deine Alte nach Strich und Faden verdreschen kannst, sollte man meinen, dass du einem x-beinigen Professor mit Leichtigkeit gewachsen bist.«

»Mit Frauen ist das anders. Rosie hat meinen kleinen Freund gesehen, und schließlich will sie ihn nicht fünfundzwanzig Zentimeter in die Eingeweide kriegen.«

Nachdenklich nahm Mr. Parmiter einen großen Schluck Bier und dachte dabei über Mrs. Coppetts sexuellen Appetit und zwergische Proportionen nach.

»Fünfundzwanzig Zentimeter?« fragte er schließlich. »Ich gebe ja zu, dass du es am besten wissen musst, aber trotzdem ...«

»Habe ihn selbst gemessen«, sagte Willy stolz. »Mit einem Lineal. Früher war er länger, aber inzwischen ist er ein bisschen abgenutzt. Wenn du willst, zeig' ich ihn dir. Er ist in der Küche.«

Bevor sich Mr. Parmiter von der mysteriösen Allgegenwart von Willys kleinem Freund ausreichend erholen konnte, um zu sagen, dass er das verdammte Ding nicht sehen wollte, schoß Willy in die Küche. Er kam mit einem großen, grausig aussehenden Messer zurück. Mr. Parmiter starrte es erleichtert an, Frederick mit lebhaftem Interesse.

»Ach so, ja, jetzt sehe ich, was du meinst«, sagte Mr. Parmiter. »Damit könntest du eine Menge anrichten.«

Frederick nickte zustimmend. »Aber nach der heutigen Rechtsprechung muss ein Mann, der seine Frau umbringt, seine Strafe ja meist gar nicht antreten«, stellte er fest.

»Das war schon immer so«, meinte Mr. Parmiter grinsend. »Früher haben sie so einen gleich gehängt. Jetzt kriegt er nicht mal 'ne Geldstrafe.«

Frederick bestellte noch eine Runde und impfte Willy während der folgenden Stunde mit Geschichten über Verbrechen aus Leidenschaft, wobei Mr. Parmiter ihn, ohne es zu merken, kräftig unterstützte. Als es auf die Sperrstunde zuging, wetzte Willy seinen kleinen Freund am Gürtelende und schäumte vor Eifersucht. Frederick war vollauf mit sich zufrieden. Mit ein bisschen Glück würde Tante Emmelias Auftrag, sich den lästigen Yapp vom Hals zu schaffen, buchstabengetreu ausgeführt werden. Nachdem er Willy nochmals eingeschärft hatte, sein Opfer nicht aus den Augen zu lassen, und ihm noch einen Zehner über den Tresen geschoben hatte, ging er guten Gewissens hinaus ins schwindende Tageslicht. Ein vorbeifahrender Wagen vervollständigte sein Glück. Ungläubig starrte Mr. Parmiter ihm nach.

»Verflucht, haben Sie gesehen, was ich gesehen habe? Und ich dachte, Willy würde übertreiben.«

»Die Welt ist schon ein trauriger Ort«, seufzte Frederick. »Trotzdem, man kann niemanden für seinen Geschmack verantwortlich machen.«

Walden Yapp, der am Steuer des alten Vauxhall saß, hätte ihm da ganz recht gegeben. Sein Geschmack an Rosie Coppetts Gesellschaft war gewiss unverantwortlich, und das machte alles nur um so trauriger. Das kindliche Vergnügen, das es ihr bereitete, im Auto herumzukutschieren, zerstreute seine extensive Besorgnis, während ihre Nähe und das unberechenbare Geschaukel des Wagens unvermeidlich andere Extensionen herbeiführten. Hin- und hergerissen zwischen dem Verlangen, jene Extras in Anspruch zu nehmen, die sie am Abend zuvor so lebhaft angeboten hatte, und einem Gewissen, das es ihm nie gestatten würde, die Frau eines Perg zu verführen, fuhr Yapp zehn Meilen über Land und zweimal quer durch

Buscott, ohne sich Gedanken darüber zu machen, was andere Leute denken könnten. Rosie schaukelte und kicherte auf dem Beifahrersitz, und als er einmal zu schnell in eine Kurve ging, packte sie vor Aufregung seinen Arm so heftig, dass er den Wagen um ein Haar durch die Hecke auf einen Acker gesteuert hätte. Als Yapp schließlich vor dem Haus in der Rabbitry Road anhielt und sie ihm voller Dankbarkeit prompt einen Kuss verpasste, verlor er beinahe die Selbstbeherrschung.

»Das dürfen Sie nicht«, murmelte er heiser.

»Was darf ich nicht?« fragte Rosie.

»Mich so küssen.«

»Na, kommen Sie. Küssen ist doch nett.«

»Das weiß ich, aber was sollen die Leute denken?«

»Das ist mir egal«, sagte Rosie und gab ihm einen zweiten, so heftigen Kuss, dass es Yapp auch egal war.

»Kommen Sie rein, dann gebe ich Ihnen einen richtigen Kuss«, sagte Rosie, stieg aus und verkündete lauthals, so dass es mehrere Nachbarn hören konnten, dass sie mit einem echten Gentleman spazieren gefahren sei und dass er einen Kuss und eine Umarmung verdient habe, oder etwa nicht? Sie hüpfte zwischen den Gartenzwergen hindurch, während Walden Yapp mit seinem Gewissen und höchst unbehaglichen Unterhosen kämpfte. In seinem Zustand konnte er unmöglich ins Haus gehen. Die arme Frau würde den einzig möglichen Schluss ziehen, und außerdem gab es noch Willy zu bedenken. Vielleicht war er inzwischen nach Hause gekommen. Und wenn, dann wären seine Schlussfolgerungen noch weitaus gefährlicher als Rosies. Yapp ließ den Motor wieder an und wollte schon losfahren, als sie ums Haus gelaufen kam.

»Warten Sie auf mich«, rief sie.

»Geht nicht«, rief Yapp zurück. »Diese Angelegenheit muss ich allein erledigen.«

Der Wagen setzte sich in Bewegung und ließ Rosie Coppett und einige neugierige Nachbarn in Ungewissheit zurück. Auch Yapp hatte viel von seiner Selbstgewißheit eingebüßt. Noch nie in seinem Leben, das der Umverteilung von Reichtum, rational begründeten Beziehungen und dem Ziel, sich ein totales Wissen anzueignen, gewidmet war, hatte er eine unfreiwillige Emission im abendlichen Zwielicht gehabt. Er empfand sie als äußerst störend und konnte sie sich rational nur mit dem schlechten Straßenzustand und den altersschwachen Stoßdämpfern des Wagens erklären. Doch dann fiel ihm ein, dass diese Kombination nicht schuld sein konnte. Zu jenem Zeitpunkt nämlich hatte der Wagen gestanden. Nein, es war eine physiologische Reaktion auf Rosies Kuss gewesen. Zum erstenmal musste Yapp zugeben, dass etwas für die Theorie des Tiermagnetismus sprach. Es sprach auch etwas dafür, so bald wie möglich anzuhalten und sich dieser Unterhose zu entledigen.

Yapp bremste, fuhr an den Straßenrand und stieg aus. Gerade wollte er seinen Gürtel aufmachen, als zwei Scheinwerfer um die Ecke kamen. Yapp duckte sich hinter den Vauxhall, bis das Auto vorbeigefahren war, musste das Versteckspiel aber ein paar Minuten später wiederholen, als sich ein Wagen aus der anderen Richtung näherte.

»Mist«, sagte Yapp und beschloss, woanders hinzugehen, um nicht alle paar Sekunden in Flutlicht getaucht zu werden. Aber wohin? Ein Gatter in der Hecke brachte ihn auf die Idee, er könnte auf der anderen Seite ungestörter sein. Yapp kletterte hinüber, entdeckte bei dieser Gelegenheit, dass die oberste Latte mit Stacheldraht umwickelt war, ritzte sich die Hände auf und stellte, nachdem er auf der anderen Seite hinuntergeplumpst war, fest, dass er sich nach wie vor im Rampenlicht befand, sobald ein Auto über den Hügel kam. Er stand auf und sah sich um. Jenseits des Ackers schien es Büsche zu geben. Dort würde er außer Sichtweite des vorbeifahrenden Verkehrs sein. Yapp überquerte den Acker, kletterte über ein Steinmäuerchen, schlüpfte aus seiner Unterhose und versuchte, so gut er konnte, die Spuren der Leidenschaft von seiner Hose abzuwischen. In der Dunkelheit war das nicht einfach. Zu allem Überfluss fing es auch noch zu regnen an. Fluchend suchte Yapp Zuflucht unter einer mageren Tanne.

Willy verließ den *Pferdekutscher* ziemlich betrunken. Er schleppte sich die Tythe Lane hinauf, hatte vor Mrs. Gogans hinterem Gartentor einen heftigen Wortwechsel mit einem Straßenköter und reagierte seine Wut auf kläffende Hunde und auf Yapp ab, indem er seinen kleinen Freund in mehrere Plastiktonnen bohrte. An der Hauptstraße angekommen, blieb er angesichts der unlösbaren Frage, ob es wirklich zwei Autos waren, die auf ihn zukamen, oder nur eines, unschlüssig stehen. Den Scheinwerfern nach zu schließen mussten es zwei sein, doch selbst nachdem das Auto vorbeigefahren war, war sich Willy seiner Sache nicht ganz sicher. Der einzige Fixstern an seinem geistigen Firmament bestand in der Gewissheit, dass er, falls er Rosie beim Nachhausekommen bei Extras mit Professor Yapp erwischte, dem Schwein einen Einblick in seine eigenen Eingeweide verschaffen würde. Kurz und gut, es war ein recht garstiger Zwerg, der da bergan torkelte, als es zu regnen begann. Der Regen machte Willy nichts aus. Er war es gewöhnt, bis auf die Haut nass zu werden. Aber jetzt taten ihm seine Füße wieder weh. Auch diesen Punkt galt es mit Yapp noch zu klären, denn er war nicht gewillt, den morgigen Tag hinter dem langbeinigen Dreckskerl her kreuz und quer durch die Stadt zu hetzen. Um seinen Füßen eine Pause zu gönnen, kletterte er auf einen verwitterten Meilenstein. Prompt fiel er wieder herunter und verlor dabei seinen treuen kleinen Freund.

»Verdammt«, sagte Willy und tastete auf der Erde herum. Aber das Messer war verschwunden. Auf allen vieren krabbelte Willy auf die Straße hinaus und hatte gerade die Schneide des Messers erwischt, als ein Geräusch an sein Ohr drang. Von oben kam etwas die Straße herunter, etwas Großes, Dunkles. Mühsam rappelte er sich auf und versuchte verzweifelt, den Straßenrand zu erreichen. Zu spät. Einen Augenblick später war Willy Coppett ein scheußlich zerfleischter Zwerg.

Mr. Jipson brachte seinen Traktor zum Stehen. Er kletterte heraus, um das verdammte Vieh, das ihm da in die Quere gekommen war, zu entfernen. Er dachte an ein Schaf oder schlimmstenfalls eine Kuh, aber ein kurzer Blick genügte, um festzustellen, dass er sich getäuscht hatte. Kühe trugen keine Schuhe Größe siebenundzwanzig, und ein vorne zugeknöpftes Schaf hatte er auch noch nie gesehen. Mr. Jipson riss ein Streichholz an, und die Sekunde, bis Wind und Regen es wieder ausbliesen, genügte, um ihn vor Entsetzen zu lähmen. Er hatte soeben Buscotts einzigen und allseits beliebten Zwerg getötet. Hinsichtlich der Identität gab es keinerlei Zweifel. Und auch daran, dass Willy tot war, zweifelte Mr. Jipson keine Sekunde. Man konnte keinen kleiner Mann mit einem großen Traktor bei hoher Geschwindigkeit überfahren, ohne ihn zu töten. Um sich zu vergewissern, tastete er nach den Puls an Willys Handgelenk.

»Scheiße«, murmelte Mr. Jipson und dachte an die üblen juristischen Konsequenzen des Unfalls, ganz zu schweigen von seinem gesellschaftlichen Status. In Buscott hatte man zwar nichts gegen blutige Sportarten, aber das Töten von Zwergen gehörte denn doch in eine andere Kategorie. Außerdem war er ohne Lichter gefahren, hatte keine Nummernschilder am Traktor und entschieden zuviel Alkohol im Blut. Angesichts dieser Tatsachen plus Willy Coppetts großer Popularität brauchte er weniger als dreißig Sekunden, um sich darüber klar zu werden, dass er diesen Unfall auf keinen Fall melden würde. Er würde den leblosen Körper in den Straßengraben werfen und nach Hause fahren. Aber die Leiche würde man finden, und dann würde die Polizei Nachforschungen anstellen … Nein, das war sinnlos Außerdem war er ein Stück weiter oben an einem geparkten Wagen vorbeigekommen. Er hatte zwar niemanden bemerkt, aber irgendwo musste ja jemand sein. Und der würde sich wundern, warum er angehalten hatte. Andererseits … Da kam Mr. Jipson eine Idee. Er lief zu dem Wagen zurück und schaute hinein. Niemand zu sehen. Am Gatter war auch niemand. Er dachte kurz nach und ging dann zur Fahrertür. Sie war nicht verschlossen. Angenommen, er würde die Handbremse lösen und den Wagen die Straße hinunterrollen lassen … Nein, das ging auch nicht. Da müsste er erst den Traktor wegfahren, und wer immer wo immer war, könnte jeden Augenblick zurückkommen. Andererseits bot sich hier eine Möglichkeit, Willys Leiche so weit wie möglich vom Unfallort wegzuschaffen. Mr. Jipson machte den Kofferraumdeckel auf.

Dann lief er zum Traktor zurück, holte einen Plastiksack aus dem Führerhäuschen, streifte sich ein Paar Arbeitshandschuhe über, hob mit der kriminellen Sachkenntnis dessen, der unzählige Folgen vor *Einsatz in Manhattan, Hawaii Fünf-Null* und *Kojak* gesehen hatte, die Leiche vorsichtig hoch und trug sie die Straße hinauf. Drei Minuten später lag Willy Coppett im Kofferraum, der Plastiksack hing außen am Traktor, wo der Regen das Blut wegwaschen würde, und Mr. Jipson machte sich mit dem vorübergehend befriedigenden Gefühl, sich schlau aus dieser hässlichen Schlinge gezogen zu haben, auf den Heimweg.

Währenddessen hauchte Willy Coppett schmerzlos sein Leben aus. Sogar sein kleiner Freund war bei ihm, auch wenn er ihn nicht länger umklammert hielt. Durch den Zusammenprall mit dem Traktor hatte er sich in seinen Magen gebohrt.

Etwa eine halbe Stunde später war Walden Yapp der Ansicht, der Regen habe nun so weit nachgelassen, dass er zum Wagen zurücklaufen könne, ohne bis auf die Haut nass zu werden. Mit seiner Unterhose in der Hand kletterte er über das Steinmäuerchen, lief über den Acker, ritzte sich die Hand ein zweites Mal am Stacheldraht auf und ließ sich schließlich in den Fahrersitz plumpsen. Er hatte den unwiderruflichen Entschluss gefasst, Rabbitry Road 9 gleich am nächsten Morgen zu verlassen. Sich länger in Rosies derart stimulierender Gegenwart aufzuhalten, hieß Unheil heraufbeschwören, und obwohl Yapp Begriffe wie Ehre und Gewissen in jedem anderen als dem sozialen Kontext radikal ablehnte, sagte ihm sein angeborener Anstand doch, dass er sich unmöglich zwischen einen Zwerg und seine Frau stellen konnte.

Nicht zum ersten Mal hatte Rosie Coppett die Wahrheit gesprochen. Walden Yapp war ein echter Gentleman.

15

Der Regenschauer, der Zeuge von Willy Coppetts Hinscheiden und Walden Yapps Unbehagen geworden war, scheuchte Emmelia aus dem Küchengarten in das ans Haus angebaute Treibhaus. Seit ihrer Kindheit mit den unvermeidlichen Besuchen bei Tante Maria hatte sie in schweren Zeiten dort Zuflucht gesucht. Es war ein altes Gewächshaus, an dessen Innenwand aus Backstein sich ein Weinstock hochrankte, der im Sommer mehr Blätter trieb, als die wenigen Trauben rechtfertigten. Im Winter diente dieser stille Ort Emmelia als Refugium. Verborgen hinter Weinlaub und den Algen, die sich überall dort festsetzten, wo sich die Glasscheiben überlappten, und umgeben von alten Tontöpfen, Geranienablegern und ein oder zwei Katzen, die vor der Nässe hierher geflüchtet waren, saß sie hier im Dämmerlicht, horchte auf das Klopfen der Regentropfen und fühlte sich geborgen. Dies war ihr persönliches Heiligtum, windschief und alt, aber gut abgeschirmt in einer Ecke des ummauerten Küchengartens, der selbst ein Heiligtum innerhalb der das New House umgebenden Mauern darstellte. Nirgends sonst konnte sie ihre Abgeschiedenheit so andächtig genießen und den Schmutz der Nachrichten, die sie täglich durch die *Times* und den Rundfunk erreichten, von sich abschütteln. Um den Fernseher machte Emmelia einen großen Bogen, und so war er schließlich in der ehemaligen Stiefelkammer gelandet, wo Annie ihn zum Silberputzen anschaltete. Nein, für das, was draußen in der Welt vor sich ging, hatte Emmelia keine Zeit, und soweit sie beurteilen konnte, waren die Veränderungen, die auf Spruchbändern über den nachmittäglichen Himmel gezogen oder in öffentlichen Diskussionen über die Notwendigkeit des Fortschritts lauthals propagiert wurden, nichts weiter als Eintagsfliegen, die die Natur eines Tages ebenso bedenkenlos abschütteln würde, wie sie Wälder begraben oder die Sahara in eine Wüste verwandelt hatte. Sogar die Möglichkeit atomarer Vernichtung empfand Emmelia als weniger bedrohlich, als die Menschen des 14. Jahrhunderts die Pest empfunden haben mussten. Natur bedeutete Leben und Tod, und Emmelia gab sich damit zufrieden, sich mit einem fröhlichen Fatalismus, der keine Alternative kannte, der Natur anzuvertrauen. In ihrem Kosmos stellten die Petrefacts eine uralte Spezies von Sprechpflanzen dar, die vom Aussterben bedroht waren, wenn es ihnen nicht gelang, ihre Wurzeln auch weiterhin im üppigen Lehm vergangener Werte zu verankern.

Trotz des selbstsicheren Auftretens, das Emmelia an diesem Nachmittag in der Mühle an den Tag gelegt hatte, war sie zutiefst aufgewühlt ins New House zurückgekehrt. Obwohl sie bereitwillig zugab, dass zu den althergebrachten Werten der Familie nicht nur eine völlige Unempfindlichkeit gegenüber den Lebensbedingungen der Fabrikarbeiter und der Schwarzen auf ihren Sklavenschiffen gehörte, sondern auch die absolute Bereitschaft, das zu tun, was die Zeit erforderte, auch wenn es sich dabei aus heutiger Sicht um noch so abscheuliche Methoden handelte, missfiel ihr doch die Entdeckung, dass Frederick auf das Niveau eines Zuhälters herabgesunken war, ganz gewaltig. Abgesehen davon fand sie es ungeheuerlich, dass sie nicht informiert worden war, sondern erst selbst dahinter kommen musste. Trotz ihrer Abgeschnittenheit vom gesellschaftlichen Leben in Buscott hatte sich Emmelia stets eingebildet, dank Annie als Informationsquelle recht gut über alles Bescheid zu wissen, was sich ringsum abspielte. Doch als sie Annie bei ihrer Rückkehr fragte, ob sie wisse, was in der Fabrik hergestellt werde, beteuerte diese, sie habe keine Ahnung. Und Emmelia glaubte ihr. Annie war seit zweiunddreißig Jahren bei ihr und hatte ihr noch nie etwas verheimlicht. Angesichts dieser Tatsache musste sie Frederick zugestehen, dass er offenbar mehr Einfluss hatte und größere Diskretion walten ließ, als seine widerlichen Produkte hätten vermuten lassen. Bei nächster Gelegenheit musste sie ihn unbedingt fragen, wie er das angestellt hatte.

Ungleich wichtiger war vorerst, ob ihr niederträchtiger Bruder wusste, was sein Sohn da trieb. Wenn ja und wenn er Professor Yapp geschickt hatte, um dieses Wissen in alle Welt hinausposaunen zu lassen, konnte sie daraus nur schließen, dass Ronald verrückt geworden war. Möglich war das durchaus. Die Veranlagung zum Wahnsinn lag in der Familie und war schon verschiedentlich zum Ausbruch gekommen, wenn auch unterschiedlich intensiv. Sie reichte von der leichten Exzentrizität des Brigadegenerals, die sich in der fixen Idee äußerte, braungetupfte Wüstenrennmäuse züchten zu wollen, bis hin zum glatten Irrsinn eines Cousins zweiten Grades, der, nachdem er in zartem Alter dem unzensierten Einfluss der Eskapaden von *Winnie The Pooh* ausgesetzt war, in dem festen Glauben aufwuchs, dass er Roo und jede erreichbare Frau Kanga sei. Anlässlich mehrerer Abendgesellschaften hatte er die Familie tödlich blamiert, indem er vollschlanken weiblichen Gästen auf den Schoß sprang, und so musste man ihn schließlich nach Australien abschieben. Dort hatte er, getreu dem Gesetz seiner

Herkunft, ein Vermögen mit Schafen gemacht und sich aufgrund seiner Vorliebe für kleine Känguruhs einen zweifelhaften Ruf erworben.

Während Emmelia so im Dämmerlicht inmitten der Töpfe und Blumen saß, die Ausdruck ihrer maßvollen Verrücktheit waren, fasste sie einen Entschluss. Es spielte keine Rolle, ob Ronald verrückt war oder nicht. Damit, dass er Professor Yapp nach Buscott geschickt hatte, brachte er den Ruf der Familie ernstlich in Gefahr und musste folglich umgehend aufgehalten werden. Es genügte auch nicht, dass sie Frederick eingeschärft hatte, sich Yapps zu entledigen. Inzwischen bereute sie diese Anweisung sogar, denn Frederick war ebenso hitzig und unzuverlässig wie sein Vater. Und sie traute ihm ohne weiteres zu, dass er über die Stränge schlug. Abgesehen davon wurde der Versuch, Yapp aus Buscott zu vertreiben, möglicherweise als Bestätigung für Ronalds Verdacht – falls es nur ein solcher war – gewertet, dass es hier etwas zu verheimlichen gab. Und wie sie Ronald kannte, würde er das nächste Mal nicht nur einen so genannten Familienbiographen schicken, sondern gleich ein halbes Dutzend grässliche Reporter oder gar ein Fernsehteam.

Als der Regen nachließ, verließ Emmelia ihr Gewächshaus und ging ins Haus. Dort setzte sie sich an ihren Schreibtisch und verfasste zwei Briefe, einen sehr behutsam, den anderen ziemlich spontan, steckte sie in Umschläge und ging dann in die Stiefelkammer.

»Ich habe zwei Briefe auf das Tablett in der Halle gelegt«, sagte sie zu Annie. »Sorgen Sie dafür, dass der Postbote sie morgen früh mitnimmt und zustellt.«

»Ja, Mum«, entgegnete Annie und veranlasste Emmelia damit um ein Haar, ihr zum hunderttausendsten Mal in zweiunddreißig Jahren zu sagen, sie solle sie nicht Mum nennen. Diese Bezeichnung gehörte zu den vielen kleinen Ärgernissen, aus denen sich das tägliche Einerlei zusammensetzte, und obwohl Emmelia sich daran nicht gewöhnen konnte, hätte sie ihr Ausbleiben doch vermisst. Und schließlich war dies die einzige Vertrautheit, die sich ihre ansonsten äußerst diskrete Haushälterin herausnahm.

Während Emmelia in ihr Schlafzimmer hinaufging, musste sie an eine andere ähnlich diskrete, treue Seele denken: an Croxley. Auf ihn konnte sie sich bedingungslos verlassen. Ja, notfalls würde sie sich an Croxley wenden. Guter Croxley. Ihm galten Emmelias letzte Gedanken vor dem Einschlafen.

Walden Yapp hatte fast überhaupt nicht geschlafen. Während Willy seine gestrige Nachtruhe dadurch gestört hatte, dass er seine Frau verprügelte, waren heute sein unerklärliches Ausbleiben und Rosies zunehmende Aufregung darüber daran schuld, dass Yapp nicht einschlafen konnte.

»Es sieht ihm gar nicht ähnlich, zum Abendessen nicht nach Hause zu kommen«, sagte sie, als Yapp zerkratzt und mit aufgerissenen Händen zurückkehrte. »Oh, was haben Sie denn da gemacht?«

»Nichts, gar nichts«, sagte Yapp, der möglichst schnell in sein Zimmer gelangen wollte, um seine pappige Unterhose in einen Koffer zu stopfen, bevor sie in seiner Hosentasche steif wurde.

»Von wegen, nichts. Sie haben sich scheußlich geschnitten, das sieht man doch. Und voller Blut sind Sie auch.«

»Nur ein Kratzer. Ich bin auf der Straße ausgerutscht.«

»Aber Ihr Hemd ist auch ganz verschmiert«, sagte Rosie. Yapp betrachtete sein Hemd und merkte erst jetzt, dass er heftiger geblutet haben musste, als ihm bewusst war. Sein Sakko war ebenfalls voller' Blut. Als Mr. Jipson das überfahrene Bündel genauer untersucht hatte, hatte er ziemlich viel Blut abbekommen und dieses, ohne es in der Dunkelheit zu merken, an die Wagentür geschmiert und damit auf Yapp übertragen.

»Das kriege ich nie mehr raus, wenn Sie es mir nicht gleich geben«, sagte Rosie. »Milch ist da das beste.«

Aber Yapp hatte sich geweigert, sein Hemd auszuziehen.

»Das ist nicht so wichtig«, murmelte er. »Es ist sowieso ein altes Hemd. Und schlimmstenfalls gebe ich es an Oxfam.«

Trotz seiner Proteste hatte Rosie darauf bestanden, und als Mr. Clebb, der vier Häuser weiter wohnte, seinen Hund zum Pinkeln ausführte, wurde er Zeuge, wie ein ohnehin schon verdächtiger Yapp im Netzunterhemd in der Küche saß und Mrs. Coppett seine Hände in einer Schüssel mit Desinfektionsmittel wusch. Da die Schüssel auf Yapps Knien stand, sah Mr. Clebb nicht genau, was sie da eigentlich wusch, aber er zog seine Schlussfolgerungen.

Rosies Bemühungen um das Hemd – sie goss einen halben Liter Milch auf den Flecken, wusch es gründlich und hängte es zum Trocknen auf – waren von wenig Erfolg gekrönt. Während sich Yapp mit verbundenen Händen und in dem Bewusstsein, dass es nicht Rosies Schuld war, wenn er Tetanus bekam, ins Bett legte, machte ihm der hartnäckige Blutfleck noch immer ziemlich zu schaffen. Er hätte schwören können, dass er sich die Hände nicht am Hemd abgewischt hatte, doch bevor er sich noch mal alles genau ins Gedächtnis rufen konnte, wurde seine Aufmerksamkeit durch Schluchzer aus dem Nebenzimmer abgelenkt. Zunächst nahm er an, Willy sei nach Hause gekommen und würde Rosie wieder vertrimmen, doch als das Geschluchze gar kein Ende nahm, gewann seine mitfühlende Natur die Oberhand. Er kletterte aus dem Bett, musste dreimal niesen, schüttelte sich, zog dann seine Hose über die Schlafanzughose und ging auf den Gang hinaus.

»Alles in Ordnung?« fragte er, wohl wissend, dass diese Frage unter den gegenwärtigen Umständen nicht sonderlich geistreich war. Das Schluchzen hörte auf, und Rosie Coppett öffnete die Schlafzimmertür.

»Es ist wegen Willy«, jammerte sie. »Er ist noch nie so spät nach Hause gekommen. Er hat gesagt, er würde es tun, und jetzt hat er's getan.«

»Was getan?«

»Er ist mit einer anderen Frau durchgebrannt.«

»Mit einer anderen Frau?« Obwohl Yapp Willy kaum zu Gesicht bekommen hatte, schien ihm das eine recht unwahrscheinliche Erklärung.

»Es ist alles meine Schuld«, fuhr die aufgelöste Witwe fort. »Ich habe nicht richtig auf ihn aufgepasst.«

»Aber sicher haben Sie das«, sagte Yapp. Doch Rosie ließ sich nicht so leicht trösten und klammerte sich heftig an ihn. Yapp, den dieser plötzliche Sinneswandel nicht zum erstenmal aus der Fassung brachte, versuchte sich von ihr zu befreien. Aber Rosie ließ sich nicht so leicht abschütteln, und diesmal war es Mrs. Mane von nebenan, die, nachdem sie in ihren Küchengarten geschlichen war, missbilligend beobachtete, wie Yapp Mrs. Coppett in den Armen hielt. Als es Yapp schließlich gelang, Rosie ins Bett zurückzuverfrachten, gab es für Mrs. Mane keinerlei Zweifel mehr.

»Widerlich«, sagte sie zu ihrem Mann, als sie unter die Decke schlüpfte. »Wenn man sich vorstellt, dass sie und er einen verfluchten Zwerg so übel zum Narren halten. Sie sollten sich schämen …«

Im Nebenhaus betrug sich Yapp tatsächlich wie ein Gentleman. Er gab sich alle Mühe, Rosie zu beruhigen, führte den plötzlichen Regen als Entschuldigung für Willys Ausbleiben ins Feld – »wahrscheinlich verbringt er die Nacht unten im Pub« –, entkräftete ihre nächste Theorie, nämlich dass man Willy wieder in einen Dachsbau gehetzt hatte oder dass er im Krankenhaus lag, indem er ihr klarmachte, dass sie in diesem Fall benachrichtigt worden wäre und dass es außerdem illegal sei, Pergs in einen Dachsbau zu hetzen.

»In Buscott aber nicht. Sie haben es schon mal gemacht«, sagte sie. Doch nachdem sie Yapp mit ihrer Beschreibung jener bewussten Jagd und ihrer blutigen Konsequenzen einen Schauder über den Rücken gejagt hatte, ließ sie von selbst von ihrer Theorie ab: »Nein, das kann nicht sein. Es ist nicht die richtige Zeit.«

»Richtige Zeit oder nicht, es ist schlichtweg barbarisch«, sagte Yapp, für den das Jagen in dieselbe Kategorie gehörte wie private Krankenversicherungen. Wäre es nach ihm gegangen, hätte er diese beiden Vorrechte der Reichen und Privilegierten längst abgeschafft.

»Jahreszeit, Sie Dummkopf«, sagte Rosie. »Im Sommer wird nicht gejagt. Höchstens Rattenhatz.«

»Rattenhatz?«

»Sie tun einen in einen Ring mit hundert Ratten, und dann muss man versuchen, möglichst viele in einer Minute umzubringen. Dasselbe machen sie auch mit Hunden.«

»Soll das heißen … Lieber Himmel!«

»Und Wetten schließen sie auch ab. Das letzte Mal bekam Willy hundert Pfund.«

»Wie abscheulich«, sagte Yapp schaudernd.

»Gewonnen hat er ja nicht. Gewonnen hat der Hund vom alten Mr. Hord. Willy hat das Geld dafür gekriegt, dass er es versucht hat und so oft gebissen wurde.«

Als es Yapp endlich gelang, sich Rosies nicht endenwollender Aufzählung grausiger Möglichkeiten zu entziehen, konnte er keinen Schlaf mehr finden. Tief deprimiert lag er in seinem Bett, starrte in die Dunkelheit und wurde wiederholt von der grauenhaften Vorstellung gepackt, selbst von hundert wütenden Ratten umzingelt zu sein. Allem Einfluss der Petrefacts und seinen eigenen im Computer gespeicherten Statistiken zum Trotz war Buscott seinen Beobachtungen zufolge durchaus eine aufstrebende kleine Stadt des zwanzigsten Jahrhunderts. Doch unter der Oberfläche schwelte noch immer die Vorliebe für barbarische Sportarten, die im Grunde verboten waren und seinem Glauben an fortschrittliches Denken grundlegend widersprachen. Yapp suchte nach einer rationalen Erklärung für diesen grausamen Anachronismus, gelangte aber wie im Fall von Idi Amin, Kambodscha, Chile, Südafrika und Ulster lediglich zu dem Schluss, dass es Menschen gab, die einfach Lust am sinnlosen Töten empfanden und keinerlei Rücksicht auf den historischen Prozess nahmen.

Nicht weniger überstrapaziert als sein Gehirn war auch sein Körper. Seine Hände schmerzten, der Kopf dröhnte, und Beine und Rücken taten ihm scheußlich weh. Außerdem hatte er sich eine Erkältung zugezogen, die in Windeseile grippale Ausmaße angenommen hatte, so dass er nur noch schniefte und hustete. Unruhig warf Yapp sich in seinem Bett hin und her, bis er gegen Morgen endlich einschlief. Um zehn Uhr wurde er von Rosie geweckt.

»Da haben Sie sich aber böse erkältet«, sagte sie. »Sie hätten gestern abend lieber aufpassen und nicht so nass werden sollen. Was haben Sie denn bloß gemacht?« Sie befühlte das über der Stuhllehne hängende Sakko. »Das ist ja ganz feucht. Kein Wunder, dass Sie krank geworden sind. Jetzt bleiben Sie mal schön liegen, ich bringe Ihnen gleich einen heißen Tee.«

Yapp murmelte ein Dankeschön, drehte sich um und schlief wieder ein. Als der Postbote um elf Uhr Emmelia Petrefacts Brief ablieferte, fieberte er noch zu sehr, um Interesse daran zu zeigen.

»Von Miss Petrefact«, sagte Rosie gewichtig. Normalerweise hätte dieser Tonfall Yapp aufhorchen lassen, aber jetzt nahm er ihn gar nicht zur Kenntnis.

»Ich werde ihn später lesen. Jetzt möchte ich nur schlafen.«

Yapp schlief den ganzen Tag, während Rosie sich abwechselnd Sorgen um Willy machte und was er wohl trieb und um den Professor und das, was in Miss Petrefacts Brief stehen mochte. Sie spielte mit dem Gedanken, ins Pub hinunterzugehen, um festzustellen, ob Willy dort gewesen war, zog dann den Schlachthof in Erwägung und wäre auch hingegangen, wenn Yapp nicht krank im Bett gelegen hätte. Und wie stand es mit einem Arzt? An die Nachbarn konnte sie sich nicht gut wenden, denn mit Mrs. Mane war sie noch nie gut ausgekommen, so dass sie sie jetzt schlecht um Hilfe bitten konnte. Also begann sie, um sich etwas abzulenken, wie wild zu putzen, machte für Willy Fleischpastete und Apfelküchlein und las dann das Horoskop in der Zeitung, in die die Kutteln eingewickelt gewesen waren, die er vor drei Tagen mitgebracht hatte. Sie musste in der Abfalltonne danach wühlen, doch nachdem sie sie gefunden und festgestellt hatte, dass sie ein Fisch war, stand dort nichts über abgängige Ehemänner, sondern nur über finanzielle Zuwendungen, romantische Begegnungen und die Notwendigkeit, auf die Gesundheit zu achten. Danach heulte sie sich nochmals gründlich aus und ließ Blondie, dem Kaninchen, eine Menge unerwiderter, liebevoller Zuwendung zuteil werden. In regelmäßigen Abständen steckte sie den Kopf in Yapps Schlafzimmer, weil sie hoffte, er würde endlich aufwachen und ihr den guten Rat geben, den sie so dringend brauchte. Doch Walden Yapp schlief tief und fest und ohne etwas von der ihn bedrohenden Realität zu ahnen.

Nachdem jetzt so viele Personen in dieses Drama verwickelt waren, hatte sich die Lage entscheidend verändert. Auch für Willy, der im Kofferraum des Vauxhall kalt und steif geworden war und dalag wie das grausige Zerrbild eines bekleideten Fötus. Über die Realität, mit der er konfrontiert worden war, würde er keine Auskunft mehr geben können. Mr. Jipson hatte, um keinerlei Verdacht auf sich zu lenken, seinen Traktor mehrere Male mit dem Schlauch abgespritzt und war jetzt damit beschäftigt, ihn wieder zu verdrecken. Am kräftigsten hatte die Realität oben im New House zugeschlagen. Frederick, von seiner Tante herbeizitiert, musste zu seiner Überraschung feststellen, dass sie ihre Meinung geändert hatte.

»Aber du hast doch ausdrücklich gesagt, ich soll diesen Kerl loswerden«, brauste er auf, nachdem sie ihm von ihrem Brief an Yapp erzählt hatte. »Und jetzt lädst du ihn in dein Haus ein!«

»Genau. Ich habe die Absicht, ihn abzulenken, und außerdem möchte ich herausfinden, wieviel er weiß.«

»Etwas muss er wissen, aber ich kann mir beim besten Willen nicht vorstellen, woher. Wir nennen uns nicht umsonst Anonyme Phantasieprodukte.« Emmelia betrachtete ihn skeptisch. »Immerhin war das bisher das Geheimnis unseres Erfolges. Das größte Hindernis ist bei uns ja immer, dass wir uns an den sexuell verunsicherten Käufer wenden.«

»In der Tat? Aufgrund dessen, was ich gesehen habe, hätte ich genau das Gegenteil vermutet. Wer sich diesen

Gürtel mit dem Klistierzusatz umschnallt, muss für meine Begriffe Nerven wie Drahtseile haben.«

»Mit sexuell verunsichert meine ich, dass die Leute introvertiert sind. Sie sind oft viel zu gehemmt, um in einen Laden für Sexartikel gehen oder sich das Zeug mit der Post schicken zu lassen.«

Emmelia hatte dafür volles Verständnis, schwieg aber.

»Was diese Leute wollen, ist die Möglichkeit, unsere Produkte zu kaufen, ohne ihre Identität preisgeben zu müssen. Und genau diesen Wunsch erfüllen wir. Wir garantieren völlige Anonymität.«

»Aber die eigene offenbar nicht.«

»Soweit ich weiß, schon«, sagte Frederick. »Wir inserieren auf dem üblichen Weg und verschicken per Postversand, der über ein Büro in London läuft. Die gesamte Kommunikation zwischen diesem Büro und der Versandabteilung in der Fabrik wird per Computer kodiert, so dass nicht einmal die Mädchen in London wissen, dass sie es mit Buscott zu tun haben.«

Emmelia lehnte sich zurück, schloss die Augen und hörte sichtlich uninteressiert zu. Zumindest wurde Frederick dem angestammten Ruf der Petrefacts gerecht, sich im Hintergrund zu halten, und das war immerhin mehr, als man von seinem grässlichen Vater behaupten konnte. Während vor ihr das bizarre Bild von Lord Petrefact in einem thermalen Keuschheitsgürtel mit Klistiervarianten auftauchte, hörte sie Frederick mit halbem Ohr über Zustellungswege referieren.

»... und wenn es in der Nähe einen größeren Bahnhof mit Gepäckaufbewahrung gibt, deponieren wir das Päckchen dort und schicken den Abholzettel vom nächsten Briefkasten aus an den Klienten, so dass es unmöglich ist, unsere Spur zurückzuverfolgen. Das Ganze ist äußerst einfach.«

»So, ist es das?« sagte Emmelia und öffnete die Augen. »Für mich hört es sich äußerst kompliziert an, aber davon verstehe ich wohl wirklich nichts. Wenn dir der Klient, wie du ihn nennst, und seine Adresse bekannt sind ...«

»Aber das habe ich dir doch gerade erklärt. Wir kennen den Namen des Klienten nicht. Er ruft das Büro in London an, gibt seine Bestellung auf und erhält eine Kodenummer. Dann gibt er einen falschen Namen an und erhält von uns eine Postfachnummer, wo er die Sachen abholen kann. Natürlich nehmen nicht alle diesen sehr persönlichen Service in Anspruch. Er kostet natürlich ungleich mehr als der normale Versand, aber ob so oder so, Bestellungen werden grundsätzlich nie von Buscott aus abgeschickt. Das passiert alles in London.«

»Der Auslandsversand auch?« fragte Ammelia.

»Der wird über Nebenfirmen abgewickelt«, sagte Frederick selbstzufrieden, »und auch diese Verbindungen sind samt und sonders computerkodiert.«

»Vielleicht hat jemand aus der Fabrik den Mund aufgemacht.«

Frederick schüttelte den Kopf. »Sämtliche Angestellten wurden auf Herz und Nieren überprüft und haben sich schriftlich zu absolutem Stillschweigen verpflichtet.«

»Aber das kannst du doch nicht machen. Das verstößt gegen das Gesetz.«

»Durchaus nicht«, sagte Frederick grinsend. »In der Abteilung für aktive Verräteranwerbung beim MI 9 gibt es eine dauernde Dienstanweisung für Dildos und was weiß ich noch.« Er schwieg eine Weile und starrte Löcher in die Luft. »Vielleicht ist das die Erklärung.«

»Für meine Begriffe erklärt das gar nichts«, sagte Emmelia. »Ich kann mir nichts vorstellen, was mich weniger dazu ermutigen könnte, zum Verräter zu werden, als so ein monströses Ding. Da würde ich den Rest meines Lebens noch lieber in einem Salzbergwerk zubringen, als …«

»Das meine ich nicht. Ich meine Yapp. Der Mann ist ein selbst gestrickter Bolschewik und total verbogen. Die ganze Angelegenheit könnte KGB-gelenkt sein. Wie man weiß, scheuen die Russen ja keine Mühe, wenn es darum geht, Ärger zu machen.«

»Dann müssen sie anatomisch aber recht neugierig sein«, meinte Emmelia. »Wie dem auch sei, ich habe diesen grässlichen Kerl zum Tee eingeladen, und zum Tee wird er kommen. Und wenn dein Vater ihn auf diese Fährte gehetzt hat, dann werde ich dafür sorgen, dass er es bis an sein Lebensende bereut.«

16

Lord Petrefact bereute es bereits. Was mit jener fatalen Auster begonnen hatte, die ihn reizbar gemacht und weit gehend außer Gefecht gesetzt hatte, wurde von Yapps katastrophalem Versuch, das synchronisierte Wellenbad in Betrieb zu nehmen, und dem darauf folgenden Amoklauf des Rollstuhls konsequent zu Ende geführt. Jetzt war er in doppelter Hinsicht von Croxley abhängig, nicht nur, weil dieser unfehlbar die den Petrefact-Konzern betreffenden Myriaden von Einzelheiten im Kopf hatte, sondern auch, weil er seinen Rollstuhl schieben musste. Nachdem Lord Petrefact erlebt hatte, was so ein vollautomatisiertes Gefährt anstellen konnte, hatte er nicht die Absicht, seinen kostbaren Körper noch mal so einem Ding anzuvertrauen.

All das wäre schon schlimm genug gewesen. Aber dazu kam noch der Ingrimm darüber, dass er Yapp nicht annähernd so viel hätte bezahlen müssen. Anfangs war ihm dies als eine notwendige Vorsichtsmaßnahme erschienen. Es bestand nämlich die akute Gefahr, dass die Gewerkschaften Yapp wegen einer Lappalie – der Entlassung von achttausend Arbeitern in der Fabrik in Hull ohne Abfindungsgelder – als Schlichter anrufen würden, doch dieses Risiko wurde durch ein Feuer ausgeschaltet, das die Fabrik bis auf die Grundmauern niederbrannte. Jeder andere wäre dem verkohlten Witzbold, der sich im Brennstofflager eine Zigarette angezündet hatte, dankbar gewesen. Nicht so Lord Petrefact. Er fühlte sich betrogen. In seinem Alter konnte er es sich leisten, ein perverses Vergnügen an Streiks, Aussperrungen, der Ausbeutung streikbrechender Arbeiter, dem Missbrauch von Angestellten und Gewerkschaftsbossen und der Bestürzung zu empfinden, die angesichts seiner Verstocktheit sogar in den Leitartikeln eindeutig rechter Zeitungen zum Ausdruck kam. Sie alle trugen dazu bei, seine Machtgier aufs neue anzustacheln, und da die Gewinne des Petrefact-Konzerns in erster Linie durch die Ausnutzung extrem billiger Arbeitskräfte in Afrika und Asien erzielt wurden, betrachtete er die Einbuße mehrerer Millionen Pfund aufgrund von Streiks, die er selbst geschürt hatte, als sinnvolle Ausgabe. Sie brachten seine Verwandten zur Weißglut und dienten seiner Ansicht nach dazu, die Moral anderer Industrieller wiederherzustellen.

Doch trotz seiner Bereitschaft, verschwenderisch zu sein, solange es um Streiks ging, ärgerte er sich maßlos, dass Yapp sich als Fehlinvestition erwies. Nachdem er miterlebt hatte, was dieser Irre an einem kurzen Wochenende in Fawcett angerichtet hatte, hätte er erwartet, dass Buscott Überschwemmungen und Verwüstungen erleben und alles in allem ein zweites Troja werden würde, wobei die Nachricht, dass Teile von Nordengland von einem leichten Erdbeben heimgesucht worden waren, kurzfristig zu Hoffnungen Anlass gab. Doch nachdem mehrere Tage vergangen waren und keine heftigen Proteste von seiten Emmelias eintrafen, musste er allmählich befürchten, dass Yapp seinen Verpflichtungen als wandelndes Katastrophengebiet nicht nachkam. Das beunruhigte ihn um so mehr, als er Croxley nicht ins Vertrauen ziehen konnte. Die verdammte Ergebenheit dieses Mannes gegenüber der Familie machte ihn in diesem Fall vertrauensunwürdig. Es gab sogar Augenblicke, in denen nur die aus Selbsterkenntnis gewonnene Gewissheit, dass alle echten Petrefacts auf dem Grund ihrer Seele Betrüger waren und ihre Sippe hassten, ihn davon überzeugte, dass Croxley nicht selbst ein Mitglied dieser verfluchten Familie war. Aber wie dem auch war, er hatte nicht die Absicht, ihn in dieser Angelegenheit um Rat zu fragen. Während Lord Petrefact sich das Gehirn zermarterte, wie er Yapp zum Handeln antreiben könnte, wurde sein Lächeln von Tag zu Tag schiefer. Er hatte Yapp die familieninterne Korrespondenz über Großonkel Ruskin zugesandt, der zu einer Zeit, als er bereits mit Maude verheiratet und Sodomie durchaus nicht in Mode war, bigamistische Beziehungen zu mehreren Ziegen pflegte. Und für den Fall, dass das nicht ausreichen sollte, um bei Emmelia hysterische Ausbrüche hervorzurufen, hatte er noch Unterlagen über Percival Petrefacts unparteiische Waffen- und Munitionslieferungen sowohl an das deutsche Heer wie auch an die Alliierten im Ersten Weltkrieg beigelegt. Alles in allem verfügte Yapp über ausreichend Material, um die Petrefacts zehnmal aus ihrer diskreten Zurückgezogenheit ins Rampenlicht der Öffentlichkeit zu zerren. Und wenn das Schwein sich nicht bald daran machte, Reaktionen seitens der Verwandtschaft zu provozieren, dann würde er seine Anwälte bemühen müssen, um die zwanzigtausend Pfund, die Yapp bereits bekommen hatte, zu retten, von dem Rest ganz zu schweigen. Schließlich musste Lord Petrefact an seinen Ruf als eiskalter und knallharter Finanzier denken. Um sich die Zeit zu vertreiben, knurrte er Croxley häufiger als sonst an, führte ohne ersichtlichen Grund mehrere Säuberungsaktionen in seinen Manageretagen durch und machte jedem, der ihm über den Weg lief, das Leben zur Hölle. Nachdem Yapp nichts dergleichen unternahm, rief er, nachdem er Croxley auf eine ergebnislose Irrfahrt geschickt hatte, in der Historischen Fakultät in Kloone an, wo er jedoch lediglich erfuhr, dass der Professor verreist sei und keine Adresse hinterlassen habe.

»Und wann erwarten Sie ihn zurück?« wollte er wissen. Die Sekretärin konnte es ihm auch nicht sagen. Professor Yapps Wege seien immer etwas unberechenbar, meinte sie.

»Und sie werden noch verdammt unberechenbarer sein, wenn er sich nicht innerhalb der nächsten zwei Tage bei mir meldet«, brüllte Lord Petrefact, knallte den Hörer auf die Gabel und hinterließ bei der Sekretärin einige Zweifel hinsichtlich seiner Identität. Da sie ein wohlerzogenes Mädchen aus einer Arbeiterfamilie war, konnte sie sich nur schwer zu der Vorstellung durchringen, dass ein Peer fluchte.

Croxley hatte den Anruf in seinem Arbeitszimmer mitgehört. Einer der wenigen Vorteile von Lord Petrefacts derzeitiger Ablehnung motorisierter Rollstühle bestand darin, dass der alte Satan, auch wenn er schlimmer denn je mit Verbalinjurien um sich warf, nicht mehr ohne Hilfe von Zimmer zu Zimmer flitzen konnte, was Croxley die Möglichkeit verschaffte, in Ruhe seiner Arbeit nachzugehen, ohne durch etwas anderes als den Summer an der Wechselsprechanlage gestört zu werden. Und den konnte er ignorieren. Im Lauf der Zeit hatten sich so die Schwerpunkte von Croxleys Arbeit verlagert. Lord Petrefacts Ärger über die Ergebenheit seines Sekretärs gegenüber der Familie war nur teilweise gerechtfertigt.

Die unflätigen Schmähungen der letzten Monate hatten die Toleranzgrenze des Sekretärs eindeutig überschritten. Croxley hatte ein Alter erreicht, in dem es ihm weder angemessen noch im mindesten schmeichelhaft erschien, als geiler Hundesohn einer syphilitischen Hure bezeichnet zu werden. Dazu kam, dass er sich angesichts der Beseitigung mehrerer außerordentlich kompetenter Führungskräfte die bange Frage stellen musste, wie es um seine eigene Zukunft bestellt war, und zu dem Ergebnis gelangte, dass seine Aussichten auf einen angenehmen und sorgenfreien Ruhestand ernsthaft bedroht waren. Um dieser Gefahr entgegenzuwirken, hatte er seinen lebenslangen Vorsatz, nie an der Börse zu spekulieren, gebrochen. Und mit Hilfe seiner Ersparnisse, einer Hypothek auf sein Haus in Pimlico und der Angewohnheit, Lord Petrefacts private Telefongespräche abzuhören, hatte sich Croxley tapfer geschlagen. So tapfer, dass er die berechtigte Hoffnung hegte, in Kürze in der Lage zu sein, dem alten Schwein unverblümt ins Gesicht zu sagen, was er von ihm hielt. Doch obwohl seine eigenen Unternehmungen allmählich zu blühen begannen, bewahrte er sich die Loyalität gegenüber jener Fraktion der Familie Petrefact, die den Peer verabscheute. Ganz besonders verehrte er Miss Emmelia, und er bedauerte es unendlich, dass ihn seine gesellschaftliche Stellung daran gehindert hatte, sie noch glühender zu verehren.

So wanderten Croxleys Gedanken häufig nach Buscott, und als er aus jenem letzten Telefongespräch erfuhr, dass Lord Petrefact Walden Yapp dorthin geschickt hatte, war er zutiefst beunruhigt. Damit erhielt das Rätsel um Yapps Besuch in Fawcett eine zusätzliche, noch verwirrendere Dimension. Der alte Teufel musste etwas ungewöhnlich Hässliches gegen die Familie im Schilde führen. Nur was es war, davon hatte Croxley nicht die geringste Ahnung. Yapp in Buscott? Seltsam, sehr seltsam. Und daß die Fabrik mit der Herstellung ethnischer Bekleidung fette Gewinne abwarf, war auch seltsam. Er hatte Miss Emmelia nie als Geschäftsfrau betrachtet, aber bei den Petrefacts mußte man immer auf Überraschungen gefaßt sein. Gerade überlegte er, ob er sich in Buscott zur Ruhe setzen sollte – dort würde er vor dem alten Saukerl Ruhe haben und in Miss Emmelias Nähe sein –, als der Summer ertönte und Lord Petrefact seinen Lunch verlangte.

»Und sorgen Sie dafür, daß in der Ovomaltine ein doppelter Cognac ist«, brüllte er. »Gestern war das verdammte Zeug nicht mal zu riechen.«

»Eine Ovomaltine mit doppeltem Cognac, verstanden«, sagte Croxley und schaltete die Sprechanlage ab, bevor Lord Petrefact ihn anbellen konnte. Als er in die Küche hinunterging, kreisten seine Gedanken um Strychnin.

In der Rabbitry Road 9 saß Yapp im Bett und las widerwillig die Briefe durch, die Lord Petrefact ihm geschickt hatte. Er hatte sich von seinem plötzlichen grippalen Infekt erholt, aber der Inhalt dieser Briefe jagte ihm kalte Schauer über den Rücken. Obwohl seine eigenen proletarischen Neigungen weniger zu verbotenen zwischenmenschlichen Beziehungen wie zwischen Ziegen und Großonkel Ruskin tendierten, musste er doch zugeben, dass die Enthüllungen ein völlig neues Licht auf die Familie warfen. Am meisten freilich faszinierten ihn die unvoreingenommenen Waffenlieferungen Percival Petrefacts im Ersten Weltkrieg. Das hier waren Unterlagen, die den multinationalen Kapitalismus der Petrefacts vor der ganzen Welt bloßstellen würden. Trotzdem konnte Yapp beim besten Willen nicht begreifen, wieso er diese außerordentliche Korrespondenz erhalten hatte. Aber eines zumindest stand fest: Er musste die Papiere aus dem Museum in die Hand bekommen. Wenn sie auch nur einen Bruchteil der verheerenden Geständnisse dieser Briefe enthielten, war die Familiengeschichte schon so gut wie geschrieben. Als nächstes musste er Miss Emmelia Petrefact aufsuchen, um sich von ihr die Erlaubnis zur Einsicht in diese Papiere zu holen. Das war jetzt das wichtigste.

Er stieg aus dem Bett und begab sich voller Elan hinüber ins Badezimmer. Doch bis er mit dem Rasieren fertig war, hatte sich seine Entschlossenheit aufgrund der Geräusche, die aus der Küche nach oben drangen, verflüchtigt. Rosie Coppett weinte sich wieder mal kräftig aus, weil Willy noch immer nicht aufgetaucht war. Yapp seufzte. Sollte Willy tatsächlich mit einer anderen Frau durchgebrannt sein, wie Rosie von Tag zu Tag beharrlicher behauptete, dann war seine Moral ebenso restringiert wie sein Wachstum. Außerdem hätte er Yapp damit in eine äußerst heikle Situation gebracht, da dieser eine verlassene und geistig unterentwickelte Frau in der Stunde der Not schlecht im Stich lassen konnte. Gleichzeitig würde er, wenn er noch länger in diesem Haus verweilte, nur Ärgernis erregen und Gerüchten Vorschub leisten. Während er sich im Rasierspiegel betrachtete, ein Unterfangen, zu dem er sich erst hinknien musste, weil Willy den Spiegel seinen Bedürfnissen entsprechend in knapp einem Meter Höhe angebracht hatte, gelangte Yapp zu dem Schluss, dass er nicht das Recht hatte, Mrs. Coppetts Ruf zu ruinieren. Dazu kam, dass seine höchst sonderbaren Gefühle für sie einen weiteren Aufenthalt unmöglich machten. Er würde ihr einen Scheck über zweihundert Pfund dalassen und sich heimlich aus dem Staube mache. Das war die einzige Möglichkeit. Nur so konnte er den herzzerreißenden Tränen eines offiziellen Abschieds entgehen.

Nachdem er sich rasiert und aufgrund des ungünstig platzierten Spiegels geschnitten hatte, kehrte er in sein Zimmer zurück, zog sich an, packte seinen Koffer und schrieb einen Scheck über dreihundert Pfund aus. Außerdem hinterließ er Rosie eine kurze Nachricht, die besagte, er werde sich nach angemessener Frist bei ihr melden. Getrieben von plötzlicher Kühnheit, die ihm zum Verderben werden sollte, unterschrieb er mit »Liebe Grüße, Walden«.

Zwanzig Minuten später sah er Rosie mit einer Einkaufstasche aus dem Haus gehen. Nachdem sie in Richtung Buscott verschwunden war, verließ er das Haus samt Rucksack und Koffer, warf beides auf den Rücksitz des Vauxhall und fuhr in die entgegengesetzte Richtung davon. Die Sonne schien, und der Himmel war wolkenlos, aber Yapp stand der Sinn nicht nach der Schönheit der Natur. Er dachte darüber nach, was für ein trauriger Ort die Welt doch war und wie absonderlich seine eigene Natur, dass sie sich so ungeheuer von dem großen Körper und dem kleinen Verstand einer Frau wie Rosie Coppett angezogen fühlte.

Außerdem hing ein recht seltsamer Geruch im Wagen, ein ausgesprochen scheußlicher Geruch, der an verstopfte Abflussrohre erinnerte. Aber Yapp tat ihn in der Meinung, dass wahrscheinlich irgendein Bauer seine Felder mit Schweinemist düngte, als eine der weniger genüsslichen Seiten der Landwirtschaft ab und konzentrierte sich ganz auf die Frage, wie er Miss Petrefact am geschicktesten angehen sollte. Aufgrund dessen, was er bei seinen Spaziergängen durch Buscott aufgeschnappt und durch Rosie mitbekommen hatte, hatte er den Eindruck gewonnen, dass sie völlig zurückgezogen lebte, wohl etwas exzentrisch, aber ansonsten nicht unbeliebt war. Zumindest war sie offenbar nicht so widerlich wie ihr Bruder. Zwar hätte er es vorgezogen, seine Nachforschungen beim einfachen Volk fortzusetzen, aber nach seinen bisherigen Erfahrungen war ihm klar, dass ohne ihre Zustimmung gar nichts ging. Nachdem er gleichzeitig zu dieser Schlussfolgerung und zum Fuß des Hügels, auf dem das New House lag, gelangt war, fiel ihm ein, dass Rosie irgend etwas von einem Brief von Miss Emmelia gesagt hatte. Über seiner Krankheit hatte er den verdammten Wisch ganz vergessen. Und jetzt war es zu spät, um umzukehren und ihn zu holen.

Er fuhr den Hügel hinauf, bog in die Einfahrt ein und hielt auf dem Kiesplatz vor dem Eingang an. Zähneknirschend musste er zugeben, dass Samuel Petrefact, der Begründer der Fabrik und des gewaltigen Familienbesitzes, mit diesem Haus erlesenen Geschmack und eine gewisse Bescheidenheit bewiesen hatte. Yapp empfand das fast als persönliche Kränkung, denn ein Grundsatz seiner Lebensphilosophie besagte, dass die Häuser von Unternehmerkapitalisten, die ihren Fabrikarbeitern ein Leben in Not und Elend bereiteten, diese Scheußlichkeit widerspiegelten. Auf Samuel Petrefact traf das nicht zu. Yapp stieg aus und wollte soeben läuten, als sich ganz hinten im Gebüsch jenseits des Rasens etwas bewegte. Wenig später tauchte eine Gestalt mit einer bis über die Ohren reichenden Stoffmütze, einer Mistgabel und völlig verdreckter Schürze und Händen auf. Sobald Yapp über den Rasen auf sie zuging, verschwand sie wieder im Gebüsch.

»Können Sie mir vielleicht sagen, ob Miss Petrefact zu Hause ist«, sagte er zu einem Cordsamtrücken, der sich über einen Schneeballstrauch beugte.

Der Cordsamt zog sich noch weiter ins Gebüsch zurück. »Genaugenommen nicht«, entgegnete er mürrisch. »Und wer sind Sie denn wohl?«

Yapp zögerte. Diese arrogante Anrede missfiel ihm – auch aus dem Mund eines armseligen Gärtners. Aber es kam ja öfter vor, dass die Dienstboten der Reichen das

Gehabe und den mangelnden Anstand ihrer Herrschaft übernahmen. »Mein Name ist Yapp. Professor Yapp. Ich möchte gern Miss Petrefact sprechen.«

Das unwillige Gebrumm aus den Tiefen eines australischen Lampenputzerbaums hörte sich an, als würde er sich gedulden müssen, bis sie zurück sei. Unschlüssig stand Yapp auf dem Rasen und ließ seinen Blick über den Garten wandern. Er war ohne Zweifel sehr gepflegt, wenngleich die Schrebergärten, die winzigen Kohlbeete und das Balkongemüse der sparsamen Armen eher seinem Geschmack entsprachen als kunstvoll angelegte Blumenrabatten, Zierbüsche und Steingärten.

»Sich als Gärtner um den ganzen Kram da zu kümmern muss ein Stück harte Arbeit sein«, meinte er.

»Ist es auch.« Diesmal kam die Stimme von einem Pfingstrosenstock und klang noch barscher als zuvor. Yapp, dem dies nicht entging, schrieb es den natürlichen Ressentiments kleiner Angestellter zu.

»Arbeiten Sie schon lange hier?«

»Fast seit ich denken kann.«

Yapp sann über ein Arbeitsleben nach, das darin bestand, auf Händen und Knien durchs dichte Buschwerk zu rutschen und Unkraut zu jäten, und fand es wenig angenehm. »Werden Sie denn wenigstens anständig bezahlt?« fragte er mit einem Unterton, der das Gegenteil suggerierte. Undeutlich kam unter einem Königsfarn hervor, dass es zum Leben nicht ausreichte.

Yapp begann sich für das Thema zu erwärmen. »Und wie ich annehme, gibt Ihnen das alte Mädchen auch keinen Penny zusätzlich für Anfahrtszeit, Kleidung und Brotzeit?«

»Keine Rede davon.«

»Schändlich«, sagte Yapp, glücklich, in Buscott endlich einen echten, unter Missständen leidenden Proletarier gefunden zu haben. »Was Sie brauchen, ist eine Gartenbaugewerkschaft, die für Ihre Rechte eintritt. Wie viele Stunden pro Woche müssen Sie denn arbeiten, damit dieser Garten so aussieht, wie die Alte ihn haben möchte?«

Wieder ertönte unwilliges Schnauben, das mit »Neunzig« endete.

Yapp war entrüstet. »Neunzig? Das ist wirklich ungeheuerlich.«

»Manchmal sogar hundert«, sagte die Stimme, die inzwischen zu einer Fiederspiere weitergewandert war.

»Aber … aber das ist ja Fronarbeit«, sagte Yapp, der in seiner Empörung nach Worten rang. »Die alte Hexe hat absolut kein Recht, Sie so zu behandeln. In der Industrie würde kein Mensch auch nur im Traum daran denken, hundert Stunden in der Woche zu arbeiten. Und natürlich bekommen Sie auch keine Überstunden bezahlt, oder?«

Ein höhnisches Kichern aus den Tiefen der Fiederspiere war die Antwort. Während Yapp der Stimme nachging, ließ er seinem heiligen Zorn über das Ausbeutertum freien Lauf. »Und ich bin ziemlich sicher, dass es da unten in dieser dreckigen Fabrik dasselbe ist. Das ganze System ist durch und durch verrottet. Aber ich werde dafür sorgen, dass diese Stadt und die Machenschaften der Petrefacts in die Schlagzeilen kommen. Das hier ist das verkommene Beispiel dafür, zu welchen Mitteln die kapitalistische Klasse greift, um das Proletariat zu schröpfen. Nein, vielen Dank, Sie können der dreckigen alten Hexe sagen, dass ich auf ihre Hilfe verzichte und dass sie bald erleben wird, was gut eingefädelte Publicity alles bewirken kann.«

Und nachdem sich Yapp aufgrund dieses einzigen und ziemlich einseitigen Gesprächs in eine begründete Empörung über die Misere der Arbeiter in Buscott hineingesteigert hatte, ging er zu seinem Wagen zurück, stieg ein und fuhr davon. Jetzt wusste er, was er zu tun hatte. Er würde nach Kloone zurückkehren und sein Forschungsteam losschicken. Es war zwecklos, sich länger mit Voruntersuchungen auf individueller Basis aufzuhalten. Die Leute waren zu eingeschüchtert, um offen zu reden, außer sie konnten, wie der alte Gärtner, ihre Anonymität wahren oder wussten, dass die Außenwelt hinter ihnen stand, um sie zu schützen. Und die Außenwelt würde geballt anrücken – mit Tonbändern und Kameras.

Als er abgefahren war, tauchte die dreckige alte Hexe hinter einem wilden Orangenbäumchen auf und sah ihm mit gemischten Gefühlen nach. Der Mann war ein Vollidiot, aber ein gefährlicher, und sie war froh, die Möglichkeit gehabt zu haben, statt der sicher höflicheren Maske beim Nachmittagstee sein wahres Gesicht gesehen zu haben. Außerdem freute sie sich, dass es ihr gelungen war, ihn hinters Licht zu führen. Sie wischte sich die Hände an der Schürze ab und ging voller Entschlossenheit ins Haus. Professor Walden Yapp musste um jeden Preis daran gehindert werden, seine Nachforschungen weiter voranzutreiben. Er war schon zu weit gegangen.

17

Genaugenommen hatte sich Yapp etwa achtunddreißig Meilen mit weitaus höherer Geschwindigkeit, als es seiner Gewohnheit entsprach, fortbewegt, als sich zu seiner moralischen Entrüstung über die Ausbeutung der Arbeiter in Buscott die seiner Geruchsnerven gesellte und bald alles andere in den Hintergrund drängte. Als er nach einiger Zeit an einer Kreuzung anhalten musste, war er unschlüssig, ob er weiterfahren oder den Wagen zur Mr. Parmiter zurückbringen und sich beschweren sollte, dass etwas mit der Karre nicht stimmte. Aber nachdem er schon so weit gefahren war und Mr. Parmiter nicht gerade in bester Erinnerung hatte, fuhr er weiter. Vielleicht würde der grauenhafte Gestank wieder verschwinden. Zumindest ließ er nach, wenn er schnell und mit offenen Fenstern und eingeschalteter Lüftung fuhr. Doch sobald er die Geschwindigkeit drosselte, schien er ihn wieder einzuholen. Es war ein ausgesprochen ekelhafter Gestank. Yapp hätte nicht sagen können, woher er stammte, aber dass er irgendwas mit Schweinemist zu tun hatte, erschien ihm inzwischen ausgeschlossen. Es war ein Gestank, wie er ihn noch nie erlebt hatte, und da er ihn so unmittelbar nach dieser Grippe überfiel, hatte er eine verheerende Wirkung auf seinen Magen. In seiner Verzweiflung fuhr Yapp an den Straßenrand, stieg aus und atmete tief die frische Luft ein.

Nachdem er sich wieder etwas besser fühlte, steckte er

seinen Kopf durchs Fenster in den Wagen und schnüffelte. Der abscheuliche Gestank war noch immer da. Im Vergleich mit der reinen Luft ringsum roch es jetzt schlimmer denn je. Was immer diesen Geruch verursachte, es musste mit dem Wagen zu tun haben. Und zum ersten Mal kam Yapp nun der Gedanke, er konnte etwas mit Tod zu tun haben. Vielleicht hatte er ein Kaninchen überfahren, das sich im Keilriemen verfangen hatte. Er öffnete die Kühlerhaube und schaute hinein, konnte jedoch nichts entdecken. Die Luft im Motorraum war entschieden besser als im Wageninneren. Nachdem Yapp die Haube wieder zugemacht hatte, öffnete er die Tür hinter dem Fahrersitz und schnüffelte abermals. Der Gestank war zweifellos da, doch obwohl er den Boden absuchte und unter den Sitzen herumtastete, fand er nichts, was ihm eine Erklärung dafür geliefert hätte. Blieb nur noch der Kofferraum. Yapp kletterte wieder aus dem Wagen, atmete noch ein paar Mal tief ein, ging nach hinten und öffnete den Deckel. Im nächsten Augenblick taumelte er zurück, stolperte über das Fahrgestell eines ramponierten Kinderwagens, schlug rücklings auf den Boden und starrte wie ein Geisteskranker in den Himmel. Er war nicht mehr wolkenlos, denn das Wetter hatte sich verschlechtert, doch bot er zumindest einen ungleich erfreulicheren Anblick als das, was da im Kofferraum lag.

Mehrere Minuten lang lag Yapp so da und versuchte, sich den grausigen Anblick des verwesenden Zwerges wegzudenken. Doch seine Vorstellungskraft ließ ihn schmählich im Stich, so dass er schließlich mit dem schrecklichen Gefühl, dass er verrückt geworden sein musste und halluzinierte, aufstand, sein Hosenbein aus dem rostigen Kinderwagengestänge befreite und ein zweites Mal in den Kofferraum sah. Diesmal konnte es weder einen Zweifel über die Realität des Inhalts noch über dessen Identität geben. Obwohl deutlich eingedellt und *post mortem* wie ein Fötus eingerollt, konnte man den verblichenen Willy Coppett schwerlich mit jemand anderem verwechseln. Das gelang nicht einmal Yapp, der ihn liebend gern gegen erste Anzeichen für ausbrechenden Wahnsinn eingetauscht hätte. Geisteskrankheiten konnte man mit Hilfe der modernen Medizin heilen, aber für tote Zwerge kam jegliche Hilfe zu spät. Rasch schlug Yapp den Kofferraumdeckel zu und begann krampfhaft nachzudenken. Es war nicht einfach. Eine Leiche, noch dazu eine so übel zugerichtete, im Kofferraum des Wagens, den er seit einigen Tagen fuhr, trug nicht gerade dazu bei, seine Denkfähigkeit zu verbessern. Wie war Willy Coppett bloß da hineingelangt? Zwei kurze Blicke hatten genügt, um jeden Zweifel darüber zu beseitigen, dass das nicht aus eigener Kraft geschehen war. Jemand hatte ihn hineingelegt. Und vor allem hatte ihn offensichtlich jemand umgebracht. Zwerge, auch wenn sie aufgrund ihres grausigen Jobs noch so sehr unter Entfremdung litten, zogen sich nicht einfach mit einem stumpfen Gegenstand eins über den Kopf, kletterten dann in die Kofferräume von anderer Leute Autos und starben dort. Yapp war sich dessen ebenso sicher wie der Tatsache, dass Willys Tod durch die gewaltsame Einwirkung eines stumpfen Gegenstandes verursacht worden war. Früher hatte er sich gelegentlich über die Verwendung des Wortes »stumpf« Gedanken gemacht und es als unpräzise empfunden, aber der grausige Anblick von Willys Leiche hatte ihn davon überzeugt, dass dieser Begriff durchaus exakt war. Doch jetzt hatte er keine Zeit für derlei Spekulationen. Er musste etwas unternehmen.

Und da stieß er bereits auf die nächste Schwierigkeit. Ähnlich wie »stumpf« bekam auch das Wort »unternehmen« unter diesen entsetzlichen Umständen eine völlig andere Bedeutung als bisher gewohnt. Es bedeutete nicht, Meinungen äußern, Vorlesungen halten oder gescheite Monographien verfassen. Es bedeutete, wieder in dieses bestialisch stinkende Gefährt zu steigen, zur nächsten Polizeiwache zu fahren und einem Polizisten zu erklären, dass er – wahrhaft unabsichtlich – im Besitz eines toten, vermodernden und zweifellos ermordeten Zwergs sei. Als Yapp sich die Folgen eines solchen Eingeständnisses vor Augen hielt, stellte er fest, dass sie samt und sonders äußerst unangenehm waren. Als erstes würde es erhebliche Zweifel an seiner Geschichte geben, dann an seinem Geisteszustand und zuletzt, nach seinen bisherigen Erfahrungen mit der Polizei zu urteilen, nicht die mindesten an seiner Schuld. Je länger er darüber nachdachte, um so unglaublicher kam es ihm selbst vor, dass jemand mit einem auch nur annähernd intakten Geruchssinn fast vierzig Meilen in diesem Auto gefahren sein konnte, ohne zu merken, dass sich so etwas wie ein Kadaver im Kofferraum befand. Es wäre hoffnungslos, einem ignoranten Dorfpolizisten erklären zu wollen, dass seine Empörung über die Verrottung des sozialen Gewissens in Buscott ihn so in Anspruch genommen hatte, dass er keine Nase für das unmittelbar Verrottende hatte und dass er die meiste Zeit so schnell gefahren war, dass er den Gestank abgehängt hatte. Und mit Geschichten über tote Kaninchen würde er auch nicht weiterkommen. Yapp hatte zwar keine Ahnung, wie ein totes Kaninchen roch, aber dass es nicht annähernd so barbarisch stinken würde wie ein toter Perg, wusste er mit Sicherheit. Erschwerend im Umgang mit der Polizei kam hinzu, dass Yapp bei zahlreichen Gelegenheiten Ansprachen vor streikenden Arbeitern und von der Gewerkschaft aufgestellten Streikposten gehalten hatte; ganz zu schweigen von seinen Auftritten bei Protestkundgebungen für zu

Unrecht verurteilte Gesetzesbrecher oder verfolgte Minderheiten, bei denen er die Polizei über Megaphon als semi-paramilitärische Gewalt zum Schutz des Eigentums auf Kosten von Menschen beschimpft hatte. Und in einer Rede, über die in allen Medien ausführlich berichtet worden war, hatte er sie gar als »den Flaum auf dem Gesicht des Faschismus« entlarvt. Angesichts seiner derzeitigen misslichen Lage bereute Yapp diese Aussprüche. Sie würden wohl kaum dazu beitragen, ihm wohl wollendes Gehör bei irgendeiner Polizeiwache zu verschaffen. Er erinnerte sich an Geschichten über brutale Gewaltanwendung im Knast und geriet regelrecht in Panik, als ihm dämmerte, dass derjenige, der Willy umgebracht hatte, seinen vorübergehenden Aufenthaltsort derart scharfsinnig ausgesucht hatte, dass man annehmen musste, diese Wahl sei nicht ganz zufällig gewesen. Mit einem Wort: Er saß in der Falle. Zur Panik kam die Paranoia. Man hatte ihn zweifellos in eine Falle gelockt, und der Grund dafür war nicht schwer zu erraten. Man hatte ihn hereingelegt, um zu verhindern, dass er die erbärmlichen Verhältnisse aufdeckte, die in der Fabrik der Petrefacts herrschten. Es war ein typischer Akt von politischem Terrorismus seitens des kapitalistischen Establishments.

Sobald ihm das bewusst geworden war, zog Yapp daraus eine einfache Schlussfolgerung: Er musste die Leiche so schnell wie möglich loswerden, und zwar so, dass man ihn nicht damit in Verbindung bringen konnte. Am besten wäre es, sie dorthin zurückzuschicken, wo sie eigentlich hingehörte. Aber wie? Nach Buscott zurückfahren würde er mit dieser Ladung bestimmt nicht; aber irgendwo in der Nähe musste doch der Bus fließen. Eilends konsultierte Yapp seine Karte und stellte fest, dass der Fluss ein paar Meilen östlich lag. Wenn er geradeaus weiterfuhr, würde irgendwann eine Straße abzweigen, die ihn überquerte, und wenn eine Straße einen Fluss überquerte, geschah das auf einer Brücke.

Yapp stieg wieder in den Vauxhall, dankte Gott, dass kein Auto vorbeigekommen war, das ihn auf dem Seitenstreifen hätte sehen können, betete inbrünstig, die Regenfälle der letzten Nacht möchten den Bus in einen reißenden Strom verwandelt haben, und fuhr los. Zwanzig Minuten später erreichte er die Brücke und stellte beim Hinüberfahren dankbar fest, dass der Fluss zwar nicht zu einem Strom angeschwollen war, aber breit und ausreichend tief war. Zum Glück war auch die Straße, die er eingeschlagen hatte, völlig leer. Weder war ihm ein anderes Auto begegnet, noch gab es in Sichtweite ein einziges Haus. Zu beiden Seiten des Flusses zogen sich Wälder hinauf ins öde Heideland, dessen Depopularisierung er am Tag seiner Ankunft so unzutreffend diagnostiziert hatte. Jetzt war er dankbar für die Öde, fuhr jedoch, um sich zu vergewissern, dass niemand ihn beobachtete, auf der anderen Seite der Brücke auf den Hügel hinauf und ließ seinen Blick über die kahle Landschaft wandern. Auch hier war weit und breit kein Haus zu sehen. Er wendete den Wagen, fuhr zur Brücke zurück und parkte unter ein paar Bäumen, wo leere Zigarettenschachteln, eingedellte Bierdosen und Papierreste darauf hindeuteten, dass hier ab und zu Picknicks veranstaltet wurden.

Yapp stieg aus und horchte, doch abgesehen vom Plätschern des Flusses und gelegentlichem Vögelgezwitscher herrschte Stille. Kein Mensch weit und breit. Ausgezeichnet. Von den folgenden fünf Minuten konnte man das nicht behaupten. Der verblichene Willy Coppett stank nicht nur gottsjämmerlich zum Himmel, sondern zeigte auch eine deutliche Abneigung, den Kofferraum zu verlassen. Seine kleinen Schuhe blieben seitlich hängen, und der Körper klebte an mehreren Stellen fest, so dass Yapp ihn fester anpacken musste, als seinem Magen lieb war. Zweimal hatte er den Kampf vorübergehend aufgegeben und sich erbrochen, und als es ihm schließlich gelang, die Leiche aus dem Kofferraum zu zerren, stellte er zu seinem Entsetzen fest, dass Willy nicht ausschließlich aufgrund der durch einen stumpfen Gegenstand verursachten Verletzungen gestorben war, sondern dass auch ein extrem *scharfer* daran beteiligt war. Dies wurde Yapp schmerzlich bewusst, als sich die aus Willys Rücken ragende Messerspitze so heftig in seinen Magen bohrte, dass er die Leiche, anstatt sie auf die Brücke zu tragen und von dort aus in den Fluss zu werden, fallen ließ und voller Grauen mit ansehen musste, wie sie langsam die Böschung hinunter und ins Wasser rollte.

Yapps Panik hielt trotzdem an. Seine mangelnde Erfahrung mit der Beseitigung von Leichen auf dem Wasserweg hatte ihn zu der Annahme verleitet, dass sie sanken. Nicht so der verblichene Willy Coppett. Langsam trieb er stromabwärts, verfing sich für ein paar Sekunden in einem ins Wasser hängenden Busch, wurde von der Strömung herumgewirbelt, kollidierte mit einer Holzplanke und verschwand schließlich um eine Biegung.

Heilfroh, nicht mehr heimlich einen Leichenwagen durch die Gegend zu kutschieren, stieg Yapp in den alten Vauxhall ein und fuhr den Weg, den er gekommen war, mit dem wenigstens geringfügig tröstlichen Gedanken zurück, dass er in zwei Stunden in seinem Apartment in Kloone sein würde und ein Bad nehmen könnte. Doch wie stets bei seinen Theorien strafte die Wirklichkeit auch diese Lügen. Eine Stunde später blieb der Vauxhall zwei Meilen hinter Wastely völlig unerwartet stehen. Yapp versuchte zweimal, den Motor wieder anzulassen, aber ohne Erfolg. Erst dann bemerkte er, dass ihm das Benzin ausgegangen war.

»Scheiße«, zischte er mit einer Heftigkeit, die für ihn ungewöhnlich war. Dann stieg er aus.

Inzwischen war Rosie Coppett in jenem Zustand geistiger Verunsicherung, in dem sie lebte, wenn ihr niemand sagte, was sie tun und denken sollte, von ihren Einkäufen zurückgekehrt. Seit Willys mysteriösem Verschwinden hatte sie sich auf Yapp verlassen, ihre täglichen Routinearbeiten erledigt und sich gesagt, dass der Professor, sobald es ihm wieder besserging, schon wissen würde, was wegen Willy zu unternehmen sei. Doch der Brief auf dem Tischchen in der Diele, der Scheck über dreihundert Pfund und vor allem das leere Zimmer brachten sie schließlich zu der Überzeugung, dass auch er sie im Stich gelassen hatte. Rosie nahm den Scheck und den Brief mit in die Küche und betrachtete beides mit gleichermaßen fassungslosem Unverständnis. Die gewaltige Summe, die er ihr hinterlassen hatte, blieb ihr unverständlich. Schließlich hatte er ihr Angebot von Extras doch zurückgewiesen, und sie hatte für ihn nicht mehr getan als für jeden anderen Untermieter. Und jetzt diese dreihundert Pfund. Wofür? Und warum schrieb er, dass er sich nach angemessener Frist bei ihr melden würde, und unterschrieb seinen Brief mit »Liebe Grüße, Walden«? Langsam, aber wild entschlossen, eine Antwort zu finden, kramte sie die Teile dieses Puzzles zusammen. Der Professor hatte sich hier eingemietet und mehr bezahlt, als sie verlangt hatte. Er hatte ihre Extras zurückgewiesen, aber gesagt, dass er sie mochte, und er hatte sie getröstet, indem er ihre Hand hielt, und sie hatte gewusst, dass er es ernst meinte; zwei Tage später war Willy ohne Vorwarnung verschwunden; und jetzt war der Professor, der so krank gewesen war, ebenfalls verschwunden und ließ ihr so viel Geld da. Auch den Brief von Miss Petrefact hatte er ungeöffnet liegen lassen. Und außerdem war da noch das Hemd, das sie so gründlich gewaschen hatte, ohne dass es ihr gelungen wäre, den Blutflecken zu entfernen, und das noch immer auf der Wäscheleine hing, weil sie hoffte, die Sonne würde den Flecken ausbleichen. Jetzt war sie allein mit Blondie und Hektor, und die konnten ihr nicht sagen, was sie tun sollte.

Sie stand vom Küchentisch auf und brühte sich eingedenk des Ratschlags ihrer Mutter, die Tee für das beste Heilmittel in schlimmen Situationen hielt, eine Kanne starken Tee auf. Danach aß sie mehrere Scheiben Schmalzbrot und überlegte dabei, an wen sie sich um Rat wenden konnte. Die Nachbarn schieden schon mal aus. Willy würde es ihr furchtbar übel nehmen, wenn sie ihnen erzählte, dass er einfach fortgegangen war. Und die Eheberatungsdame kam auch nicht in Frage. Sie hatte ihr geraten, Willy zu verlassen, und jetzt, wo Willy *sie* verlassen hatte, würde sie sicher sagen, es sei ihr recht geschehen, und das stimmte einfach nicht. Sie war ihm immer eine gute Frau gewesen. Das konnte niemand bestreiten, und außerdem war es einfach nicht richtig, einer Frau zu sagen, sie solle ihren Mann verlassen. Dieser Gedanke brachte sie zum Vikar, aber der war so hochmütig und blieb gar nicht stehen, um nach der Kirche mit ihr ein Schwätzchen zu halten, wie er das mit den feineren und reicheren Damen gerne machte; und außerdem hatte er sie nachsprechen lassen, dass sie einander nie verlassen würden, und jetzt, wo Willy genau das getan hatte, wäre er sicher böse und würde Willy nicht mehr wie bisher im Chor mitsingen lassen. Es gab wirklich niemanden, an den sie sich wenden konnte.

Am Ende fiel ihr Miss Petrefacts Brief ein, den der Professor gar nicht aufgemacht hatte. Und da Miss Petrefact nicht denken sollte, dass sie ihn Yapp gar nicht gegeben hatte, dachte sie, dass es wohl besser sei, ihn zurückzubringen. Und so kam es, dass sie mit der selbstverständlichen Ehrerbietung gegenüber den Petrefacts den ganzen Papierkram und den Umschlag in ihre Tasche steckte, das Haus verließ, traurig an Willys versammelten Gartenzwergen vorbeiging – ohne zu ahnen, dass er inzwischen ebenso starr war wie sie – und in Richtung New House davontrottete.

Eine halbe Stunde später saß sie in der Küche und erzählte einer interessierten Annie, die nichts Wichtigeres zu tun hatte, als Bohnen zu schnippeln, von all ihren Sorgen.

»Und er hat Ihnen einen Scheck über dreihundert Pfund dagelassen? Warum sollte er so etwas tun?« sagte Annie, die die Sache mit dem blutbefleckten Hemd an genau dem Abend, an dem Willy Coppett nicht nach Hause gekommen war, am aufregendsten fand. Rosie kramte in ihrer Tasche herum und zog den Scheck heraus.

»Ich weiß es nicht. Ich weiß nicht einmal, wie man ihn auf der Sparkasse einzahlt. Das macht sonst immer Willy.«

Annie betrachtete den Scheck und dann den beiliegenden Brief. »Liebe Grüße, Walden«, las sie laut und warf Rosie einen misstrauischen Blick zu. »Das hört sich aber gar nicht nach Untermieter an. Das hört sich ganz anders an. Er wird doch nicht versucht haben, mit Ihnen was anzustellen, oder?«

Rosie wurde rot und kicherte. »Eigentlich nicht. Nicht so, wie Sie denken. Aber er war sehr nett. Er sagte, dass er mich sehr gern hat und dass er mich als Frau respektiert.«

Jetzt schaute Annie noch skeptischer drein. Sie konnte sich nicht erinnern, je einem Mann begegnet zu sein, der gesagt hätte, dass er sie sehr gern hatte. Und was den Respekt vor Rosie Coppett als Frau betraf, wo man doch auf den ersten Blick sah, dass sie etwas schwachsinnig war, so musste der Mann, der das gesagt hatte, bestimmt etwas sehr wenig Nettes im Schilde geführt haben.

»Ich glaube, dass Miss Emmelia das sehen sollte«, sagte sie, und bevor Rosie noch einwenden konnte, dass sie weder Willy noch sonst jemanden in Schwierigkeiten bringen wollte, hatte Annie den Scheck und die Nachricht an sich genommen und damit die Küche verlassen. Rosie blieb geistesabwesend sitzen und schnippelte die restlichen Bohnen. Sie war sehr nervös, aber gleichzeitig froh, dass sie gekommen war, denn jetzt brauchte sie sich keine Gedanken mehr zu machen, was zu tun war. Miss Petrefact würde es schon wissen.

Zwanzig Meilen entfernt glitt Willys Leiche über ein altes Wehr, kreiselte ein paar Minuten lang im Schaum des herabstürzenden Wassers, holperte zwischen großen Steinen dahin und wurde weitergetrieben. Sie war auf dem Rückweg nach Buscott, erreichte die Stadt aber nicht auf dem Flußweg. Ein paar kleine Jungs, die an einer seichten Stelle bei der Beavery Bridge spielten, entdeckten sie und liefen schrecklich aufgeregt am Ufer entlang. Als Willy von der Strömung gegen einen umgestürzten Baumstamm gespült wurde, waren sie schon da, um ihn an seinen kleinen Füßen ans Ufer zu ziehen. Ein paar Minuten lang standen sie ängstlich schweigend da, kletterten dann die Böschung hinauf auf die Straße und hielten das erstbeste Auto an. Eine halbe Stunde später umringten mehrere Polizisten die Leiche, und die Kriminalpolizei in Briskerton war informiert, dass man im Bus die Leiche eines vermutlich ermordeten Zwerges gefunden hatte, der inoffiziell als William Coppett identifiziert worden war.

18

»Sie wollen also sagen, dass Professor Yapp das Haus heute morgen verlassen hat, ohne Ihnen Bescheid zu sagen, und dass Sie diesen Brief und den Scheck vorgefunden haben, als Sie vom Einkaufen zurückkamen?«

Rosie stand im Salon des New House und murmelte: »Ja, Mum.« »Und nennen Sie mich nicht Mum, Mädchen«, sagte Emmelia, »das habe ich von Annie im Laufe von zweiunddreißig Jahren mehr als genug gehört, und außerdem bin ich nicht Ihre Mum.«

»Nein, Mum.«

Emmelia gab es auf. Sie hatte einen anstrengenden Tag hinter sich, an dem sie, völlig gegen ihre sonstige Gewohnheit, die wichtigsten Familienmitglieder angerufen hatte, um sie davon in Kenntnis zu setzen, dass sie einen Familienrat einberufen wolle, und sie hatte sich zu viele Einwände unterschiedlichster Art anhören müssen, um sonderlich guter Laune zu sein.

»Hat er gesagt, wohin er wollte?«

Rosie schüttelte den Kopf.

»Hat er irgendwas von der Mühle gesagt?«

»O ja, Mum, er redete ständig davon.«

»Und was für Sachen wollte er wissen?«

»Wie die Bezahlung war und was sie dort machten und so was.«

Nachdem Emmelia auf diese Weise die unerfreuliche Bestätigung für das, was sie bereits wusste, erhalten hatte, war sie mehr denn je davon überzeugt, dass der Familienrat umgehend einberufen werden musste.

»Und haben Sie es ihm gesagt?«

»Nein, Mum.«

»Warum nicht?«

»Ich weiß nicht, Mum. Mir hat nie jemand was davon erzählt.«

Emmelia dankte dem Himmel und ging über die wiederholte Implikation, dass sie Rosie Coppetts Mutter war, hinweg. Die Frau war so offensichtlich dumm, dass man wahrhaft von Glück sagen konnte, dass Yapp sich eine so schlecht informierte Vermieterin ausgesucht hatte. Falls das alles war, was er sich ausgesucht hatte. Der Scheck und die Nachricht mit der Unterschrift »Liebe Grüße, Walden« ließ auf eine weniger enthaltsame und Emmelias Einschätzung zufolge sicherlich perverse Beziehung schließen. Und was zum Teufel meinte er, wenn er schrieb, er würde sich bei diesem geistig unterbelichteten Wesen »nach angemessener Frist« melden? Sie stellte Rosie diese Frage, doch die konnte darauf lediglich antworten, dass der Professor ein richtiger Gentleman sei. Nachdem Emmelia Yapp selbst erlebt hatte, hegte sie diesbezüglich starke Zweifel, die sie jedoch für sich behielt.

»Also, ich muss schon sagen, das hört sich alles recht sonderbar an«, sagte sie schließlich. »Aber da er Ihnen das Geld nun mal gegeben hat, sehe ich keinen Grund, warum Sie es nicht behalten sollten.«

»Schon, Mum«, meinte Rosie, »aber was ist mit Willy?«

»Was soll denn mit ihm sein?«

»Dass er einfach so weggelaufen ist.«

»Hat er das noch nie gemacht?«

»Aber nein, Mum, niemals. Nicht in all den Jahren, seit wir verheiratet sind. Kommt jeden Abend pünktlich zum

Essen nach Hause, und wenn es nicht fertig ist, wird er richtig wütend, und ich …«

»Verstehe«, sagte Emmelia, die Wichtigeres im Sinn hatte als die häuslichen Gewohnheiten eines Zwerges und seiner übergewichtigen Frau. »Wenn das so ist, täten Sie wohl besser daran, zur Polizei zu gehen und ihn als vermisst zu melden. Ich begreife nicht recht, warum Sie das nicht längst getan haben.«

Rosie saß mit krampfhaft verschränkten Fingern da. »Das wollte ich nicht, Mum. Willy wird immer so wütend, wenn ich von mir aus was mache, ohne es ihm zu sagen.«

»Ich kann mir nicht recht vorstellen, wie er etwas dagegen haben könnte, wenn er gar nicht da ist, um Ihnen was zu sagen«, meinte Emmelia. »Also dann, gehen Sie auf die Polizeiwache und erstatten Sie Meldung.«

»Ja, Mum«, sagte Rosie und folgte Annie gehorsam in die Küche.

Sobald Emmelia wieder an ihrem Schreibtisch saß, versuchte sie, dieses deprimierende Gespräch zu verdrängen. Sie musste alle Vorbereitungen für die Familienzusammenkunft treffen und außerdem noch entscheiden, wo sie stattfinden sollte. Der Richter, der Brigadegeneral und die holländische Verwandtschaft, die Van der Fleet-Petrefacts, hatten London vorgeschlagen, während Osbert, dem der Großteil des Petrefactschen Besitzes in Buscott und sehr viel Land in der Umgebung gehörte, eine panische, an Phobie grenzende Angst davor hatte, als im Ausland lebender Grundbesitzer angeprangert zu werden, sobald er auch nur einen Schritt aus seinem Revier tat. Aber für Emmelia gab es einen noch gewichtigeren Grund dafür, das Treffen in Buscott anzuberaumen. Das würde ihr nämlich die peinliche Mühe ersparen, die in der Mühle hergestellten Produkte in allen Einzelheiten zu beschreiben.

An Ort und Stelle könnten sich alle mit eigenen Augen davon überzeugen, wie absolut unerlässlich es war, diesen Verräter Ronald dazu zu zwingen, Yapp zurückzupfeifen, bevor der Name Petrefact im öffentlichen Bewusstsein untrennbar mit Dildos Happy Susis, handgetriebenen männlichen Keuschheitsgürteln und französischen Kondomen verbunden war. Ein einziger Blick in die Fabrik würde genügen, um den Richter auf der Stelle zum Mörder werden zu lassen, während der Brigadegeneral seine fixe Idee von der Züchtung braungetupfter Wüstenrennmäuse auf der Stelle aufgeben würde. Nein, das Treffen musste hier auf dem Familiensitz in Buscott abgehalten werden. In diesem Punkt würde sie sich durchsetzen. Und außerdem würde sie darauf bestehen, dass es am folgenden Wochenende stattfand. Da konnte es wenigstens keine Ausreden geben. Kein Richter sprach am Samstag oder Sonntag ein Urteil.

In der wohl vertrauten, aseptischen Umgebung seiner Universitätswohnung in Kloone zog Walden Yapp sich aus und nahm ein mit Desinfektionsmittel angereichertes Bad. Der Rückweg von Buscott war grauenvoll gewesen. Erst musste er zwei Meilen laufen, um an einen gefüllten Reservekanister zu gelangen, und dann musste er sich von dem Tankstellenmenschen, der ihn zu seinem Wagen zurückfuhr diverse peinliche Bemerkungen über Gerüche anhören, die sich zuerst auf seine Klamotten und dann auf den alten Vauxhall bezogen. Yapp hatte ihm zu erklären versucht, dass er erst kürzlich eine Kläranlage besichtigt hätte, worauf der Mann meinte, der Gestank erinnere ihn irgendwie an den Krieg. Und nach einigen Minuten des Schweigens hatte er sich recht treffend über die Ausdünstungen der Gefallenen bei Monte Cassino ausgelassen, wo er gekämpft hatte. Aber zumindest hatte er Yapp mit so viel Benzin versorgt, dass dieser bis zur Tankstelle kommen, dort tanken und ohne weitere Unterbrechung nach Kloone zurückfahren konnte.

Während er jetzt in seinem antiseptischen Bad lag, überlegte er die nächsten Schritte. Er musste sich auf alle Fälle um seine Kleidung kümmern, bevor am nächsten Morgen die Putzfrau kam, und ebenso dringend musste er den Kofferraum des alten Vauxhall säubern. Aber auch weniger Konkretes gab es zu bedenken, und nachdem er sich abgetrocknet hatte, in saubere Sachen geschlüpft war, die Willyverseuchten in einen großen Abfallsack gestopft und diesen fest verschnürt hatte, richtete sich sein Sinnen und Trachten auf Essen und Doris. Er bereitete sich eine Schüssel mit Müsli, da dies die Vorzüge vegetarischer und gleichzeitig nahrhafter Kost in sich vereinte, setzte sich ans Computerterminal und schaltete ein.

Auf dem Bildschirm erschienen beruhigende Zeichen in jener intimen Sprache, die Yapp so liebevoll für seine Unterhaltungen mit Doris entwickelt hatte. Jetzt war er wieder in seiner ureigenen, einzigartigen Welt und konnte sich einem Gehirn anvertrauen, dessen Denkweise seinem eigenen entsprach. Es gab Dinge, die er ihm mitteilen musste. Und jetzt, wo er nicht mehr unter dem grausamen Druck stand, blitzschnell handeln zu müssen, kam ihm auch der Gedanke, dass Doris ihm vielleicht helfen konnte. Müslimampfend und den Blick andächtig auf den Bildschirm gerichtet, fasste er einen Entschluss. Ein umfassendes Geständnis seiner Aktivitäten in Buscott mit genauen Zeit- und Datumsangaben zu allem, was er getan hatte oder was ihm widerfahren war, würde ihm sicherlich eine gewisse Klarheit verschaffen und gleichzeitig Doris mit sämtlichen Fakten versorgen, die sie brauchte, um als völlig neutraler Beobachter ebenso vorurteilsfreie Schlüsse zu ziehen.

Während es draußen Nacht wurde, vertraute Yapp in seinen vier weißgetünchten Wänden dem Computer seine intimsten Gedanken und Gefühle über den verblichenen Willy Coppett und Rosie und über ihre und seine Handlungen an. Mit den Einzelheiten nahm er es dabei so genau, dass weder das fehlte, was die Damen in der Teestube gesagt hatten, als er nach einer Unterkunft fragte, noch die Bemerkungen, die Mr. Parmiter über Steuerhinterziehung und den vorteilhaften Kauf des Bedford gemacht hatte. Die Stunden vergingen, Mitternacht kam und ging, und noch immer saß Yapp da, ins Gespräch mit seinem mikroprozessierten *alter ego* vertieft. Die Fingerspitzen auf der Tastatur sorgten für die sofortige Übermittlung all dessen, was er sich Punkt für Punkt in Erinnerung rief, an das elektronische Labyrinth. Damit rückte die gefährliche und chaotische Realität in weite Ferne, da sie in kleinste Einheiten positiver und negativer elektronischer Impulse zerlegt und dann wieder zu einer zahlenmäßigen Komplexität zusammengefügt wurde, die so wenig Erkenntnis über das wahre Wesen der Welt erforderte, wie Yapp hineinprogrammiert hatte. Nur bei einer Frage gab es Meinungsverschiedenheiten. Als ein ziemlich erschöpfter Yapp um fünf Uhr früh mit der Eingabe von Daten zu Interpretationszwecken aufhörte und einem matten Impuls nachgebend fragte: »Wer hat Willy ermordet?«, antwortete Doris, ohne zu zögern: »Jemand.« Yapp starrte todmüde auf die Anzeige.

»Das weiß ich«, schrieb er, »aber wer hatte ein Motiv?«

»Rosie«, gab Doris zurück.

Yapp schüttelte den Kopf und tippte wütend: »Wer hatte die Möglichkeit?«

Wieder erschien der Name Rosie auf dem Bildschirm. Erbost flitzten Yapps Finger über die Tastatur.

»Und warum hätte sie das tun sollen?« wollte er wissen.

»Sie ist in dich verliebt.« Die Worte flimmerten vor seinen Augen.

»Du bist nur eifersüchtig«, entgegnete er. Diese Worte blieben unwidersprochen auf dem Bildschirm stehen. Yapp schaltete ihn ab, stand auf, wankte zum Bett hinüber und ließ sich in voller Montur hineinfallen.

Auf der Polizeiwache von Buscott saß Rosie Coppett auf einem Stuhl und weinte. Sie hatte getan, was Miss Petrefact ihr geraten hatte. Doch sobald sie dem diensthabenden Polizisten von Willys Verschwinden berichtet hatte, musste sie erfahren, dass man ihn gefunden hatte. Einen kurzen Augenblick lang war sie glücklich gewesen. Aber dieses Glück war nicht von Dauer.

»Tot«, sagte der Polizist mit der brutalen Dummheit eines jungen Mannes, der glaubte, dass Rosie Coppett, nur weil sie einfältig war, auch keine Gefühle habe. Doch genau das Gegenteil traf zu. Rosies Gefühle waren so übermächtig, dass sie sie nicht anders ausdrücken konnte als durch Weinen. Es hatte ein paar Sekunden gedauert, bis das Lächeln über die scheinbar gute Nachricht von ihrem Gesicht verschwand, und in dieser Zeit hatte der Polizist den Sergeant geholt.

»Na, na«, sagte der Sergeant und legte ihr beruhigend die Hand auf die Schulter. »Es tut mir wirklich leid.«

Das war das letzte freundliche Wort, das am heutigen Tag jemand für Rosie übrig hatte, aber sie hörte es gar nicht. Von da an verlangte man von ihr nachzudenken. Inzwischen war der Kriminalinspektor von Briskerton eingetroffen und hatte den Sergeant beiseite geschoben. Man hatte Rosie in einen Raum geführt, dessen Kahlheit ebenso ins Auge sprang wie der übermäßige Wandschmuck in ihren kleinen Zimmern in der Rabbitry Road, und hatte ihr Fragen gestellt, die sie nur damit beantworten konnte, dass sie weinte und sagte, sie wisse es nicht. Hatte Willy irgendwelche Feinde? Rosie bestritt das. Aber jemand hat ihn getötet, Mrs. Coppett, also kann das doch nicht stimmen, oder? Rosie wusste nicht, dass Willy getötet worden war. Ermordet, Mrs. Coppett, ermordet. Dieses Wort machte kaum Eindruck auf Rosie. Willy war tot. Nie wieder würde sie das Abendessen für ihn richten oder ihn watend erleben, weil sie Blondie ins Gemüsebeet gelassen hatte. Nie wieder würden sie am Sonntagnachmittag spazieren gehen. Und nie wieder konnte sie ihm am Zeitungskiosk an der Ecke Postkarten mit niedlichen Pelztierchen kaufen. Nie, nie wieder.

Die Gewissheit kam und ging und kehrte jedes Mal heftiger zurück. Die Fragen, die man ihr stellte, hatten nichts mit dieser schrecklichen Erkenntnis zu tun. Sie beantwortete sie fast unbewusst. Sie konnte sich nicht erinnern, wann sie ihn zuletzt gesehen hatte. War es Montag oder Dienstag oder Mittwoch, Mrs. Coppett? Aber die Zeit spielte ebensowenig eine Rolle wie die Art und Weise, auf die Willy umgekommen war. Der einzige Gedanke, den sie in ihrer Beschränktheit fassen konnte, war die Aussicht auf eine Ewigkeit ohne Willy.

Inspektor Garnet betrachtete sie eingehend über den Tisch hinweg und versuchte, sich Klarheit darüber zu verschaffen, ob er es mit einer dummen, aber unschuldigen Frau zu tun hatte, einer dummen und schuldigen oder einer Frau, deren Dummheit nur List war und die instinktiv wusste, wie sie ihre Schuld hinter einer Fassade geistlosen Kummers verbergen konnte. Eine lange Laufbahn als Detektiv und ein kurzer Lehrgang in Kriminologie hatten ihn dahingehend beeinflusst, dass er alle Verbrecher, und ganz besonders Gattenmörder, für beschränkt, emotional instabil und zumindest partiell schlau hielt. Beschränkt mussten sie sein, wenn sie ernsthaft glaubten, gegen das Gesetz verstoßen zu können und damit durchzukommen; emotional instabil, um in der Lage zu sein, derart gewalttätige Verbrechen zu begehen; und in gewisser Weise schlau, weil die Quote unaufgeklärter Verbrechen trotz zunehmend brillanter Nachforschungsarbeit der Polizei anstieg.

Nachdem sich der Inspektor Willys fürchterliche Verletzungen angesehen hatte, war für ihn jeder Zweifel ausgeschlossen, dass er es mit einem Verbrechen aus Leidenschaft zu tun hatte. In Buscott gab es nichts, was einen Anreiz für Gangster oder organisierte Banden hätte bieten können. Und aufgrund des vorläufigen Berichts der Gerichtsmedizin schied die Möglichkeit aus, dass Willy sexuell missbraucht worden war. Nein, alles deutete auf einen ganz gewöhnlichen, wenn auch abscheulichen Mord aus persönlichen Motiven hin. Immerhin war Mrs. Coppett eine ausnehmend kräftige Frau, während ihr verstorbener Mann extrem klein gewesen war. Auch nach dem Motiv brauchte der Inspektor nicht lange zu suchen. Ein Motiv lieferte der Zwergenwuchs des Toten, ein anderes sein allgemein bekannter Jähzorn. Dazu kam noch die Tatsache, dass Mrs. Coppett sich erst dann die Mühe gemacht hatte, ihren Mann als vermisst zu melden, als er bereits gefunden worden war. Das wies auf eine gewisse Schläue ihrerseits hin, die durch ihre Weigerung, seine Fragen rundheraus zu beantworten, bestätigt wurde. Ganz besonders irritierte es den Inspektor, dass sie nicht in der Lage war anzugeben, wann der Tote das Haus verlassen hatte, falls das vor seinem Tod überhaupt der Fall war.

Während Inspektor Garnet sein unergiebiges Verhör bis in die Nacht hinein fortsetzte, statteten andere Kriminalbeamte der Rabbitry Road 9 einen Besuch ab. Sie machten sich Notizen über Rosies Vorliebe für Freistilringer und Männer mit all jenen physischen Merkmalen, an denen es ihrem verstorbenen Mann so auffallend fehlte, holten Yapps Hemd von der Wäscheleine und untersuchten den Flecken, machten sich weitere Notizen über Willys Wiege und Yapps ungemachtes Bett und gelangten mit Hilfe der bereitwilligen Unterstützung der Nachbarn zu völlig falschen Schlüssen.

Mit diesem neuen Beweismaterial kehrten sie zur Polizeiwache zurück und berieten sich mit dem Inspektor.

»Ein Professor hat also dort gewohnt?« fragte er. »Wieso das denn, zum Teufel?«

»Keine Ahnung. Von den Nachbarn wusste es auch niemand, aber ein paar haben übereinstimmend ausgesagt, dass sie am Dienstagabend gesehen haben, wie sich Mrs. Coppett und dieser Kerl auf dem Treppenabsatz umarmt und geküsst haben. Und das alte Mädchen von nebenan und ihr Mann behaupten, die Coppetts hätten sich ständig gezankt. Einen besonders üblen Streit muss es letzte Woche unmittelbar nach der Ankunft des Professors gegeben haben.«

»Soso. Und wo ist dieser Professor jetzt? Und wie heißt er?«

»Ist heute morgen abgereist. Mrs. Mane, die alte Kuh aus dem Nebenhaus, behauptet gesehen zu haben, dass er das Haus verließ, kurz nachdem Mrs. Coppett zum Einkaufen gegangen war. Er fährt einen Vauxhall, amtliches Kennzeichen CFE 9306 D. Sein Name ist Yapp.«

»Sehr gut«, sagte der Inspektor und kehrte zu Rosie zurück, während das Hemd mit dem Flecken ins gerichtsmedizinische Labor geschickt wurde.

»Also, ich würde gern etwas über diesen Mann erfahren, der sich Professor Yapp nennt«, erklärte er Rosie. »Was für eine Art von Beziehung hatten Sie zu ihm?«

Aber Rosies Gedanken richteten sich ausschließlich

auf die trostlose Leere, die ihr Leben jetzt, da Willy daraus verschwunden war, bestimmen würde; außerdem wusste sie nicht, was eine Beziehung war. Der Inspektor erklärte es ihr mit einfachsten Worten. Rosie sagte, er sei nett zu ihr gewesen, wirklich sehr nett. Das glaubte der Inspektor sofort, doch war sein Sarkasmus an sie verschwendet. Durch das Gefühl des Verlustes völlig betäubt, verfiel sie wieder in dumpfes Schweigen. Selbst als der Inspektor einen letzten Versuch unternahm, sie, wie bei solchen Verhören durchaus üblich, mit Hilfe eines Schocks aus ihrer Unfähigkeit, seine Fragen zu beantworten, zu reißen, und sie mitnahm, um Willys Leiche zu identifizieren, verharrte sie in ihrem Schmerz.

»Das ist nicht mein Willy«, sagte sie durch einen Tränenschleier. »Das ist überhaupt niemand.«

»Sie steht unter Schock, das arme Ding«, meinte der Sergeant. »Sie ist zwar dumm wie Bohnenstroh, aber sie hat genauso Gefühle wie wir alle.«

»Sie wird noch ein viel ärmeres Ding sein, wenn ich erst mit ihr fertig bin«, entgegnete der Inspektor. Aber auch er wollte allmählich ins Bett, und so bekam Rosie ein paar Decken und wurde mit einem Becher Kakao in eine Zelle gesteckt.

In dem Zimmer, in dem das Verhör stattgefunden hatte, durchsuchte ein Kriminalbeamter den Inhalt ihrer Tasche und stieß auf den Scheck und Yapps Brief.

»Damit ist die Sache so gut wie erledigt«, sagte Inspektor Garnet zum Sergeant. »Morgen früh werden wir uns von der Bank seine Adresse geben lassen und ihn in Untersuchungshaft nehmen. Oder spricht was dagegen, ihn auch unter Druck zu setzen?«

»Sie können mit dem Saukerl machen, was Sie wollen. Aber ich garantiere Ihnen, dass Rosie Coppett niemanden umbringen könnte, schon gar nicht Willy. Sie ist zu weichherzig und zu dumm. Und außerdem waren sie einander sehr zugetan. Das ist allgemein bekannt.«

»Den Nachbarn anscheinend nicht. Die wissen ganz andere Dinge zu berichten.«

»Als wüssten das nicht alle Nachbarn«, entgegnete der Sergeant und kehrte an seinen Schreibtisch zurück. Wenn man doch bloß nicht diese Typen von der Kriminalpolizei aus Briskerton gerufen hätte! Es gab andere Dinge in Buscott, in die sie getrost ihre Nase hätten stecken können, aber Rosie Coppett als Mörderin zu verdächtigen ging einfach zu weit.

Auf seinem Hof am Ende einer Schotterstraße, etwa eine Meile von der Rabbitry Road entfernt, schlief Mr. Jipson fast so friedlich wie Willy. Eine Woche war vergangen, seit er den leblosen Körper in den Kofferraum des alten Vauxhall gelegt hatte, und während dieser Woche hatte sich Mr. Jipson mit seinem Gewissen arrangiert. Er hatte die Vorderfront seines Traktors genauestens auf abgesplitterte Farbe untersucht, konnte aber nichts entdecken. Er hatte ihn mehrere Male mit dem Schlauch abgespritzt, ihn dann in den Ententeich neben dem Wohnhaus gefahren und anschließend den Kuhstall damit ausgemistet, so dass er über und über mit Dreck bespritzt war. Zum Glück war seine Frau im Krankenhaus und ließ sich ihre Innereien herausnehmen (wie er das beschrieb, was man üblicherweise Hysterektomie nennt), so dass sie nicht auf die Idee kommen konnte, ihm lästige Fragen zu stellen. Ansonsten hätte sie vielleicht eine Veränderung an ihm bemerkt. Aber jetzt war Mr. Jipson wieder der alte. Dass er Willy getötet hatte, war ein Unfall, der jedem hätte passieren können. Schließlich war es nicht seine Schuld, dass der verdammte Zwerg ausgerechnet in seinen Traktor gerannt war, und so sah Mr. Jipson auch nicht ein, warum er für diesen Unfall den Kopf hinhalten sollte. Er arbeitete hart und verdiente sich einen anständigen Lebensunterhalt, und er war nicht gewillt, das alles aufzugeben, indem er die Angelegenheit hinausposaunte. Es war eben … passiert. Und außerdem mussten die Leute in dem alten Vauxhall etwas zu verbergen gehabt haben, sonst hätten sie Willy nicht so gründlich versteckt. Was Mr. Jipsons schwach entwickeltes Gewissen betraf, so war letzteres das ausschlaggebende Argument. Niemand, der nicht Dreck am Stecken hatte, wäre in dieser Hitze mit einem toten Zwerg im Kofferraum durch die Gegend gefahren, ohne die Sache zu melden. Und was hatten die Leute am Abend des Unfalls überhaupt hier gemacht? Sie waren nicht im Wagen, und in der Nähe konnten sie auch nicht gewesen sein, sonst hätten sie ihn mit der Leiche gesehen und Alarm geschlagen. Als Mr. Jipson sich die genaue Stelle ins Gedächtnis rief, an der der Wagen gestanden hatte, fiel ihm das Gebüsch ein. Das gehörte bereits zu Mr. Osbert Petrefacts Grund und Boden, und der hatte doch immer Schwierigkeiten mit Wilderern. Und Wildern war ein Verbrechen, was man von Verkehrsunfällen nicht unbedingt behaupten konnte, und deshalb verdienten die Wilderer das, was sie bekommen hatten, sehr viel eher als er.

Mr. Jipson schlief den Schlaf des Gerechten.

19

Trotz der gestrigen Zerreißprobe und seiner aufwühlenden Sitzung mit Doris wachte Yapp früh am Morgen auf und konnte aus eben diesen Gründen auch nicht mehr einschlafen. Im hellen Morgenlicht seines Gelehrtenstübchens wurde ihm klar, wie idiotisch es gewesen war, sich Willys Leiche auf diese Weise vom Hals zu schaffen. Er hätte auf dem schnellsten Weg zur Polizei gehen sollen. Jetzt, wo er wieder in der geistig gesunden Welt der Universität weilte und sich nicht mehr auf einer einsamen Straße, umgeben von den irrationalen und schädlichen Einflüssen der Natur, befand, war dies unmittelbar einsichtig. Aber nun war es zu spät, um vernünftig zu handeln. Soweit überhaupt von Vernunft die Rede sein konnte, blieb ihm jetzt nur noch die Möglichkeit, das, was er so überstürzt begonnen hatte, durchzustehen.

Um acht Uhr verließ er mit dem Abfallsack, der seine Kleider enthielt, sein Apartment. Nachdem er ihn noch einmal geöffnet hatte und ihm der grässliche Gestank in die Nase gestiegen war, hatte er beschlossen, Hose und Sakko gar nicht erst in die Reinigung zu bringen, da er beides mit Sicherheit nie wieder anziehen würde. Um halb neun war er zur städtischen Müllhalde gefahren, hatte abgewartet, bis keine Müllwagen mehr in der Nähe waren, und dann den Sack die Kaskade städtischen Abfalls hinunterrollen lassen, wo er mit etwas Glück bald zugeschüttet werden würde.

Als nächstes musste er den Kofferraum des alten Vauxhall säubern. Willy hatte ziemlich geleckt und überall deutliche Spuren hinterlassen. Außerdem stank der Wagen noch immer mörderisch. Yapp fuhr in die Stadt zurück, wobei er zum erstenmal bereute, dass er aufgrund seiner dezidierten Ansichten über Privateigentum kein eigenes Auto besaß. Er hatte auch keine Garage, in der er den Kofferraum in aller Ruhe hätte reinigen können. Also würde er wohl oder übel eine Selbstbedienungswaschanlage in Anspruch nehmen müssen. Er hielt bei einer Drogerie an, kaufte eine Flasche Haushaltsreiniger und, um ganz sicher zu gehen, eine kleine Flasche vom schärfsten Desinfektionsmittel. Dann fuhr er zu einer außerhalb gelegenen Tankstelle mit Waschanlage, machte den Kofferraum und die beiden Flaschen auf, kippte ihren Inhalt hinein und fuhr mit der Unerfahrenheit eines Menschen, der noch nie ein Auto durch eine automatische Waschanlage gesteuert hat, mit offenem Kofferraum hinein, auf dass dieser auch ganz gewiss gründlich ausgewaschen würde. Während der nächsten paar Minuten hielten zahlreiche Autofahrer auf dem Weg in die Stadt an und betrachteten voller Interesse, was eine hochmoderne, vollautomatisierte Waschanlage mit einem alten Vauxhall, dessen Kofferraumdeckel bewusst offen gelassen worden war, anstellte. Yapp, der wegen der wirbelnden Bürsten und der herabstürzenden Wassermassen festsaß, konnte aufgrund des Lärms nur Vermutungen über das anstellen, was sich draußen abspielte. Die Bürsten hatten den Kofferraumdeckel zugeknallt, der jedoch gleich wieder aufsprang, sobald sie die hintere Stoßstange bearbeiteten, und als sie ihren Rückweg nach oben antraten, war ihnen das Ding im Weg. Eine weniger gewissenhafte Maschine wäre jetzt vielleicht stehen geblieben, nicht aber diese. Während sich das Innere des Kofferraums mit einer Mischung aus Haushaltsreiniger und Desinfektionsmittel füllte, die hinter dem Auto bereits eine schmutziggraue Lache bildete, schrubbten die rotierenden Bürsten die Unterseite des Deckels mit bewundernswerter Gründlichkeit. In ihrer nicht zu bremsenden Entschlossenheit, sich jetzt das Dach vorzuknöpfen, rissen sie ihn aus seiner rostigen Verankerung und schoben ihn kreischend vor sich her übers Dach. Von da aus krachte er auf die Windschutzscheibe und rutschte dann über die Kühlerhaube zu Boden. Gebannt starrte Yapp durch die zersplitterte Windschutzscheibe auf die bedrohlichen Borsten, die erneut auf ihn zurollten. Jetzt erkannte er nicht nur, dass er einen groben Fehler begangen hatte, er spürte es auch am eigenen Leib. Das großzügig mit Spülmittel angereicherte Wasser hatte ihn völlig durchnässt, und die unfreiwillige Wanderung des Kofferraumdeckels übers Dach hatte ihm schier das Trommelfell zerrissen. Jetzt fehlte bloß noch, dass ihm diese Höllenmaschine mit den Glaskörnern der zerborstenen Windschutzscheibe das Gesicht polierte. Angesichts dieser grauenhaften Aussicht ignorierte Yapp die groß und deutlich neben dem Münzeinwurf hängende Benutzungsvorschrift, öffnete die Tür, um auszusteigen, und hätte dies auch getan, hätte die teuflische Maschinerie die Tür nicht prompt abgerissen. Nach einem zweiten Blick auf die immer näher rückenden Bürsten warf Yapp sich auf den Beifahrersitz und vergrub sein Gesicht ins Polster. Zwei schaurige Minuten lang lag er da, durchnässt und mit Glassplittern und Scheibenwischerteilen übersät, während die Waschanlage ihre vernichtende Arbeit fortsetzte. Als die Waschroutine beendet war und sie sich endlich ausschaltete, roch der Vauxhall nicht mehr im mindesten nach Willy. Dafür hatten die kräftigen Desinfektionsmittel hinreichend gesorgt. Hingegen fiel er in anderer Beziehung um so mehr auf. Es fehlten ihm nicht nur Kofferraumdeckel und Windschutzscheibe, sondern auch die Tür, die Yapp unvorsichtigerweise zu öffnen versucht hatte, und außerdem war der Innenraum total durchnässt.

Nachdem Yapp sich vorsichtig aufgesetzt hatte, um weitere Beschädigungen zu vermeiden, sah er sich die Verwüstung voller Missfallen an. Wenn es noch eines Beweises bedurft hatte, um seine bis zum Überdruss wiederholte Ansicht zu rechtfertigen, man dürfe nicht zulassen, dass Maschinen ehrliche Handarbeiter um ihre Jobs brächten, dann hatte die automatische Waschanlage ihn geliefert. Kein noch so ungeschickter menschlicher Autowäscher hätte in so kurzer Zeit einen solchen Schaden anrichten können, selbst wenn er den Wagen mit einem Vorschlaghammer bearbeitet hätte. Aber für solche Überlegungen war jetzt keine Zeit. Er musste das verdammte Ding zur Universität zurückbringen und sich, sobald es ausgetrocknet war, um die Reparatur kümmern.

Yapp stieg aus, hob den Deckel auf, schob ihn in den Kofferraum und versuchte gerade, die fest geklemmte Tür aus dem Mechanismus der Waschanlage zu befreien, als er durch wütendes Gebrüll unterbrochen wurde. Für ihn hörte es sich zwar nicht so an, weil sein Trommelfell von dem Gedröhn noch immer in Mitleidenschaft gezogen war, aber der Gesichtsausdruck des Mannes, der es ausstieß, ließ keine Zweifel aufkommen.

»Sie verdammter Idiot, können Sie denn nicht lesen?« schrie der Mann. »Schauen Sie bloß, was Sie mit meiner Anlage angestellt haben!«

Yapp schaute und musste zugeben, dass die Autowaschanlage diese Konfrontation nicht ungeschoren überstanden hatte. Das Loch in der Windschutzscheibe hatte seinen Tribut bei den Nylonbürsten gefordert, und die Stangen, an denen sie hingen, waren deutlich verbogen.

»Tut mir wirklich leid«, murmelte er.

Fassungslos starrte der Mann ihn an. »Was glauben Sie, wie verdammt leid es Ihnen erst tun wird, wenn ich mit Ihnen fertig bin«, bellte er. »Ich hätte gute Lust … nein, zum Teufel, ich habe eine verdammte Scheißlust, Ihnen die Polizei auf den Hals zu hetzen und die Versicherung und …«

Das Wort »Polizei« wirkte auf Yapp elektrisierend. Diese Typen, um derentwillen er diesen ganzen Zirkus hier veranstaltete, würden alle möglichen Fragen stellen, die er unmöglich beantworten konnte, ohne in noch größere Schwulitäten zu kommen. »Ich werde den Schaden bezahlen«, sagte er verzweifelt. »Es ist nicht nötig, die Polizei zu rufen. Wir können diese unglückliche Geschichte doch ganz diskret regeln.«

»Einen Scheiß können wir«, brüllte der Mann. Nachdem er erst Yapp und dann dem alten Auto einen hasserfüllten Blick zugeworfen hatte, war er zu der Überzeugung gelangt, dass ein Verrückter, der eine sechzehn Jahre alte Schrottkiste fuhr und damit brandneue Autowaschanlagen demolierte, sicher der letzte war, mit dem man etwas auch nur annähernd diskret regeln konnte. »Sie werden verdammt hierbleiben, bis die Bullen da sind.«

Und um sicherzugehen, dass Yapp, obwohl dies kaum möglich gewesen wäre, nicht in dem Autowrack entfloh, zog er den Zündschlüssel ab und stürzte in sein Büro. Yapp folgte ihm bedrückt und ohne zu merken, dass er eine Spur aus Waschmittel und Glassplittern hinter sich her zog.

»Hören Sie«, sagte er, während er in die Tasche griff und sein triefendes Scheckbuch herausholte, »ich kann Ihnen versichern, das s…«

»Ich ebenfalls«, fuhr ihn der Mann an und riss das Scheckbuch als zusätzliche Sicherheit an sich. »Ich rufe die Polizei und damit basta.« Er wählte eine Nummer und sprach im nächsten Augenblick mit einem Polizisten von der Wache. Halbherzig hörte Yapp zu. Vielleicht würde sich die Polizei gar nicht für so was interessieren. Und selbst wenn, dann war es ziemlich wahrscheinlich, dass die Waschanlage, die den Kofferraumdeckel und die Tür so entschlossen beseitigt hatte, dies mit den weniger auffallenden und handfesten Überresten von Willy Coppett noch gründlicher besorgt hatte. Diese hoffnungsvolle Überlegung wurde durch eine Frage des Garagenbesitzers unterbrochen.

»Was für eine Autonummer hat denn Ihr Wagen?« schnauzte er ihn an.

Yapp zögerte. »Eigentlich ist es gar nicht mein Wagen. Es ist ein Mietwagen. Die Nummer weiß ich nicht auswendig.«

»Er behauptet, es sei ein Mietwagen«, sagte der Mann ins Telefon »Ja, ein alter Vauxhall … Warten Sie, ich sehe mal nach.«

Er legte den Hörer hin und lief aus dem Büro. Als er zurückkam, blitzten seine Augen noch drohender als zuvor.

»Stimmt genau«, bestätigte er dem Menschen am anderen Ende der Leitung, »CFE 9306 D. Und weswegen wird er gesucht? … Wie er heißt?« Vorsichtig spähte er zu Yapp hinüber.

»Wie heißen Sie denn?«

»Professor Walden Yapp. Ich bin an der …«

»Sein Name ist Yapp, behauptet er«, sagte der Mann ins Telefon. »Jawohl, verstanden …« Plötzlich verstummte er, wich zwei Schritte zurück und betrachtete den Gesuchten argwöhnisch. Dann legte er den Hörer auf und griff nach einem Wagenheber.

»Schöner Tag heute«, bemerkte er mit nervöser Leutseligkeit, aber Yapp war nicht in der Verfassung, das zu bemerken. Was ihn betraf, so war es ein durch und durch diabolischer Tag. Und jetzt machte sich auch noch der versäumte Schlaf bemerkbar. Er begann sich allmählich zu fragen, wie sich die Tatsache, dass er gemeinsam mit einem alten Vauxhall die Dienste einer Waschanlage in Anspruch genommen hatte, auf eine Konstitution auswirken würde, die durch mehrere Tage Bettruhe wegen Grippe und die Entdeckung, dass er sich in der ungesunden Gesellschaft eines verwesenden Zwerges befand, bereits erheblich geschwächt war. Der Gedanke an Lungenentzündung und Typhus begann ihm Sorgen zu bereiten.

»Schauen Sie«, sagte er, »ich kann doch nicht in diesen triefenden Kleidern hier herumstehen. Ich gehe in meine Wohnung zurück, ziehe mich um und komme später wieder, um die Angelegenheit mit Ihnen zu bereden.«

»Sie werden verdammt noch mal ...«, begann der Garagenbesitzer. Doch dann fiel ihm ein, dass ihn der Polizist am Telefon ausdrücklich davor gewarnt hatte, sich mit diesem verzweifelten und vermutlich gewalttätigen Mann anzulegen. »Wenn Sie meinen, aber die Polizei wird jeden Augenblick hier sein ...«

»Dann sagen Sie ihnen, dass ich in einer Stunde zurück bin«, sagte Yapp, machte auf dem Absatz kehrt und verließ das Büro. Sobald er die Straße, die zur Universität führte, eingeschlagen hatte, hängte sich der Garageninhaber wieder ans Telefon, um die Polizei zu informieren.

»Der Schweinehund ist geflohen. Einfach auf und davon. Ich habe versucht, ihn aufzuhalten, aber es war zwecklos. Er hat mir mit einem stumpfen Gegenstand eins über den Schädel gezogen.« Um dieser Geschichte Glaubwürdigkeit zu verleihen und um sicherzustellen, dass der *Kloone Evening Guardian* sein Foto bringen und damit kostenlos Reklame für ihn machen würde, zerriss er sein Hemd, zerschlug einen Stuhl und knallte sich den Wagenheber erheblich fester als beabsichtigt auf den Kopf. Und so klang sein Gestöhn recht echt, als der erste Streifenwagen mit quietschenden Reifen draußen anhielt.

»Hat es mir ordentlich gegeben und ist dann abgehauen«, raunte er dem Polizisten zu, der ihn fand. »Kann nicht weit gekommen sein. Großer Kerl mit nassen Klamotten. Klatschnass.«

Weitere Streifenwagen trafen ein, Sprechfunkgeräte knackten, und in einiger Entfernung heulten Sirenen. Die Jagd auf Walden Yapp lief auf vollen Touren. Fünf Minuten später war sie vorbei. Man hatte Yapp an einer Bushaltestelle aufgegriffen, wo er einem Busfahrer klar zu machen versuchte, dass Angestellte des öffentlichen Verkehrsdienstes nicht das Recht hätten, zahlenden Bürgern die Mitnahme zu verweigern, und erst recht nicht, sie triefende Wäschesäcke zu schimpfen. Man drehte ihm die Arme auf den Rücken und legte ihm Handschellen an, forderte ihn auf, widerstandslos mitzukommen, und schob ihn auf den Rücksitz eines Streifenwagens, der dann mit unnötig hoher Geschwindigkeit davonbrauste.

Der Alptraum hatte begonnen.

Er ging mit unbarmherziger Effizienz und himmelschreiender Verkennung der wahren Tatsachen weiter. Binnen kürzester Zeit hatten gerichtsmedizinische Experten den Vauxhall noch weiter auseinander genommen, nachdem ihre Aufmerksamkeit durch ungewöhnliche Mengen Desinfektionsmittel im Kofferraum auf diesen Teil des Wagens gelenkt worden war. Dies hatte jedoch, wie sie jetzt erklärten, nicht den schlüssigen Nachweis verhindern können, dass der Kofferraum noch vor kurzem eine Leiche beherbergt hatte. Yapps Wohnräume in der Universität lieferten weiteres Beweismaterial. Ein Paar verdreckter Schuhe und ein Paar Socken wurden zum Zweck einer Bodenanalyse mitgenommen, und nachdem die Fachleute Yapps besamte Unterhose im Koffer entdeckt hatten, beschlagnahmten sie auch sämtliche andere Kleidungsstücke und nahmen sie mit ins Labor.

Während dieser ganzen Zeit saß Yapp auf der Polizeiwache von Kloone und beharrte auf seinem Recht, insbesondere auf dem Recht, seinen Anwalt anzurufen.

»Alles zu seiner Zeit«, sagte der Kriminalinspektor und notierte sich, dass Yapp gar nicht gefragt hatte, warum er verhaftet worden sei. Als Yapp endlich telefonieren durfte, wurde das Gespräch aufgezeichnet. Gleichzeitig hörten der Inspektor, zwei Sergeants und ein Polizist in einem anderen Raum die Unterhaltung mit, um später das Gehörte bestätigen zu können, da das Tonband möglicherweise nicht als Beweismittel anerkannt wurde. Es war charakteristisch für Yapp, dass er seinen Rechtsanwalt, einen Mr. Rubicond, zumeist in Fällen konsultiert hatte, in denen es um die Behinderung studentischer Protestmärsche durch die Polizei ging. Da sich die Studenten bei einer dieser Gelegenheiten strikt zu marschieren geweigert hatten und demzufolge die Polizei niemand belästigen konnte, wappnete sich Mr. Rubicond jedes Mal mit Skepsis, wenn Yapp anrief, um seine Dienste in Anspruch zu nehmen.

»*Was* sind Sie?« fragte er.

»Verhaftet«, sagte Yapp.

»Und was wirft man Ihnen vor?«

»Mord«, sagte Yapp, wobei er die Stimme dämpfte, was sich im Nebenraum bedrohlich anhörte.

»Mord? Haben Sie ›Mord‹ gesagt?« fragte Mr. Rubicond ungläubig. »Wen sollen Sie denn ermordet haben?«

»Eine Person restringierter Größe namens Mr. William Coppett, zuletzt wohnhaft in der Rabbitry Road 9, Buscott …«

»Was für eine Person?« wollte Mr. Rubicond wissen.

»Eine Person restringierter Größe, unzivilisiert ausgedrückt, einen Zwerg.«

»Einen Zwerg?«

»Das habe ich doch gesagt, oder?« knirschte Yapp, dem die Begriffsstutzigkeit seines juristischen Beraters langsam auf die Nerven ging.

»Ich dachte mir schon, dass Sie das gesagt haben. Ich wollte mich nur vergewissern. Ich nehme an, dass das nicht stimmt.«

»Doch«, sagte Yapp.

»Wenn das so ist, kann ich wohl wenig für Sie tun«, meinte Mr. Rubicond, »es sei denn, Sie sind bereit, sich schuldig zu bekennen. Wir können dann immer noch versuchen, auf verminderte Zurechnungsfähigkeit …«

»Ich rede nicht davon, dass ich ihn ermordet habe. Ich habe nur bestätigt, dass ich gesagt habe, er sei ein Zwerg.«

»Schon gut. Und jetzt sagen Sie am besten gar nichts mehr, bis ich bei Ihnen bin. Man hat Sie doch sicher auf die Hauptwache gebracht?«

»Ja«, sagte Yapp und legte auf. Als Mr. Rubicond eintraf, hatte man Yapp längst wieder in den Streifenwagen verfrachtet, der sich inzwischen auf dem Weg nach Buscott befand. Die Abschrift seines Telefongesprächs und die Ergebnisse der Gerichtsmediziner lagen bereits bei Inspektor Garnet, dessen Meinung hinsichtlich Rosies Gerissenheit durch die Entdeckung, dass das Blut auf dem Hemd definitiv mit dem ihres ermordeten Mannes übereinstimmte, empfindlich erschüttert worden war.

Zum Sergeant, der fest darauf beharrte, dass Rosie Coppett dumm sei wie Bohnenstroh, sagte er verärgert: »Eher wie Schifferscheiße. Anders kann ich eine Mörderin, die so ein Beweisstück auf der Wäscheleine herumhängen lässt, beim besten Willen nicht bezeichnen, es sei denn, sie legt es darauf an, das Verbrechen diesem Bastard Yapp in die Schuhe zu schieben. In diesem Fall ist sie heute vielleicht etwas kooperativer.«

Nachdem er so seine Vorurteile zurechtgerückt hatte, machte sich der Inspektor erneut daran, Rosie zu verhören – oder besser, sie zu programmieren.

»Also, meine Liebe«, sagte er, »wir haben Ihren teuren Professor Yapp und wissen mit absoluter Sicherheit, dass die Leiche Ihres Mannes im Kofferraum seines Wagens lag. Tatsache ist, dass Willy noch nicht tot war, als Yapp ihn hineinlegte. Er hat da drinnen noch eine Menge Blut verloren, und tote Körper bluten nicht so stark. Könnten Sie mir jetzt vielleicht sagen, warum Sie sein Hemd gewaschen haben?«

»Es war voller Blut«, sagte Rosie.

»Willys, Mrs. Coppett, Willys Blut. Das haben wir einwandfrei festgestellt.«

Rosie starrte ihn an. Mit dem Verstand begriff sie zwar nichts, dafür aber mit dem Gefühl. Ihre Trauer verwandelte sich in Zorn. »Das habe ich nicht gewusst. Sonst hätte ich es nicht gewaschen.«

»Was hätten Sie denn dann getan, Mrs. Coppett?«

»Ihn umgebracht«, entgegnete Rosie. »Mit dem Fleischmesser.«

Innerlich lächelte der Inspektor, freilich ohne eine Miene zu verziehen. Genau das hatte er hören wollen. »Aber Sie haben es nicht getan. Sie haben es nicht gewusst, weil er es Ihnen nicht gesagt hat. Was ist nun an jenem Abend geschehen, an dem er mit blutverschmiertem Hemd nach Hause kam?«

Rosie gab sich alle Mühe, sich zu erinnern. Es fiel ihr ziemlich schwer. Sie versuchte, sich die Szene wieder ins Gedächtnis zu rufen, aber die Küche war so lange ihr Zuhause gewesen, der Mittelpunkt ihres Lebens, der Ort, an dem sie kochte und ihre Heftchen las und Willy jeden Tag das Abendessen richtete, wo Hektors Körbchen in der Ecke stand und sie ihre Ringerbilder aufhängte, weil ihre Mutter ihr erzählt hatte, ihr Vater sei Ringer gewesen, und seinen Namen hatte sie zwar vergessen, aber vielleicht war einer von ihnen ihr Vater. Und jetzt war ihr das alles kaputtgemacht worden von einem Mann, der so getan hatte, als würde er sie mögen, und um den sie sich gekümmert hatte, als er krank war und in der ganzen Zeit, nachdem er Willy ermordet und sich die Hände aufgeschnitten hatte. An diese Einzelheit konnte sie sich trotz aller Verwirrung erinnern.

»Er hat sich die Hände aufgeschnitten, soso. Am selben Abend, an dem er Blut auf seinem Hemd hatte.«

Rosie empfand das Interesse des Inspektors als wohl tuend. Es tat ihr gut, jemanden zu haben, der ihr das Denken in dieser verworrenen Angelegenheit abnahm. »Ja, und sein Mantel war ganz nass. Ich sagte noch, er würde sich erkälten, und so war es dann auch. Vier Tage lag er im Bett. Ich habe ihm das Essen aufs Zimmer gebracht.«

Den Impuls zu fragen, was sie ihm noch aufs Zimmer gebracht habe, unterdrückte Inspektor Garnet. Solange sie nur weiterredete, würde es ihm schon gelingen, der Wahrheit auf die Spur zu kommen. Und wenn sie dann alles ausgespuckt hatte, würde er die Nachbarn ins Feld führen, die sie in Yapps Armen gesehen hatten, und Mr. Clebb, der fest davon überzeugt war, beim abendlichen Spaziergang mit seinem Hund beobachtet zu haben, wie sie den Penis dieses dreckigen Schweins massierte. Rosie redete weiter, und mit jedem Wort, das sie sagte, und jedem Wink des Inspektors in die Richtung, in die er sie haben wollte, verlieh ihre Phantasie, beflügelt durch die vielen im Laufe der Zeit verdauten Heftchenromane, den Tatsachen einen neuen Glanz. Ganz besonders interessierte den Inspektor ihr Bericht über Yapps Ankunft und seine Hartnäckigkeit, mit der er Extras gefordert hatte. Nachdem er ihr behutsam entlockt hatte, was Extras waren, und ihr dann eingeredet hatte, dass Yapp ausdrücklich gesagt habe, dass er mit ihr schlafen wolle, war er vollauf zufrieden. Er hatte ein denkbar einleuchtendes Motiv für den Mord und war fest davon überzeugt, dass Rosie mit ihrer mitleiderregenden Art, die keinen Geschworenen ungerührt lassen konnte, eine exzellente Kronzeugin abgeben würde.

»Wenn Sie jetzt noch hier unterschreiben wollen«, sagte er, während er ihr den Text ihrer Aussage vorlegte, »dann denke ich doch, dass Sie bald wieder nach Hause gehen können.«

Rosie unterschrieb und kehrte in ihre Zelle zurück. Jetzt wusste sie, warum Willy ermordet worden war. Weil der Professor sie liebte. Sie fragte sich nur, warum sie nicht schon früher darauf gekommen war. Jetzt hatte sie genug Zeit, um darüber nachzudenken. Wenigstens lenkte sie das von ihrem armen Willy etwas ab.

20

»Also«, sagte Inspektor Garnet brüsk, als er Yapp gegenüber Platz nahm, »jetzt gibt es zwei Möglichkeiten, die Sache anzugehen. Wir können es kurz und angenehm machen oder lang und unangenehm. Entscheiden Sie, welches Vorgehen Sie bevorzugen.«

Yapp betrachtete ihn hasserfüllt. Seine Einschätzung der Polizei als Prätorianergarde der Besitzenden, Privilegierten und saturierten Reichen war durch die Behandlung seit seiner Verhaftung nicht im mindesten ins Wanken geraten. Er war von Kloone abtransportiert worden, ohne dass man ihm erlaubte, seinen Anwalt zu verständigen, dann hatte er drei höchst unerquickliche Stunden in seinen nassen Klamotten im Fond des Streifenwagens verbracht, und jetzt sah er sich mit einem Inspektor konfrontiert, dessen schmales, gepflegtes Lippenbärtchen ihm ein besonderer Dorn im Auge war.

»Nun, wie haben Sie sich entschieden?« fuhr ihn der Inspektor an. Yapps Entscheidung war längst gefallen. Zwischen wiederholten Anfällen von Schüttelfrost, die ihn auf der Herfahrt gebeutelt hatten, war er zu der Einsicht gelangt, dass seine einzige Hoffnung darin bestand, sich betont kooperativ zu verhalten und die Wahrheit zu sagen. Wenn die Polizisten auch nur halbwegs intelligent waren, musste ihnen bald klar sein, dass er erstens absolut kein Motiv für einen Mord an Willy hatte, dass er zweitens ziemlich einflussreiche Leute kannte – zwar nicht bei Gericht, aber zumindest im Parlament und in der Labour Party –, und dass es drittens schlicht und einfach absurd war anzunehmen, dass er die Veranlagung zum Mörder in sich trug. Die Wahrheit, die ganze Wahrheit und nichts als die Wahrheit würde seine Unschuld an den Tag bringen.

»Wenn Sie mit dieser Frage meinen, ob ich bereit bin, Ihre Fragen zu beantworten und ein volles Geständnis abzulegen, dann lautet meine Antwort: Ja, ich bin bereit.«

Das Schnurrbärtchen zuckte angenehm überrascht. »Hervorragend«, kam es aus dem darunterliegenden Mund. »Das erspart uns allen eine Menge Zeit und Ärger. Ich gehe davon aus, dass Sie ausreichend instruiert worden sind und wissen, dass Sie nichts zu sagen brauchen. Sergeant, lesen Sie dem Gefangenen dieses Gewäsch von wegen Recht auf Verweigerung der Aussage vor.«

Während der Sergeant die Rechtsbelehrung vorlas, betrachtete der Inspektor Yapp mit unverhohlenem Interesse. Der Mann war verrückt, klarer Fall, aber es war eine hübsche Abwechslung, einen weithin bekannten geisteskranken Professor in die Zange zu nehmen. Nachdem der Inspektor mehrere von Yapps Fernsehproduktionen über die grausamen Lebensbedingungen im neunzehnten Jahrhundert gesehen hatte, freute er sich regelrecht auf dieses Verhör. Es würde eine Art Wettbewerb zwischen kriminellen Superhirnen werden, und wenn es ihm gelang, Yapp zu überführen, würden sich damit seine Chancen auf Beförderung erheblich vergrößern.

»Also gut, bringen wir das Unangenehmste zuerst hinter uns«, sagte er. »Wann genau haben Sie beschlossen, den Verblichenen zu ermorden?«

Yapp richtete sich zu voller Größe auf. »Gar nie«, entgegnete er. »Zum einen habe ich ihn nicht ermordet, und zum zweiten weist Ihre diesbezügliche Annahme ein Ausmaß an Voreingenommenheit auf, das …«

»Gefangener leugnet, Opfer ermordet zu haben«, diktierte der Inspektor dem Stenographen. »Wirft Polizei Voreingenommenheit vor.« Er beugte sich über den Tisch und schob sein Schnurrbärtchen unangenehm nahe an Yapps Gesicht heran. »Wann haben Sie die Leiche des Ermordeten in den Kofferraum Ihres Wagens gelegt?«

»Gar nicht«, sagte Yapp. »Ich habe sie dort gefunden.«

»Dort gefunden? Soso.«

»Ja. Im fortgeschrittenen Stadium der Verwesung.«

»Interessant. Hochinteressant. Sie haben also den bereist verwesenden Leichnam eines ermordeten Zwerges im Kofferraum Ihres Wagens entdeckt und fanden es nicht der Mühe wert, ihn zur Polizei zu bringen. Sehe ich das richtig?«

»Ja«, sagte Yapp. »Ich weiß, dass es unglaubwürdig klingt, aber genau das ist passiert.«

»Was ist passiert?«

»Ich geriet in Panik.«

»Natürlich. Das erste, was ein hochintelligenter, sensibler Kerl wie Sie tut, ist, dass er in Panik gerät. Völlig verständliche Reaktion. Und was haben Sie danach gemacht?«

Misstrauisch betrachtete Yapp das Bärtchen. Er war sich nicht ganz sicher, ob sein Zucken auf Verständnis oder Sarkasmus hindeutete. »Ich bin zum Fluss gefahren und habe ihn reingeworfen.«

»Und warum haben Sie das getan?«

»Doch offenbar, weil ich nicht damit in Verbindung gebracht werden wollte. Willy Coppett ist ermordet worden, und jemand hat versucht, mir die Schuld in die Schuhe zu schieben, indem er ihn in meinen Kofferraum gelegt hat. Und ich wollte nicht den Kopf dafür hinhalten.«

»Wenigstens etwas, was Sie in jedem Fall mit dem Mörder gemein haben«, meinte der Inspektor. »Damit meine ich natürlich den Kerl, der die Leiche in den Kofferraum getan hat.«

»Stimmt«, gab Yapp zu.

Der Inspektor griff in eine Schreibtischschublade und zog das blutbefleckte Hemd heraus. »Ich möchte, dass Sie sich das mal ansehen und uns dann sagen, was Sie darüber wissen. Und lassen Sie sich Zeit, wir haben keine Eile.«

Yapp betrachtete das Hemd. »Das gehört mir.«

»Gut. Und haben Sie dieses Hemd am einundzwanzigsten Juli dieses Jahres getragen oder nicht?«

Während Yapp sich zu erinnern versuchte, wandte er die Augen von dem Bärtchen ab und richtete sie wieder auf das Hemd. Der einundzwanzigste Juli war jener Abend, an dem es geregnet hatte und er im Gebüsch mit seiner Unterhose beschäftigt war und sich dabei erkältet hatte. Es war auch jener Abend, an dem er sich am Stacheldraht aufgerissen hatte und mit Blut auf dem Hemd in die Rabbitry Road zurückgekehrt war und Rosie darauf bestanden hatte, es sofort zu waschen.

»Ja«, sagte er.

Diesmal lächelte der Inspektor tatsächlich einen Augenblick. Das war ja ein Kinderspiel. Wären alle Verbrecher so blöde, dann hätte er ein angenehmes Leben. »Und war das ganze Hemd voller Blut, als Sie in die Rabbitry Road zurückkehrten?«

Erneut zögerte Yapp. »Es war nicht ganz voller Blut. Nur vorne. Ich hatte mir die Hände an einem Stacheldraht aufgerissen und muss sie versehentlich am Hemd abgewischt haben.«

»Sehr schön«, sagte der Inspektor. »Sicher wird es Sie

überraschen zu erfahren, dass das Blut auf dem Hemd – frisches Blut, wohlgemerkt – nachweislich von dem Ermordeten stammt.«

Yapp konzentrierte seinen Blick auf das bösartige Bärtchen, das jetzt keinerlei Trost mehr verhieß. »Ja, es würde mich sehr überraschen. Ich weiß nämlich nicht, wie es dorthin gekommen sein soll.«

»Könnte es sein, dass der Mörder, als er den Körper von Mr. Coppett in den Kofferraum Ihres Wagens legte, nicht bemerkt hat, dass der arme Kerl noch am Leben war und blutete und dass das Blut auf diesem Weg auf sein Hemd kam?«

Yapp schwieg. Das Netz zog sich immer dichter um ihn, und allmählich verstand er auch warum.

»Könnte das sein, Professor Yapp? Wäre das möglich?«

»Wenn Sie damit sagen wollen, dass ich Willy in diesen Kofferraum …«

Der Inspektor unterbrach ihn mit erhobener Hand. »Nun, wir wollen uns doch gegenseitig nichts in den Mund legen, oder? Ich habe nichts davon gesagt, dass Sie den Ermordeten in den Kofferraum gelegt haben. Ich habe nur gefragt, ob der Mörder, als er das Opfer hineinlegte, Blut auf sein Hemd bekommen haben könnte. Also, könnte er oder könnte er nicht?«

»Ich nehme an, er könnte schon, aber …«

»Ich danke Ihnen, mehr wollte ich nicht wissen. Und nun wollen wir zu Ihrer Panik zurückkehren, als Sie die Leiche im Kofferraum entdeckten und sie in den Fluss warfen. Wann war das?«

»Gestern«, sagte Yapp, dem voll Erstaunen zum Bewusstsein kam, dass erst gestern jener Unglückstag gewesen war, an dem sein Leben eine so verhängnisvolle Wendung genommen hatte.

»Und was hat Ihre Aufmerksamkeit auf die Tatsache

gelenkt, dass Sie mit einem toten Zwerg im Wagen durch die Gegend fuhren?«

»Der Geruch«, sagte Yapp. »Er war extrem unangenehm. Ich hielt am Straßenrand an, um die Ursache dafür zu erkunden.«

»Sehr vernünftig. Würde es Ihnen etwas ausmachen, mir zu sagen, wo Sie anhielten, um diese Nachforschungen anzustellen?«

Wieder spürte Yapp, wie sich die Schlinge um ihn zuzog, aber er konnte nichts dagegen tun. Wenn er sagte, er habe den Geruch in Buscott bemerkt und sei dann fast vierzig Meilen weit gefahren, bevor er die Leiche in den Fluss warf ... Nein, er musste die Wahrheit sagen. »Es war an der Straße nach Wastely. Wenn Sie mir eine Karte geben, dann zeige ich es Ihnen.«

Man brachte ihm eine Karte, und er deutete mit dem Finger auf die Stelle.

»Und wohin haben Sie ihn von dort aus gebracht?«

»Hierher, zum Fluss«, sagte Yapp und zeigte auf die Seitenstraße und die Brücke.

»Sie sind also den ganzen Weg gefahren, bevor Sie sich gefragt haben, woher dieser Geruch kommt?«

»Gefragt habe ich mich schon zuvor, aber ich war in Gedanken ganz woanders und dachte zuerst, dass da irgendein Bauer seinen Acker düngt.«

»Mit toten Zwergen?« hakte der Inspektor nach.

»Natürlich nicht. Ich hielt es für Schweinemist.«

»Sie waren also vierzig Meilen lang der Meinung, dass die Bauern in der ganzen Gegend ihre Felder mit Schweinemist düngen? Ist das nicht ein bisschen übertrieben?«

»Ich sagte doch, dass ich mit meinen Gedanken woanders war«, sagte Yapp.

Der Inspektor nickte. »Das wundert mich nicht im geringsten. Schließlich hatten Sie ja genug zum Nachdenken, stimmt's?«

»Das hatte ich tatsächlich. Ich hatte mich soeben mit Miss Petrefacts Gärtner unterhalten und war empört darüber, dass er neunzig Stunden in der Woche arbeiten muss, manchmal sogar hundert, und das für einen Hungerlohn. Das ist glatte Fronarbeit.«

»Schockierend. Sie werfen also die Leiche in den Fluss und fahren wieder nach Hause. Ist das richtig?«

»Ja«, sagte Yapp.

»Und was haben Sie dann gemacht?«

»Ich habe ein Bad genommen.«

»Und dann?«

»Dann habe ich etwas gegessen und bin ins Bett gegangen«, sagte Yapp, nachdem er spontan entschieden hatte, dass kein Grund vorlag, seine Unterredung mit Doris zu erwähnen, nachdem er nicht ausdrücklich danach gefragt worden war. Er nahm es dem Computer nach wie vor übel, dass Rosie die Person mit dem einsichtigsten Motiv für den Mord an Willy sein sollte. Er dachte nicht daran, der Polizei Doris' Schlussfolgerung unter die Nase zu reiben. Arme Rosie, sie würde ohnehin niedergeschmettert sein. Er würde es auf keinen Fall zulassen, dass die Polizei sie auch noch des Mordes bezichtigte.

»Und heute morgen haben Sie den Wagen in eine Autowaschanlage gefahren und sich die größte Mühe gegeben, alle Hinweise darauf, dass der Kofferraum als Versteck für die Leiche gedient hatte, zu vertuschen?« fuhr der Inspektor fort.

»Es blieb mir nichts anderes übrig. Es ist ein Leihwagen, den ich nur für einen Monat gemietet habe. Hätte ich Mr. Coppett wirklich ermordet, dann hätte ich doch nie im Leben einen Leihwagen genommen, um die Leiche so lange darin zu verstecken, oder? Das wäre doch völlig unlogisch gewesen.«

Der Inspektor nickte. »Vielleicht hatten Sie ja gar nicht die Absicht, die Leiche so lange dort zu lassen«, sagte er. »Aber jetzt wollen wir noch mal auf die Mordnacht zurückkommen. Hätten Sie etwas dagegen, mir ganz genau zu schildern, was Sie an diesem Abend gemacht haben?«

Yapp wirkte wie ein Häufchen Elend. Er hatte sehr viel dagegen, aber nachdem er nun einmal beschlossen hatte, die Wahrheit zu sagen, gab es kein Zurück mehr.

»Sie nehmen also an, dass der Mord in der Nacht des einundzwanzigsten Juli geschah?« sagte er, um die Angelegenheit hinauszuzögern.

»Das tue ich«, entgegnete der Inspektor. »An diesem Tag wurde der Ermordete zum letzten Mal gesehen. Er verließ das Pub, in dem er arbeitete, um elf Uhr und kam nicht mehr nach Hause. Wohingegen Sie tropfnass und mit seinem Blut auf Ihrem Hemd kurz nach Mitternacht in die Rabbitry Road zurückkehrten. Wenn Sie mir jetzt also in allen Einzelheiten erzählen würden, was Sie an diesem Abend gemacht haben, würde uns das der Lösung des Falles vielleicht näher bringen.«

»Also, am frühen Abend hat mich Mrs. Coppett gefragt, ob ich mit ihr eine Spazierfahrt machen würde.«

»Hat sie Sie gefragt, oder haben Sie sie dazu eingeladen?«

»Sie hat mich gefragt«, sagte Yapp. »Wie Sie wahrscheinlich wissen, haben die Coppetts kein Auto, weil Mr. Coppett wegen seiner restringierten Größe keinen normalen Wagen fahren kann und Mrs. Coppett durch ihren unterdurchschnittlichen Bildungsstand gehindert wurde, die Prüfung zu bestehen. Abgesehen davon bezweifle ich, dass sie sich ein Auto hätten leisten können.«

»Also sind Sie spazieren gefahren. Und wohin?«

Yapp zeigte es ihm auf der Karte.

»Um welche Zeit fand diese Spazierfahrt statt?«

»Zwischen sieben und neun, glaube ich.«

»Und was geschah danach?« fragte der Inspektor, der die Aussagen der Nachbarn, die Yapp und Mrs. Coppett beim Küssen gesehen hatten, bereits zur Kenntnis genommen hatte.

»Ich bin nochmals weggefahren«, sagte Yapp kleinlaut.

»Sie sind also nochmals weggefahren«, wiederholte der Inspektor mit unGlück verheißender Monotonie.

»Ja.«

Der Inspektor fuhr sich mit der Zunge über sein Bärtchen. »Und entspricht es der Wahrheit, dass Sie Mrs. Coppett vor dem Haus geküsst haben?«

»Gewissermaßen«, sagte Yapp unnötig ritterlich. Der Gedanke, dass die arme Rosie einem solchen Verhör unterzogen würde, war ihm unerträglich.

»Gewissermaßen? Könnten Sie das vielleicht etwas genauer erklären? Entweder haben Sie sie geküsst oder nicht.«

»Wir haben uns geküsst. Das stimmt.«

»Und dann sind Sie wieder weggefahren. Warum?«

»Hm … äh …«

»Das bringt uns wohl kaum weiter, meinen Sie nicht? Ich wiederhole also meine Frage: Warum sind Sie nochmals weggefahren?«

Niedergeschlagen blickte sich Yapp im Zimmer um, dessen kahle Wände ihm keinerlei Hoffnung darauf verhießen, dass man ihm den Rest seiner Geschichte glauben würde, wenn er in diesem Punkt log.

»Ich musste etwas erledigen, was Ihnen möglicherweise etwas sonderbar erscheint.«

Das bezweifelte der Inspektor durchaus nicht. Was ihn

betraf, so war die ganze verdammte Angelegenheit sonderbar. Das fing schon damit an, dass in diesem Ausbildungssystem so verfluchte Idioten wie dieser Irre Yapp Professoren werden konnten.

»Sehen Sie«, fuhr Yapp fort, dessen Adamsapfel vor Verlegenheit auf und ab hüpfte, »ich hatte infolge Mrs. Coppetts unmittelbar physischer Kontiguität eine unfreiwillige Emission.«

»Was hatten Sie?«

»Eine unfreiwillige Emission«, sagte Yapp, der sich auf seinem Stuhl wand.

»Mit anderen Worten, es ist Ihnen gekommen, meinen Sie das?«

»Ja.«

»Als Folge dessen, dass sie Ihnen einen runtergeholt hat?«

»Keineswegs«, sagte Yapp indigniert. »Mrs. Coppett ist keine solche Frau. Ich habe gesagt, dass infolge ihrer …«

»Ich habe es gehört«, sagte der Inspektor. »Unmittelbar physische Konsowieso.«

»Kontiguität. Das bedeutet Kontakt, Nähe, Berührung.«

»Nein, wirklich? Und jetzt werden Sie mir sicher gleich erklären, dass zum Runterholen oder Masturbieren, wenn Ihnen das lieber ist, Kontakt, Nähe, Berührung nicht erforderlich ist.«

»Ich behaupte nichts dergleichen. Ich habe lediglich gesagt, dass ihre unmittelbare physische Präsenz diese unselige Wirkung bei mir hervorgerufen hat.«

Der Inspektor betrachtete ihn mit glänzenden Augen. Jetzt hatte er das Schwein endlich auf Trab gebracht, und er würde dafür sorgen, dass es nicht so bald wieder stehen blieb. »Wollen Sie mir allen Ernstes weismachen, dass die Tatsache, dass Mrs. Coppett neben Ihnen saß, ausgereicht hat, um Ihre Scheißsicherung durchbrennen zu lassen?«

»Ich verwahre mich gegen diesen Ausdruck. Er ist derb, vulgär und völlig unangebracht, und ich …«

»Hören Sie zu, Freundchen«, unterbrach ihn der Inspektor, während er sich erneut über seinen Schreibtisch beugte und Yapp unangenehm nahe auf die Pelle rückte, »Sie befinden sich nicht in einer Situation, die Ihnen gestatten würde, sich gegen irgend etwas zu verwahren, außer gegen physische Gewalt, und die nachzuweisen dürfte Ihnen schwer fallen. Also verschonen Sie mich mit Ihrem Studentenprotestgewäsch. Wir sind hier kein drogensüchtiger Haufen von Universitätsarschlöchern, und Sie halten hier keine Vorlesung, kapiert? Sie sind der Hauptverdächtige in einem ganz extrem scheußlichen Mord. Und ich habe bereits ausreichende Beweise, um Sie in Untersuchungshaft nehmen, anklagen, verurteilen und Ihre Berufung ablehnen zu lassen. Also schreiben Sie mir gefälligst nicht vor, was für eine Scheißsprache ich sprechen soll. Fahren Sie lieber mit Ihrer Geschichte fort.«

Erschüttert saß Yapp auf seinem Stuhl. Das war die Realität, wie sie grausamer nicht hätte sein können. Die Drohung dieses kleinen Bärtchens war unmissverständlich. Yapp fuhr also mit seiner Geschichte fort und sagte die Wahrheit und nichts als die Wahrheit, was zur Folge hatte, dass alle Zweifel des Inspektors, er könne sich in Yapp möglicherweise doch getäuscht haben, endgültig zerstreut wurden.

»Saß mehrere Stunden lang im strömenden Regen mit der Unterhose in der Hand in einer Hecke – und erwartet auch noch, dass ich das glaube«, sagte er, nachdem Yapp offiziell des Mordes an Mr. William Coppett angeklagt und in eine Zelle gesteckt worden war. »Er kann sich nicht mehr genau daran erinnern, wo die Hecke oder das Gatter oder auch nur die verdammte Straße war. Wirklich grandios. Zumindest ist damit die Frau entlastet. Eigentlich könnten wir sie laufen lassen.«

Während Yapp in seiner Zelle saß und über die Niedertracht der Petrefacts nachdachte, die so ohne weiteres bereit waren, das Leben eines Perg zu opfern, um ihren kostbaren Ruf zu schützen, holte man Rosie aus ihrer Zelle und erklärte ihr, dass sie frei sei.

Doch es bedeutete ihr nichts. Jetzt, wo sie keinen Willy mehr hatte, um den sie sich kümmern musste, würde sie nie wieder so etwas wie Freiheit empfinden.

21

Emmelia ahnte nichts von diesen Entwicklungen. Zum einen war sie aufgrund ihrer Zurückgezogenheit ohnehin nicht über den Klatsch in Buscott informiert, zum anderen war sie vollauf mit den Vorbereitungen für das Familientreffen beschäftigt. Sie und Annie hatten mit dem Herrichten der Schlafzimmer alle Hände voll zu tun. Sie klopften Matratzen, lüfteten Bettzeug aus, und außerdem waren auch noch die Schrullen und Eigenheiten jedes einzelnen Petrefact zu bedenken. Der Richter hatte ein besonders breites Gebiss, so dass er ein entsprechend großes Glas auf dem Nachttisch benötigte; der Brigadegeneral legte größten Wert auf eine Karaffe mit Malzwhisky auf dem Nachttisch und einen Deckel für den Nachttopf, nachdem vor einiger Zeit eine preisgekrönte und unglaublicherweise trächtige Wüstenrennmaus in so einem Gefäß ertrunken war; die Van der Fleet-Petrefacts weigerten sich strikt, in einem der oberen Schlafzimmer zu nächtigen, nachdem ihnen das eigene Haus über dem Kopf abgebrannt war, so dass man sie unten im kleinen Salon einquartieren musste. Und dann hatte zu Emmelias großem Missbehagen auch noch Fiona völlig unerwartet aus Korfu telegraphiert, dass sie mit ihrer Lebensgefährtin Leslie herüberfliegen würde, weil diese es nicht erwarten konnte, endlich ihre ganze Verwandtschaft kennen zu lernen. Emmelia empfand es als äußerst bedenklich, alle gleichzeitig unter einem

Dach unterzubringen. Der Richter hatte so heftige Ansichten über gleichgeschlechtliche Beziehungen, dass er einmal einen armen Einbrecher der das Pech hatte, Warm zu heißen, zu einer unverhältnismäßig langen Haftstrafe verdonnert hatte, die in zweiter Instanz sehr zu seinem Ärger wieder aufgehoben wurde. Nein, es wäre schon das beste, wenn man von Fiona und Leslie so wenig wie möglich zu sehen bekäme. Sie konnten ja bei Osbert in der Old Hall wohnen.

Während Emmelia alle Vorbereitungen überwachte und ein paar tüchtige Frauen aus der Fabrik als Hilfskräfte anstellte, wanderten ihre Gedanken immer wieder zu ihrem niederträchtigen Bruder Ronald. In einem sehr beherrscht abgefassten Brief hatte sie ihn zu dem Familientreffen eingeladen und sich in ihrer Verzweiflung sogar zu der Feststellung hinreißen lassen, dass es Sinn und Zweck dieser Versammlung sei, über die Zukunft der Mühle nachzudenken (was stimmte) und über die mögliche Bereitschaft der Familie zu diskutieren, ihre Anteile an diesem Unternehmen zu verkaufen (was nicht stimmte). Lord Petrefact hatte nicht geantwortet, doch das hatte Emmelia auch nicht erwartet. Wenn er überhaupt kam, dann unangemeldet, um das Schauspiel zu genießen, das ihm das Missfallen seiner Verwandten bereiten würde. Er würde sich königlich an ihrer Empörung weiden, dass der Name Petrefact unziemlich an die Öffentlichkeit gezerrt und im Rampenlicht stehen würde, wenn bekannt wurde, dass die Familie eine Sexartikelfabrik betrieb. Sie kannte ihn gut genug, um zu wissen, wie sehr er eine solche Situation goutieren würde.

Emmelia sollte recht behalten. Lord Petrefact hatte beschlossen, dem Treffen beizuwohnen. Ihr Brief hatte ihm Appetit auf Familienzwistigkeiten gemacht. Nichts bereitete ihm größeres Vergnügen, und ihre Mitteilung, dass seine Verwandten möglicherweise bereit waren, ihre Anteile an der Mühle zu verkaufen, wertete er nicht etwa als Tatsache, sondern als Indiz dafür, dass sie ihn bei dem Treffen dabeihaben wollten; sicher wollten sie ihn mit vereinten Kräften dazu zwingen, Yapps anscheinend höchst beunruhigenden Aktivitäten in Buscott Einhalt zu gebieten. Lord Petrefact freute sich schon auf das Spektakel. Er brauchte nichts anderes zu tun, als ruhig dazusitzen, während sie wie Hyänen über ihn herfielen, denn sein Schweigen würde vernichtender sein als Worte. Und sollten sie ganz wider Erwarten tatsächlich bereit sein, die Mühle als Gegenleistung für den Abbruch von Yapps Recherchen zu verkaufen, dann würde er diesen scheinheiligen Haufen ordentlich schmoren lassen. Er würde sich Bedenkzeit ausbitten und nach langem Hin und Her das Angebot schließlich doch ablehnen. In dieser euphorischen Laune läutete er nach Croxley.

»Wir fahren umgehend nach Buscott. Bereiten Sie alles für die Reise vor und sorgen Sie für eine Unterkunft in der Nähe.«

»Aber da ist doch das New House«, sagte Croxley. »Miss Emmelia hat sicher schon alles hergerichtet.«

Lord Petrefact fixierte ihn mit seiner weniger angenehmen Gesichtshälfte. »Ich habe von einer Unterkunft gesprochen, nicht von einem Rattennest, in dem es vor Verwandtschaft wimmelt«, sagte er angewidert. Irritiert verließ Croxley das Zimmer. Erst fuhr Yapp nach Buscott und jetzt auch noch der alte Satan höchstpersönlich. Und was meinte er mit dem Rattennest voller Verwandtschaft? Um Lord Petrefact mehr Informationen zu entlocken, rief er sämtliche Hotels in der Umgebung an und verlangte zwei Zimmerfluchten im Erdgeschoss mit absoluter Ruhegarantie zwischen zehn Uhr abends und neun Uhr morgens, Zimmerservice rund um die Uhr und der festen Zusage, dass der Besitzer bei Tag und Nacht erreichbar war. Mit sieben indignierten Absagen bewaffnet, kehrte er in Lord Petrefacts Arbeitszimmer zurück.

»Nirgends mehr ein Zimmer frei«, sagte er mit gespielter Ehrerbietung, »es sei denn, Sie wollen es auf sich nehmen, in einer Pension zu hausen.«

Lord Petrefact gab einige unverständliche Geräusche von sich.

»Ich habe mir schon gedacht, dass Sie das nicht wünschen, aber etwas anderes gibt es nicht.«

»Aber das ist doch ein totes Nest. Wo haben Sie es denn versucht?«

Croxley legte ihm eine Liste der Hotels auf den Schreibtisch. Nachdem Lord Petrefact einen Blick darauf geworfen hatte, fragte er: »Gehört uns denn keines von denen?«

»Der Familie schon, aber ...«

»Die habe ich nicht gemeint. Ich meinte mich.«

Croxley schüttelte den Kopf. »Also wenn Sie Bournemouth gesagt hätten ...«

»Ich habe aber nicht Bournemouth gesagt, verdammt. Ich sagte Buscott. Das ist ein kilometerweiter Unterschied. Also, wo zum Teufel können wir wohnen?«

»Im Rattennest?« schlug Croxley vor und trieb Lord Petrefact damit das Blut in den Kopf. »Als letzte Möglichkeit gäbe es natürlich immer noch Mr. Osbert in der Old Hall.« Lord Petrefact tastete nach seinem Puls. »Damit ich an Lungenentzündung krepiere«, brüllte er, als dieser auf hundertdreißig abgesunken war. »Dieser verdammte Hornochse lebt so im Mittelalter, dass er von Zentralheizung noch nie etwas gehört hat. Und seine Vorstellung von einem warmen Bett besteht darin, dass ein Whippet drinliegt. Wenn Sie glauben, dass ich mein

Bett mit einem verdammten Köter teile, dann sind Sie schief gewickelt.«

Croxley musste ihm recht geben. »In diesem Fall bleibt wohl nur noch das New House. Es mag seine Nachteile haben, aber Miss Emmelia sorgt bestimmt dafür, dass Sie sich wohl fühlen.«

Seine diesbezüglichen Zweifel behielt Lord Petrefact lieber für sich. »Wahrscheinlich schon. Vielleicht gelingt es uns ja auch, die Sache an einem Tag zu erledigen.«

»Darf man erfahren, um was für eine Sache es sich handelt?«

Ein neuerlicher Wutanfall beendete das Gespräch. Croxley eilte aus dem Zimmer und ließ den Leichenwagen vorfahren. Es gab Zeiten, zu denen er wünschte, der alte Drecksack würde ihn seiner Bestimmung entsprechend benutzen.

Und so versammelten sich an diesem Samstag die illustren Petrefacts im New House in Buscott, um sich mit einer Familienkrise zu beschäftigen, die bereits gebannt war. Doch das konnten sie nicht wissen. Yapp hatte das ganze Wochenende Zeit, um sich die erdrückende Beweiskraft der Indizien, die gegen ihn sprachen, durch den Kopf gehen zu lassen, und Inspektor Gamet hatte es nicht eilig.

»Lassen Sie sich so viel Zeit, wie Sie wollen«, erklärte er Mr. Rubicond, nachdem dieser endlich den Aufenthaltsort seines Klienten ausfindig gemacht hatte. »Wenn er Ihnen dieselbe Geschichte erzählt wie mir, dann dürfte es Sie in erhebliche Gewissenskonflikte stürzen, wenn er darauf besteht, sich nicht schuldig zu bekennen. Seine einzige Chance besteht in ›schuldig, aber geisteskrank‹.«

Zwei Stunden später teilte Mr. Rubicond die Meinung des Inspektors. Yapp behauptete nach wie vor hartnäckig, in eine Falle gelockt worden zu sein – und ausgerechnet von den Petrefacts.

»Das kann doch nicht Ihr Ernst sein«, meinte Mr. Rubicond. »Kein vernünftiger Richter wird Ihnen glauben, dass Lord Petrefact Sie angeheuert hat, um eine Familiengeschichte zu schreiben, und dass man Ihnen dann den Mord an einem Zwerg angehängt hat, um Sie daran zu hindern. Würde das stimmen, was ich keine Sekunde lang glaube, und wären die Petrefacts tatsächlich bereit gewesen, so extreme Maßnahmen zu ergreifen, warum zum Teufel hätten sie dann Mr. Coppett ermorden sollen, wenn sie ebenso gut gleich Sie hätten umbringen können?«

»Sie wollten mich in Misskredit bringen«, sagte Yapp. »Diese Kapitalisten sind ausgesprochen tückisch.«

»Ja, das liegt wohl in der Natur der Sache, aber da wir schon dabei sind, dass jemand Sie angeblich in Misskredit bringen will, muss ich Ihnen sagen, dass Sie selbst in dieser Beziehung bereits ganze Arbeit geleistet haben. Ich habe Ihnen doch ausdrücklich nahe gelegt, dass Sie nichts sagen sollen.«

»Ich habe nichts gesagt, was nicht der Wahrheit entspricht. Ich habe die Tatsachen genau so geschildert, wie sie waren.«

»Schon möglich, aber mussten Sie sie denn überhaupt schildern? Nehmen Sie doch nur diese Geschichte, dass Sie im Wagen ejakuliert haben, weil Mrs. Coppett Sie geküsst hat. Von allen unglaublichen Intimitäten, die mir je begegnet sind … Mir fehlen einfach die Worte. Sie haben der Anklage Ihr Motiv auf dem Silbertablett serviert.«

»Aber ich musste doch erklären, warum ich in dieses Wäldchen ging. Ich musste doch einen guten Grund dafür haben.«

»Sich beschmutzte Unterhosen auszuziehen erscheint mir keineswegs ein guter Grund. Es ist sogar ein verdammt schlechter. Warum haben Sie das denn nicht im Wagen erledigt?«

»Das habe ich Ihnen doch schon gesagt. Weil zu dem Zeitpunkt ziemlich viel Verkehr auf der Straße war; außerdem habe ich ziemlich lange Beine, so dass das auf engem Raum nur schlecht gegangen wäre.«

»Also sind Sie über ein Gatter mit Stacheldraht geklettert, haben sich die Hände aufgerissen, einen Acker überquert und die nächsten zwei Stunden damit zugebracht, unter einer Tanne zu sitzen, Ihre Unterhose festzuhalten und darauf zu warten, daß es zu regnen aufhört?«

»Ja«, sagte Yapp.

»Und da Ihr Hemd, als Sie zum Haus der Coppetts zurückkamen, mit Blut – dem Inspektor zufolge Mr. Coppetts Blut – beschmiert war, müssen wir annehmen, daß diese Leiche während der Zeit, die Sie angeblich in diesem Wäldchen verbracht haben, in den Kofferraum gelegt wurde?«

»Das nehme ich an.«

»Und Sie erinnern sich nicht mehr, wo dieses Wäldchen war.«

»Ich würde es sicher wiedererkennen, wenn man mich hinfahren ließe.«

Skeptisch betrachtete Mr. Rubicond seinen Klienten und machte sich ernsthafte Sorgen um dessen Geisteszustand. Eines stand für ihn fest: Wenn es zur Verhandlung kam, würde er dafür sorgen, dass Yapp nicht in den Zeugenstand gerufen wurde. Der verfluchte Mensch schien wild entschlossen, sich mit jedem Wort, das er von sich gab, an den Strick zu liefern.

»Ich kann mir nicht vorstellen, dass die Polizei Ihnen unter diesen Umständen soviel Freiheit zubilligen wird«, sagte er. »Aber wenn Sie wollen, dann frage ich den Inspektor.«

Zu seiner Überraschung gab der Inspektor seine Einwilligung.

»Wenn er nur halb so bescheuert ist, wie wir ihn bisher erlebt haben, wird er uns wahrscheinlich zu der genauen Stelle führen und uns auch noch die Mordwaffe liefern«, sagte er zum Sergeant.

Zwei Stunden lang saß Yapp im Streifenwagen zwischen dem Inspektor und Mr. Rubicond, während sie über die Landstraßen außerhalb Buscotts fuhren und immer wieder an Hecken mit Gattern stehen blieben.

»Es war auf einem Hügel«, sagte Yapp, »denn die Scheinwerfer schienen mir direkt ins Gesicht.«

»Das würden sie auch auf ebener Strecke«, meinte der Inspektor. »Sind Sie bergauf oder bergab gefahren?«

»Bergab. Das Gatter war auf der linken Seite.«

»Aber Sie wissen nicht mehr, wie weit Sie gefahren sind, bevor Sie anhielten?«

»Ich war viel zu aufgewühlt und hatte andere Dinge im Kopf«, sagte Yapp, während er unglücklich aus dem Fenster auf die Landschaft blickte, die ihm völlig unbekannt vorkam, was zum Teil daher rühren mochte, dass sie den Hügel hinauffuhren, den er heruntergekommen war. Abgesehen davon hatten seine Krankheit und die Tage im Bett, ganz zu schweigen von den Schrecken der vergangenen sechsunddreißig Stunden, jene schicksalhafte Nacht in weite Ferne rücken lassen und bewirkt, dass er die Gegend jetzt mit ganz anderen Augen betrachtete. Die auf romantische Weise tragischen, der Vergangenheit angehörenden Assoziationen, die er mit dieser Umgebung verbunden hatte, waren durch bittere Erfahrungen zerstört worden. Jetzt empfand er die Landschaft nur noch als raubgierig und mörderisch.

»Das hat ja verdammt viel gebracht«, schimpfte der Inspektor, nachdem sie auf die Wache zurückgekehrt waren und er Yapp wieder in seine Zelle gesperrt hatte. »Immerhin können Sie uns keine mangelnde Kooperationsbereitschaft vorwerfen.«

Das konnte Mr. Rubicond wirklich nicht. Es gehörte zu seinem Beruf, der Polizei vorzuwerfen, dass sie Brutalität walten ließ und seinen Klienten ihre Rechte verweigerte, aber in diesem Fall benahm sie sich nahezu beunruhigend korrekt, was wiederum dazu angetan war, Mr. Rubiconds persönlichen Eindruck, nämlich dass Professor Yapp in der Tat ein Mörder war, zu bestätigen. Der Inspektor ging sogar so weit, ihn an der Leichenschau teilnehmen zu lassen, obwohl er auf dieses Privileg ausgesprochen gern verzichtet hätte.

»Jemand hat ihm mit dem sprichwörtlichen stumpfen Gegenstand eins über den Schädel gezogen und ihn dann auch noch erstochen«, sagte der Arzt, der die Obduktion durchgeführt hatte.

»Gibt es Hinweise auf die Art des Gegenstandes?«

Der Arzt schüttelte den Kopf. Durch Willys Reise flussabwärts waren sämtliche Spuren, die auf einen Traktor hätten hindeuten können, beseitigt worden. Sogar seine kleinen Stiefel waren blitzsauber gewaschen worden.

»Tja, so sieht es aus, Mr. Rubicond. Wenn Ihr Klient bereit ist, ein volles Geständnis abzulegen, könnte ich mir gut vorstellen, dass er mit einem milden Urteil davonkommt.«

Aber Mr. Rubicond ließ sich nicht so leicht überrumpeln. Er musste Rücksicht auf seine eigenen Interessen nehmen. Professoren, die Zwerge ermordeten, gab es schließlich nicht alle Tage, so dass der Prozess ungeheures Aufsehen erregen würde. Und Walden Yapp war ziemlich bekannt und wurde in jenen progressiven Kreisen, die ihm noch nicht leibhaftig begegnet waren, sehr geschätzt. Außerdem verfügte er bestimmt über beträchtliche Mittel, so dass ein längerer Prozess, gefolgt von einer Berufung, eine recht profitable Angelegenheit sein würde.

»Ich bin von seiner Unschuld überzeugt«, sagte er fröhlich und verließ die Polizeiwache. Inspektor Garnet war ebenso erfreut.

»Also, ich will auf keinen Fall, dass hier irgend etwas verdorben wird, weil Fehler passieren«, erklärte er seinen Leuten. »Professor Yapp wird ganz besonders rücksichtsvoll behandelt. Er ist kein ordinärer Verbrecher, und ich möchte unter keinen Umständen, dass sich jemand bei der Presse darüber beschwert, dass das Schwein schlecht behandelt worden sei. Von jetzt an wird er mit Glacéhandschuhen angefasst.«

Eine ganz andere Atmosphäre herrschte am Tresen des *Pferdekutschers.*

»Es war ein Fehler, den Strick abzuschaffen«, meinte Mr. Groce, den der Verlust von Willy besonders erzürnte. Jetzt hatte er niemanden mehr, der ihm beim Gläserwaschen half. Mr. Parmiter war derselben Ansicht, sah die Angelegenheit jedoch in einem umfassenderen Kontext.

»Mir hat es nie gefallen, wie Mr. Frederick Willy suggeriert hat, er habe ein Recht, dieses verdammte Messer gegen diesen Kerl zu richten, nur weil der Rosie Coppett gebumst hat. Ich bin überzeugt, dass Willy ihn angegriffen hat und dabei selbst dran glauben musste.«

»Wahrscheinlich werden sie dich als Zeugen vorladen, weil er von dir doch den Wagen gemietet hat.«

»Dich werden sie auch holen. Du warst ja offenbar der letzte, der Willy lebend gesehen hat. Mit Ausnahme des Mörders natürlich.«

Während Mr. Groce darüber nachdachte, zog Mr. Parmiter die Möglichkeit in Erwägung, daß die Polizei seine recht zweifelhaft geführten Bücher als Beweismaterial benötigen könnte.

»Der Teufel soll mich holen, wenn ich Willys Drohungen auch nur mit einem Wort erwähne«, meinte Mr. Groce schließlich. »Das könnte den Bastard gar noch auf die Idee bringen, auf Notwehr zu plädieren.«

»Ganz recht. Andererseits hat Willy ja wirklich gesagt, daß er Rosie mit diesem Kerl beobachtet hat. Daran gibt es nichts zu rütteln.«

»Je weniger man sagt, um so besser. Ich werde trotzdem nichts sagen, was diesen Yapp entlastet. Wenn je einer den Strick verdient hat, dann er.«

»Und Mr. Frederick sollte man auch nicht in die Sache reinziehen«, sagte Mr. Parmiter. Am Ende kamen sie überein, gar nichts zu sagen und die Gerechtigkeit ihren geradlinigen Lauf nehmen zu lassen.

22

Lord Petrefact ließ sich nach Buscott fahren. Er war bester Laune. Bevor er London verließ, hatte er ein Abkommen zwischen einer seiner zahlreichen Tochtergesellschaften, Petreclog-Schuhe in Leicester, und der Staatlichen Brasilianischen Rindfleisch-Produktionsgemeinschaft unter Dach und Fach gebracht.

Damit hoffte er, den Arbeitern in Leicester die Nachteile, die sich aus der Forderung einer dreißigprozentigen Lohnerhöhung ergeben würden, nachhaltig vor Augen zu führen und gleichzeitig seine Gewinne drastisch zu erhöhen, indem er die Fabrik nach Brasilien verlegte, wo er mit Unterstützung der Regierung den dortigen Arbeitern nur ein Viertel dessen würde zahlen müssen, was ihre britischen Kollegen verdient hatten.

»Ein genialer Schachzug, einfach genial«, erklärte er Croxley, während er in seinem umgebauten Leichenwagen über die Autobahn fegte, gefolgt vom Notarztbus, in dem das Reanimationsteam Monopoly spielte.

»Wenn Sie meinen«, sagte Croxley, den diese Fahrten im Leichenwagen jedes Mal aufs neue aufregten. »Aber warum Sie ausgerechnet nach Buscott fahren wollen, ist mir schleierhaft. Sie haben doch immer behauptet, dass Sie dieses Nest hassen.«

»Buscott? Wovon zum Teufel reden Sie eigentlich? Ich habe über das Geschäft mit Brasilien gesprochen.«

»Ja. Sicher werden Sie dadurch in Leicester an Popularität gewinnen.«

»Das wird die Schweine lehren, sich nicht in die Grundprinzipien der Wirtschaft einzumischen«, meinte Lord Petrefact genüsslich. »Auf alle Fälle helfe ich damit einem unterentwickelten Land, sich auf eigene Beine zu stellen.«

»Doch sicher in Petreclog-Schuhwerk.«

Doch Lord Petrefact war so überschwenglicher Laune, dass er keine Lust hatte zu streiten. »Was Buscott betrifft, so hat man der Familie gegenüber eben bestimmte Verpflichtungen. Blut ist nun mal dicker als Wasser.«

Insgeheim bezweifelte Croxley die Berechtigung dieses Klischees. Lord Petrefacts familiäre Aktivitäten legten eher den Schluss nahe, dass in seinem Fall Wasser entschieden klebrigere Eigenschaften hatte als Blut; und seine sichtliche Vergnügtheit sprach eher dafür, dass er sich auf eine heftige Auseinandersetzung freute.

Als sie das New House erreichten, war die Auffahrt mit Autos verstopft. Niemand war zu Hause.

»Miss Emmelia macht mit den Herrschaften eine Führung durch die Fabrik«, erklärte Annie Croxley, der am Eingang geklingelt hatte.

»Eine Führung durch die Fabrik?« sagte Lord Petrefact, als ihm diese Nachricht übermittelt wurde. »Warum das denn, zum Teufel?«

»Wahrscheinlich, um ihnen ihre ethnische Bekleidung zu zeigen«, meinte Croxley.

Lord Petrefact schnaubte verächtlich. Er war nach Buscott gekommen, um über Yapps Maulwurfarbeit im Familienuntergrund zu diskutieren, und nicht, um sich auf eine Besichtigungstour durch eine Fabrik für ethnische Bekleidung schleifen zu lassen. »Verdammt will ich sein, wenn ich auch nur einen Schritt von der Stelle weiche, bis sie zurückkommen«, sagte er störrisch. »Ich habe von dieser verdammten Mühle schon mehr als genug gesehen.«

Ausnahmsweise waren die in der Fabrik versammelten Petrefacts diesmal seiner Meinung. Emmelia hatte sie nachhaltig davon überzeugt, dass man Publicity um jeden Preis vermeiden musste. Den Richter hatte die Führung ganz besonders mitgenommen, vor allem die Happy Susis. Nachdem er von jeher der Meinung war, dass alle Homosexuellen geborene Verbrecher wären, die bei der Geburt kastriert und, sobald dies juristisch möglich war, zu Zuchthaus verurteilt werden sollten, hatten ihn diese Dinger derart in Rage gebracht, dass man ihn in Fredericks Büro führen und ihm mehrere Cognacs einflößen musste. Selbst dann war er nicht bereit gewesen, den Rundgang fortzusetzen.

Emmelia hatte die anderen zu den Dildos weitergeführt. Hier sah sich sogar der Brigadegeneral, dem die volle Bedeutung von Maxi-Muschs dank unzulänglicher Bekanntschaft mit den sexuellen Merkmalen weiblicher Wesen von größeren Ausmaßen als Wüstenrennmäuse und siamesische Katzen entgangen war, gezwungen, endlich zu erkennen, was er da vor sich hatte.

»Monströs, einfach monströs!« schnaubte er. Offenbar rührte seine Pikiertheit daher, dass er Vergleiche anstellte. »Nicht einmal eine bengalische Tigerin hat ein …: also, ein Dingsda … ein Na-sag-schon … mit so erschreckenden Ausmaßen. Mit so einem Dingsbums könnte man jemandem was Fürchterliches antun. Abgesehen davon möchte ich bloß wissen, wer um Himmels willen so ein Ding im Haus herumhängen haben möchte?«

»Du würdest dich wundern«, meinte Fiona, die sich wenig später selbst über die Keuschheitsgürtel wunderte und maßlos empörte. »Wirklich ungeheuerlich. Zu erwarten, dass jemand in so einem mittelalterlichen Folterinstrument herumläuft, ist eine Beleidigung für die moderne Frau.«

»Soweit ich verstanden habe, meine Liebe«, meinte Emmelia, »sind diese Dinger für Männer.«

»Das ist natürlich etwas ganz anderes«, sagte Fiona und brachte damit prompt Osbert auf die Barrikaden. »Männer sollten in Schranken gehalten werden.«

»In Schranken gehalten?« brüllte Osbert. »Du musst den Verstand verloren haben. Du brauchst so einen armen Kerl bloß in so ein Ding zu stecken und damit auf die Jagd zu schicken. Schon nach dem ersten Zaun hast du einen verdammten Eunuchen.«

Die Van der Fleet-Petrefacts, die etwas zurückgeblieben waren, sahen sich bei genauerer Betrachtung der Thermalvibratoren mit Klistiervarianten in ihrer Hoffnung getäuscht, dass es sich dabei um besonders handliche Feuerlöscher handle. In der Sado-Abteilung schließlich waren alle ob dieser Widerwärtigkeiten entsetzt.

Nur Fiona bewahrte sich eine seltsame Mischung aus Frauenpower und sexueller Freizügigkeit. »Schließlich hat doch jeder das Recht, sich auf seine Weise sexuelle Befriedigung zu verschaffen«, meinte sie beharrlich und fügte angesichts der Knebel, Handschellen, Plastikzwangsjacken und Fesseln hinzu, dass die Gesellschaft kein Recht habe, die Freiheit des Individuums einzuschränken – ohne sich der Ironie ihrer Bemerkung bewusst zu werden.

»Musst du ständig davon reden«, kreischte Osbert, noch immer verfolgt von der Vorstellung, was für schauerliche Konsequenzen das Jagen in einem männlichen Keuschheitsgürtel hatte.

»Scheiß auf die Freiheit eines Individuums, das sich so ein Ding da umbindet«, röhrte der Brigadegeneral und packte ebenso genussvoll wie drohend eine neunschwänzige Katze. »Ich werde jetzt diesen verdammten Manager Cuddlybey aufsuchen und mir das Schwein vorknöpfen. Er muss total verrückt geworden sein, die Produktion von Baumwollschlafanzügen umzustellen auf diese …«

»Du wirst nichts dergleichen tun, Randle«, unterbrach ihn Emmelia »Außerdem dürftest du erhebliche Schwierigkeiten haben. Mr. Cuddlybey ist vor vierzehn Jahren in Pension gegangen und letzten August gestorben.«

»Sein verdammtes Glück. Wenn ich …«

»Wenn du dich etwas mehr für die Familienangelegenheiten interessiert hättest und etwas weniger für deine albernen Wüstenrennmäuse, dann hättest du das gewusst.«

»Und wer ist jetzt der Manager?« fragte Osbert herrisch.

Emmelia zögerte einen Augenblick. »Ich«, erklärte sie.

Entsetzt starrten alle sie an.

»Du willst doch damit nicht sagen …«, setzte der Brigadegeneral an.

»Ich sage gar nichts mehr, bis Ronald da ist.«

»Ronald?«

»Also wirklich, Osbert, musst du denn immer alles wiederholen? Ich sagte Ronald und ich meinte Ronald. Und jetzt lasst uns nachsehen, ob Purbeck sich wieder einigermaßen erholt hat.«

Geschlossen gingen sie ins Büro zurück, wo der Richter, nachdem er dem Cognac ein paar kleine Pillen hinterhergeschoben hatte, in den Katalog vertieft war.

»Eine Do-it-yourself-Sodomie-Ausrüstung«, bellte er den eingeschüchterten Frederick an. »Ist dir eigentlich klar, dass du damit einem Verbrechen Vorschub leistest, auf das die Todesstrafe steht?«

»Die Todesstrafe?« fragte Frederick unsicher. »Aber zwischen Erwachsenen, die sich einig sind, ist es doch sicher legal.«

»Sich einig? Was zum Teufel meinst du mit ›sich einig‹? Nicht einmal die verderbtesten, perversesten, sadomasochistischsten, geistesgestörtesten, perversesten, perversesten …«

»Das sagst du jetzt schon zum drittenmal, Onkel«, wagte Frederick ihn beherzt zu unterbrechen.

»Was habe ich gesagt?«

»Pervers.«

»Und ich habe es dreimal gemeint, du verdammter Dreckskerl. Sogar noch viel öfter. Nicht einmal das perverseste Schwein von Arschficker würde sich darauf einlassen, sich dieses teuflische Gerät durch seinen Schließmuskel rammen zu lassen …«

»Hört, hört«, sagte Osbert gefühlvoll.

»Und auf deine Kommentare kann ich verzichten, Osbert«, fuhr ihn der Richter an. »Ich habe schon immer befürchtet, dass mit dir etwas nicht stimmt, seit du damals diesem rosaäugigen Wiesel eine Konservendose an den Schwanz gebunden und es mir ins Bett gelegt hast, und jetzt …«

»So was habe ich nie gemacht. Und außerdem war es ein Frettchen.«

»Ganz gleich, was es war, jedenfalls …«

»Ich finde, wir sollten uns auf die Gegenwart konzentrieren«, fuhr Emmelia dazwischen.

»Die Frage ist doch die, was wir gegen Ronald unternehmen wollen.«

Der Richter blickte sie aus seinen Schweinchenaugen an. »Ronald? Was hat denn Ronald mit diesen teuflischen Erfindungen zu tun?«

»Wir alle wissen, dass er Professor Yapp angeblich nach

Buscott geschickt hat, um Nachforschungen für die Familiengeschichte anzustellen.«

Wieder schob sich der Richter eine kleine Pille in den Mund. »Und du behauptest also, dass Ronald Bescheid weiß über diese … diese …?« krächzte er.

»Ich bin nicht sicher. Aber der springende Punkt ist der, dass dieser grässliche Yapp sehr wohl dahinter kommen kann, wenn er hier noch länger herumschnüffelt.«

Eine Weile herrschte bedrücktes Schweigen, das nur durch das Klappern des Schürhakens und der Holzzange unterbrochen wurde, als Mrs. Van der Fleet-Petrefact ohnmächtig in den leeren Kamin sank. Ihr Mann ignorierte diesen Zwischenfall.

»Wenn das so ist, darf man eben nicht zulassen, dass er dahinter kommt«, meinte schließlich der Richter.

»Genau. Da hast du völlig recht«, pflichtete ihm der Brigadegeneral bei. Er hätte seiner Zustimmung noch größeren Nachdruck verliehen, hätte ihn nicht der drohende Blick in den Augen seines Bruders zum Schweigen gebracht.

»Das ist leichter gesagt als getan«, fuhr Emmelia fort. »Er hat bereits versucht, hier einzudringen, und die Familiendokumente wollte er auch einsehen. Natürlich habe ich keine Einwilligung gegeben.«

Diesmal zielten die Blitze aus den blutunterlaufenen Augen des Richters auf Emmelia. »Du hast ihm die Einsicht in die Familiendokumente verweigert, obwohl sie ihn von diesem Zeug da abgelenkt hätten?« herrschte er sie an und schlug dabei mit der flachen Hand auf den Katalog.

»Ich finde das äußerst merkwürdig. Merkwürdig, in der Tat.«

»Aber denk doch an den Skandal«, sagte Emmelia. »Eine Familiengeschichte würde enthüllen …«

»Nichts im Vergleich zu dem hier«, brüllte der Richter. »Wenn es je bekannt wird, dass wir die Besitzer einer …«

»Einer Happy-Susi-Fabrik«, schlug Osbert vor.

»Wie du sie nennen willst, spielt keine Rolle. Zum Gespött der Leute werden wir auf jeden Fall. Mehr noch, sie werden uns als den Abschaum der Gesellschaft verachten. Ich muss abdanken und den Richterstuhl verlassen. Die Konsequenzen sind unabsehbar.«

Wieder herrschte eine Weile Schweigen im Büro.

»Ich finde trotzdem …«, setzte Emmelia an, wurde jedoch von den anderen sofort heftig angegriffen.

»Du hast es zugelassen, dass dieser abscheuliche Jüngling diese … diese … Dinger produziert«, röhrte der Richter. »In meinen Augen bist einzig und allein du für diese abscheuliche Situation verantwortlich.«

Der Brigadegeneral und Mr. Van der Fleet-Petrefact, ja sogar Osbert und Fiona wandten sich ebenfalls gegen Emmelia. Sie saß da und hörte kaum hin. Die Familie, über die sie so lange Zeit ihre schützende Hand gehalten hatte, ließ sie jetzt im Stich.

»Also gut«, sagte sie schließlich, als die Schimpftiraden abflauten, »ich nehme die Verantwortung auf mich. Und jetzt sagt mir, was wir tun sollen.«

»Das liegt doch auf der Hand. Überlasse diesem Professor Yapp die Petrefact-Dokumente. Lass den Kerl doch die Familiengeschichte schreiben.«

»Und Ronald? Er müsste eigentlich schon da sein.«

»Wo denn?«

»Im New House. Ich habe ihn ebenfalls eingeladen.«

Der Richter sprach sein Urteil. »Daraus kann ich nur folgern, dass du den Verstand verloren haben musst, Weib.«

»Mag sein«, entgegnete Emmelia betrübt. »Aber was sollen wir ihm sagen?«

»Über das hier nicht ein Wort.«

»Und über die Familie alles?«

»Genau. Wir müssen ihn möglichst geschickt ablenken. Und ich würde euch allen empfehlen, ihn mit dem größten Respekt zu behandeln. Es steht in Ronalds Macht, unser aller Zukunft zu zerstören.« Und mit diesen Worten stand der Richter noch etwas wackelig auf und ging zur Tür. Die anderen folgten. Nur Emmelia blieb sitzen und trauerte jenem der Vergangenheit angehörenden, zurückgezogenen Leben nach, das ihre Verwandten im Interesse ihrer eigenen, armseligen Gegenwart um jeden Preis zerstören wollten. Von ihrem Platz aus hörte sie, wie Osbert draußen auf dem Hof zum Brigadegeneral sagte, er solle ihn an die Geschichte von Großtante Georgette und dem japanischen Marineattaché erinnern.

»Ich bin sicher, dass Onkel Oswald den Vertrag für das Schwimmdock auf diesem Weg bekommen hat …«

Seine Stimme entfernte sich. Ähnlich würden sie diesen Schuft von Ronald an jeden erdenklichen Familienskandal erinnern, nur um ihn daran zu hindern, etwas von der Sexartikel-Fabrik zu erfahren. Einen Augenblick lang fühlte sich Emmelia versucht, ihnen allen die Stirn zu bieten, Ronald ein Exemplar dieses ominösen Katalogs seines Sohnes vorzulegen und ihn dann aufzufordern, angesichts des Inhalts die Sache mit der Familiengeschichte nur weiter voranzutreiben. Aber es hatte wenig Sinn, sich den Rest der Familie zu Feinden zu machen. Erschöpft stand sie auf und folgte den anderen nach draußen.

»Ich gehe zu Fuß zurück«, entschied sie. »Mir ist nach frischer Luft zumute. Übrigens meine ich, dass Frederick besser nicht in Erscheinung treten sollte.«

Frederick, der bereits zu derselben Einsicht gelangt

war, stand im Arbeiterclub an der Bar und bestellte einen doppelten Whisky.

Während die anderen in den alten Daimler kletterten, schleppte Emmelia sich betrübt über den Hof zum Fabriktor. Es war lange her, seit sie die kleine Stadt an einem Samstagnachmittag erlebt hatte. Ihr Revier war immer der Garten gewesen, und Buscott hatte sie lediglich als dessen äußerstes Ende und gleichzeitig als den Anfang der großen Welt betrachtet, die sie so lange gemieden hatte. Für ihre gelegentlichen Besuche beim Tierarzt hatte sie den Wagen genommen, und ihre nächtlichen Spaziergänge hatten sie hinaus aufs Land geführt. Da Annie sie über den Klatsch auf dem laufenden hielt, hatte sie sich eingebildet, die Stadt zu kennen, aber heute nachmittag, in dem Bewusstsein, dass ihre Verwandten sie im Stich gelassen hatten, betrachtete sie Buscott mit anderen Augen. Die Häuser waren zwar noch immer dieselben, wirkten freundlich und heimelig, und auch die Geschäfte waren weit gehend so, wie sie sie in Erinnerung hatte, obwohl in den Schaufenstern eine überraschende Vielfalt von Waren angeboten wurde; trotzdem kam es ihr vor, als seien ihr die Straßen irgendwie fremd und sie würde sie nicht wieder erkennen. Als sie vor Cleete, Samenhandlung und Gartengeräte, stehen blieb und das Angebot an Winterzwiebeln betrachtete, erhaschte sie zufällig einen Blick auf ihr Spiegelbild im Fenster und erschrak über das, was sie da sah. Es war ihr, als hätte Ronald sie angeblickt. Allerdings nicht jener Ronald, Lord Petrefact, der inzwischen an den Rollstuhl gefesselt war, sondern Ronald, wie er vor zwanzig Jahren gewesen sein musste. Emmelia betrachtete ihr Spiegelbild ohne Eitelkeit und zog daraus eine überraschende Erkenntnis: Wenn Ronald kein netter Mensch war – und daran konnte es keinen

Zweifel geben –, bestand dann nicht die Möglichkeit, dass sie sich über ihre eigene Nettigkeit Illusionen gemacht hatte?

Ein paar Sekunden lang stand sie wie angewurzelt vor dem Fenster, während ihre Gedanken nach innen zum tiefsten Kern der Selbsterkenntnis wanderten. Nein, sie war kein netter Mensch. Das Blut dieser verachtenswerten Petrefacts, denen sie in ihrer romantischen Verblendung Tugenden zugeschrieben hatte, die sie nie besessen hatten, floß durch ihre Adern wie – deutlicher sichtbar freilich – durch die ihres Bruders. Sechzig Jahre lang hatte sie ihre wahre Natur verleugnet, um sich ihren Ruf und die Anerkennung der Welt, die sie aus tiefstem Herzen verachtete, zu bewahren. Es kam ihr vor, als sei sie ein Kind geblieben, ängstlich darauf bedacht, ihren Eltern und der Kinderschwester zu gefallen.

Jetzt, im Alter von sechzig Jahren, erkannte sie die Frau, die sie in Wirklichkeit war. In diesem Augenblick ging hinter ihr eine junge Mutter mit Kinderwagen am Fenster vorbei, verschmolz kurz mit ihrer eigenen, in Tweed gehüllten Gestalt und tauchte auf der anderen Seite wieder auf, als sollte ihr durch dieses Bild die Leere der dazwischenliegenden Jahre noch deutlicher vor Augen geführt werden. Mit einem Zorn, wie sie ihn noch nie zuvor empfunden hatte, wandte sich Emmelia ab. Scheinheiligkeit hatte sie um einen Großteil ihres Lebens betrogen. Aber von jetzt an wollte sie jene Gaben der Bosheit und Gehässigkeit nutzen, die ihr in die Wiege gelegt worden waren.

Festeren Schrittes überquerte sie die Straße, bog in die New House Lane ein und wollte sich schon an den sanften Aufstieg machen, als ihr ein Aushänger vor dem Zeitungskiosk an der Ecke ins Auge sprang. Dort hieß es: PROFESSOR UNTER MORDVERDACHT.

Zum drittenmal an diesem Nachmittag hatte Emmelia das deutliche Gefühl, dass ihr etwas Außerordentliches widerfuhr. Sie kaufte sich die *Bushampton Gazette* und las, mitten auf dem Bürgersteig stehend, den ganzen Bericht. Als sie damit fertig war, stellte sich heraus, dass ihr Eindruck sie nicht betrogen hatte. Frohlockend über ihre zurückeroberte Bosheit ging sie den Hügel hinauf.

23

Sie war nicht die einzige, der sonderbar zumute war. Auch für Lord Petrefact hatte sich die Situation gravierend verändert. Während er auf die Rückkehr seiner Verwandtschaft wartete, hatte er Croxley mit abscheulichen Erinnerungen an seine versaute Kindheit und an seine Ferien im New House ergötzt, hatte voll genüsslicher Schadenfreude berichtet, wie er mit dem Luftgewehr auf einen Gärtnergehilfen geschossen hatte, während sich der Kerl über die Zwiebeln beugte und wie er da drüben im Fischteich den Lieblingspekinesen seiner Tante ersäuft hatte. Als die Familie schließlich eintraf, setzte Lord Petrefact zur Begrüßung sein widerlichstes Gesicht auf, musste aber zu seiner Überraschung feststellen, dass seine Hassgefühle nicht erwidert wurden.

»Mein lieber Ronald, wie schön, sich mit eigenen Augen davon überzeugen zu können, dass es dir gut geht«, sagte der Richter mit noch nie da gewesener Gutmütigkeit, und bevor sich Lord Petrefact von diesem Schock erholen konnte, wurde er von äußerst beunruhigender Jovialität überrollt. Osbert, der bei mehr als einer Gelegenheit geäußert hatte, dass er, wenn es nach ihm ginge, Ronald am liebsten wie eine Sau abschlachten würde, strahlte ihn förmlich an.

»Exzellente Idee, die du da hattest, so eine Familiengeschichte schreiben zu lassen«, dröhnte er. »Ich möchte nur wissen, warum nicht eher jemand darauf gekommen ist.«

Sogar Randle verströmte ein Wohlwollen, in dessen Genuss sonst nur seine Wüstenrennmäuse und siamesischen Katzen kamen.

»Gut siehst du aus, Ronald, du strotzt ja vor Gesundheit«, murmelte er, während Fiona ihren Widerwillen gegen Männer unterdrückte und ihn auf die Wange küsste. Einen panischen Augenblick lang konnte Lord Petrefact daraus nur den Schluss ziehen, dass es um seine Gesundheit sehr viel schlechter bestellt war, als er glaubte, und dass die ungewohnte Herzlichkeit, mit der er überschüttet wurde, ein Vorzeichen seines nahenden Todes sein musste. Als Croxley ihn, vom Rest der Familie liebevoll umringt, ins Haus hinein und in den Salon rollte, mobilisierte Lord Petrefact seine ganzen Hassgefühle.

»Es geht mir *nicht* gut«, schnaubte er. »Tatsache ist, dass es um meine Gesundheit miserabel steht, aber ich kann euch versichern, dass ich nicht die Absicht habe, euch zuliebe abzukratzen. Dazu bin ich zu sehr an unserer Familiengeschichte interessiert.«

»Wir ebenso«, sagte der Richter, »das ist gar keine Frage.«

Ringsum erhob sich zustimmendes Gemurmel. Lord Petrefact fuhr sich mit der Zunge über die trockenen Lippen. Zustimmung war das letzte, was er erwartet oder gewollt hatte.

»Und ihr habt nichts dagegen, dass Professor Yapp daran arbeitet?«

Eine Sekunde lang glaubte Lord Petrefact ein winziges Zögern zu bemerken, als der Richter seine Hoffnungen auch schon enttäuschte. »Wie ich höre, ist er so eine Art Radikaler«, sagte er, »aber ich bin ziemlich sicher, dass sein Gebell schlimmer ist als sein Biss.«

Lord Petrefact neigte dazu, ihm recht zu geben. Wenn Yapps Anwesenheit in Buscott nicht mehr bewirkt hatte als diese bizarre Freundlichkeit seitens der Familie, dann hatte er überhaupt nicht gebissen. »Und ihr seid alle damit einverstanden, dass er uneingeschränkten Zugang zur Familienkorrespondenz erhält?«

»Ich wüsste nicht, wie er das Buch ohne diese Informationen anständig schreiben könnte«, meinte Randle. »Und ich bin überzeugt, dass es sich auch gut verkaufen wird. Unser Osbert hat mich gerade an die Geschichte erinnert, wie Onkel Oswald den japanischen Vertrag für das Schwimmdock an Land gezogen hat. Offenbar hat er Tante Georgette überredet, eines Abends auf dem Rückweg vom Klo in das Zimmer des zuständigen Schlitzauges zu schlüpfen und …«

Lord Petrefact hörte sich die Geschichte mit zunehmender Besorgnis an. Wenn Randle bereit war, solches Zeug veröffentlichen zu lassen, dann war er zu allem bereit. Wieder flackerte bei Lord Petrefact der dunkle Verdacht auf, dass man ihn hinterging. Und um die Probe aufs Exempel zu machen, zog er aus dem Sumpf des Familienklatsches das übelste Gewächs, das er finden konnte. »Was ist mit Simeon Petrefacts Vorliebe für Ziegen?« fragte er.

»Wie ich gehört habe, mochte er sie am liebsten tot«, sagte Osbert. »Frisch geschlachtet und noch warm.«

Lord Petrefact starrte ihn an. An seinen mageren Händen, die die Lehne des Rollstuhls umklammerten, traten die Knöchel weiß hervor. Irgend etwas war total schief gelaufen. Oder sie versuchten nur, ihn bei Laune zu halten, weil sie hofften, dass er die Veröffentlichung von Yapps skurriler Geschichte gar nicht mehr erleben würde. Aber diese Hoffnung konnten sie begraben. »Nachdem ihr ja nun alle eure Zustimmung gegeben habt, wäre es vielleicht das beste, einen neuen Vertrag mit Professor Yapp zu schließen, einen Familienvertrag, den ihr alle unterschreibt und in dem ihr ihm vorbehaltlosen Zugang zu allen Dokumenten und Informationen zusichert, die er benötigt.«

Wieder rechnete er mit Widerspruch, aber der Richter versprühte noch immer Jovialität, und die anderen wirkten ebenso ungerührt wie zuvor.

»Also, Purbeck, wie lautet deine Antwort?« fragte er brüsk mitten in dieses irritierende Lächeln hinein. Aber diesmal war es eine andere Stimme, die ihm antwortete.

»Ich kann mir kaum vorstellen, dass Professor Yapp noch sehr viel Gelegenheit haben wird, seine Nachforschungen über die Familie fortzusetzen, mein lieber Ronald.«

Wütend riss Lord Petrefact den Kopf herum. Unter der Tür stand Emmelia und lächelte. Aber im Gegensatz zum jovialen Lächeln der anderen spiegelte sich in dem ihren Triumph und boshafte Schadenfreude.

»Was zum Teufel soll das heißen?« fragte er, so drohend ihm das in seiner verqueren Stellung möglich war. Emmelia schwieg. Wie sie so dastand und lächelte, strahlte sie eine Gelassenheit aus, die in gewisser Weise noch Besorgnis erregender war als der Empfang der Familie.

»Beantworte meine Frage, verflucht noch mal«, schrie Lord Petrefact. Und da er seinen Kopf nicht länger in der verrenkten Stellung halten konnte, wandte er sich wieder dem Richter zu. Purbecks Gesichtsausdruck war wenig aufschlussreich. Er sah Emmelia ebenso verblüfft an wie zuvor Lord Petrefact. Und die anderen ebenfalls.

Schließlich wiederholte der Brigadegeneral seine Frage. »Äh … also, ich meine … was soll das heißen?«

Aber Emmelia ließ sich nicht aus der Fassung bringen. Sie ging zur Klingel hinüber und läutete. »Jetzt wollen wir uns erst mal alle hinsetzen, und ich sage Annie, dass sie uns Tee bringen soll«, meinte sie, während sie Platz nahm wie jemand, der ein belangloses gesellschaftliches

Beisammensein arrangiert hat. »Wie nett von dir, dass du gekommen bist, Ronald. Ohne dich wären wir ziemlich hilflos gewesen. Ah, Annie, Sie können den Tee heute hier servieren. Es sei denn ...«, sie machte eine viel sagende Pause und wandte sich dann an Lord Petrefact, »es sei denn, du hättest gern etwas Stärkeres.«

»Weshalb denn, zum Teufel? Du weißt verdammt gut, dass die Ärzte mir verboten haben ...«

»Dann einfach nur Tee, Annie«, unterbrach ihn Emmelia und lehnte sich in ihrem Sessel zurück. »Man neigt fast dazu, deine Leiden zu vergessen, mein lieber Ronald. Für einen Achtzigjährigen siehst du wirklich großartig jugendlich aus.«

»Ich bin noch keine verdammten ...«, begann er, bevor er merkte, dass das nur ein Köder gewesen war. »Kümmere du dich nicht um mein Alter, sondern sag mir lieber, warum du dir verdammt noch mal einbildest, Professor Yapp würde die Familiengeschichte nicht schreiben.«

»Weil er, mein lieber Ronald«, sagte Emmelia, die die Spannung sichtlich genoss, »allem Anschein nach ... nun, wie soll ich es ausdrücken? ... Sagen wir einfach, dass er mehr Zeit zur Verfügung hat, als ihm ...«

»Zeit zur Verfügung? Was zum Teufel soll dieses Gefasel? Natürlich hat er Zeit zur Verfügung. Sonst hätte ich ihn wohl kaum engagiert.«

»Nicht ganz die Zeit, die du dir vorstellst. Ich glaube, man könnte auch sagen, er brummt.«

Lord Petrefact stierte sie verständnislos an. »Brummt?«

»Brummt. Wenn ich recht informiert bin, so ist das der volkstümliche Ausdruck für ›eine Gefängnisstrafe absitzen‹. Purbeck, du musst das doch wissen.«

Der Richter nickte ausdruckslos.

»Du meinst also, dass dieser verdammte Yapp ...«, begann Randle, aber Emmelia hob die Hand.

»Professor Yapp ist verhaftet worden«, sagte sie und glättete ihren Rock in der düsteren Gewissheit, dass sie Lord Petrefacts Blutdruck in den kritischen Bereich hinaufdrückte.

»Verhaftet?« gurgelte er. »Verhaftet? Mein Gott, dann habt ihr ihn also aus dem Rennen gezogen.«

Emmelias Lächeln war verschwunden. »Wegen Mord«, zischte sie, »und außerdem weißt du ganz genau, dass ich mich nicht bei Pferderennen herumtreibe und ...«

»Ist doch scheißegal, wo du dich herumtreibst«, brüllte Lord Petrefact. »Wen zum Teufel soll er denn ermordet haben?«

»Einen Zwerg. Einen armen, kleinen Zwerg, der niemandem etwas zuleide getan hat«, sagte Emmelia, zog ein Taschentuch aus dem Ärmel und verlieh ihren Worten sentimentalen Nachdruck, indem sie sich die Augen abtupfte.

Lord Petrefact war zu perplex, um das überhaupt zu bemerken. In Gedanken war er zu jenem schrecklichen Abend in Fawcett zurückgekehrt, an dem Yapp dieses auffallende Interesse an verkrüppelten Dingen und besonders an Zwergen an den Tag gelegt hatte. Wie hatte der Schweinehund sie doch gleich genannt? Perks? Irgend so was. Und jetzt war dieser Irre hingegangen und hatte einen ermordet. Lord Petrefact zweifelte nicht eine Sekunde daran. Schließlich hatte er das Schwein ja genau deshalb nach Buscott geschickt, weil er das Talent besaß, auf Schritt und Tritt Verwüstungen anzurichten. Aber Zwerge kaputtzumachen war denn doch etwas anderes. Das würde einen Prozess bedeuten, bei dem Yapp in den Zeugenstand treten müsste und sagen würde ... Bei diesem Gedanken schauderte Lord Petrefact. Der Familie mit unerwünschter Publicity zu drohen war eine Sache, aber es war etwas ganz anderes, wenn man persönlich dafür verantwortlich gemacht wurde, einen Zwergenkiller angeheuert zu haben … Gewaltsam drängte er diesen Gedanken zurück und schaute zu Emmelia hinüber, aber ihr Blick verriet ihm, dass von dieser Seite keinerlei Trost zu erwarten war. Jetzt plötzlich passte auch alles zusammen. Kein Wunder, dass sich die ganze Familie so über sein Kommen gefreut hatte und so bereitwillig in Sachen Familiengeschichte kooperieren wollte. Als Lord Petrefact aus seinen schrecklichen Gedankengängen wieder auftauchte, wandte er sich den anderen zu.

»Das hätte ich mir denken können«, brüllte er heiser. »Von allen verfluchten Erzschweinen seid ihr die allerschlimmsten! Nein, glaubt bloß nicht, dass ich schon fertig bin. Ich bin …«

»Ich wünschte, du wärest es«, fuhr Emmelia scharf dazwischen. »Es ist einfach ermüdend, sich dein Geschimpfe anzuhören, zumal du die Schuld einzig und allein bei dir selbst suchen musst. Du hast uns diesen ungeheuerlichen Menschen auf den Hals gehetzt, ohne dich vorher mit mir abzusprechen. Purbeck hast du auch nicht gefragt. Ebensowenig Randle und …«

Jetzt schnitt Lord Petrefact ihr das Wort ab. »Croxley, zurück zum Wagen. Ich bleibe keine Minute länger in diesem Haus.«

»Und was wird aus deinem Tee, mein lieber Ronald?« fragte Emmelia zuckersüß. »Es kommt so selten vor, dass die ganze Familie versammelt ist, und …«

Doch Lord Petrefact war schon draußen. Die Räder seines Rollstuhls knirschten auf dem Kies, und schweigend saß die Familie da, bis der Leichenwagen davonfuhr.

»Stimmt das denn, Emmelia?« fragte der Richter.

»Aber natürlich«, entgegnete sie und zog die *Bushamp-*

ton Gazette aus der Handtasche. Bis alle den Bericht gelesen hatten, brachte Annie auch den Tee.

»Also, ich muss schon sagen, dass das eine gnädige Wendung des Schicksals ist«, meinte der Brigadegeneral mit einem tiefen Seufzer. »Damit wäre Ronald also gestoppt. Ich verwette meinen guten Ruf darauf, dass er keine Ahnung hat, was in der Mühle vorgeht. Seit er damals erfahren hat, dass Tante Mildred ihn in ihrem Testament übergangen hat, habe ich ihn noch nie so außer sich gesehen.«

»Ich neige dazu, dir recht zu geben«, meinte der Richter. »Aber Ronald ist nicht der einzige, an den wir jetzt denken müssen. Entscheidend ist doch, ob dieser Mörder Yapp etwas über die Mühle weiß. Sollte er die Sache vor Gericht zur Sprache bringen …«

»Ich wage doch anzunehmen, dass du deinen Einfluss dahingehend geltend machen wirst, dass er das nicht tut«, sagte Emmelia.

»Ja … schon …«, murmelte der Richter. »Natürlich wird man tun, was man kann.« Er hob die Tasse hoch und nippte nachdenklich an seinem Tee. »Nichtsdestoweniger wäre es nützlich zu wissen, ob er die Mühle in seiner Aussage irgendwie erwähnt hat. Vielleicht ließe sich das ja irgendwie feststellen.«

Während Yapp an jenem Abend – dem ersten von vielen – in seiner Zelle lag und krampfhaft versuchte, hinter all diesem Horror und Chaos einen logischen Grund für sein Hiersein zu erkennen, sich dieses aber nur mit einer unglaublichen Verschwörung erklären konnte, versammelten sich die Petrefacts im New House um den riesigen Esstisch und setzten eben jenen Prozess in Gang, der seine Theorie rechtfertigen sollte.

»Ich hätte gedacht, es müsste dir ein leichtes sein festzustellen, ob dieser Yapp in seiner Aussage etwas von den

Vorgängen in der Mühle erwähnt hat«, sagte der Richter zu Emmelia.

Aber diesmal zeigte Emmelia ausnahmsweise keinerlei Interesse an den Sorgen der Familie. »Du kannst ja Frederick fragen. Um diese Zeit ist er mit Sicherheit im Arbeiterclub. Was mich betrifft, ich gehe jetzt zu Bett.«

»Wahrscheinlich hat sie einen schlimmen Schock weg«, meinte der Brigadegeneral, nachdem sie das Zimmer verlassen hatte. In gewisser Weise hatte er recht. Der Schock, entdecken zu müssen, dass die Familie, über die sie so lange ihre schützende Hand gehalten hatte, sie kaltblütig im Stich ließ und im Grunde nichts weiter war als ein Haufen erbärmlicher Feiglinge, hatte Emmelias Einstellung grundlegend verändert. Sie lag im Bett, horchte auf das von unten heraufdringende Stimmengemurmel und verspürte zum erstenmal in ihrem Leben eine gewisse Sympathie für Ronald. Sympathie war übertrieben, denn eigentlich war es eher die gemeinsame Verachtung für die restliche Familie; aber sie reichte aus, um als Zünglein an ihrer geistigen Waagschale den Ausschlag zu geben. Sollten die doch selbst mit dem Problem fertig werden! Sie hatte ihren Part gespielt, und von jetzt an würden die anderen eben den ihren spielen müssen.

Und vorübergehend taten sie das auch. Gegen elf Uhr traf Frederick mit der tröstlichen Nachricht ein, dass Yapps Aussage, wie ihm Sergeant Richey anvertraut hatte, dessen Frau für Plastikunterwäsche zuständig war, keinen anderen Hinweis auf die Fabrik enthielt als den, dass die Arbeiter dort ihren zweifellos kargen Lohn im Schweiße ihres Angesichts verdienen müssten.

»Und du glaubst nicht, dass das ein unterschwelliger Hinweis auf diese mit Sämischleder gefütterten Höschen ist?« fragte Mrs. Van der Fleet-Petrefact, die insgeheim ein

Faible für diese Dinger entwickelt hatte. »In denen schwitzt man doch auch ziemlich stark …«

»Oder vielleicht auf den Thermalvibrator?« schlug ihr Mann vor.

Der Richter betrachtete Frederick mit unverhohlenem Abscheu. »Also?« fragte er, während er überlegte, ob er vielleicht gar eine Happy Susi trug.

»Ich glaube nicht«, sagte Frederick. »Immerhin ist sein Rechtsanwalt bei ihm gewesen und hätte sicher etwas gesagt, wenn Yapp Bescheid gewusst hätte.«

»Stimmt«, sagte der Richter. »Und wie heißt dieser Rechtsanwalt?«

»Rubicond, glaube ich, aber ich begreife nicht, was das mit der Sache zu tun hat.«

»Kümmere dich nicht um Dinge, die du nicht begreifst. Die Juristen sind eine Brüderschaft, und da genügt schon ein Wort …« Nachdenklich nippte der Richter an seinem Portwein. »Also, wir müssen einfach auf das Beste hoffen und die Gerechtigkeit ihren Lauf nehmen lassen.«

Und die »Gerechtigkeit« nahm ihren Lauf. Am Montag wurde Yapp dem als Gerichtspräsident verkleideten Osbert Petrefact vorgeführt und zwei Minuten später wieder in seine Zelle zurückgeschickt. Am Dienstag verlieh Richter Petrefact anlässlich eines Urteils, das er über einen Pedell verhängte, weil dieser zwei Teenager unflätig beschimpft hatte (was gar nicht stimmte), seiner dezidierten Meinung Ausdruck, dass Gewaltakte gegen Untergebene und kleine Personen wie etwa Zwerge radikal unterbunden werden mussten, wenn Recht und Gesetz nicht völlig zusammenbrechen sollten. Der Pedell bekam zehn Jahre.

Am schärfsten, anonym freilich, wurde Yapp von Lord

Petrefacts Zeitungen verurteilt. Jede erschien mit einem Leitartikel, in dem darauf hingewiesen wurde, dass Zwerge eine gefährdete Spezies seien, eine Minderheit, deren Interessen nicht ausreichend berücksichtigt wurden. Die renommierteste Zeitung, *The Warden,* schrieb sogar, dass Personen restringierter Größe von seiten einer angeblich sozial eingestellten und fortschrittlichen Gesellschaft etwas Besseres verdienten, als als normale Männer und Frauen behandelt zu werden, und dass man ihnen deshalb kürzere Arbeitszeiten und Behindertenrente zugestehen sollte. Innerhalb von drei Tagen wurde sogar der Premierminister zum Thema Menschenrechte für Zwerge und EG-Bestimmungen hinsichtlich der Einteilung von Individuen nach Größenkriterien befragt. Und ein völlig unbekannter Liberaler hatte mit der Einbringung eines Gesetzentwurfs gedroht, der die größenproportionale Unterbringung im öffentlichen Verkehrswesen und im gesamten Unterhaltungsbereich gewährleisten sollte.

Mit einem Wort: Man hatte der Öffentlichkeit derart massiv suggeriert, dass Willy Coppett von Professor Yapp ermordet worden war, dass es spontan zu einem in voller Länge vom Fernsehen übertragenen Protestmarsch von Zwergen kam, die Schutzmaßnahmen gegen Übergriffe durch Personen exzessiver Größe forderten, ihre Glaubwürdigkeit jedoch weit gehend dadurch einbüßten, dass sie ein Polizeikontingent in die Flucht schlugen, das abkommandiert worden war, um einen Zusammenstoß zwischen den marschierenden Zwergen und einem militanten Frauentrupp, der mit der Forderung »Abtreibung für Zwerge« auf die Straße ging, zu verhindern. In dem darauf folgenden Handgemenge erlitten mehrere Frauen Fehlgeburten, und ein halbwüchsiger Zwerg, der sich unter dem Rock einer hochschwangeren Frau verfangen hatte, wurde als vermeintliche Frühgeburt mit Blaulicht ins Krankenhaus gebracht. Aber das war noch nicht alles. Hinter den Kulissen wurden allerhand zwielichtige Drähte gezogen, um Walden Yapp in Misskredit zu bringen und dafür zu sorgen, dass sein Prozess so kurz wie möglich, seine Verurteilung gewiss und seine Haftstrafe lang sein würde und dass er in seiner Aussage die Familie Petrefact mit keinem Wort erwähnte. Mit Hilfe jener offenbar telepathischen Einflussnahme, die das gesamte englische Rechtswesen durchzieht, konnte Purbeck Petrefact Kronanwalt Sir Creighton Hore fernsteuern, der wiederum von Mr. Rubicond entsprechend präpariert war. Ehrenwerterweise wies der berühmte Anwalt das Angebot eines Richteramtes zurück, aber er verstand den Wink. Er war ohnehin bereits zu dem Schluss gelangt, dass es ein Akt juristischer Idiotie wäre zuzulassen, dass Yapp einem Kreuzverhör unterzogen würde.

»Der Mann ist eindeutig total verrückt, und wir können uns ohne Schwierigkeiten auf den Fall ›Regina gegen Thorpe und andere‹ als Präzedenzfall berufen.«

»Könnten wir nicht einfach auf ›geisteskrank‹ plädieren?« fragte Mr. Rubicond.

»Wir könnten, aber unglücklicherweise übernimmt Broadmoor den Fall, und der wird sich mit keinem Beweis zufrieden geben, der hinter den McNaghten-Richtlinien zurückbleibt.«

»Aber die sind doch schon seit Jahren außer Kraft.«

»Mir brauchen Sie das nicht zu sagen, mein Lieber. Unglücklicherweise hat Lord Broadmoor aus unbekannten Gründen – und man kann nur annehmen, dass es sich in erster Linie um persönliche handelt – es noch nie akzeptiert, wenn sich jemand ›schuldig, aber geisteskrank‹ bekannte. Wir können von Glück sagen, wenn unser Klient mit Lebenslänglich davonkommt.«

»Es ist recht ungewöhnlich, dass man ausgerechnet Broadmoor diesen Fall übertragen hat«, meinte Mr. Rubicond naiv. Sir Creighton Hore behielt sein Wissen für sich.

Doch die Auswirkungen gewisser Einflüsse reichten noch weiter. Nicht einmal an der Universität Kloone, wo Yapp einst so beliebt gewesen war, erweckte seine missliche Lage sonderliches Mitgefühl. Auch das letzte Restchen Sympathie wurde durch eine erstaunlich großzügige Schenkung der Petrefact-Stiftung im Keim erstickt, mit der zwei neue Professoren bezahlt und das William-Coppett-Heim für Mikropersonen ins Leben gerufen wurde. Nur zwei ehemalige Kollegen unternahmen den halbherzigen Versuch, Yapp zu besuchen, doch der war zu niedergeschlagen, um irgendeinen Menschen aus jener Welt, die ihn so schmählich hatte fallenlassen, sehen zu wollen.

Außerdem war er drauf und dran, den Verlockungen eines neuen Dogmas zu erliegen: dem des Märtyrertums. Schon allein mit dem Wort verband man etwas Ehrenhaftes; aber vor allem schützte es ihn vor der erschreckenden Vorstellung, lediglich einem Irrtum zum Opfer gefallen zu sein. Alles lieber als das, denn wenn er sich erst gestattete, sich von der dem Zufall unterworfenen, chaotischen Natur des Daseins verführen zu lassen, würde er die über Jahre hinweg so sorgfältig gepäppelte Gewissheit einbüßen, dass die Geschichte ein Ziel verfolgte und dass das Glück der Menschheit letztlich sichergestellt war. Sobald er sich zum Gegenteil bekannte, lief er wirklich Gefahr, Mr. Rubiconds Ratschlag wörtlich zu nehmen und verrückt zu werden. Um diesem Schicksal zu entgehen, redete er sich beständig ein, dass man ihn in eine Falle gelockt habe. Dementsprechend sah dann auch seine Argumentation aus.

»Aber ich will ins Kreuzverhör genommen werden«, protestierte er, als ihm der Anwalt erklärte, dass man ihn nicht in den Zeugenstand rufen würde. »Nur so habe ich die Chance, die Wahrheit zu sagen.«

»Und unterscheidet sich die Wahrheit in irgendeiner Weise von der Aussage, die Sie gegenüber der Polizei gemacht und unterschrieben haben?« fragte Mr. Rubicond.

»Nein«, erwiderte Yapp.

»Wenn das so ist, dann wird sie den Richtern und Geschworenen vorgelegt, und Sie ersparen es sich, die ganze Sache nur noch schlimmer zu machen. Wenn Sie natürlich wild entschlossen sind, sich vierzig Jahre anstelle einer rein nominellen lebenslänglichen Haftstrafe einzuhandeln, kann ich Sie nicht daran hindern. Lord Broadmoor wartet nur auf die Gelegenheit, die längste Haftstrafe in der Geschichte dieses Landes zu verhängen. Und ich bin fest davon überzeugt, dass er sie beim Schopf ergreifen wird, wenn Sie als Zeuge auftreten. Sind Sie ganz sicher, dass Sie sich nicht lieber schuldig bekennen und das Ganze schnell hinter sich bringen wollen?«

Aber Yapp beharrte auf seiner Unschuld und der Gewissheit, dass er einer Verschwörung dieser kapitalistischen Petrefacts zum Opfer gefallen war.

»Auf alle Fälle haben Sie die Möglichkeit, ein paar Worte zu sagen, sobald die Geschworenen mit ihrer Entscheidung zurückkehren«, sagte Mr. Rubicond trübsinnig. »Aber wenn Sie meinen Rat befolgen wollen, dann schweigen Sie lieber. Lord Broadmoor reagiert wütend auf Missachtung des Gerichts und bringt es ohne weiteres fertig, Ihnen noch ein paar Jahre zusätzlich aufzubrummen.«

»Die Geschichte wird mich reinwaschen«, sagte Yapp.

»Das ist mehr, als man von den Geschworenen behaupten kann. Mrs. Coppett wird einen denkbar grässlichen Eindruck auf sie machen. Soweit ich in Erfahrung bringen konnte, hat sie bereits gestanden, dass sie Ehebruch begangen hat.«

»Ehebruch? Mit mir? Aber das ist unmöglich. Es ist absolut unwahr, und abgesehen davon bezweifle ich sehr, dass sie die Bedeutung dieses Wortes überhaupt kennt.«

»Aber die Geschworenen kennen sie«, sagte Mr. Rubicond. »Und dieses verstümmelte Korsett wird unserem Fall auch nicht sonderlich gut tun. Broadmoor wird die Geschworenen garantiert darauf hinweisen. Nicht, dass das nötig wäre. Derartige Abscheulichkeiten sprechen für sich selbst.«

Niedergeschmettert hüllte Yapp sich in Schweigen. Mit der ihm eigenen Gutherzigkeit verglich er sein Schicksal mit dem der armen Rosie und gelangte zu dem Schluss, dass er nur unwesentlich schlechter dran sei.

»Ohne ihren Willy, um den sie sich kümmern kann, ist sie mit ihrer Weisheit sicher am Ende«, sagte er schließlich.

»Kommt drauf an, wo die anfängt«, meinte Mr. Rubicond, dem es nach wie vor unbegreiflich war, dass ein Mann mit Yapps Bildung und Ansehen an der geistig minderbemittelten Frau eines Zwerges irgend etwas auch nur im mindesten Reizvolles finden konnte. Dies war für ihn das stärkste Indiz für die Annahme, dass sein Klient beides war: schuldig und geisteskrank. »Jedenfalls hat sie meines Wissens Unterschlupf bei Miss Petrefact gefunden. Dort ist sie in guten Händen, falls das ein Trost für Sie ist.«

War es nicht. Als Yapp jetzt in seine Zelle zurückkehrte, war er erst recht davon überzeugt, dass er in eine Falle getappt war. Zwei Tage später schickte er Mr. Rubicond und Sir Creighton Hore weg und erklärte, dass er die Absicht habe, seine Verteidigung selbst zu übernehmen.

24

Obwohl alle und alles auf Yapps Untergang hinzuwirken schienen, gab es doch eine Person, die zunehmend von seiner Unschuld überzeugt war. Seit jenem Tag, an dem Rosie Coppett aus der Rabbitry Road ausgezogen war und ihre Freistilringer und einen Großteil von Willys Kätzchen und Häschen an die schrägen Wände ihres Mansardenschlafzimmers im New House gepinnt hatte, hatte Emmelia sie fast täglich über die Ereignisse vor und nach Willys Tod befragt. Und jedes Mal wurde Emmelia, die bei einer dieser Gelegenheiten Rosies Kakao mit Whisky versetzt hatte, aufs neue in ihrer Überzeugung bestärkt, dass, wer immer auch Willy getötet haben mochte, Yapp nicht der Mörder war.

Zu dieser Erkenntnis war sie aus zweierlei Gründen gelangt: Zum einen war sie jetzt, nachdem sie das Mäntelchen ihrer eigenen Unschuld abgeschüttelt hatte, eher in der Lage, die Unschuld anderer zu erkennen; zum anderen wies all das an Rosies Erzählung, was die Polizei zu der Überzeugung veranlasst hatte, dass Yapp schuldig war, ihrer Ansicht nach genau in die entgegengesetzte Richtung. Dass Yapp ihr in ihrem eigenen Blumengarten einen leidenschaftlichen Vortrag über ihre Schandtaten als ausbeuterische Arbeitgeberin gehalten hatte, während Willys Leiche im Kofferraum des alten Vauxhall verweste, sprach für geisteskranke Tollkühnheit oder für absolute Unschuld. Und auch nur ein Vollidiot wäre zur Witwe eines Zwerges, den er soeben ermordet hatte, mit dem Blut seines Opfers auf Hemd und Händen zurückgekehrt. Obwohl Emmelia aufgrund der kurzen Begegnung bereitwillig zugegeben hätte, dass Yapp sehr wohl ein Vollidiot war, hatte er auf sie nicht den Eindruck gemacht, als sei er wirklich schwachsinnig.

Dazu kam, dass Rosie trotz detaillierter Anweisungen seitens der Polizei hartnäckig darauf beharrte, dass Yapp nie mit ihr im Bett gewesen war.

»Nein, Mum, als ich ihm Extras anbot, lehnte er sie ab«, sagte sie. Emmelia hatte eine Weile gebraucht, bis sie herausfand, was Extras waren. Nachdem sie dahinter gekommen war, woher Rosie diesen Ausdruck hatte, rief sie die Eheberatungsstelle an und ließ sich in aller Deutlichkeit und Schärfe darüber aus, was für fatale Folgen es haben konnte, wenn man die Leute zu außerehelichem Sex animierte, wie man es dort nannte, oder schlichtweg zu Ehebruch. Und so ähnlich verhielt es sich mit allen Einzelheiten von Rosies Bericht. Yapp hatte sich trotz seiner niederen Herkunft und seiner sozialistischen Ansichten wie ein Gentleman benommen – mit Ausnahme dessen, dass er eines Nachts loszog und Rosies Mann erschlug. Im Laufe ihres Lebens hatte Emmelia eine ganze Reihe so genannter Gentlemen kennen gelernt, die nicht gezögert hätten, einen Zwerg zu erschlagen, aber Yapp gehörte einfach nicht in diese Kategorie. Dieser Mann war ein dogmatischer Mensch, aber ein Mörder war er nicht. Nachdem Emmelia erst einmal zu diesem Schluss gelangt war, hielt sie auch daran fest.

Rosie hielt an der entgegengesetzten Ansicht fest. Sie verlieh ihrem Leben – dessen sie sich seit Willys Tod doppelt beraubt fühlte – einen Zauber, den sie bisher nur aus ihren Heftchenromanen kannte, und außerdem behagte sie den Polizisten und Anwälten, die ihre Zeugenaussage mit ihr durchprobten. Als der Verhandlungstag nahte, war sie so gut programmiert, dass sie ihnen zuliebe notfalls sogar geschworen hätte, Willy selbst getötet zu haben. Als Inspektor Garnet eintraf, um sie ins Gericht nach Briskerton zu bringen, musste er zu seinem Entsetzen feststellen, dass sie sich voll in Schale geworfen hatte.

»Das ist ja zum Steinerweichen«, sagte er und schirmte seine Augen mit der Hand gegen ein kirschrotes Kleid, pinkfarbene Schuhe und eine Federboa ab, die Rosie von ihrer Mutter und diese wiederum von ihrer Großmutter geerbt hatte. »Sie kann unmöglich so zur Verhandlung gehen. Das würde Lord Broadmoor derart aus der Fassung bringen, dass er sie wegen aufreizenden Benehmens einlochen würde.«

»Wir können ihr ja etwas Passenderes besorgen«, meinte die Polizistin, die ihn begleitete.

»Ich möchte bloß wissen, wo.«

»Unten in der Crag Street gibt es eine feministische Leichenbestatterin, bei der ein paar kräftige Sargträgerinnen arbeiten.«

Und so wurde Rosie zu diesem Beerdigungsinstitut gefahren und mit Trauerkleidung ausstaffiert. Sie verließ diesen Ort mit allen Attributen einer aufgewühlten Witwe, zumal sie sich auch noch inmitten von Särgen hatte umkleiden müssen, die sie zutiefst erschüttert hatten.

»Willy war einfach so winzig«, schluchzte sie, als man sie ins Zeugenzimmer führte.

Währenddessen verfolgte Emmelia im Gerichtssaal den Fortgang der Verhandlung. Guten Gewissens als solche bezeichnen konnte man sie freilich nicht; dafür sorgte schon Lord Broadmoor. Verantwortlich für das Verhalten des Richters war zum Teil Yapps Erklärung, dass er beabsichtige, seine Verteidigung selbst zu übernehmen.

»Was beabsichtigen Sie?« fragte er, nachdem Yapp seinen Entschluss kundgetan hatte.

»Meine Verteidigung selbst zu übernehmen«, sagte Yapp. Lord Broadmoor betrachtete ihn aus zusammengekniffenen Augen.

»Wollen Sie damit vielleicht zufällig unterstellen, dass der Berufsstand der Juristen nicht in der Lage ist, Ihnen die absolut besten Dienste anzubieten, die ein Mann in Ihrer Situation verlangen kann?«

»Nein. Meine Entscheidung hat andere Gründe.«

»So, hat sie das? Und meine Entscheidung, dass Sie für die Dauer dieses Prozesses mit Handschellen an einen Wärter gefesselt werden, hat einzig und allein den Grund, dass ich nicht die Absicht habe, einen Mörder aus diesem Gefängnissaal entfliehen zu lassen. Wärter, fesseln Sie den Mann.«

Während Yapp die Unterstellung, dass er ein Mörder sei, erbittert bestritt, wurde er mit Handschellen an den neben ihm sitzenden Wärter gefesselt.

»Sie haben nicht das Recht, mich einen Mörder zu nennen!« schrie er.

»Das habe ich auch nicht«, entgegnete Lord Broadmoor. »Ich habe lediglich gesagt, da ich nicht die Absicht habe zuzulassen, dass ein Mörder aus diesem Gerichtssaal entflieht. Wenn Sie sich selbst als Mörder bezeichnen wollen, kann ich Sie nicht daran hindern; angesichts Ihrer Situation bezweifle ich auch, ob ich das tun würde. Und jetzt bitte ich die Anklage, ihren Fall vorzutragen.«

Emmelia saß auf der Zuschauergalerie in der dritten Reihe, hörte aber kaum zu. Sie konzentrierte sich ganz auf die blasse Gestalt auf der Anklagebank und betrachtete sie mit den Augen einer Frau, die sich, bis vor kurzem, zeitlebens in einem guten Gewissen und in dem unerschütterlichen Glauben, ein guter Mensch zu sein, gewiegt hatte. Jetzt, wo sie viel eher sie selbst war, erkannte sie in Yapps Gesicht ihre eigenen früheren Symptome. Natürlich waren sie abgeschwächt, weil ihm ihr ungeheurer Reichtum und das Wissen, nie arm und schutzlos dazustehen, fehlte, aber sein Trotz und die hartnäckige Weigerung, ein unverdientes Schicksal zu akzeptieren, entsprang tiefer Überzeugung. Die Arroganz, die Yapp auf der Anklagebank an den Tag legte, besiegelte in ihren Augen seine Unschuld.

Auf Lord Broadmoor hatte sie genau die gegenteilige Wirkung. Im Verlauf der Verhandlung trat sein Abscheu vor dem Angeklagten immer deutlicher zutage, und als Yapp die Anklagebank verlassen wollte, um Dr. Dramble, den Gerichtsmediziner, zu verhören, nachdem dieser über die Willy Coppett zugefügten Verletzungen ausgesagt hatte, intervenierte der Richter: »Wo wollen Sie denn hingehen?«

»Ich habe ein Recht, diesen Zeugen ins Kreuzverhör zu nehmen«, sagte Yapp.

»Das haben Sie«, sagte der Richter, »das haben Sie in der Tat. Niemand bezweifelt, dass Sie das haben. Ich schon gar nicht. Aber das war nicht die Frage, die ich Ihnen gestellt habe. Ich habe Sie gefragt: ›Wo wollen Sie denn hingehen?‹ Und ich wiederhole sie hiermit.«

»Ich will hinübergehen, um diesen Zeugen zu befragen«, sagte Yapp.

Lord Broadmoor setzte seine Brille ab und polierte sie hingebungsvoll. »Ich machte doch Zweifel hinsichtlich Ihrer Verwendung des Wortes ›gehen‹ anmelden«, sagte er schließlich. »Vorläufig gehen Sie nirgendwohin. Wenn Sie darauf bestehen, diesem Spezialisten Fragen zu stellen, dann werden Sie dies von der Anklagebank aus tun. Ich werde nicht dulden, dass unschuldige Gefängniswärter, nur weil es Ihnen Spaß macht, an Handschellen durch den Gerichtssaal geschleift werden. Sie haben schon genug Ärger gemacht.«

Und so ging die Verhandlung weiter. Yapp schrie seine Fragen von der Anklagebank aus, worauf Lord Broadmoor ihn zurechtwies, er solle keinen solchen Lärm machen und gefälligst nicht versuchen, den Zeugen einzuschüchtern. Und während der ganzen Zeit saß Emmelia da und wusste, dass sie in gewisser Weise für das, was da passierte, verantwortlich war. Vielleicht nicht sie persönlich, aber doch zumindest insofern, als sie zu jener Familie Petrefact gehörte, deren enormer Einfluss so massiv gegen Yapp sprach. In der Vergangenheit hatten sie ihre Zurückgezogenheit und das alberne Postulat verborgener Größe vor solchen Einsichten bewahrt. Doch ihr Spiegelbild in Cleetes Schaufenster und die Treulosigkeit der Familie hatten all dem ein Ende bereitet. Jetzt musste sie feststellen, dass sie sich mit eben dem Mann identifizierte, den ihr Bruder losgeschickt hatte, um den Ruf der Petrefacts in den Schmutz zu ziehen. Es war alles recht merkwürdig und ausgesprochen abscheulich. Doch als sie am Ende dieses ersten Verhandlungstages den Gerichtssaal verließ, sah sie zu ihrer Freude, wie Croxley Lord Petrefact draußen recht hart über die Stufen hinunterrollen ließ.

»Mein lieber Ronald«, sagte sie mit jener herzlichen Doppelzüngigkeit, die ihr jetzt so leicht fiel, »ich habe dich gar nicht unter den Zuschauern gesehen.«

»Kein Scheißwunder, weil ich gar nicht da war«, schnaubte der alte Mann, hoffend, dass sie diese Sprache als kränkend empfinden würde. Aber Emmelia strahlte ihn unvermindert an.

»Wie dumm von mir. Du bist sicher als Zeuge geladen worden«, sagte sie, während Croxley den Rollstuhl zu dem wartenden Leichenwagen schob. »Aber weißt du, ich finde, dass Professor Yapp diesen Fall erstaunlich gut handhabt.«

Lord Petrefact produzierte Laute, die wohl bedeuten sollten, dass sich dieser Scheißprofessor Yapp seinen Fall dorthin stopfen konnte, wo sich Scheißaffen ihre Scheißnüsse hinstopften.

»Das macht viermal ›Scheiße‹«, sagte Emmelia mitfühlend. »Und das legt die Vermutung nahe, dass du wieder Probleme mit deiner Prostata hast.«

»Kümmere du dich nicht um meine Scheißprostata«, brüllte Lord Petrefact.

»Fünf«, zählte Emmelia weiter. »Weißt du, wenn du dich im Zeugenstand dieser Sprache bedienst, wirst du einen sehr schlechten Eindruck auf die Geschworenen machen.«

»Scheiß auf die Geschworenen«, sagte Lord Petrefact und ließ sich in den Leichenwagen hieven.

»Und wo wohnst du?«

»Bei Reginald Pouling.«

»Einer deiner zahmen Parlamentsbrüder. Nun ja, es muss ein großer Trost sein …« Aber Lord Petrefact hatte dem Fahrer einen ungeduldigen Wink gegeben, so dass der Leichenwagen mitten in Emmelias Satz losfuhr. Nachdenklich ging sie die Straße hinunter. Zumindest einen seiner Feinde hatte Yapp bestraft. Emmelia dachte über andere Zeugen nach, die ihn möglicherweise entlasten würden, doch ohne großen Erfolg. Warum eigentlich hatte Yapp sie nicht vorführen lassen? Er hatte sie samt der Leiche im Kofferraum aufgesucht, um mit ihr zu reden … Aber eigentlich hatte er ja gar nicht mit ihr gesprochen. Er hatte sie für ihren überarbeiteten, unterbezahlten Gärtner gehalten. Doch dieser Irrtum ließ sich schnell aus dem Weg räumen. Sie kehrte um, ging entschlossen zum Gerichtsgebäude zurück und bestand dort auf ihrem Recht, den Angeklagten zu sprechen. Da der Mann, an den sie geraten war, ein Gasableser war, dauerte es einige Zeit, bis sie erfuhr, dass sich Yapp auf der Polizeiwache in Briskerton befand.

Emmelia begab sich auf der Stelle dorthin und erklärte dem Inspektor, sie sei in der Tat Miss Petrefact und habe neue Beweise, die den Ausgang der Verhandlung entscheidend beeinflussen könnten Trotzdem war es gar nicht einfach, an Yapp heranzukommen.

»Er ist nicht gerade ein kooperativer Häftling«, sagte der Inspektor. Und Yapp selbst bestätigte diese Einschätzung prompt, indem er ausrichten ließ, er habe genug Blut saugende Petrefacts erlebt, um bis an sein Lebensende die Nase voll von ihnen zu haben; und da er ohnehin nicht angeklagt, sondern eher angeprangert wurde, würden ihm neue Beweise ohnehin wenig nützen, und deshalb wäre er dankbar, wenn sie sie dem Vertreter der Anklage überstellen würde.

»Dieser Mann ist ein Idiot«, sagte Emmelia und verließ die Polizeiwache. Sie war mehr denn je davon überzeugt, dass er trotzdem unschuldig war.

Die Ereignisse des folgenden Tages waren dazu angetan, sie in ihrer Überzeugung zu bestärken.

Die Anklage spielte mit Rosie ihre Trumpfkarte aus. Man hätte nicht behaupten können, dass Rosie Coppett, angetan mit Trauerkleidung von der Leichenbestatterin, einen ausschließlich sympathischen Eindruck auf Lord Broadmoor oder auf die Geschworenen machte. Während es ersterem schwer fiel zu glauben, dass eine so handfeste Frau mit einem Zwerg verheiratet sein konnte, konnten sich letztere unmöglich vorstellen, dass die Leidenschaft für eine so unelegante und erzdumme Frau für irgend jemanden, gar einen Professor, ein Mordmotiv abgeben konnte. Doch in Yapp weckten Rosies Anblick und ihre Stimme erneut jenes übermächtige Mitgefühl, das ihn, in Verbindung mit der körperlichen Anziehung, die sie auf ihn ausübte, so verletzlich gemacht hatte. Mit Lord Broadmoors Unterstützung wiederholte sich jetzt dieser ganze Prozess, und als Yapp aufstand, um Rosie über den Ehebruch zu befragen, den zuzugeben man ihr eingetrichtert hatte, fuhr der Richter dazwischen.

»Mrs. Coppett hat durch Sie schon genug Leid erfahren, ohne dass man sie jetzt auch noch einer Inquisition über die genauen körperlichen Verrichtungen beim Ehebruch unterzieht«, sagte er. »Ich finde diese schmutzige und einschüchternde Art zu fragen äußerst beleidigend, und Sie werden freundlicherweise davon absehen.«

»Ich hege aber Zweifel daran, dass sie überhaupt weiß, was sie gesagt hat«, entgegnete Yapp.

Der Richter wandte sich an Rosie. »Wissen Sie, was Sie gesagt haben?« fragte er. Rosie nickte. »Und haben Sie mit dem Angeklagten Ehebruch begangen?«

Rosie nickte nochmals. Der nette Polizist hatte gesagt, dass es so gewesen war, und die Polizei erzählte doch keine Lügen. Ihre Mum hatte immer gesagt, sie sollte zu einem Polizisten gehen, wenn sie nicht mehr weiter wusste. Und jetzt wusste sie nicht mehr weiter. Tränen liefen ihr über die Wangen.

»In diesem Fall«, wandte sich der Richter an die Geschworenen, »können Sie davon ausgehen, dass der Akt des Ehebruchs zwischen dem Angeklagten und dieser Zeugin vollzogen wurde.«

»Wurde er nicht«, beharrte Yapp. »Sie bezichtigen Mrs. Coppett fälschlicherweise einer Handlung, die zwar nicht illegal ist, aber trotzdem …«

»Ich bezichtige Mrs. Coppett überhaupt nicht«, schnaubte der Richter. »Sie hat offenbar gestanden – mit einer Offenheit, wie ich hinzufügen darf, die ihr sehr viel mehr Glaubwürdigkeit verleiht als Ihnen –, dass sie mit Ihnen Ehebruch begangen hat. Und nun haben Sie anscheinend die Absicht, die Moral der Zeugin zu untergraben und ihre Aussage zu erschüttern, indem Sie sich in hässliche und lüsterne sexuelle Details im Zusammenhang mit dem unmittelbaren Akt des Ehebruchs stürzen, den zu erörtern nicht Aufgabe des Gerichts ist.«

»Ich bin berechtigt, die Behauptung der Anklage, dass Ehebruch stattgefunden hat, in Frage zu stellen«, sagte Yapp.

Aber Lord Broadmoor wollte davon nichts wissen. »Sie stehen hier unter Mordanklage. Das hier ist kein Scheidungsgericht, und die Frage des Ehebruchs ist für die Anklage nicht von Bedeutung.«

»Aber sie dient doch dazu, das Motiv zu liefern. Ich soll den Mann dieser Zeugin doch eben deshalb ermordet haben, weil ich ein Verhältnis mit ihr hatte. Die Frage des Ehebruchs ist daher für meine Verteidigung essentiell.«

»Essentiell! Wahrhaftig!« röhrte Lord Broadmoor, der mit nichtjuristischen Fremdwörtern von jeher auf Kriegsfuß stand. »Ihre Verteidigung hat sich darauf zu beschränken, die Geschworenen davon zu überzeugen, dass die Anklage grundlos ist und die gegen Sie vorgebrachten Beweise nichtig sind und nicht ausreichen, um das Urteil ›schuldig‹ zu rechtfertigen. Und jetzt fahren Sie mit Ihrem Kreuzverhör fort, ohne weiter auf den Ehebruch einzugehen.«

»Aber ich glaube einfach, dass Mrs. Coppett gar nicht begreift, was dieses Wort bedeutet«, sagte Yapp.

Der Anwalt der Anklage erhob sich. »My Lord, Beweisstück H ist, wie ich meine, für diesen Punkt relevant.«

»Beweisstück H?«

Der Anwalt hob das verstümmelte Korsett hoch und wedelte damit vor den Geschworenen herum.

»Lieber Himmel, legen Sie bloß das verdammte Ding hin«, krächzte Lord Broadmoor und blickte scheeläugig zu Yapp hinüber. »Wollen Sie leugnen, dass die Zeugin diese … äh … dieses Kleidungsstück in Ihrer Gegenwart getragen hat, wie sie offen zugegeben hat?«

»Nein«, sagte Yapp, »aber …«

»Kein Aber, Sir. Wir können davon ausgehen, dass der Tatbestand des Ehebruchs gegeben ist. Sie können mit Ihrem Kreuzverhör der Zeugin fortfahren, aber ich muss Sie davor warnen, weitere Frage bezüglich des zwischen Ihnen stattgehabten körperlichen Aktes zu stellen.«

Wütend blickte sich Yapp im Gerichtssaal um, ohne jedoch Trost bei den ihn anstarrenden Gesichtern zu finden. Rosie war völlig zusammengebrochen und schluchzte haltlos. Verzweifelt schüttelte Yapp den Kopf. »Keine Fragen mehr«, sagte er und setzte sich.

Da regte sich Emmelia im Zuschauerraum. Die Veränderung, die vor Cleetes Laden begonnen hatte, wirkte weiter, und wenn sie sich dort so gesehen hatte, wie sie war – als reiche, beschützte und im Grunde genommen selbstgefällige Frau –, so war das, was sie jetzt mit ansah, von Wahrheit und Gerechtigkeit so denkbar weit entfernt, dass sie sich gezwungen sah, etwas zu unternehmen. Getrieben von ihrer Petrefactschen Arroganz erhob sie sich von ihrem Sitz.

»My Lord«, schrie sie, »ich habe dem Gericht eine Mitteilung zu machen. Die Frau im Zeugenstand ist meine Angestellte, und sie hat nie im Leben Ehebruch …«

Weiter kam sie nicht.

»Ruhe im Gericht!« donnerte Lord Broadmoor und ließ damit seinen offenbar durch das Korsett eingeschnürten Gefühlen freien Lauf. »Entfernen Sie diese Virago.«

Einen Augenblick lang war Emmelia zu schockiert, um darauf zu antworten. Noch nie hatte es jemand gewagt, so mit ihr zu reden. Als sie ihre Stimme wieder gefunden hatte, schob man sie bereits aus dem Gerichtssaal.

»Virago, wahrhaftig«, schrie sie zurück. »Ich gehe davon aus, dass Sie wissen, dass ich Miss Petrefact bin. Und dies hier ist eine Travestie der Gerechtigkeit. Ich bestehe darauf, gehört zu werden.«

Doch schon schlossen sich die Saaltüren hinter ihr.

»Rufen Sie den nächsten Zeugen«, sagte der Richter. Wenig später sagte Mr. Groce, der Wirt des *Pferdekutschers,* aus, Willy Coppett habe in seiner Gegenwart behauptet, dass der Angeklagte ein Verhältnis mit seiner Frau, Mrs. Rosie Coppett, habe. Aber Yapp hörte gar nicht zu. Er war zu sehr mit der seltsamen und ihm irgendwie bekannten Frauengestalt beschäftigt, die von der Zuschauergalerie heruntergeschrien hatte. Sie hatte behauptet, Miss Petrefact zu sein, und Yapp hatte keinen Grund, daran zu zweifeln, doch ihre Stimme ... Irgendwo hatte er diese Stimme schon mal gehört. Aber das spielte jetzt keine Rolle. Bestehen blieb die Tatsache, dass sie die Verhandlung als eine Travestie der Gerechtigkeit bezeichnet hatte. Und genau das war sie. Nur brachte die Tatsache, dass ein Mitglied der Familie Petrefact dies öffentlich im Gerichtssaal erklärte, seine ganze Theorie von einer Verschwörung gegen ihn ins Wanken. Während er sich noch mit diesem unlösbaren Problem herumschlug, war der Vertreter der Anklage mit Mr. Groces Befragung fertig.

»Hat die Verteidigung noch Fragen an diesen Zeugen?« fragte Lord Broadmoor. Yapp schüttelte den Kopf, und Mr. Groce verließ den Zeugenstand.

»Rufen Sie Mr. Parmiter.« Der Autohändler trat in den Zeugenstand und bestätigte, was Mr. Groce gesagt hatte. Auch an ihn hatte Yapp keine Fragen.

In dieser Nacht wurde Yapp in seiner Zelle von Zweifeln heimgesucht, denen er ein Leben lang ausgewichen war. Er empfand Emmelias Intervention als bedrohlicher als die Frage, ob es ihm gelingen würde, seine Unschuld in diesem Mordfall zu beweisen; denn sie stellte eben jenes soziale Dogma in Frage, auf dem seine Unschuld beruhte. Ohne eine Verschwörung nämlich gab es keinen vernünftigen Grund für seine missliche Lage, keinen konkreten, sozialen Fortschritt und keine historische Gewalt, denen zuliebe er hier litt. Statt dessen wäre er dann das Opfer einer zufälligen und chaotischen Verknüpfung von Umständen, die zu erklären seine Möglichkeiten überstieg. Zum erstenmal in seinem Leben fühlte sich Yapp mutterseelenallein in einem bedrohlichen Universum.

So war es ein recht verhärmter Gelehrter, der am nächsten Morgen in der Anklagebank stand und Lord Broadmoors wiederholte Aussage, dass die Verteidigung jetzt das Wort habe, mit verzweifeltem Kopfschütteln beantwortete. Als die Geschworenen zwei Stunden später mit dem Urteil ›schuldig‹ zurückkehrten, wandte sich der Richter erneut an Yapp.

»Haben Sie noch etwas zu sagen, bevor das Urteil verkündet wird?«

Yapp fühlte sich schwindlig. Er versuchte, sich die Verdammung des sozialen Systems und der kapitalistischen Ausbeutung, die er so sorgfältig vorbereitet hatte, ins Gedächtnis zu rufen. Aber es ließ ihn im Stich.

»Ich habe in meinem Leben noch niemanden umgebracht, und ich weiß nicht, warum ich hier bin«, stieß er statt dessen mühsam hervor. Unter den Zuschauern war

Emmelia, inkognito unter Hut und Schleier, die einzige, die ihm glaubte. Am allerwenigsten glaubte ihm Lord Broadmoor. Nachdem er eine Reihe scharfer und ganz beziehungsloser Angriffe auf die Gefahren der Weiterbildung für die arbeitende Klasse, Professoren ganz allgemein und Studentenproteste losgelassen hatte, verurteilte er Walden Yapp zu lebenslängliche Haft und begab sich heiteren Mutes zum Lunch.

25

Während Walden Yapp ins Gefängnis gebracht wurde, um seine Strafe anzutreten, fiel das Leben in Buscott wieder in seinen Trott zurück. Zwar hatte Mr. Jipson einen zwanghaften Eifer entwickelt, seinen Traktor zu putzen und ihn sofort wieder zu verdrecken, und Willy wurde unter dem Tresen des *Pferdekutschers* gelegentlich vermisst, aber ansonsten blieb Buscott die kleine, blühende Stadt, zu der es sich entwickelt hatte, seit Frederick den schlüpfrigen Phantasien seiner Kunden auf anonymem Weg Nahrung verschaffte.

Für Emmelia allerdings hatte sich die Situation drastisch verändert. Nach ihrem unfreiwilligen Abgang aus dem Gerichtsgebäude sah sie sich schon mit dem nächsten Beweis dafür konfrontiert, dass die Welt nicht nur kein freundlicher Ort war, wie sie früher geglaubt hatte, sondern ein extrem hässlicher. Lord Petrefact ließ sich bester Laune die Treppen hinunterrollen.

»Was für ein exzellenter Ausgang«, sagte er zu Croxley. »Ich kann mich nicht erinnern, wann mir das letzte Mal etwas solchen Spaß gemacht hat. Zwei verdammte Fliegen mit einer Klappe. Yapp bekommt lebenslänglich und Emmelia einen Tritt in den Hintern. Obwohl ich mir nicht vorstellen kann, warum zum Teufel sie diese Szene gemacht hat.«

»Vielleicht, weil sie wusste, dass Yapp gar nicht fähig ist, einen Mord zu begehen«, sagte Croxley.

»Völliger Unsinn. Das Schwein hat mich mit diesem verfluchten Bad in Fawcett so gut wie umgebracht. Ich wusste von Anfang an, dass in diesem Kerl Mordgelüste schlummern.«

»Wir machen alle mal einen Fehler«, sagte Croxley, und aus seinem Gesichtsausdruck las Emmelia, dass er Yapps missglückten Versuch mit dem Bad als einen solchen wertete.

»Der einzige Fehler, den er gemacht hat, ist der, dass er es nicht bei Emmelia versucht hat«, meinte Lord Petrefact erbittert. »Also, wenn er auf *sie* mit einem stumpfen Gegenstand und einem scharfen Messer losgegangen wäre, hätte er meine volle Sympathie.«

»Sehr wohl«, sagte Croxley und verlieh seinen Gefühlen in dieser Angelegenheit Ausdruck, indem er den Rollstuhl die letzten beiden Stufen allein hinunterholpern ließ.

»Zum Teufel mit Ihnen, Croxley«, wetterte der alte Mann. »Wann werden Sie endlich lernen, vorsichtiger zu sein.«

»Sehr wohl«, sagte Croxley und rollte ihn zum Leichenwagen. In Gedanken registrierte Emmelia, dass Croxley ein Mann mit verborgenen Talenten war, der ihr vielleicht eines Tages von Nutzen sein konnte. Aber im Augenblick machte sie sich mehr Gedanken um Yapp. Und am Abend rief sie Purbeck in seiner Wohnung in London an.

»Ich rufe dich nur sehr ungern an«, sagte sie. »Aber ich möchte, dass du dafür sorgst, dass dieser Professor Yapp in die Berufung geht.«

»Was soll ich tun?« fragte der Richter.

Emmelia wiederholte ihr Anliegen.

»Berufung? Berufung? Ich bin doch kein popeliger Rechtsanwalt, und außerdem hatte der Kerl einen fairen

Prozess und wurde aufgrund des einstimmigen Urteils der Geschworenen für schuldig befunden.«

»Trotzdem ist er unschuldig.«

»So ein Quatsch. Und ob er schuldig ist!«

»Ich sage dir, er ist unschuldig.«

»Du kannst sagen, was du willst. Das ändert nichts an der Tatsache, dass er vor dem Gesetz schuldig ist.«

»Und wir alle wissen, wie das Gesetz aussieht«, entgegnete Emmelia. »Ich weiß zufällig, dass er für einen Mord, den er nicht begangen hat, zu lebenslänglicher Haft verurteilt worden ist.«

»Meine liebe Emmelia«, sagte der Richter, »du magst ja glauben, dass man ihn zu Unrecht verurteilt hat, aber wissen kannst du es nicht. Mal vorausgesetzt, es wäre so – was ich keinen Augenblick lang glaube –, dann können nur Yapp und der wirkliche Mörder, falls es einen gibt, dies wissen. Das ist die simple Wahrheit, und es ist unmöglich, Berufung einzulegen, es sei denn, die Verteidigung kann neue Beweise vorlegen …«

Aber Emmelia hörte ihm längst nicht mehr zu. Sie legte den Hörer auf und blieb in Dunkeln sitzen. Der Gedanke, dass es irgendwo da draußen hinter der Gartenmauer noch ein menschliches Wesen gab, das wusste, wann und warum Willy Coppett den Tod gefunden hatte, ließ ihr keine Ruhe. Bisher war es ihr weder in den Sinn gekommen, über diesen anderen nachzudenken, noch hatte sie seine Existenz so deutlich empfunden. Nie würde sie erfahren, wer dieser Mensch war. Wenn es der Polizei mit ihrem ganzen Aufgebot nicht gelungen war, ihn zu finden, dann war es absurd zu glauben, sie würde das schaffen.

Von dieser Überlegung ausgehend, wurden ihre Gedanken völlig unerwartet in einen Strudel der Ungewissheit hineingezogen, den sie in dieser Form noch nie zuvor erlebt hatte. Zum erstenmal in ihrem Leben warf sie einen Blick in die Welt jenseits der Grenzen von Reichtum und angestammten Vorrechten, in der ein Teil der Menschen ohne triftigen Grund arm und unschuldig war und der andere ebenso grundlos reich und böse. Das Puzzle ihres Gesellschaftsbildes, eine lange und wohl geordnete Blumenrabatte, in der die großen Familien Englands die immergrünen Gewächse darstellten, zerfiel in alle Einzelteile und ergab plötzlich keinerlei Sinn mehr.

Von wilder Entschlusskraft gepackt, ging sie in den Garten hinaus. Nachdem die Welt, in der sie aufgewachsen war, zusammengebrochen war und ihre Familie sich als ein Haufen erbärmlicher Feiglinge entpuppt hatte, musste sie sich eben selbst eine neue Welt schaffen. Sie wollte die Ehre des Namens Petrefact wiederherstellen, auch wenn das allem Anschein nach erforderte, diesen Namen erst zu entehren. Sie hatte den festen Vorsatz gefasst, dass Professor Walden Yapp seine Gefängnisstrafe nicht absitzen würde. Sie würde den Lauf der so genannten Gerechtigkeit umkehren, bis Yapp rehabilitiert und auf freiem Fuß war.

Währenddessen spukte unablässig die anonyme Gestalt des wahren Mörders in ihrem Kopf herum. Wenn er sich stellte … Nein, das würde er nicht tun. Leute, die Zwerge ermordeten, lieferten sich nicht freiwillig der Polizei aus, weil ihre Verbrechen einem anderen angelastet wurden. Ihre eigene Familie hatte, nur um der mit dem Besitz einer Sexartikelfabrik verbundenen negativen Publicity zu entgehen, voller Genugtuung mit angesehen, wie ein unschuldiger Mensch ins Gefängnis wanderte. Um wieviel mehr Grund zur Freude hatte dann der wirkliche Mörder. Aber ohne den … Emmelias Gedankengang wurde abrupt durch das plötzliche Auftauchen eines Dutzends Zwerge beim Goldfischteich unterbrochen. Im Zwielicht schien es Emmelia einen grausigen Augenblick lang, als seien sie lebendig. Dann fiel ihr ein, dass sie Rosie erlaubt hatte, die gesamte Gartenzier aus der Rabbitry Road hierher zu bringen und sie um den Teich aufzubauen, wo sie in ihrer geschmacklosen Penetranz der Eleganz der hermaphroditischen Brunnennymphe zu spotten schien. Emmelia setzte sich auf eine Holzbank und betrachtete versonnen die grotesken Andenken an den verblichenen Willy Coppett. Und dabei keimte ganz allmählich eine Idee – keimte, erblühte und trug Früchte.

Eine halbe Stunde später stand Frederick, telefonisch aus dem Sozial-Konservativen Arbeiterclub von Buscott herbeordert, vor seiner Tante im Salon.

»Zwerge?« sagte er. »Was zum Kuckuck willst du denn mit Zwergen?«

»Ich will ihre Namen und Adressen«, sagte Emmelia.

»Und ich soll sie für dich ausfindig machen?«

»Genau.«

Frederick betrachtete sie skeptisch. »Und du willst mir nicht sagen, zu welchem Zweck?«

Emmelia schüttelte den Kopf. »Ich kann dir lediglich verraten, dass es in deinem eigenen Interesse ist, sie ausfindig zu machen. Natürlich wirst du dabei anonym vorgehen.«

Frederick überdachte sein Interesse und konnte es nur schwerlich in Einklang mit der anonymen Suche nach Zwergen bringen. »Vielleicht könnte ich ja die hiesige Arbeitsvermittlung anrufen, aber die finden es sicher etwas seltsam, wenn ich mich weigere, Namen und Adresse anzugeben. Und abgesehen davon, was soll ich denn sagen, wenn sie wissen wollen, wofür ich Zwerge brauche?«

»Da musst du dir eben etwas einfallen lassen. Und pass bloß auf, dass sie nicht dahinter kommen, wer du bist. Das ist das eine. Das andere ist, dass du unser kleines Gespräch gleich wieder vergessen wirst. Was dich betrifft, so hat es nie stattgefunden. Ist das klar?«

»Ungefähr«, sagte Frederick.

»In diesem Fall werde ich dir die Sache noch mal in einer Sprache erklären, die du verstehst. Ich habe beschlossen, mein Testament zu deinen Gunsten zu ändern. Bisher hatte ich die Absicht, meine Anteile am Familienunternehmen allen Neffen und Nichten zu gleichen Teilen zu hinterlassen. Jetzt sollst du alles erben.«

»Sehr nett von dir, das muss ich schon sagen. Wirklich, sehr großzügig«, sagte Frederick, dem allmählich dämmerte, dass es ohne Zweifel in seinem Interesse lag, das zu tun, was Tante Emmelia verlangte.

Emmelia betrachtete ihn voller Verachtung. »Nichts dergleichen«, sagte sie schließlich. »Es ist nur die einzige Möglichkeit, mich zu vergewissern, dass du den Mund hältst, was auch immer passiert. Solltest du das nicht tun, werde ich das Testament ändern und dir nicht einen Penny hinterlassen.«

»Keine Angst«, sagte Frederick grinsend. »Kein Wort wird über meine Lippen kommen. Wenn du Zwerge willst, sollst du Zwerge kriegen.«

»Nur ihre Namen und Adressen, wohlgemerkt«, sagte Emmelia und entließ ihn mit dieser höchst sonderbaren Bemerkung. Nachdem sie wieder allein war, blieb sie noch eine Zeit lang sitzen und bereitete sich auf ihren nächsten Schritt vor. Um zwölf Uhr verließ sie das Haus mit einer großen Einkaufstasche und einer Taschenlampe und ging zur Mühle hinunter. Sie schlüpfte durch einen Seiteneingang hinein und wählte wenig später mit großer Sorgfalt die erforderlichen Artikel aus. Als sie ins

New House zurückkehrte, enthielt die Einkaufstasche mehrere Dildos, zwei Handschellen aus der Sado-Abteilung, eine Peitsche, einen brustwarzenfreien BH und ein geschlitztes, mit Sämischleder gefüttertes Plastikhöschen. Emmelia ging in ihr Zimmer hinauf, schloss die Sachen in eine Kommodenschublade und legte sich mit einem seltsamen Lächeln auf den Lippen ins Bett. Zum erstenmal seit langen Jahren war sie aufgeregt und hatte Schuldgefühle. Es war wie damals, als sie als Kind in Fawcett House die Speisekammer geplündert hatte. Wie sie dieses Fawcett gehasst hatte! Und welch ungeheuren Spaß es doch machte, sich jenseits der Grenzen der Respektabilität zu bewegen! Ausgerechnet sie, der Wächter über den guten Ruf der Familie, hatte sich vorgenommen, einen Ausgleich für deren falsche und sündhafte Scheinheiligkeit zu schaffen und damit das Gleichgewicht wiederherzustellen. Mit dem Gefühl, endlich, endlich ihrem wahren Petrefactschen Wesen gerecht zu werden, und mit einem Refrain über Kinder, die für die Sünden ihrer Väter büßen müssen, auf den Lippen schlief sie ein.

Während der folgenden Woche schlug sich Frederick mit der heiklen Aufgabe herum, Zwerge aufzustöbern, ohne seine Identität preiszugeben. Er rief bei allen Arbeitsvermittlungsstellen im ganzen Bezirk an, musste jedoch feststellen, dass erstaunlicherweise keinerlei Mangel an Arbeitsangeboten für Zwerge herrschte. Nicht einmal seine Behauptung, ein Agent der Disney-Filmgesellschaft zu sein, der für ein naturalistisches Remake von *Schneewittchen* sieben Zwerge suchte, die als Bergarbeiter auftreten sollten, weckte großes Interesse. Und als er sich später als BBC-Produzent ausgab, der anlässlich des Mordes an Willy Coppett an einer Dokumentation über die Gefahren, die die Spezies Zwerg bedrohte, arbeitete, bekam er überhaupt keine Reaktion. Am Ende sah er sich gezwungen, Emmelia von seinem Misserfolg zu berichten.

»Zwerge sind offenbar Mangelware«, sagte er. »Ich habe es in Krankenhäusern und bei Zirkusunternehmen und weiß der Teufel wo noch versucht. Jetzt bleibt mir wohl nur noch das Erziehungsministerium. Die werden doch sicher eine Liste aller schulpflichtigen Zwerge haben.«

Aber davon wollte Emmelia nichts wissen. »Junge Erwachsene, das schon, aber ich habe nicht die Absicht, mich an … Ich will nichts mit Zwergen zu tun haben, die das Mündigkeitsalter noch nicht erreicht haben.«

»Mündigkeitsalter?« sagte Frederick, der mit diesem Ausdruck im Zusammenhang mit Zwergen auf Anhieb perverse sexuelle Assoziationen verband. »Du hast doch sicher nicht vor … also … äh …«

»Was ich vorhabe, ist meine ganz persönliche Angelegenheit. Die deine besteht schlicht und einfach darin, mir geeignete Kandidaten zu beschaffen.«

»Wenn du meinst«, sagte Frederick. Aber das sexuelle Motiv löste schließlich seine Probleme. Noch am selben Nachmittag gab er in der *Bushampton Gazette* unter der Rubrik Bekanntschaften ein Inserat auf, über das ein einsamer, gut situierter Gentleman mittleren Alters und restringierter Größe die Bekanntschaft einer ähnlich disponierten Dame zu machen hoffte, die seine Hobbies, nämlich Lego, Modelleisenbahn und Bonsai-Bäumchen, nach Möglichkeit teilen sollte. Diesmal hatte er Glück. Zwei Tage später bekam er acht Antworten, mit denen er sich ins New House begab. Emmelia betrachtete sie skeptisch.

»Ich hätte dir sagen sollen, dass es männliche Zwerge

sein müssen«, sagte sie und bestärkte Frederick damit in seinem Verdacht, dass seine Tante irgend etwas plante, was mit Zwergensex zu tun haben musste.

»Es war schon schwer genug, diese hier ausfindig zu machen«, protestierte er. »Und wenn du glaubst, dass ich mich in unserem Bezirk per Inserat als schwuler Zwerg anbiete, dann kann ich dir versichern, dass du dich täuschst. Um ehrlich zu sein, ich finde es schon unangenehm genug, mich als heterosexueller auszugeben; aber abartig noch dazu, das geht zu weit.«

Emmelia fegte seine Einwände beiseite. »Ich will doch hoffen, dass du die Anzeige nicht selbst aufgegeben hast«, sagte sie.

»Natürlich nicht«, entgegnete Frederick. »Da hätte ich ja auf allen vieren hinkriechen müssen. Oder sie hätten sich gewundert, wieso ein Mann mit einsachtzig einen Hilferuf losschickt, in dem er behauptet, ein Garnichts zu sein. Ich habe angerufen und eine Postfachnummer angegeben.«

»Gut. Also, dann müssen wir uns eben mit denen da zufrieden geben. Und vergiss nicht, wenn irgend jemand auch nur eine Silbe von der Sache erfährt, hast du ein für alle Mal die Chance verspielt, den Platz deines Vaters als Oberhaupt des Familienunternehmens einzunehmen, ganz abgesehen davon, dass du dich wegen Anstiftung zu einem Verbrechen verantworten müsstest.«

»Was für ein Verbrechen denn?« fragte Frederick, erkannte aber im selben Augenblick, dass er es gar nicht wissen wollte. Was immer Tante Emmelia im Schilde führte, er wollte da nicht hineingezogen werden. Und nachdem er ihr das gesagt hatte, verließ er das Haus, fuhr auf dem schnellsten Weg nach London, um sich nicht noch weiter in ihre Angelegenheiten verstricken zu lassen, und traf eilige Vorbereitungen für einen Urlaub in Spanien.

Während der folgenden Woche traf Emmelia weitere Vorbereitungen. Sie kaufte in Briskerton einen Gebrauchtwagen, fuhr damit in die Dörfer und Städte und sah sich die Häuser an, in denen die acht Damen, die geantwortet hatten, wohnten. Für ihre Verhältnisse verhielt sie sich derart ungewöhnlich, dass sich sogar Annie darüber wunderte.

»Ich kann mir nicht vorstellen, was in sie gefahren ist«, sagte sie zu Rosie, die sie mit dem Abwasch beauftragt hatte. »Seit Jahren hat sie den Garten kaum verlassen, und jetzt saust sie in der Gegend herum wie ich-weiß-nichtwas.«

Das war eine zutreffende Beobachtung, die zuzeiten Emmelias eigenem Gefühl entsprach. Sie wusste auch nicht, was – was aus der alten Emmelia geworden war; was mit ihrer Verantwortung gegenüber der Familie geschehen war; was sie jetzt war. Nur das Wie interessierte sie. Das und die Gewissheit, dass sie sich nicht mehr langweilte und die Eintönigkeit ihres Lebens sie nicht mehr dazu veranlasste, ihren Verwandten lange Briefe zu schreiben, in denen sie jemand zu sein vorgab, der sie offenbar nie gewesen war – eine liebe, gutmütige und nette ältere Dame.

Statt dessen kristallisierten sich – paradoxerweise als Reaktion auf die Erschütterung, die ihre naive Sicht einer freundlichen Welt durch die Verurteilung eines törichten, aber unschuldigen Mannes erfahren hatte – aus ihrem Charakter plötzlich rauhe und fast brutale Züge heraus. Lord Broadmoor hatte sie eine Virago genannt. Emmelia schlug das Wort in ihrem Wörterbuch nach und entdeckte als seine ursprüngliche Bedeutung: »Eine Frau mit männlicher Stärke und Beherztheit (lat. = weiblicher Krieger)«. Alles in allem war das eine treffende Beschreibung ihres gegenwärtigen Zustandes, und es tat gut zu wissen, dass schon die Römer gewisse Frauen so beschrieben hatten. Das stellte sie in eine noch ältere Tradition als die der Petrefactschen Abstammung. Freilich blieben Relikte ihres alten Selbst zurück, so dass sie nachts entsetzt über das, was sie zu tun plante, aus dem Schlaf hochschreckte.

Um diese Anflüge von Panik zu ersticken, zementierte sie ihren Entschluss, indem sie die *Times* von der ersten bis zur letzten Seite las und Annie und Rosie einen ganzen Abend lang beim Fernsehen in der Stiefelkammer Gesellschaft leistete.

Nach dieser Konfrontation mit konzentriertem Irrsinn und geballter Gewalt war sie dann wieder ganz versöhnt mit der relativen Harmlosigkeit ihrer eigenen Absichten. In einem Club in Texas hatte ein Mann zweiundzwanzig Menschen »einfach so aus Spaß« verbrannt; in Teheran waren noch mehr Menschen wegen »Gotteslästerung« von einem Mordkommando erschossen worden; in Ulster war wieder ein britischer Soldat getötet worden, der vermutlich versucht hatte, Katholiken und Protestanten daran zu hindern, sich gegenseitig niederzumetzeln; und ein vierzehnjähriger Babysitter hatte das ihm anvertraute Kind aus dem Fenster geworfen, weil es nicht zu schreien aufhören wollte. Als ob diese Akte sinnloser Gewalt noch nicht ausgereicht hätten, sie von der Verrücktheit der Welt zu überzeugen, gab es auch noch Fernsehserien, in denen Detektive reihenweise mutmaßliche Verbrecher erschossen oder selbst abgeknallt wurden, und dies mit einer Begeisterung, die Annie und Rosie und vermutlich Millionen anderer Zuschauer durchaus teilten.

Aus diesen Sitzungen ging Emmelia mit ruhigem Gewissen hervor. Wenn sich der Rest der Welt so irrational verhielt und so belanglosen Motiven folgte, hatte sie keinen Grund, sich Sorgen zu machen. Im Verlauf eines Monats hatte sie sich bis zur Unkenntlichkeit verändert. Nach außen hin blieb Miss Emmelia Petrefact die nette, alte Dame, die ihre Blumen, ihre Katzen und ihre Familie liebte.

Bei dem armen Yapp war es eher umgekehrt. Ihm war seit seiner Einlieferung in das Gefängnis von Drampoole äußerlich kaum mehr etwas geblieben. Er hatte seine Kleider, einen Großteil seiner Haare, seine gesamte persönliche Habe und die Illusion, dass Verbrecher schlicht und einfach Opfer des gesellschaftlichen Systems waren, eingebüßt. Geblieben war ihm einzig und allein die Erkenntnis, dass es sich bei Kriminellen meist um Angehörige der Arbeiterklasse handelte, und dazugekommen war, dass er am eigenen Leib erfuhr, was das Proletariat von Kindsmördern hielt. Yapps verzweifelte Versuche zu erklären, dass er,niemanden umgebracht hatte und abgesehen davon Zwerge keine Kinder waren, konnten ihn nicht davor bewahren, sich von zwei echten Mördern, mit denen er wohl oder übel die Zelle teilen musste, wüst beschimpfen lassen zu müssen.

»Wir wissen schon, was wir mit Saukerlen wie dir anstellen«, erklärten sie ihm und machten sich an ihr widerliches und schmerzhaftes Werk. Dies geschah mit einer Raffinesse, die sie offenbar in der harten, von Yapp früher so geschätzten Schule des Lebens gelernt hatten. Am folgenden Morgen war es nicht nur mit seiner Wertschätzung aus und vorbei, sondern auch mit der Fähigkeit, seinem Wunsch nach einem Besuch beim Gefängnisarzt Stimme zu verleihen. Als er nach einer Woche noch immer kaum hörbar flüsterte, beschlossen die Aufseher, die die Meinung seiner Zellengenossen über Zwergenschänder eindeutig teilten, in ihrem eigenen Interesse, dass Yapp ärztliche Behandlung brauchte, wenn sie nicht bald eine Leiche in Gewahrsam haben wollten.

»Ein Scheißquietscher aus deinem Mund, und du hast Wachteleier anstelle deiner eigenen«, drohte ihm sein kräftigerer Zellengenosse, als Yapp hinaushinkte. »Erzähl dem Pillenpapi, dass du von der Pritsche gefallen bist.«

Heiser flüsternd befolgte Yapp diese Anweisung.

»Von der Pritsche?« sagte der Arzt und richtete misstrauisch eine Taschenlampe auf Yapps ausgefransten Schließmuskel. »Sagten Sie ›Pritsche‹?«

»Ja«, flüsterte Yapp.

»Und worauf genau sind Sie gelandet?«

Yapp sagte, dass er da nicht sicher sei.

»Aber ich«, sagte der Arzt, der einen Arschficker erkannte, wenn er einen vor sich hatte, und gegen diese Spezies ebenso massive Vorurteile hatte wie gegen Kindsmörder. »Gut, Sie können wieder aufstehen.«

Als Yapp es versuchte, entfuhr ihm ein mitleiderregendes Quietschen.

»Und was ist mit Ihrer Stimme los? Sie sind nicht zufällig auch noch ein Schwanzlutscher?«

Yapp sagte, er habe keine Ahnung, was ein Schwanzlutscher sei, worauf der Arzt ihm etwas Nachhilfe gab.

»Das bin ich ganz bestimmt nicht«, flüsterte Yapp so empört, wie seine Stimmbänder es zuließen. »Ich weise diese Anschuldigung entschieden zurück.«

»Wenn das so ist, würde es Ihnen dann etwas ausmachen, mir zu verraten, warum Ihr Zäpfchen in einem derart schauerlichen Zustand ist?« fragte der Arzt, während er mit einem Spatel nervös dagegen stieß.

Yapp gab gurgelnde Geräusche von sich.

»Nennen Sie den Arzt gefälligst ›Sir‹«, sagte der Wärter und verlieh seiner Aufforderung dadurch Nachdruck, dass er Yapp in die Rippen stieß.

»Sir«, gurgelte Yapp. Der Arzt kehrte an seinen Schreibtisch zurück und schrieb seinen Bericht.

»Dreimal täglich ein lösliches Pessar für beide Extremitäten«, sagte er. »Und können Sie ihn nicht zu jemandem stecken, der weniger empfänglich für die sexuellen Reize dieses grässlichen Kerls ist?«

»Da wäre nur noch Watford«, meinte der Wärter zweifelnd.

»Na, ausgezeichnet«, sagte der Arzt. »Dann müssen wir nur die Magenpumpe bereithalten.«

»Jawohl, Sir.«

Yapp wurde zu seiner Zeile zurückverfrachtet, um seine Decken abzuholen. Die beiden Mörder blickten ihn erwartungsvoll an.

»Er kommt zu Watford rein«, sagte der Wärter. »Ihr zwei Scheißkerle habt euren Spaß gehabt.«

»Geschieht dem Schwein ganz recht«, meinte der kleinere von beiden.

Begleitet von einer schrecklichen Vorahnung, humpelte Yapp wieder auf den Gang hinaus. »Was ist denn mit Watford?« krächzte er.

»Wollen Sie damit sagen, dass Sie noch nie was vom Giftmischer von Bournemouth gehört haben? Sie als Scheißprofessor? Na ja, man lernt nie aus«, sagte der Wärter, während er eine Zellentür am Ende des Ganges aufschloss. »Hab einen Kumpel für dich, Watford.«

Der kleine, rundliche Mann, der auf seiner Pritsche saß, taxierte Yapp mit einem Interesse, das keineswegs erwidert wurde.

»Weswegen sitzt du denn?« fragte er, sobald die Tür wieder zu war. Yapp ließ sich auf die andere Pritsche fallen und beschloss zum ersten Mal in seinem Leben, unter keinen Umständen die Wahrheit zu sagen.

»Muss was wirklich Übles gewesen sein«, fuhr Mr.

Watford fröhlich fort. »Zu mir stecken sie nie nette Kerle.«

Yapp stieß ein paar krächzende Laute aus und zeigte auf seinen Mund.

»Ah, ein Stummer«, fuhr Mr. Watford fort, »das ist praktisch. Schweigen ist Gold, wie ich immer behaupte. Macht die Dinge um vieles leichter. Soll ich dich mal ärztlich untersuchen?«

Yapp schüttelte heftig den Kopf.

»Na gut, ganz wie du willst. Aber ich sag dir, ich bin besser als der Gefängnisarzt, auch wenn das nicht viel heißen will. Deshalb bin ich ja hier. Weißt du, die Natur hat mich zu einem großen Arzt bestimmt, aber die Umwelt war gegen mich. Mein Vater war Trambahnschaffner, wenn er nüchtern war, und wenn nicht, dann ein Sadist; und meine Mutter ging auf den Strich, um uns über die Runden zu bringen, und deshalb musste ich mit vierzehn von der Schule. Den ersten Job bekam ich bei einem Alteisenhändler, wo ich Bleirohre aus dem anderen Metall aussortieren musste. Interessantes Zeug dieses Blei. Hat mir die ersten Einblicke in die physiologische Wirkungsweise von Metallgiften verschafft. Arsen ist auch ein Metall, wusstest du das? Na, jedenfalls habe ich danach für einen Fotografen gearbeitet ...«

Mr. Watfords schreckliche Lebensgeschichte zog sich endlos hin, so dass Yapp Mühe hatte, nicht einzuschlafen. Im Normalfall hätte sie ihn interessiert und sogar an sein Mitgefühl appelliert, aber die Vorstellung, dass er aller Wahrscheinlichkeit nach dazu verdammt war, das nächste Opfer des Giftmischers von Bournemouth zu werden, erstickte den Ruf seines sozialen Gewissens. Außerdem hatten ihm seine früheren Zellengenossen eine schmerzliche Vorstellung von der Mentalität des gewöhnlichen Mörders gegeben. Wollte er in Mr. Watfords tödlicher

Gesellschaft überleben, musste er ihm gegenüber eine unmoralische Überlegenheit an den Tag legen. Vor allem musste er den Andersartigen und Durchtriebenen spielen und sich eine grausige Verbrechenssparte ausdenken, die ganz seine Domäne war. Zum allerersten mal in seinem Leben richtete Yapp seinen Verstand auf ein Problem, das persönlich, unmittelbar und real war und nichts mit Politik, Geschichte oder Klassenunterschieden zu tun hatte.

Als schließlich das Abendessen kam, hatte er einen Entschluss gefasst. Sichtlich angewidert und schaurig grinsend reichte er sein Tablett an Watford weiter, schüttelte den Kopf und zeigte auf seinen Mund.

»Wie, du willst diesen Fraß nicht?« fragte der Häftling.

Wieder lächelte Yapp, wobei er sich diesmal so weit nach vorn beugte, dass sein Gesicht dem von Mr. Watford unangenehm nahe kam.

»Nicht genug Blut«, krächzte er.

»Blut?« sagte Watford und ließ seinen Blick von Yapps grausigem Lächeln zu den Würsten und wieder zurück wandern. »Du hast schon recht, viel Fleisch ist in diesen Knastwürsten wirklich nicht drin.«

»Richtiges Blut«, flüsterte Yapp.

Mr. Watford rückte an den hinteren Rand seiner Pritsche. »Richtiges Blut?«

»Frisch«, krächzte Yapp und rückte nach. »Frisch aus der Gurgel.«

»Gurgel?« stammelte Mr. Watford unter weit gehender Einbuße seiner Gesichtsfarbe und seiner guten Knastsitten. »Was meinst du mit ›frisch aus der Gurgel‹?«

Aber Yapp grinste nur noch hässlicher.

»Leck mich, jetzt haben sie mir einen Irren geschickt.«

Schlagartig erlosch Yapps Lächeln.

»Das war nicht als Beleidigung gedacht«, fuhr Mr. Watford hastig fort. »Ich wollte nur sagen …« Er brach ab und fragte mit einem Blick auf die Würstchen: »Bist du sicher, dass du dein Essen nicht haben willst? Vielleicht fühlst du dich danach weniger … ich meine, besser oder so was.«

Aber Yapp schüttelte den Kopf und legte sich wieder hin. Ohne ihn aus den Augen zu lassen, begann Mr. Watford betont langsam zu essen. Ein paar Minuten lang herrschte Schweigen in der Zelle, und allmählich kam wieder Farbe in Mr. Watfords Gesicht. Da schlug Yapp erneut zu.

»Zwerge«, stöhnte er. Ein Stück Wurst auf dem Weg in Mr. Watfords Mund zitterte am Ende der Gabel.

»Was meinst du mit ›Zwerge‹?« fragte er, diesmal eher streitsüchtig. »Ich bin gerade beim Abendessen, und da musst du …«

»Kleine Zwerge.«

»Scheiß drauf«, schimpfte Mr. Watford und bereute es im selben Augenblick. Wieder lächelte Yapp Unheil verkündend. »Na ja, wenn du meinst, aber ich dachte immer, dass alle Zwerge klein sind.«

Aber Yapp gab nicht nach. »Das Blut von kleinen Zwergenbabies.«

Verärgert legte Mr. Watford die Gabel samt Wurst auf den Teller. »Hör zu, Kumpel, ich versuche hier, mein Abendessen runterzuwürgen, und dein Gelaber über kleine Scheißzwerge und ihr Blut trägt nicht gerade dazu bei … o mein Gott.«

Yapp war aufgestanden und hatte sich drohend vor ihm aufgepflanzt. Mr. Watford wich an die Wand zurück.

»Schon gut, schon gut«, stieß er hervor. »Mir soll's recht sein, wenn du das Blut von kleinen Zwergenbabies magst. Alles, was ich möchte, ist …«

»Direkt aus den winzigen Gurgeln«, fuhr Yapp fort,

während er sich die knochigen Hände rieb und unmissverständlich auf Mr. Watfords Kehle stierte.

»Hilfe«, kreischte dieser, schoß von seiner Pritsche hoch und hämmerte an die Tür. »Lasst mich hier raus! Dieser Kerl hat hier nichts zu suchen. Er gehört in die Klapsmühle.«

Doch als sich endlich zwei Wärter die Mühe machten, seiner Beschwerde nachzugehen, saß Yapp friedlich auf seiner Pritsche und aß Würstchen mit Kartoffelbrei.

»Also, was ist hier los?« fragten sie und schoben den schlotternden Häftling beiseite.

»Er ist verrückt. Total ausgerastet. Ihr habt mir einen Scheißpsychopathen reingesteckt. Will seinen Fraß nicht essen und faselt dauernd was von wegen frischem Zwergenblut …« Watford hielt inne und glotzte Yapp ungläubig an. »Zuvor hat er nicht gegessen.«

»Also, jetzt isst er, und ich kann nur sagen, ich kann es ihm nicht verübeln, wenn ihm in deiner Gesellschaft der Appetit vergeht«, meinte der Wärter.

»Aber er hat dauernd von Zwergenblut gefaselt.«

»Was erwartest du denn sonst von ihm? Soll er vielleicht die ganze Zeit von Arsen reden? Außerdem, wieso regst du dich eigentlich auf? Du bist doch kein Scheißzwerg.«

»So, wie er mich anschaut, könnte ich ebenso gut einer sein. Und ich habe das Recht, über Gift zu reden. Das ist meine Spezialität. Oder weshalb bin ich eurer Meinung nach hier?«

»Einverstanden, und genauso hat er das Recht, über verdammte Zwerge zu reden«, sagte der Wärter. »Was glaubst du, weshalb er hier ist?«

Auf Mr. Watfords Gesicht spiegelte sich blankes Entsetzen.

»O Gott, sagen Sie bloß nicht …«

»Ganz recht, Wattie. Seine Spezialität ist das Abschlachten verdammt kleiner Zwerge. Der Direktor meinte, ihr zwei würdet euch gut vertragen. Von den anderen will ihn nämlich keiner.«

Und bevor Mr. Watford sagen konnte, dass das auch für ihn galt, wurde die Tür mit der Verwarnung, dass er Bunker bekäme, wenn er nochmals solchen Lärm veranstaltete, zugeknallt. Mr. Watford verkroch sich in eine Ecke und kletterte erst in sein Bett, als die Lichter gelöscht worden waren.

Inzwischen dachte Yapp über den nächsten Schritt in Sachen Selbsterhaltung nach. Er erfolgte anlässlich Mr. Watfords Versuch, sich in den Schlaf zu onanieren. Diesmal hielt Yapp einen salbungsvollen Ton für angebracht und stimmte einen heiseren, unheimlichen Singsang an: »Alle Zwerge klein und hässlich, alle Würmer fett und grässlich, eklig sind wie Gift und Galle, Gott, der Herr, zerschmettert alle.«

Mr. Watford hörte zu onanieren auf. »Ich bin kein Zwerg«, sagte er. »Ich wünschte, du würdest das endlich begreifen.«

»Zwerge onanieren«, sagte Yapp.

»Da bin ich sogar sicher«, meinte Mr. Watford, der dieser Behauptung schlecht wiedersprechen konnte, ihre Implikationen jedoch, soweit es ihn betraf, äußerst beunruhigend fand. »Trotzdem bleibt die Tatsache bestehen, dass ich kein onanierender Zwerg bin.«

»Samen verspritzen hemmt das Wachstum«, sagte Yapp und gab damit eine ziemlich abwegige Bemerkung seiner religiös angehauchten Tante zu diesem Thema wieder. »Der Herrgott der Unbeflecktheit hat gesprochen.«

Mr. Watford beschloss, diesen Tatbestand nicht zu bestreiten. Wenn dieser Irre, den man ihm da aufgehalst hatte, den Glauben, dass er der Herrgott sei, mit der Ablehnung von Selbstbefleckung und einer Vorliebe für Zwergenblut verbinden wollte, dann war das seine Sache. Er drehte sich auf die Seite, konnte aber nicht einschlafen.

Doch noch waren die Schrecken der Nacht nicht vorüber. Nachdem Yapp die erstaunliche Wirkung vorgeblicher Verrücktheit auf einen echten Giftmörder entdeckt hatte, der für seine Begriffe wirklich verrückt sein musste, war er wild entschlossen, mit seiner Behandlungsmethode fortzufahren. Er fischte aus seiner Hosentasche eines der löslichen Pessare, die ihm der Gefängnisarzt verordnet hatte und die er nicht benutzt hatte. Einen Augenblick lang zögerte er. Lösliche Pessare ließen sich nicht so leicht essen, waren aber einer tödlichen Substanz, die Watford seinem Essen sicher früher oder später beimischen würde, bei weitem vorzuziehen. Mit einer Entschlossenheit, die zum Teil von seinem asketischen Lebenswandel herrührte, steckte Yapp das Pessar in den Mund und begann, hörbar darauf herumzukauen. Watford wurde unruhig.

»He«, zischte er, »was tust du denn da?«

»Ich esse«, sagte Yapp, den Mund voller Gelatine und Dickdarmschmiere.

»Was zum Teufel isst du denn um diese nachtschlafende Zeit?« fragte Watford, für den das Thema Verdauungsstörungen von unerschöpflichem Interesse war.

»Du kannst eines haben«, sagte Yapp. »Halt deine Hand auf.«

Aber Mr. Watford war schlauer. »Du kannst es ja auf den Hocker legen.«

Vorsichtig nahm Watford es an sich.

»Was zum Kuckuck ist das denn?« fragte er, nachdem er es befingert hatte, ohne es identifizieren zu können.

»Wenn du es nicht willst, dann gib es wieder her«, sagte Yapp.

Watford zögerte. Er aß gerne, aber die Erfahrung, die seine Opfer gemacht hatten, mahnte ihn zur Vorsicht. Außerdem waren Form und Beschaffenheit des Pessars nicht gerade einladend.

»Ich hebe es lieber bis morgen auf, aber trotzdem vielen Dank.«

»O nein, das wirst du nicht«, brauste Yapp auf. »Entweder du isst es jetzt, oder gibst es mir zurück. Zum Verschwenden sind sie zu schade. Ich habe nur noch zwei übrig.«

Rasch legte Watford das Pessar auf den Hocker zurück. »Ich würde trotzdem gerne wissen, was es ist«, sagte er. Yapp schnappte sich das Ding und gab blubbernde Geräusche von sich.

»Zwergeneier«, sagte er genüsslich. Sekundenlang war von Watford, der darum kämpfte, das Abendessen bei sich zu behalten, nichts zu hören. Dann schoß er mit einem markerschütternden Schrei von der Pritsche und hämmerte mit dem Holzschemel gegen die Tür. Als die anderen Gefangenen auf dem Gang ebenfalls zu lärmen begannen, spuckte Yapp die Überreste des zerkauten Pessars in die Toilette, spülte sie hinunter und sich den Mund aus. Als die Tür geöffnet wurde und Watford sich den Aufsehern in die Arme warf, lag Yapp friedlich in seinem Bett. Diesmal gab Watford keinerlei Erklärung ab, sondern zog einem Aufseher den Schemel über den Kopf und biss den anderen in den Arm, um zu erreichen, dass man ihn in den Strafblock verlegte und damit in Sicherheit brachte.

Yapps Bekehrung zur Realpolitik des Gefängnislebens hatte begonnen. Am nächsten Morgen fand sie ihre Fortsetzung. Nachdem er zum Gefängnisdirektor zitiert worden war, um seinen Anteil an der Verwandlung des Giftmischers von Bournemouth vom allgemein verhassten zum geisteskranken Sträfling darzulegen, tat er die dezidierte Meinung kund, dass Watfords Krankheit, die sich vor seinem Aufenthalt im Gefängnis von Drampoole in dem unterschwelligen und libidinös ausgerichteten Versuch manifestiert hatte, seiner Mutter gegenüber die stellvertretende Rolle des Vaters einzunehmen, indem er die Pseudo-Personifikationen seines Vaters auf chemischem Weg eliminierte, sich umweltbedingt verschlimmert hatte und durch längere Inhaftierung und die Absenz normaler sozio-sexueller Beziehungen zu einer terminalen Paranoid-Schizophrenie geworden war.

»Wirklich?« murmelte der Gefängnisdirektor, der angesichts dieses sozio-jargonischen Angriffs erhebliche Mühe hatte, seine Autorität zu wahren. Nachdem Yapp diverse, ziemlich ausufernde Ansichten zum Thema unlimitierte Inhaftierung und ihre Folgen im Lichte der Gestalttherapie zum besten gegeben hatte, wurde es dem Direktor endlich zu bunt, und er ließ ihn in seine Zelle zurückbringen.

»Allmächtiger Gott«, raunte er seinem Stellvertreter zu, »wenn ich das nicht mit eigenen Ohren gehört hätte, ich würde es nicht glauben.«

»Und ich glaube es nicht, obwohl ich es selbst gehört habe«, sagte der Stellvertreter, der in Nordirland Militärdienst geleistet hatte und Scheiße erkannte, wenn er sie sah. »Schauen Sie sich doch nur den Background von diesem Kerl an. Er ist ein politischer Fanatiker und ein typischer Sicherheitsblock-Störenfried. Bevor Sie sich umdrehen, hat er alle anderen Mörder in den Hochsicherheitstrakt gescheucht, wo sie die Wände mit ihrer Kacke beschmieren und Terroristenstatus verlangen.«

»Dabei war das hier so ein hübsches, ruhiges kleines Gefängnis«, seufzte der Direktor und blickte traurig auf ein signiertes Porträt von Pierrepoint, das auf seinem

Schreibtisch stand und ihn an glücklichere Zeiten erinnerte. »Jedenfalls wissen wir, was diesen abscheulichen kleinen Giftmörder geschafft hat. Stellen Sie sich vor, man würde Sie zu einem Mann mit einem solchen Vokabular in die Zelle sperren …«

Zwei Tage später wandte sich der Gefängnisdirektor an das Innenministerium mit der dringenden Empfehlung, man möge doch Professor Yapp in ein Gefängnis für professionelle Sprachschänder und Terminologopathen verlegen.

26

Die eigentliche Entscheidung über Yapps Zukunft fiel jedoch ganz woanders. Für ihre erste Attacke nämlich hatte sich Emmelia das kleine Dorf Mapperly ausgesucht, wo eine winzige Miss Ottram in dem kleinen Postamt arbeitete. Das Dorf lag zwanzig Meilen von Buscott entfernt, und Emmelia war wiederholt hingefahren, um den Tagesablauf ihres Opfers auszukundschaften. Miss Ottram verließ ihr Haus am Dorfrand jeden Morgen um Viertel nach acht, ging zum Postamt am anderen Ende des Dorfes, verbrachte den Tag hinter dem Schalter und ging um fünf Uhr wieder nach Hause. Wahrscheinlich, wie ihr Brief an Frederick vermuten ließ, um sich um ihr Gärtchen mit Miniaturpflanzen zu kümmern. An besagtem Abend blieb Miss Ottrams Minigarten unversorgt. Als sie sich beim Heimgehen gerade zwischen zwei Straßenlaternen befand, öffnete sich neben ihr eine Autotür, und eine heisere Stimme fragte sie nach dem Weg zu einem Anwesen, das Little Burn heißen sollte.

»Ich kenne kein Haus, das so heißt«, sagte Miss Ottram, »zumindest nicht hier in der Gegend.«

»Es liegt an der Pyvil Road«, sagte die Stimme. »Vielleicht könnten Sie mir auf der Karte zeigen, wo das ist.«

Miss Ottram kam näher. Im nächsten Augenblick bekam sie eine Decke über den Kopf und wurde in den Wagen gezerrt.

»Keinen Ton, oder Sie werden Bekanntschaft mit meinem Messer machen«, drohte die Stimme, als Miss Ottrams erstickte Schreie unter der Decke hervordrangen. Sofort hörte sie zu schreien auf. Nachdem man ihr die Hände hinter den Rücken gebunden hatte, fuhr der Wagen los, hielt eine Meile später aber schon wieder an. Miss Ottram spürte, wie die Hände des Fahrers sie packten, und dann hörte sie wieder die Stimme.

»Verdammt«, sagte sie, »zu viel Verkehr.« Und damit wurde Miss Ottram, noch immer mit der Decke über dem Kopf, auf die Straße hinausgestoßen, und der Wagen brauste davon. Eine halbe Stunde später wurde Miss Ottram von einem vorbeifahrenden Autofahrer entdeckt und auf die Polizeiwache von Briskerton gebracht. Dort erzählte sie ihre Geschichte, ausgeschmückt mit übertrieben anschaulichen und unzutreffenden Einzelheiten.

»Er hat also gesagt, er würde Sie vergewaltigen?« fragte Inspektor Garnet.

Miss Ottram nickte. »Er sagte, wenn ich nicht tue, was er sagt, dann würde ich Bekanntschaft mit seinem Messer machen, und dann hat er mir die Hände hinter dem Rücken gefesselt.«

Der Inspektor betrachtete die Handschellen, mit denen sich zwei Feuerwehrleute ziemlich lange herumgeplagt hatten. Sie waren extrem solide und hatten ein Sperrschloß, so dass Miss Ottram sie sich unmöglich selbst angelegt haben konnte.

»Was mir gar nicht gefällt, ist diese Drohung mit dem Messer«, sagte der Sergeant, nachdem man Miss Ottram in einem Streifenwagen nach Hause gebracht hatte. »Erinnert mich an diesen Mord, den wir vor kurzem hatten …«

»Das ist mir schon klar«, sagte der Inspektor nervös, »aber dieser Bastard von Professor sitzt doch. Mich interessiert eher diese Decke.«

Eingehend betrachteten sie das Beweisstück. »Katzenhaare. Eine teure Decke voller Katzenhaare. Das ist immerhin schon etwas. Jetzt müssen wir abwarten, ob uns das Labor vielleicht noch ein paar Hinweise liefern kann.«

Der Inspektor ging nach Hause und verbrachte eine unruhige Nacht.

Emmelia erging es nicht sehr viel besser. Auch sie hatte Schwierigkeiten mit dem Einschlafen. Es war eben doch nicht dasselbe, ob man nur plante, Zwerge zu belästigen, oder ob man diesen Plan auch in die Tat umsetzte. Und jetzt machte sie sich Sorgen wegen Miss Ottram. Mit dieser Decke über dem Kopf war es nicht auszuschließen, dass sie überfahren wurde. Außerdem hatte sie ihr mit Sicherheit einen tödlichen Schrecken eingejagt. Emmelia wog diesen Schrecken gegen das Urteil »lebenslänglich« ab, das über Yapp verhängt worden war, und versuchte sich damit zu trösten, dass Miss Ottrams schreckliches Erlebnis teilweise zu rechtfertigen war.

»Immerhin muss das Leben in Mapperly doch recht öde sein«, redete sie sich ein, »und dumme Frauen, die auf Anzeigen von einsamen Herzen antworten, müssen damit rechnen, sich Ärger einzuhandeln. Jedenfalls hat sie für den Rest ihres Lebens wenigstens was zu erzählen.«

Als sie drei Tage später erneut zuschlug, traf es eine reifere, geschiedene Zwergin namens Mrs. May Fossen, die in einem Gemeindewohnhaus am Rande von Briskerton wohnte. Mrs. Fossen ließ gerade ihren Chihuahua zu seinem abendlichen Verdauungsspaziergang heraus, als sie plötzlich einer maskierten Gestalt in einem Überzieher gegenüberstand, aus dem das größte Sie-wissen-schon-Was hervorragte, das sie je im Leben gesehen hatte.

»Es war einfach gigantisch«, berichtete sie Inspektor Garnet. »Ich hätte es nie für möglich gehalten, dass jemand so ein großes Ding hat. Ich möchte nicht wissen, was er mit mir angestellt hätte, wenn ich ihm nicht geistesgegenwärtig die Tür vor der Nase zugeknallt hätte.«

»Und Sie sagen, dass er eine Maske trug?« sagte der Inspektor, der es vorzog, lieber nicht über die zu erwartenden Folgen zu spekulieren, die die Einführung eines so riesigen Sie-wissen-schon-Was in eine geschiedene Person restringierter Größe gehabt hätte.

»Ja, so ein grässliches, schwarzglänzendes Ding, aber es war das Sie-wissen-schon ...«

»Aber sicher. Es war sehr vernünftig von Ihnen, die Tür zuzuknallen und sie zu verriegeln. Wirklich sehr vernünftig. Erinnern Sie sich vielleicht, dieses Messer gesehen zu haben?«

Er zog ein großes Metzgermesser hervor, das man in ihrem Garten gefunden hatte. Mrs. Fossen schüttelte den Kopf.

»Dann wollen wir Sie auch nicht mehr länger aufhalten. Zwei Polizisten werden Sie nach Hause fahren, und wir werden Ihr Haus überwachen, bis dieser Verrückte gefasst worden ist.«

An diesem Abend hatte Emmelia keinerlei Schlafschwierigkeiten. Sie hatte ihr Ziel erreicht, ohne physische Gewalt anwenden zu müssen. Und das Metzgermesser würde der Polizei sicher zu denken geben.

In dieser Beziehung hatte sie recht. Gleich am folgenden Morgen versammelte Inspektor Garnet seine Leute um sich.

»Wir haben drei wichtige Informationen über den Mann, den wir suchen. Das Labor hat die Katzen identifiziert, die auf der Decke im Fall Miss Ottram geschlafen haben. Siamesische, burmesische, ziemlich viele getigerte und zumindest eine persische. Dann das Messer. Es ist alt und abgewetzt, und man fand daran Spuren von Löwenzahnwurzeln. Und schließlich noch diese Handschellen. Sie sind eindeutig von Hand gefertigt, und zwar von einem Kunstschmied, der sein Handwerk versteht. Wenn es also gelingt, weitere Informationen zu bekommen, die uns zu einem Katzenliebhaber und Gesundheitsapostel führen, der in seiner Freizeit Kunstschmiedearbeiten macht, können wir diesen Fall sicher bald aufklären.«

»Es wäre wohl vermessen zu fragen, ob es irgendwelche Fingerabdrücke gibt?« sagte der Sergeant.

»Nur Schmutzflecken. Außerdem müsste er schon ein Vollidiot sein, wenn er sich ohne Handschuhe an die Arbeit macht.«

»Es kommt doch sowieso nur ein total Verrückter auf die Idee, Zwerge vergewaltigen zu wollen«, meinte der Sergeant, »zumal mit einem Penis von der Größe eines kleinen Baumstumpfes, wie Mrs. Fossen ihn beschrieben hat.«

Inspektor Garnet sah ihn mitleidig an. »Ich würde nicht zu viel auf das geben, was sie sagt. Schließlich muss jemand mit ihrer Statur einen normalen Penis als riesig empfinden. Es ist alles eine Frage der Perspektive. Wenn Sie einem Dachshund bis an die Knie reichen würden, würden Sie einen Bleistift auch für einen Knüppel halten.«

Während der nächsten Tage statteten die Polizisten den Katzenhandlungen in der Umgebung Besuche ab, ließen sich in zwei Körnerfresserläden die Namen sämtlicher Kunden geben, die sie anschließend befragten, und fühlten den Angestellten mehrerer Schmiedeeisen-Werkstätten auf den Zahn. Da ihre Nachforschungen sie keinen Schritt weiterbrachten, sah sich Emmelia zu jener wilden Verzweiflungstat gezwungen, die sie sich gerne erspart hätte.

Ihr nächstes Opfer war eine Miss Consuelo Smith, deren Antwort auf Fredericks Inserat auf einen durchaus lockeren Lebenswandel schließen ließ. Nicht erwähnt hatte sie allerdings, dass sie Kampfsporterfahrung und einen Schwarzen Gürtel hatte. Diese bestürzende Tatsache entdeckte Emmelia erst, nachdem sie Miss Smith angerufen, sich als jener Gentleman restringierter Größe aus der Rubrik Bekanntschaften ausgegeben und einen Treffpunkt vor der Memorial Hall in Lower Busby vereinbart hatte. Als der gebrauchte Ford anhielt und Emmelia die Tür öffnete, hüpfte Miss Smith behände auf den Beifahrersitz. Erst dann merkte sie, dass sie offenbar in den falschen Wagen gestiegen war.

»He, wo fahren Sie denn hin?« schrie sie, als Emmelia beschleunigte. »Sie sind gar kein Schweißzwerg. Sie sind verdammte Norm.«

»Ja, meine Liebe«, krächzte Emmelia, der es nicht ganz leicht fiel, diesen Vorwurf zu akzeptieren, »aber ich habe eine große Vorliebe für kleine Leute.«

»Der Teufel soll mich holen, wenn ich einen Riesen an mir herumfummeln lasse. Also halten Sie auf der Stelle an«, kreischte Miss Consuelo. Emmelia griff nach ihrem Messer.

»Sie werden jetzt tun, was ich Ihnen sage, oder ich durchbohre Sie wie den anderen«, sagte sie, wurde aber prompt eines Besseren belehrt. Mit der Linken schlug ihr Miss Consuelo das Messer aus der Hand, und mit der Rechten versetzte sie ihrem Adamsapfel einen Handkantenschlag, der Emmelia die Sprache verschlug. Während sie nach Luft rang und versuchte, den Wagen wieder unter Kontrolle zu bekommen, ging Miss Consuelo zu drastischeren Maßnahmen über. Sie versuchte, die Hoden ihres Entführers in die Finger zu bekommen, erwischte aber statt dessen den Dildo. Im Gegensatz zu

Mrs. Fossen erstarrte Consuelo nicht in Ehrfurcht vor seiner Größe. Im Gegenteil. Sie betrachtete dies eindeutig als Vorteil, stürzte sich mit der Erfahrung einer echten Halbweltdame darauf und bohrte ihre Zähne hinein. Zu ihrer maßlosen Überraschung stieß Emmelia keinen infernalischen Schmerzensschrei aus, sondern fuhr an den Straßenrand und hielt an.

»Also gut, Sie können jetzt aussteigen«, sagte sie, nachdem sie ihre Stimme wiedererlangt hatte, aber jetzt hielt Consuelo mit einer Zähigkeit fest, die plötzlicher Angst entsprang. Ein Mann, der vergleichsweise ruhig reden konnte, während ihn jemand tief in seinen empfindlichsten Körperteil biss, war entweder ein extremer Masochist oder ein Wesen, das über eine derart phänomenale Selbstkontrolle verfügte, dass sie keinerlei Risiko eingehen wollte. Für den Bruchteil einer Sekunde öffnete sie ihren Mund, holte tief Luft und biss dann noch kräftiger zu. Aber Emmelia hatte die Nase voll. Sie beugte sich hinüber, öffnete die Beifahrertür und stieß Consuelo in den Straßengraben. Dann knallte sie die Tür zu und fuhr davon.

Consuelo saß im Graben und starrte den entschwindenden Rücklichtern nach. Erst jetzt merkte sie, dass sie noch etwas im Mund hatte. Angewidert spuckte sie es aus und ließ ihren Gefühlen freien Lauf.

Zehn Minuten später stolperte sie in einem Zustand hysterischen Entsetzens über das, was sie getan hatte, über die Schwelle der Polizeistation von Lower Busby, wo sie sich gleich darauf den Mund mit einem Desinfektionsmittel ausspülte und zwischendurch zu erklären versuchte, was geschehen war.

»Wollen Sie damit sagen, dass Sie diesem Bastard die Schwanzspitze abgebissen haben, ohne dass er auch nur gequietscht hat?« fragte der Polizist entgeistert und kniff vor Entsetzen die Schenkel zusammen.

»Was, glauben Sie, versuche ich Ihnen denn die ganze Zeit zu erklären?« murmelte Consuelo.

»Aber was hatte sein Ding da überhaupt zu suchen. Sie sagen, dass dieser Mann Sie mitgenommen und dann versucht hat, Sie zu belästigen …«

»Ich habe dem Saukerl keine Chance gegeben«, prustete Consuelo. »Ich habe ihm einen Schlag in die Magengrube versetzt, und nachdem er dann diese Erektion hatte, habe ich in das verdammte Ding reingebissen, und die Spitze war noch da, als ich mich mit Gewalt aus dem Auto befreite.«

»Noch wo?«

»Zwischen meinen Zähnen, Sie Dummkopf.« Wieder spülte sich Consuelo den Mund aus. »Ich habe sie ausgespuckt und bin dann gleich hierher gelaufen.«

Der Polizist erbleichte und schlug die Beine noch fester übereinander. »Also, dazu kann ich nur sagen, wenn das stimmt, dann muss da draußen irgendein armer Scheißkerl herumlaufen, der sich nichts sehnlicher wünscht, als dass er Ihnen nie begegnet wäre. Ist inzwischen sicher schon verblutet. Man darf gar nicht daran denken.«

Empört warf Consuelo Smith den Kopf in den Nacken. »Das gefällt mir«, sagte sie verbittert. »Sie regen sich über die Probleme von so einem Scheißkerl auf. Noch dazu von einem genormten. Ich wette, wenn ich vergewaltigt und ermordet worden wäre, hätten Sie keinen Funken Mitleid mit mir gehabt. Aber nur weil ich ihn gebissen …«

»Schon gut, schon gut. Sie haben ja recht. Es ist eben nur so, dass …«

»… er zufällig männliche Norm war«, fuhr Consuelo fort. Doch als wenig später Inspektor Garnet eintraf, wurde sie sichtlich verlegen, als sich herausstellte, dass sein Suchtrupp die Spitze des Dildo gefunden hatte.

»Scheiße«, sagte er wütend und starrte auf das verdammte Ding. »Ausgerechnet jetzt, wo wir schon sicher waren, dass das Schwein nicht mehr zuschlagen kann und wir nur noch die Krankenhäuser durchkämmen und uns den erstbesten Kerl ohne Schwanzspitze greifen müssen, was finden wir da? Eine künstliche. Und was verrät uns die?«

»Dass dieser Bastard genau wusste, worauf er sich mit dieser menschlichen Mausefalle einließ«, sagte der Polizist, dem es noch immer schwer fiel, normal zu gehen.

»Wirklich ein dickes Ei«, sagte der Inspektor, was den Polizisten erneut zusammenzucken ließ. »Da braucht man keinen Psychiater, um rauszufinden, dass unser Mann impotent und sexuell so unzulänglich ist, dass er es nicht mit einer anständigen Frau aufnehmen kann.«

»Vor Consuelo würde ich das nicht unbedingt so ausdrücken. Sie reagiert nicht sehr freundlich auf …«

Jetzt brauste der Inspektor auf. »Freundlich?« schrie er. »Nachdem ich gesehen habe, was sie mit dieser Kreuzung aus einem Gürtelreifen und einem Penis angestellt hat, würde ich nicht im Traum daran denken, diese verdammte Hexe auch nur in die Nähe meiner delikatesten Teile zu lassen.«

»Das habe ich nicht gemeint. Ich meinte Ihre Bemerkung von wegen anständige Frau. Sie ist eine Zwergenrechtlerin. Sie spricht von männlichen Normen.«

»Davon kann sie reden, bis sie schwarz wird. Trotzdem ist das, was sie mit diesem Ding angestellt hat, alles andere als normal.«

Gemeinsam begaben sie sich zu Consuelo und legten ihr das neue Beweisstück vor.

»Sie brauchen sich keine Sorgen zu machen, Miss Smith«, sagte der Inspektor, »Sie haben sich sicher keine Syphilis geholt …«

Aber Consuelo hörte gar nicht hin. Ihre Aufmerksamkeit wurde ganz von der Plastikeichel gefesselt. »Ich wusste doch gleich, dass da etwas nicht stimmte«, sagte sie. »Kein Wunder, dass es nicht Zeter und Mordio geschrien hat.«

»Wobei ›es‹ das entscheidende Wort ist«, meinte der Inspektor. »Offenbar haben wir es mit einem sexuellen Psychopathen zu tun, der ihn nicht hochkriegen kann und …«

»Blödsinn«, unterbrach ihn Consuelo. »Sie haben es mit einer Frau zu tun.«

Inspektor Garnet lächelte mitfühlend. »Aber natürlich, Miss Smith. Noch dazu mit einer Frau von erheblicher Intelligenz, wenn ich das so sagen darf.«

»Ich meine doch nicht mich, Sie Schwachkopf. Die Person, die mich angefallen hat, war eine Frau. Das hätte ich gleich merken müssen. Anfangs sprach sie mit tiefer Stimme, aber später klang sie dann schrill und um ein paar Oktaven höher.«

»Das ist durchaus verständlich, nach dem, was Sie …«

»Schlaumeier«, sagte Consuelo verächtlich. »Das da ist ein falscher, stimmt's? Deshalb hat sie auch nicht geschrien.«

Mutlos ließ sich der Inspektor auf einen Stuhl sinken. »Und Sie sind ganz sicher, dass es eine Frau war?«

»Absolut. Außerdem klang ihre Stimme affektiert, so von oben herab.«

»Nun, wenn man das alles in Betracht zieht, dann könnte man wohl sagen, dass sie …«, begann der Inspektor, als ihn ein Blitzen in ihren Augen zum Schweigen brachte.

»Gut, jetzt brauchen wir bloß noch eine vornehme Lesbe aufzustöbern, die sich Katzen hält, ein Metzgermesser und das letzte Drittel eines künstlichen Penis verloren hat und als Hobby Handschellen schmiedet. Viele solche Frauen wird es wohl kaum geben.«

»Sie fährt außerdem einen Cortina, ist einsfünfundsechzig groß und wiegt etwa fünfundsechzig Kilo. Und am linken Handgelenk hat sie eine Verletzung.«

»Vielen Dank, Miss Smith. Sie haben uns sehr geholfen. Und jetzt wird Sie ein Streifenwagen nach Hause bringen. Sollten wir noch weitere Informationen von Ihnen benötigen …«

»Verflucht noch mal«, unterbrach ihn Consuelo, »wenn hier grundsätzlich so beschissen gearbeitet wird, dann ist es kein verdammtes Wunder, dass so viele Verbrechen geschehen. Wollen Sie denn nicht mal wissen, wie es kam, dass ich überhaupt in dieses Auto gestiegen bin? Sie glauben doch nicht im Ernst, dass ich mitten in der Nacht durch die Gegend renne und in fremde Autos einsteige, ohne einen verdammt guten Grund zu haben, oder? Auch wenn ich nicht mal halb so groß bin wie Sie, bekomme ich doch den Eindruck, dass ich mehr Hirn im Kopf habe, als unter Ihren Helm passt.«

»Ich trage keinen Helm«, entgegnete der Inspektor gereizt und betrachtete den abgebissenen Dildo mit einem Anflug von Sympathie. »Also, warum sind Sie eingestiegen?«

»Weil ich auf ein Inserat in der *Gazette* geantwortet habe, in dem eine Dame gesucht wurde, und daraufhin heute nachmittag einen Anruf bekam.«

»Eine Dame? Was für eine Sorte Dame?«

»Meine Sorte natürlich«, sagte Consuelo, kramte in ihrer Handtasche und zog schließlich die ausgeschnittene Anzeige hervor.

Der Inspektor las. »Ein einsamer, gut situierter Gentleman mittleren Alters und restringierter Größe sucht … Antworten Sie öfter auf derartige Anzeigen?«

»So gut wie jeden Tag«, sagte Consuelo. »Schließlich sieht man sie doch überall, oder etwa nicht? Heutzutage kann man doch kaum mehr eine Zeitung aufschlagen, ohne über Hilferufe einsamer Zwerge zu stolpern, die Gesellschaft suchen. Gebrauchen Sie doch mal Ihr Hirn.«

»Kein Grund, grob zu werden«, sagte der Inspektor. »Wir wollen Ihnen doch nur helfen.«

»So? Also wenn ich Ihre Hilfe brauche, dann rufe ich die Feuerwehr«, sagte Consuelo und sammelte ihre Sachen zusammen. »Auch wenn ich eine Person restringierter Größe bin – obwohl ich es vorziehe, schlicht und einfach als Zwerg bezeichnet zu werden –, leide ich zumindest nicht unter der Behinderung durch ein restringiertes Hirn. Die überlasse ich Ihnen.«

Als sie gegangen war, seufzten alle erleichtert auf. »Zumindest hat sie uns ein paar nützliche Hinweise gegeben«, sagte der Inspektor. »Ich möchte, dass die anderen Opfer daraufhin überprüft werden, ob sie auch auf diese Annonce in der Seufzerspalte geantwortet haben.«

»Seufzerspalte ist wirklich das richtige Wort dafür«, sagte der Sergeant, während er die Dildospitze in eine Plastiktüte stopfte.

»Und wenn wir noch ein paar einsame und verzweifelte Zwerginnen finden, werden wir ihre Häuser beschatten lassen und dieses Scheusal hoffentlich auf frischer Tat ertappen.«

Diese Hoffnung war jedoch nur von kurzer Dauer. Consuelo Smith hatte sich bereits ans Telefon gehängt und die Exklusivrechte an ihrer Geschichte so erfolgreich an mehrere Fleet-Street-Zeitungen verkauft, dass am nächsten Morgen als Schlagzeile auf den Titelseiten von vier überregionalen Tageszeitungen stand: ZWERGENSCHÄNDER SCHLÄGT ERNEUT ZU.

Im Handumdrehen war Briskerton von Reportern überschwemmt, die darauf versessen waren, auf eigene Faust Nachforschungen anzustellen, und Inspektor Garnet zu der Aussage provoziert hatten, die Verhaftung und Verurteilung von Professor Yapp wegen Mordes an Willy Coppett sei durchaus kein Justizirrtum.

»Wenn das so ist, würde es Ihnen dann etwas ausmachen, uns zu verraten, welche Maßnahmen die Polizei ergreifen will, um die anderen Zwerge in dieser Gegend zu schützen?« fragte ein Reporter, der die Telefonistin von der Polizeistation bestochen und auf diese Weise erfahren hatte, dass Consuelo Smith die dritte Zwergin war, die innerhalb weniger Tage überfallen worden war.

»Kein Kommentar«, sagte der Inspektor.

»Dann sind Sie also nicht der Ansicht, dass es eine Verbindung zwischen diesen letzten drei Überfällen des Zwergenschänders und dem Mord an Mr. Coppett gibt?«

»Ganz bestimmt nicht«, sagte der Inspektor, der gleich darauf eine äußerst unangenehme Unterredung mit dem Polizeidirektor hatte, welcher die Ansicht des Reporters teilte.

»Aber diese neuerlichen Überfälle sind von einer Frau verübt worden«, sagte der Inspektor unlogischerweise. »Die Experten von der Gerichtsmedizin haben bei ihrer Untersuchung dieser Decke überzeugende Beweise sichergestellt. Sie haben Spuren von Gesichtspuder und Lippenstift darauf gefunden. Und ein paar gefärbte Haare.«

»Und wahrscheinlich hat Sie Ihr so genannter Verstand noch nicht auf die Idee gebracht, dass der Fall Professor Yapp weit gehend auf der Aussage von Mrs. Coppett basierte. Wenn Sie wissen, was Ihrer Karriere nützt, dann nehmen Sie sie in Untersuchungshaft, bevor wir noch einen verfluchten Mord am Hals haben.«

Nach diesem Gespräch war Inspektor Garnet selbst in mörderischer Laune. »Es ist alles Ihre Scheißschuld«, brüllte er den Sergeant auf der Polizeiwache von Buscott an. »Dieses ganze Geschwafel, von wegen, dass dieses Weib schwachsinnig und weichherzig und ihrem kostbaren Willy mit Haut und Haar zugetan ist.«

»Das war sie. Das kann ich beschwören.«

»Nur zu Ihrer Information, sie hat eine so verdammte Vorliebe für Zwerge, dass sie den kleinen Kerl abgeschlachtet und uns in die Scheiße geritten hat, indem sie uns Yapp auf dem Tablett serviert hat. So schwachsinnig ist sie!«

»Aber was ist mit der Leiche im Kofferraum und dem ganzen Blut auf seinem Hemd?«

»Das sie freundlicherweise auf der Wäscheleine hat hängen lassen, damit wir es finden. Und was das Verstauen der Leiche im Kofferraum dieses Wagens angeht – ist Ihnen eigentlich schon mal der Gedanke gekommen, dass Yapp, wenn er ihren Mann wirklich umgebracht hätte, seinen eigenen Wagen als provisorischen Sarg genommen hätte? Er hätte die Leiche sicher nicht in den Vauxhall gelegt. Aber sie! – Um den armen Kerl anzuschwärzen. Und wo ist sie jetzt?«

»Oben im New House, bei den Petrefacts«, sagte der Sergeant. »Aber wie kommt es, dass Sie Ihre Meinung so plötzlich geändert haben?«

»Ich stelle hier die Fragen, Sergeant, Frage Nummer eins ist … nein, ich sage Ihnen lieber gleich die Antwort. Katzen. Siamesische, burmesische, eine persische und jede Menge andere. Und alle pennen sie auf teuren Decken. Habe ich recht?«

Der Sergeant glotzte ihn an und nickte. »Ich könnte nicht genau sagen, wie viele es sind, aber Miss Petrefact hat eine ganze Katzenpension.«

»Vielen Dank. Zweitens: Dildos und speziell angefertigte Handschellen. Es gibt einen Sexshop in Buscott, der solche Sachen verkauft.«

»Hergestellt werden sie in der Mühle«, gab der Sergeant zu.

Der Inspektor rieb sich die Hände. »Da haben wir's. Ich wusste es doch. Es war also nicht schwer für sie, da ranzukommen.«

»Schon, aber welches Motiv hat sie?«

»Frustration«, sagte der Inspektor, der damit seine ursprüngliche Theorie völlig über den Haufen warf. »Sexuelle Frustration. Heiratet einen verfluchten Zwerg, dabei ist sie eine verdammt massige Frau mit einem entsprechenden Geschlechtstrieb. Und er kann ihr nicht mehr bieten als höchstens ein paar Zentimeter. Also was macht sie?«

»Daran möchte ich lieber nicht denken.«

»Entwickelt einen Freistilringer- und Muskelmänner-Komplex. Sie haben doch gesehen, was für Fotos in ihrer Küche hingen. Was wollen Sie mehr? Irgendwann dreht sie durch, befördert ihren Mann ins Jenseits und stopft ihn in den Wagen des Professors. Und als er wegen Mordes verknackt wird, fängt sie an, ihre Frustrationen an Zwerginnen auszuagieren. Sagen Sie bloß, dass ich nicht recht habe.«

»Hört sich verrückt an«, sagte der Sergeant.

»Genau das ist sie. Und jetzt gehen Sie hinauf zu Miss Petrefacts Haus und holen sich in aller Stille diese Dame Coppett, ohne dass es jemand merkt, und dann bringen wir sie ebenso lautlos nach Briskerton, wo dieses verdammte Weib ein Geständnis ablegen wird, und wenn wir sie eine Woche lang Tag und Nacht bearbeiten müssen.«

»Ich weiß nicht recht, ob das so in aller Stille geht«, sagte der Sergeant. »Miss Petrefact wird es früher oder später merken, und so, wie ich sie kenne, wird sie Himmel und Hölle in Bewegung setzen. Diese Stadt ist so gut wie Eigentum der Petrefacts, und der Vetter der alten Dame ist Richter. Die werden Ihnen alle möglichen Anwälte wegen was-weiß-ich auf den Hals hetzen, bevor Sie auch nur ein Wort ...«

»In aller Stille, habe ich gesagt«, wiederholte der Inspektor, »und genau das habe ich auch gemeint.«

Wie sich herausstellte, erübrigte sich ein Besuch im New House. Rosie Coppett wurde vor Mandrakes Tierhandlung gesichtet und willigte begeistert ein, als man ihr eine Spazierfahrt im Streifenwagen anbot. Noch um sechs Uhr abends half sie der Polizei bei ihren angeblichen Nachforschungen.

27

Emmelia wäre gar nicht in der Verfassung gewesen, Himmel und Hölle in Bewegung zu setzen. Consuelo Smiths Karateschlag gegen ihren Adamsapfel hatte ihr die Sprache geraubt. Als Annie ihr am nächsten Morgen den Tee brachte, hatte Emmelia auf einen Zettel geschrieben: »Habe akute Laryngitis und wünsche unter keinen Umständen gestört zu werden.« Wie üblich befolgte Annie ihre Anweisungen aufs Wort, so dass Emmelia fünf Tage lang nicht gestört wurde. Sie lag im Bett, aß mittags klare Bouillon und abends Gemüsesuppe und Griespudding und stellte sich die bange Frage, ob ihre Stimme je wieder zurückkehren würde. Wenigstens entnahm sie den Zeitungen, dass die Polizei den Fall Willy Coppett wieder aufgerollt hatte. Der Polizeidirektor hatte eine Erklärung abgegeben, in der es hieß, dass in diesem Fall neue Aspekte aufgetaucht seien und bald erneut Anklage erhoben würde. All das war sehr befriedigend, doch als Emmelia am sechsten Tag aufstand und erfuhr, dass Rosie verschwunden war, machte sie sich die größten Sorgen.

»Das hätten Sie mir sofort sagen müssen«, tadelte sie Annie mit krächzender Stimme.

»Aber Sie waren doch zu krank und haben ausdrücklich gesagt, Sie wollen nicht gestört werden«, rechtfertigte sich Annie. »Außerdem war Rosie sowieso flatterhaft. Wünschte sich immer romantische Sachen und so Zeug.«

»Und sie ist hinuntergegangen, um Brot zu holen, und nicht mehr zurückgekommen? Am Tag, nachdem … an dem Tag, an dem ich krank wurde?«

»Ja, Mum. Ich habe sie mit der Einkaufsliste losgeschickt, und sie ist nicht mehr zurückgekommen. Ich musste selbst gehen. Flatterhaft, das ist meine Meinung.«

Aber Emmelia zimmerte sich eine andere Erklärung für Rosies Verschwinden zurecht. Vielleicht hatte das dumme Ding sie von ihrer Begegnung mit dieser verdammt kräftigen Zwergin zurückkommen sehen und zum erstenmal in ihrem dummen Leben zwei und zwei zusammengezählt und mehr als drei herausbekommen. Und in diesem Fall …

»Dann sollten Sie aber lieber schleunigst zur Polizei gehen und sie als vermisst melden«, sagte sie.

»Das habe ich schon getan, Mum. Ich habe es dem Sergeant gesagt, aber der hat nur was gemurmelt.«

»Dann müssen Sie eben nochmals gehen und offiziell Anzeige erstatten«, sagte Emmelia und benutzte die Stunde während Annies Abwesenheit dazu, alle Stellen im Auto, die Consuelo berührt haben konnte, gründlich abzuwischen und dann das Wageninnere auszusaugen. Sie war gerade mit Arbeit fertig und hatte den verstümmelten Dildo ins Kaminfeuer im Salon geworfen, als Annie in Inspektor Garnets Begleitung in einem Streifenwagen zurückkehrte. Mit fliegendem Puls schloss sich Emmelia ein paar Minuten in der unteren Toilette ein, um sich zu sammeln. Als sie herauskam, war sie die personifizierte Arroganz.

»Das war aber auch höchste Zeit«, erklärte sie dem Inspektor. »Rosie ist seit fast einer Woche verschwunden, und meine Haushälterin hat Sie darüber informiert, während ich krank im Bett lag. Also, was wollen Sie wissen?«

Die Schärfe ihrer Stimme ließ Inspektor Garnet zusammenzucken. Er hatte beim Polizeidirektor ohnehin nichts zu melden und wollte es sich nicht noch mehr mit ihm verderben, indem er diese einflussreiche alte Dame ungeschickt behandelte.

»Es würde uns interessieren zu erfahren, ob Mrs. Coppett sich Ihren Wagen ausgeliehen hat, Madam.«

»Meinen Wagen ausgeliehen? Ganz bestimmt nicht. Es ist durchaus nicht meine Gewohnheit, dem Personal meinen Wagen zu leihen. Außerdem bezweifle ich stark, dass Rosie Coppett überhaupt fahren kann.«

»Könnte es nicht trotzdem möglich gewesen sein, dass sie ihn ohne Ihr Wissen benutzt hat?«

Emmelia überdachte die Frage und fand sie etwas verwirrend. »Ich denke schon«, sagte sie schließlich, »obwohl ich Ihre Art, der Sache nachzugehen, äußerst merkwürdig finde. Wenn sie ihn hätte benutzen wollen, um sich aus dem Staub zu machen, dann kann ich mir beim besten Willen nicht vorstellen, warum sie ihn wieder zurückgebracht hat. Wenn ich mich nicht sehr irre, steht er in der Garage.«

»Man kann nie wissen, was in den Köpfen mancher Leute vorgeht«, meinte der Inspektor. »Manchmal recht irrationale Dinge. Hätten Sie etwas dagegen einzuwenden, wenn wir den Wagen auf Fingerabdrücke hin untersuchen?«

Emmelia zögerte. Sie hatte sehr viel dagegen, aber eine Weigerung würde nur Verdacht erregen, und außerdem hatte sie ja alles abgewischt.

»Tun Sie Ihre Pflicht, Officer. Wenn Sie sonst noch einen Wunsch haben, dann lassen Sie es mich bitte wissen.«

»Wir würden auch gerne Mrs. Coppetts Zimmer sehen.«

Emmelia nickte und begab sich ins Gewächshaus, wo

sie in ihrer Aufregung die Geranien und ein halbes Dutzend Kaktusse unter Wasser setzte.

Währenddessen zogen die Fingerabdruckexperten in der Garage aus dem Zustand des Fords ihre Rückschlüsse.

»Nirgends auch nur ein verdammter Tapser«, sagte der Sergeant von der Kripo. »Und falls das noch nichts beweist – und meiner Erfahrung nach ist es verdächtig –, dann schauen Sie sich das hier an.«

Der Inspektor untersuchte die vordere Stoßstange. Sie war verbogen, und außerdem hing verkrusteter Schmutz daran. »Jede Wette, dass dieses Zeug mit dem Boden an der Stelle übereinstimmt, an der wir den Dildo gefunden haben. So viel zu Ihrer Behauptung, dass sie nicht fahren kann.«

Der Inspektor seufzte missmutig. Es war zwar nur ein weiterer Punkt, der seine Theorie zum Scheitern brachte, aber der Polizeidirektor saß ihm im Nacken, und die Presse hatte bereits die Frage nach seiner Sachkompetenz aufgeworfen.

»Ich gehe mal in ihr Zimmer hinauf«, sagte er und stapfte durch die Küche, wo Annie Kartoffeln schälte. Eine halbe Stunde später war er wieder in der Garage.

»Damit wäre die Sache so gut wie erledigt«, sagte er und klopfte frohgemut auf sein Notizbuch. »Die Haushälterin hat uns alles geliefert, was wir brauchen. Es besteht also kein Grund, die alte Dame noch mehr aufzuregen, bevor wir unsere Rosie gründlich in die Mangel genommen haben.«

Doch als der Streifenwagen die Auffahrt hinunterrollte, war Emmelia bereits mehr als aufgeregt.

»*Was* haben Sie getan?« herrschte sie die bleiche, aber trotzige Annie an.

»Ich habe ihnen gesagt, dass Rosie am vergangenen

Mittwochabend und am Freitag zuvor mit dem Wagen weggefahren ist.«

Emmelia blitzte sie wütend an. »Aber das stimmt doch gar nicht. Ich bin gefahren. Das müssen Sie doch gewusst haben.«

»Ich weiß nicht recht, Mum«, sagte Annie.

»Und ob Sie das hätten wissen müssen«, sagte Emmelia, wobei sie in ihrer Empörung eine Amaryllis umstieß. »Sie hockte doch mit Ihnen vor dem Fernseher. Sie haben sie in fürchterliche Schwierigkeiten gebracht.«

»Da steckt sie schon drin«, sagte Annie. »Die Polizei glaubt, dass sie Willy umgebracht hat. Zumindest der Inspektor sagt das, und der muss es doch wissen. Und jetzt glauben sie außerdem, dass sie der Zwergenschänder ist.«

»O Gott, Annie! Ist Ihnen eigentlich klar, was Sie da angestellt haben?«

»Ja, Mum, das ist es«, sagte Annie entschieden. »Es war schon schlimm genug, sie all die Monate im Haus haben zu müssen, so dumm und ungeschickt, wie sie war. Ich wollte nicht, dass dis Polizei erfährt, dass Sie nachts in der Gegend herumgefahren sind und weiß Gott was mit diesen Zwergen angestellt haben. Ich bin eine ehrbare Frau, jawohl, das bin ich, und ich muss an meinen. guten Ruf denken. Es ist schön und gut, wenn Ihresgleichen sich komisch benimmt, aber ich will mir nicht nachsagen lassen, dass ich für den Zwergenschänder gearbeitet habe. Da würde ich nie wieder eine Stelle kriegen, noch dazu in meinem Alter. Daran haben Sie wohl nicht gedacht, oder?«

»Nein, ich fürchte, da haben Sie recht«, gab Emmelia zerknirscht zu, »aber Sie glauben doch nicht im Ernst, dass Rosie Coppett ihren Mann umgebracht hat?«

»Und wenn, dann geht es mich nichts an. Sie könnte ihn ja ebenso fallen gelassen haben wie am Michaelitag die Rührschüssel. Das war vielleicht ein Dreck! Wenn Sie mich fragen, dann ist sie im Gefängnis besser dran, was ich so gehört habe. Da hat sie ihre eigene kleine Zelle, und es macht nichts aus, wenn sie irgendwelche Sachen zerbricht. Außerdem werden sie sie wahrscheinlich in ein Heim stecken, so wie die beisammen ist.«

Traurig schüttelte Emmelia den Kopf. Zwei unschuldige Einfaltspinsel, erst Yapp und jetzt Rosie, wurden um des guten Rufes willen und um einen Skandal zu vermeiden geopfert. »Also ich finde das schändlich«, sagte sie, »und ich werde nicht zulassen, dass Rosie zu Unrecht angeklagt wird. Da gehe ich lieber selbst zur Polizei.«

Doch Annie blieb stur. »Wird Ihnen auch nicht viel nützen, wenn Sie das tun. Ich werde beschwören, dass Sie nicht weg waren, und die werden Sie für übergeschnappt halten. Und nachdem Sie eine Petrefact sind, würden sie Ihnen sowieso nicht glauben.«

Annie hatte recht. Niemand würde ihr glauben.

»Na ja, vielleicht finden sie Rosie ja gar nicht«, meinte Emmelia ohne große Hoffnung, denn Rosie Coppett war wohl kaum in der Lage, den Fängen der Polizei zu entgehen.

»Sie haben sie schon am Donnerstag gefunden«, sagte Annie. »Sergeant Moster hat jemanden raufgeschickt, um zu fragen, wo sie ist, also habe ich ihm ausrichten lassen, dass sie zum Einkaufen gegangen ist und wahrscheinlich bei Mandrake vorbeikommen würde und dort garantiert stehen bleibt und sich die Kaninchen ansieht. Da haben sie sie dann auch geschnappt.«

Emmelia sah ihre Haushälterin voller Abscheu an. »Sie sind wirklich eine schlechte Frau«, sagte sie.

»Wenn Sie meinen, Mum«, entgegnete Annie. »Sonst noch was?«

Emmelia schüttelte den Kopf. Nachdem Annie das

Zimmer verlassen hatte, dachte Emmelia lange darüber nach, wie es möglich war, dass sie so wenig über diese Frau wusste, mit der sie zweiunddreißig Jahre lang unter einem Dach gewohnt hatte. Das war der alte Fehler der Petrefacts, dass sie andere Menschen als selbstverständlich betrachteten. Und wenn sie Annie falsch eingeschätzt hatte, war es dann nicht ebenso möglich, dass sie sich auch in Rosie und Yapp täuschte? Vielleicht hatten die beiden Willy Coppett doch umgebracht.

Während sie in diesem Morast der Ungewissheit nach festem Grund suchte, fiel ihr Blick unversehens auf die Gartenzwerge draußen auf dem Rasen. So, wie sie dastanden, waren sie keine Denkmäler mehr für Willy oder auch nur für Rosies kindliche Unschuld, sondern wirkten wie ein groteskes Tableau, das über ihre Naivität grinste. Sie selbst war die Brunnennymphe, über die sie sich lustig machten, ein Relikt jener geordneten, sich selbst betrügenden Welt, in der die Armen stets außerhalb des eigenen Blickfeldes lebten und Mord ein Drama war, das sich irgendwo weit weg abspielte und von unvorstellbar bösen Menschen verübt wurde, die unweigerlich auf dem Schafott enden mussten. Aber das Leben war nicht so und war auch nie so gewesen. Das Leben war völlig anders.

Inspektor Garnet hätte ihr da zweifellos recht gegeben. Seit sechs Tagen schon hielt sich Rosie strikt an den Rat ihrer Mutter, stets einen Polizisten zu fragen, wenn sie sich verirrt hatte oder in Schwierigkeiten war, und dann zu tun, was er sagte. Da der Polizist – in diesem Fall gleich mehrere – ihr immer wieder sagte, sie solle gestehen, kam Rosie dieser Aufforderung erschreckend bereitwillig nach. Allerdings keine zwei Mal mit derselben Geschichte. Und hier kam ihr ihre Affinität zu Schicksalsromanen zugute. Sie hatte bis ins finsterste Detail auf so viele widersprüchliche Weisen geschildert, wie sie Willy hätte umbringen können, ohne auch nur einmal zuzugeben, es getan zu haben, dass einige Kripobeamte darum gebeten hatten, von diesem Fall abgezogen zu werden, und das Vertrauen des Inspektors in sein eigenes Urteil schwer erschüttert worden war. Doch jetzt hatte er endlich handfeste Beweise. Der Dreck an Miss Petrefacts Wagen stimmte haargenau mit dem Erdreich an der Stelle überein, an der man den Dildo gefunden hatte. So blieb nur noch festzustellen, ob Rosie Auto fahren konnte.

»Kommt drauf an«, sagte sie, als man ihr diese Frage stellte.

»Worauf kommt es an?« wollte der Inspektor wissen.

»Also, ich fahre gern im Auto«, sagte Rosie. »Die Dame von der Fürsorge hat mich einmal mitgenommen, und …«

»Aber haben Sie je in Miss Petrefacts Wagen gesessen?«

»Kommt drauf an«, sagte Rosie.

Inspektor Garnet knirschte mit den Zähnen. Rosies üble Gewohnheit, diesen Ausdruck zu gebrauchen, um herauszufinden, was er von ihr hören wollte, wurde allmählich unerträglich. »Dann waren Sie also in ihrem Auto?«

»Ja.«

»Und wo?«

»In der Garage.«

»In welcher Garage?«

»Miss Petrefacts.«

»Und wohin sind Sie danach gegangen?«

»Nach was?« fragte Rosie, deren schon zu ihren besten Zeiten minimale Konzentrationsfähigkeit durch Schlafmangel und zu viele Tassen schwarzen Kaffees beträchtlich reduziert war. Jetzt knirschte Inspektor Garnet nicht mehr mit den Zähnen, sondern seine Kiefer mahlten.

»Nachdem Sie in der Garage im Auto waren.«

»Kommt drauf an«, fiel Rosie wieder in ihre montone Zweideutigkeit zurück.

Das war zuviel für den Inspektor. In seinem Mund knackte etwas. »Verfluchte Scheische«, nuschelte er, während er aus dem Zimmer stürzte und die Trümmer seines oberen Gebisses ausspuckte, »schauen Schie blosch her, wasch Schie mit dieschem verdammten ›Kommt drauf an‹ angerichtet hat.«

»Sie könnten es ja mit Superblitz versuchen«, meinte der Sergeant unvorsichtigerweise. »Dieses Zeug klebt angeblich alles.«

Wütend funkelte der Inspektor ihn an. »Dasch fehlte mir gerade noch«, brüllte er, »dasch mir für den Rescht meinesch Lebensch scheischfalsche Tschähne im Maul kleben. Wenn dasch näschtemal jemand in meiner Gegenwart dieschen Auschdruck in den Mund nimmt, dann scholl er schuvor lieber scheine Knochen nummerieren.«

Als das Telefon klingelte, hob er ohne nachzudenken den Hörer ab. Es war der Polizeidirektor.

»Irgendwelche Fortschritte?« fragte er. »Ich habe soeben einen Anruf aus dem Innenministerium erhalten, und …«

Der Inspektor hielt den Hörer weit weg vom Ohr. In seinem derzeitigen Zustand fühlte er sich außer Stande, sich anzuhören, was das Innenministerium wollte. Als er die Muschel wieder ans Ohr hielt, fragte der Polizeidirektor, ob er noch da sei.

»Aber schicher«, sagte der Inspektor.

»Wie bitte? Sie hören sich an, als hätten Sie eine Gaumenspalte.«

»Nein, aber mein Gebisch ischt im Eimer.«

»Wie ungewöhnlich«, sagte der Polizeidirektor ohne einen Funken Mitleid. »Aber wie dem auch sei, ich möchte wissen, ob dieses Coppett-Weib endlich gestanden hat?«

»Nein«, sagte der Inspektor, der beschlossen hatte, jegliche – phonetisch wie inhaltlich – komplizierte Erklärung zu vermeiden.

»Wenn das so ist, heißt es schnell handeln. Ich hatte soeben eine extrem erzürnte Miss Petrefact an der Strippe. Sie will ihren Anwalt beauftragen, sofortige Maßnahmen gegen die Festnahme der Dame einzuleiten, und wenn Sie das verdammte Weib nicht weichkriegen, wird es einen unglaublich scheußlichen Aufruhr in den Medien geben.«

»Scheische!« sagte der Inspektor. »Ich werde tun, wasch ich kann.«

Während der nächsten Viertelstunde entwickelte er eine ungeheure Aktivität. Zum einen klaute er etwas Gummikleber aus der polizeilichen Schreibstube, mit dessen Hilfe er sein Gebiß provisorisch und recht unbequem im Mund befestigte; zum anderen quälte er sich mit der Frage herum, ob Rosie Auto fahren konnte oder nicht.

»Es gibt nur einen Weg, das herauszufinden«, murmelte er schließlich, einem aus Verzweiflung geborenen Geistesblitz folgend. Er griff zum Telefon und rief nun seinerseits den Polizeidirektor an.

»Ich möchte Sie bitten, einem Test beizuwohnen, den wir durchführen wollen«, erklärte er. »Ich gehe davon aus, dass er aufschlussreich ist und uns möglicherweise Beweise liefert. Dauert nur zwanzig Minuten.« Bevor der Polizeidirektor unangenehme Fragen stellen konnte, hängte er ein. Zwanzig Minuten später konnte der Polizeidirektor sich höchstpersönlich davon überzeugen, was der Inspektor mit der möglichen Beweiskraft des Tests gemeint hatte.

»Wenn Sie sich im Ernst einbilden, dass ich mich in diesen Wagen setze und mich von einer schwachsinnigen Mörderin den Cliffhanger Hill hinunter fahren lasse, dann müssen Sie selbst geisteskrank sein.«

»Jawohl, Sir«, sagte der Inspektor. »Andererseits ist das meines Erachtens die einzige Möglichkeit festzustellen, ob sie Auto fahren kann oder nicht. Wenn sie der Zwergenschänder ist, muss sie fahren können, und wenn sie es nicht kann, kann sie unmöglich der Zwergenschänder sein. Wir haben handfeste Beweise dafür, dass Miss Petrefacts Wagen bei diesen Überfällen benutzt wurde. Mag ja sein, dass ich ein blöder Bulle bin, aber ein kaputter bin ich noch lange nicht …«

»Wenn sie nicht fahren kann, und Sie lassen sie oben am Cliffhanger Hill los, werden Sie es bald sein«, meinte der Polizeidirektor. Der Inspektor ging geflissentlich über diese Bemerkung hinweg.

»Ich denke nicht daran, eine Frau, nur weil sie dumm ist, einzusperren und ihr ein Verbrechen anzulasten, das sie nicht begangen haben kann.«

»Aber gibt es denn keine andere Möglichkeit, das festzustellen? Sie haben sich doch sicher vergewissert, dass sie keinen Führerschein hat.«

Der Inspektor nickte.

»Dann haben Sie nicht das Recht, sie auf einer öffentlichen Straße fahren zu lassen«, sagte der Polizeidirektor.

Der Inspektor presste sein Gebiss mit der Zunge fest gegen den Gaumen. »Wenn Sie mir nicht gestatten, diesen Test durchzufahren, dann muss ich Miss Petrefact zum Verhör vorladen«, sagte er. »Das ist die einzige Alternative.«

»Miss Petrefact? Guter Gott, Mann, wissen Sie, was Sie da sagen? Sie können doch unmöglich den Verdacht haben …«

»Ich kann und ich habe ihn«, unterbrach ihn der Inspektor.

»Wie ich schon sagte, wissen wir mit Sicherheit, dass der Wagen des Zwergenschänders ihr gehört. Die Katzenhaare auf der Decke im Fall Miss Ottram stimmen mit den Tieren aus ihrer Menagerie überein, und der abgerissene Dildo wurde in der Petrefactschen Mühle in Buscott hergestellt. Außerdem hat Miss Consuelo Smith ausgesagt, dass die Person, die sie überfallen hat, ziemlich affektiert sprach. Nimmt man das alles zusammen, landet man meilenweit von Rosie Coppett entfernt.«

»Was ist mit der Haushälterin?«

Inspektor Garnet lächelte boshaft. »Sie ist es, die die Sache möglicherweise verpatzt hat. Sie hat uns erzählt, dass Rosie an den Abenden, an denen die Überfälle stattfanden, wegging.«

»Na und? Was spricht denn dagegen?«

»Gar nichts, Sir … falls Rosie Auto fahren kann. Falls nicht …«

»Aber die Haushälterin könnte vielleicht selbst der Zwergenschänder gewesen sein.«

»Dafür ist sie zu klein. Samt Schuhen ist sie nicht einmal einsfünfundfünfzig, und was die fünfundsechzig Kilo betrifft …«

»Verdammt«, sagte der Polizeidirektor und stieg widerwillig in den Wagen. Sie fuhren vor die Stadt und auf den Cliffhanger Hill hinauf.

»Alsdann, Rosie«, sagte der Inspektor und räumte den Fahrersitz, »Sie sehen diesen hübschen Hügel da vor uns. Ich möchte, dass Sie uns zeigen, wie gut Sie fahren können. Wenn Sie jetzt bitte hinüberrutschen und das Steuer übernehmen würden, werde ich mich hier neben Sie setzen und ...«

»Aber ich kann doch gar nicht fahren«, sagte Rosie mit Tränen in den Augen. »Ich habe nie behauptet, dass ich das kann.«

»Wenn das so ist, dann müssen Sie den Hügel hinunterfahren, um es zu lernen.«

»Scheiße«, presste der Polizeidirektor ganz gegen seine Gewohnheit hervor, als Rosie widerwillig auf den Fahrersitz und hinter das Steuer rutschte. Der Inspektor kletterte auf den Beifahrersitz und legte den Sicherheitsgurt an.

»Also, fahren Sie einfach los«, sagte er, ohne von Rosies sichtlicher Hilflosigkeit Notiz zu nehmen. »Die Gänge sind wie bei der normalen H-Schaltung, und die Handbremse befindet sich gleich neben Ihnen.«

»Aber wie startet man denn?« fragte Rosie.

»Man dreht diesen Schlüssel.«

»Lieber Himmel«, sagte der Polizeidirektor und versuchte die hintere Tür zu öffnen, doch Rosie hatte den Schlüssel bereits gedreht. Zu ihrer Verblüffung sprang der Motor an.

»Jetzt die Handbremse«, sagte der Inspektor, wild entschlossen, den Polizeidirektor ein für alle Mal davon zu überzeugen, dass es schierer Wahnwitz war, Rosie Coppett für den Zwergenschänder zu halten, und zusätzlich ermutigt durch die Fluchtgeräusche im Fond des Wagens. Doch bevor er die Situation vollends auskosten konnte, hatte sich das Auto bereits in Bewegung gesetzt und rollte mit zunehmender Geschwindigkeit den Hügel hinab.

»Tun Sie den Scheißgang rein«, brüllte er, aber Rosie war für seine Anweisungen taub. Sie umkrampfte das Steuerrad, stemmte die Füße gleichzeitig gegen Kupplung und Gaspedal und starrte gebannt geradeaus. Zum erstenmal in ihrem Leben war sie außer Stande, das zu tun, was ein Polizist ihr sagte, selbst wenn sie ihn über den aufjaulenden Motor hinweg hätte schreien hören können. Der Polizeidirektor hinter ihr hatte zu scharren aufgehört. Als sie an einem Verkehrsschild vorbeisausten, das ein steiles Gefälle ankündigte und den Autofahrern das Einlegen eines niedrigen Ganges empfahl, war er endgültig überzeugt, dass Rosie nicht die blasseste Ahnung vom Autofahren hatte. Mit einer Geschwindigkeit von schätzungsweise einhundertzwanzig Stundenkilometern steuerte der Wagen geradewegs auf einen Tanklastzug zu, der sich den Hügel heraufquälte.

»Ihr, die ihr einsteigt, lasst alle Hoffnung fahren«, begann der Polizeidirektor anstelle eines Gebets und schloss die Augen. Als er sie wieder öffnete, sah er, wie der Inspektor, empfindlich behindert durch das, was man ansonsten mit Fug und Recht als Sicherheitsgurt bezeichnet, verzweifelt versuchte, das Steuer aus Rosies Klammergriff zu befreien und gleichzeitig seinen rechten Fuß auf das Bremspedal zu kriegen, woran ihn der im Leerlauf stehende Schaltknüppel nachhaltig hinderte. Als sie ins Schlingern gerieten, um ein Haar einen zweiten Laster rammten und direkt auf eine Hausecke zurasten, nahm der Inspektor seinen ganzen Mut zusammen. Genaugenommen packte er den Schaltknüppel, rammte ihn in den Rückwärtsgang und entfernte Rosies Füße mit einem Tritt von der Kupplung. Für den Bruchteil einer Sekunde schien das Auto zu zögern. Doch schon im nächsten Augenblick, hin- und hergerissen zwischen widersprüchlichen Anweisungen, achttausend Motorumdrehungen und den Rädern, die mit hundertzwanzig Stundenkilometern bergab rasten, explodierte das Getriebe. Als sich Teile der hochkomplizierten Maschinerie wie Granatsplitter durch den Boden bohrten, hatte der Polizeiinspektor für einen Augenblick das Gefühl, als seien sie auf eine Mine aufgefahren. Die Wirkung jedenfalls war ziemlich ähnlich. Erst die Explosion, dann die Granatsplitter, und jetzt, wo sich die Antriebswelle in den Asphalt grub, das Gefühl, in die Luft zu fliegen. Eine endlose Sekunde lang flog der Wagen auf die Hausecke zu, bevor er mit einer Wucht, die die Vorderräder abriss und die hinteren nach innen knickte, auf die Straße herunterkrachte. Als es still wurde, beziehungsweise als zumindest der Nachhall des berstenden Metalls langsam verklang, hörte man Rosie schluchzen.

»Ich habe Ihnen doch gesagt, dass ich nicht fahren kann«, jammerte sie. Der Polizeidirektor riss seine blutunterlaufenen Augen von dem Stoßdämpfer los, der sich durch den Sitz neben ihm gebohrt hatte, und beobachtete voller Ehrfurcht und Faszination, wie eins der Vorderräder elegant über einen entgegenkommenden Volkswagen rollte und über die Steinmauer an der Ecke hüpfte. Er nickte. Was Rosie Coppett soeben gesagt hatte, entsprach zweifellos der Wahrheit. Sie konnte nicht fahren. Kein Fahrlehrer, der noch bei Sinnen war, hätte es riskiert, tot neben ihr im selben Wagen zu enden. Das aber bedeutete, dass sie nicht der Zwergenschänder sein konnte.

Da riss ihn der Inspektor, der eine grässliche Farbe angenommen hatte und die merkwürdigsten Laute von sich gab, aus seinen Gedanken. Einen köstlichen Augenblick lang glaubte der Polizeidirektor an die Möglichkeit, ihn durch einen Herzinfarkt loszuwerden.

»Ist alles in Ordnung, Inspektor?« fragte er gespannt. Diese Bemerkung rettete Inspektor Garnet das Leben.

»Natürlich nicht, verdammt!« explodierte er und spuckte dabei ein Stück Gummikleber, das in seine Luftröhre gelangt war, durch die zerborstene Windschutzscheibe. »Glauben Schie mir jetscht, dasch schie nicht fahren kann?«

»Ja.«

»Dann habe ich alscho Ihre Erlaubnisch, Misch Petrefact in Unterschuchungschhaft schu nehmen?«

»Ich denke schon, wenn Sie glauben, dass das unumgänglich ist. Aber ich würde Ihnen doch raten, sich erst ein neues Gebiss verpassen zu lassen.«

28

Während der folgenden zwei Tage, in denen Inspektor Garnet in Windeseile ein neues Gebiss angepasst wurde, tagte in Fawcett der Familienrat der Petrefacts. Emmelia wurde von Osbert hinübergefahren, und selbst Lord Petrefact sah sich, da sein persönlicher Ruf auf dem Spiel stand, gezwungen, der Versammlung beizuwohnen. Außerdem hatte die Erkenntnis, dass seine Schwester der Zwergenschänder war, Yapp in seinen Augen rehabilitiert.

»Habe ich Ihnen nicht gesagt, dass der Saukerl es schaffen würde?« sagte er während der Fahrt zu Croxley. »Offenbar hat er die alte Hexe in den Wahnsinn getrieben.«

»Ich gratuliere«, sagte Croxley. »Sie müssen richtig stolz darauf sein. Es soll ja nichts Besseres geben als eine schlechte Presse.«

»Halten Sie den Mund«, fauchte ihn der Peer an, dem diese Binsenweisheit verhasst war.

Zur selben Zeit erteilte Purbeck seiner Cousine Emmelia nahezu denselben Ratschlag.

»Falls die Polizei dich in Gewahrsam nehmen sollte – was ich sehr bezweifle –, dann wirst du kein Wort sagen. Es besteht keinerlei Verpflichtung deinerseits, bei der Polizei irgendeine Aussage zu machen, die vor Gericht gegen dich verwendet werden könnte. Falls der Inspektor kommt, um dich abzuholen, wird er dir deine diesbezüglichen Rechte vorlesen. Sollte er dies versäumen, verstößt er selbst gegen das Gesetz.«

»Mit einem Wort, du rätst mir, es zu machen wie Thorpe«, sagte Emmelia.

Der Richter war empört. »Darf ich dich daran erinnern, dass Mr. Thorpe ein unschuldiger Mann war«, sagte er streng.

»Wohingegen ich keine unschuldige Frau bin. Ich bin dumm und ...«

»Das festzustellen ist nicht deine Aufgabe«, unterbrach sie der Richter hastig. »Davon muss die Anklage die Geschworenen erst überzeugen.«

»Es sei denn, ich bekenne mich schuldig«, sagte Emmelia.

Entsetzt starrte die versammelte Familie sie an. Sogar Lord Petrefact wurde blässlich.

»Aber das kannst du doch unmöglich tun«, stieß der Brigadegeneral schließlich mühsam hervor. »Ich will damit sagen, du musst doch an die Familie denken ...«

»Denk an Rampton. Denk an die Kliniken für geisteskranke Kriminelle«, sagte der Richter düster.

»Denk an die Publicity«, winselte Lord Petrefact.

»Daran hättest du denken sollen, bevor du diesen Professor Yapp angeheuert hast, um die Familiengeschichte zu schreiben«, fauchte sie ihn an. »Hättest du den armen Mann nicht nach Buscott geschickt, wäre er jetzt nicht da, wo er ist.«

»Das ist eine völlig unlogische Aussage«, meinte der Richter. »Er könnte ohne weiteres jemand anderen ermordet haben.«

Hilfesuchend hob Emmelia die Augen zu einem Porträt ihrer Mutter, begegnete dort aber nur der langweiligen Fehlerlosigkeit einer Frau, die bei unzähligen, endlosen Abendgesellschaften und Wochenend-Parties in ihrem Haus ihre Pflicht erfüllt hatte. In ihrem teilnahmslosen Blick fand sie keinerlei Unterstützung. Er erinnerte sie höchstens daran, dass die Loyalität gegenüber der Familie vor persönlichen Präferenzen rangierte. Nichts hatte sich geändert; und es würde sich auch nie etwas ändern. In ganz England benahmen sich die Leute so verrückt, wie sie es getan hatte, nur war sie eine einflussreiche Frau und konnte sich somit den Konsequenzen ihres Handelns entziehen. In einer Welt, in der es eine derartige Trennung gab, war für Unschuld kein Platz.

»Ich bin bereit, genau das zutun, was du sagst«, sagte sie schließlich, »unter der Bedingung, dass du deinen Einfluss geltend machst …«

»Wenn du meinen Rat nicht befolgst, dann werden wir keinerlei Einfluss haben«, unterbrach sie der Richter. »Ohne unsere Reputation der Rechtschaffenheit haben wir gar nichts. Das ist die Crux bei der ganzen Angelegenheit.«

Einen Augenblick lang war Emmelia drauf und dran, klein beizugeben – aber nur einen Augenblick lang. Als sie nämlich aufblickte, sah sie auf Lord Petrefacts Gesicht ein triumphierendes Lächeln. Es erinnerte sie auf groteske Weise an ihre Streitereien im Kinderzimmer – ein kindischer grinsender Schädel. Und das reizte sie.

»Ich möchte die Angelegenheit mit Ronald besprechen«, sagte sie ruhig. »Unter vier Augen.«

»Wie du willst«, sagte der Richter und erhob sich, doch Lord Petrefact dachte über die Sache anders.

»Lasst mich bloß nicht mit ihr allein«, kreischte er. »Sie ist verrückt. Sie ist wahnsinnig. Um Himmels willen … Croxley!«

Doch seine beiden Vettern hatten das Zimmer bereits verlassen und unterhielten sich draußen auf dem Gang.

»Du glaubst doch nicht …«, begann der Brigadegeneral. Der Richter schüttelte den Kopf.

»Dabei hätte ich selbst schon oft große Lust dazu verspürt, und außerdem hat so ein Mord in der Familie durchaus seine Vorteile. Wenn man sie für nicht verhandlungsfähig erklären und gleich nach Broadmoor schicken würde, wäre das ungleich besser, als wenn wir die Peinlichkeit ihres Prozesses als Zwergenschänderin über uns ergehen lassen müssen.«

Aber Emmelia sollte erneut betrogen werden. Als sie sich von ihrem Stuhl erhob, plumpste Lord Petrefact vornüber aus dem Rollstuhl und blieb reglos auf dem Boden liegen. Ganze fünf Minuten lang stand sie da und betrachtete ihn, bevor sie nach Croxley und dem Reanimationsteam schickte. Bis dahin hatte sich Lord Petrefact zu seinen Ahnen gesellt.

Es war ein sehr zögerlicher Inspektor Garnet, der am folgenden Tag im New House aufkreuzte, um Emmelia zu verhören, und ein entschieden verunsicherter, der wenig später in den Salon geleitet wurde. Der Sarg in der Halle und der leere Leichenwagen vor der Tür waren kaum gute Vorzeichen für sein Vorhaben. Ebensowenig die Anwesenheit von Richter Petrefact im Salon.

»Meine Cousine ist in Trauer, Inspektor«, sagte er abweisend. »Sie werden also die Güte haben, mir Ihr Anliegen vorzutragen.«

Der Inspektor steckte sein Notizbuch in die Tasche. »Ich wollte nur feststellen, ob Miss Petrefact gewusst hat, dass ihr Wagen für die Ausführung mehrerer Verbrechen benutzt wurde.«

Der Richter warf ihm einen boshaften Blick zu. »Die Antwort auf diese Frage muss für Sie doch auf der Hand liegen, Inspektor. Hätte meine Cousine auch nur den

Hauch eines solchen Verdachtes gehegt, hätte sie nichts Eiligeres zu tun gehabt, als Sie davon in Kenntnis zu setzen. Da sie das nicht getan hat, ist die Frage wohl irrelevant.«

Als der Inspektor abzog, kam er sich selbst recht irrelevant vor. »Um in diesem Scheißland Gerechtigkeit zu erfahren, muss man schon arm oder schwarz sein«, sagte er verbittert zum Sergeant.

An einem freundlichen Frühlingsmorgen wurde Yapp aus der Bibliothek des Ragnell-Regis-Gefängnisses ins Büro des Direktors gerufen. Er war mit der Ausarbeitung einer Vorlesung beschäftigt, die er vor Gefangenen halten sollte, die ein Fernstudium absolvierten. Sie trug den Titel »Kausative Umweltfaktoren in der Verbrechenspsychologie« und hatte nach Yapps Ansicht den paradoxen Vorzug, ganz und gar im Widerspruch zu den Tatsachen zu stehen. Alle seine Mithäftlinge kamen aus hervorragenden sozialen Verhältnissen, und das Motiv für ihre Verbrechen war nahezu ausnahmslos Geldgier. Doch hatte Yapp schon seit langem seine Bewunderung für Fakten und damit für ihr Korrelat, nämlich die Wahrheit, aufgegeben. Sein hartnäckiges Beharren auf letzterer hatte ihn ins Gefängnis gebracht, und dass er dort überlebte, verdankte er nur seinen haarsträubenden Lügengeschichten.

Kurz und gut, er hatte sich damit abgefunden, selbst das einzige Verlässliche in einer ansonsten launenhaften Welt zu sein. Dabei konnte er nicht einmal seiner selbst ganz sicher sein. Seine anhaltende Leidenschaft für Rosie Coppett gemahnte ihn auf heilsame Weise an seine eigenen irrationalen Impulse, doch zumindest blieb es ihm selbst überlassen, damit zurechtzukommen, so gut es ging. In dieser Beziehung sagte ihm das Gefängnisleben ganz und gar zu. Man erwartete von ihm kein gutes Benehmen. Im Gegenteil. Als der einzige Mörder in Ragnell, und Psychopath noch dazu, erwartete man von ihm extreme Widerwärtigkeit.

Die Gefängniswärter empfanden seine Anwesenheit als recht nützlich, denn bei lästigen Störenfrieden genügte die bloße Andeutung, man würde sie zu Yapp in die Zelle stecken, falls sie sich nicht anständig aufführten, um sie dazu zu veranlassen, die Gefängnisvorschriften aufs Wort zu befolgen.

Infolge dieses schrecklichen Rufes waren Yapps Vorlesungen gut besucht, die Sträflinge lieferten ihre Arbeiten rechtzeitig zum Termin ab, und im Gemeinschaftsraum hörte man ihm ohne jene unverhohlene Langeweile zu, die er in der Cafeteria in Kloone um sich verbreitet hatte. Das Gefängnisleben hatte noch andere Vorteile. Es gab dort so gut wie keine Hierarchie, außer auf einer recht abstrakten Ebene (wegen des Zwergenmordes rangierte Yapp ganz oben auf der Verbrecherliste), und absolut keine Unterschiede im Hinblick auf Essen und Unterbringung. Die reichsten Börsenmakler und gestrauchelten Politiker bekamen dasselbe Frühstück wie mittellose Einbrecher und vom Weg abgewichene Vikare, und alle trugen dieselbe Kleidung. Sie standen alle zur selben Zeit auf, hatten denselben Tagesablauf und gingen zur selben Stunde ins Bett. Yapps Sympathien galten eindeutig den Wärtern und dem Dienstpersonal, die nach der Arbeit nach Hause zu quengelnden Frauen, dubiosen Mahlzeiten, finanziellen Sorgen und all den Unsicherheiten der äußeren Welt zurückkehren mussten.

Er hatte sogar schon das Stadium erreicht, in dem er zu der Ansicht gelangt war, das Gefängnisleben sei das moderne Äquivalent zum Klosterleben im Mittelalter. Auf seinen Fall traf das ganz bestimmt zu. Die Gewissheit, völlig unschuldig zu sein, führte dazu, dass er sich in vollkommener geistiger Sicherheit wiegte.

So fand er es ziemlich beunruhigend, als der Wärter ihn aufforderte, ihm ins Büro des Gefängnisdirektors zu folgen. Grimmig pflanzte er sich vor dessen Schreibtisch auf.

»Ach, Yapp, ich habe großartige Neuigkeiten für Sie«, sagte der Direktor. »Ich habe hier eine Mitteilung des Innenministers, die besagt, dass der Strafaussetzungsausschuß die Zeit für gekommen hält, Sie auf Bewährung freizulassen.«

»Was?« fragte Yapp.

»Auf Bewährung. Natürlich müssen Sie sich regelmäßig melden …«

»Aber ich will hier gar nicht weg«, sagte Yapp. »Ich habe mich hier recht gut eingewöhnt und gebe mir alle Mühe, den anderen Häftlingen zu helfen, und außerdem …«

»Das ist ohne Zweifel der Grund, warum der Strafaussetzungsausschuß diese Entscheidung getroffen hat«, meinte der Direktor. »Ich habe in meinen Berichten wiederholt betont, dass Ihre Führung beispielhaft ist, und was mich betrifft, so darf ich sagen, dass es mir leid tut, wenn Sie gehen.«

Trotz entschiedenen Protestes wurde Yapp in seine Zelle zurückgebracht und eine Stunde später mit einem kleinen Koffer unter dem Arm zum Gefängnistor hinausgeschoben. Begleitet wurde er von einer handfesten, in Tweed gekleideten Gefangenenhelferin.

»Könnte gar nicht besser sein«, sagte sie energisch, als sie zum Wagen gingen. »Es gibt nichts Besseres, als an einem schönen Tag ein neues Leben zu beginnen.«

»Neues Leben, schöne Scheiße«, sagte Yapp und erwog kurzfristig, zu seinem alten zurückzukehren, indem er diesem verdammten Weib eins über den Schädel zog. Doch dann gab er schnell seiner angeborenen Schwäche nach, zumal seine Gefühle für Doris aufs neue auflebten. Sie allein blieb unverbrüchlich loyal. Zumindest ging er davon aus. Und mit dem ganzen neuen Erfahrungsmaterial, mit dem er sie zu programmieren gedachte, würde es vielleicht doch gelingen, hinter diesem totalen Chaos der Ereignisse ein rationales Muster zu entdecken.

»Ich werde zu meiner Forschungsarbeit nach Kloone zurückkehren«, sagte er und stieg in den Wagen.

Auch Croxley machte sich Gedanken über den Computer. Er hatte von jeher gewusst, dass dieser ihn verdrängen würde, und mit Fredericks Amtsübernahme war genau das geschehen. Dass der dahingeschiedene Lord Petrefact juristisch alles Erdenkliche unternommen hatte, um die Nachfolge seines Sohnes zu verhindern, hatte wenig genützt. Die Familie hatte sich um Frederick geschart wie ein eminent fleißiges Bienenvolk um seine Königin, und Croxley hatte sich an seinem verblichenen Herrn und Meister gerächt, indem er dessen geistige Unzulänglichkeit in vollem Ausmaß enthüllte. Und jetzt bot man ihm als Belohnung an, die Leitung der Mühle in Buscott zu übernehmen. Einen Augenblick lang war er versucht anzunehmen, aber dann trug sein Sinn für Diskretion den Sieg davon. Was immer sich in Buscott ereignet haben mochte, es war nicht zu Yapps Vorteil gewesen, und Frederick ähnelte seinem Vater zu sehr, als dass man ihm hätte trauen können. So nutzte Croxley die letzten paar Tage im Petrefact-Konzern, um ein paar »Irrläufer« in den Computer zu pflanzen. Es würde einige Zeit dauern, bis man sie gefunden hatte, und bis dahin würde er ein reicher Mann sein. Dies war, so fand er, ein adäquater Tribut an die Verschlagenheit des alten Lord Petrefact. Der alte Teufel hätte seine Freude daran gehabt.

In der Küche des New House knetete Rosie Coppett Mürbeteig für einen Rhabarberkuchen. Durchs Fenster sah sie Miss Emmelia im Garten herumwerkeln. Annie stand an der Hintertür und schwätzte mit dem Milchmann. Es ging um den alten Mr. Jipson, der seinen Traktor verkaufen wollte. Rosie interessierte das alles nicht. Sie würde nie mit irgendwas Mechanischem umgehen können. Außerdem war es ein schöner Tag, und Miss Emmelia hatte gesagt, sie dürfe sich ein Kaninchen in einem Gehege halten, wenn sie versprach, es nicht ins Salatbeet zu lassen.